# 有情

张莉 主编

2024年
中国女性散文选

2024
Selected Chinese Women's
Essays

江苏凤凰文艺出版社

**图书在版编目（CIP）数据**

有情：2024年中国女性散文选 / 张莉主编.
南京：江苏凤凰文艺出版社，2025.4. -- ISBN 978-7
-5594-9243-2
Ⅰ．I267
中国国家版本馆CIP数据核字第2025N04R57号

# 有情：2024年中国女性散文选

张莉　主编

| | |
|---|---|
| 出 版 人 | 张在健 |
| 策划统筹 | 孙　茜 |
| 责任编辑 | 姜业雨 |
| 装帧设计 | 马海云 |
| 责任印制 | 杨　丹 |
| 出版发行 | 江苏凤凰文艺出版社 |
| | 南京市中央路165号，邮编：210009 |
| 网　　址 | http://www.jswenyi.com |
| 印　　刷 | 苏州市越洋印刷有限公司 |
| 开　　本 | 880毫米×1230毫米　1/32 |
| 印　　张 | 12.625 |
| 字　　数 | 280千字 |
| 版　　次 | 2025年4月第1版 |
| 印　　次 | 2025年4月第1次印刷 |
| 书　　号 | ISBN 978-7-5594-9243-2 |
| 定　　价 | 59.80元 |

江苏凤凰文艺版图书凡印刷、装订错误，可向出版社调换，联系电话 025-83280257

# 目录

序言　生成女性写作的新语法　张莉　　001

## 此在

蒙古细　格致　　003

读书的女人　黎戈　　038

疼痛手记　杨本芬　　049

请君重作醉歌行：缅怀徐晓宏　陈朗　　059

四季　安宁　　066

倒计时　李颖迪　　080

## 记忆深处

她的世界　塞壬　　107

来自未知的乐声　陈染　　125

北京往事　刘琼　　130

史家胡同里的富贵花　陆波　　140

耀景街16号　程黧眉　　147

溯源记　叶浅韵　　161

胎记　苏南　　195

# 远游

| 乡下的晨昏　沈书枝 | 215 |
| 有情　鱼禾 | 266 |
| 《远游归来》等四篇　苏枕书 | 285 |
| Let it rain,让雨下吧　淡巴菰 | 303 |
| 找北京　行超 | 319 |
| 四物注　燕燕燕 | 330 |
| 时间属于了不起的女孩　殳俏 | 347 |

**圆桌讨论：以"有情"的笔尖写下此时此刻**　　370

# 序言

## 生成女性写作的新语法

张 莉

从2020年至今,"新女性写作专辑"已经走过5年时间。这些年来,随着"新女性写作"越来越受到关注,我在不同的场合也被问及同一个问题,"新女性写作"在何种意义上称之为"新",难道仅以年龄之新、面孔之新来判断吗?如果不是,新应该包含什么?今天的我们如何在深层次理解新女性写作之新,是我最近一直思考的问题。

在今天这个时代,我们都会慨叹,写出新鲜之作,引起读者的新奇反应,引领时代新的艺术审美何其难。但与此同时,我们也会看到,世界范围内,依然有新的女性写作范本不断涌现,新的女性文学作品获得广泛认同,新的女性故事正在生成,世界女性文学审美也在发生巨大而深远的变革。——新女性写作之新,当然,包含着作者之新、事件之新、人物之新,但同时包含着写作者面对日常生活素材如何建设新的语法、新的视角、新的美学、新的艺术价值观。

一

2024年10月,我和译者陈英女士一起参加了在清华大学举办的《我的天才女友》的分享会,清华学堂里座无虚席,都是

《那不勒斯四部曲》的年轻读者们。如果不是在现场,很难想象五百位观众座无虚席,都是因为一部文学作品而来。当然,我和在座的读者一样,也喜欢《那不勒斯四部曲》,喜欢由这部作品改编而成的《我的天才女友》。事实上,我认为《那不勒斯四部曲》是极具阅读价值的一部作品,值得青年写作者认真学习。《那不勒斯四部曲》写的是两位女性莉拉和莱农几十年的友情。阅读过程中,我多次受到触动,尤其是关于人的重要成长时刻的讲述。莉拉是女主人公之一,作家写了她的三次觉醒时刻,小说中使用了一个词:"界限消失"。

少年时代,莉拉特别崇拜哥哥,有一天,她和哥哥以及小伙伴们到天台上看焰火时发现,哥哥所表现出来的陶醉,和旁边的男孩子们没什么不一样,这一刻,莉拉意识到哥哥是一个普通人。这是日常生活中的一刻,我们生活中也有那样的时候吧?忽然的发现,忽然的顿悟,我们和这个人之间的界限消失了。小说或者电视剧都将这一刻放大、凝视,莉拉感受到震惊,以前特别崇拜的那个人,光环在慢慢消散。再后来,莉拉去工厂做工,她慢慢看见了资本家,了解到什么是资本,那又是一次"界限消失",她感到了恐怖,觉得世界在眼前发生了变化。第三次是遇到那不勒斯大地震。所有人都惊慌失色,所有坚固的东西都在摇晃,中年的莉拉意识到,这个世界没有什么东西是一成不变的,没有什么是值得完全依赖的。小说中关于女性成长的顿悟时刻写得真实、切肤而又深具力量,让人读来久不能忘。

读这部作品,我想到写作者如何使用生活素材这一问题。有些作家笔下,每句话、每个场景都来自现实生活,但读起来却感觉虚假。还有些作家写当下之事,过两年三年后再读会觉得它过时,读者不能共情,这是作家处理材料的方式出现了问题。什么是好的作家呢?她/他要调动人类共有经验。支撑读者热爱一部作品的关键要素,在于它能够凝聚读者的共鸣和共情,当作品讲述了人类普遍的共有经验时,才能获得读者超越时空的喜爱。

想想吧,我们每个人都有发现世界摇摇欲坠之时,我们读过的小说中,也常有讲述一个人的成长、一个人的醒悟的时候,有时因为背叛,有时因为欺骗等等,这是小说家们常用的素材。《那不勒斯四部曲》之所以给人震动,在于它所提供的对世界的原创性理解。小说中将这样的时刻命名为"界限消失"。一个人和世界的界限慢慢消失,将带来什么?带来震惊、讶异、震动,幡然醒悟,以及迅速成长。

我们可以从很多层面讨论《那不勒斯四部曲》为读者所带来的震撼,但在我看来,小说关于界限消失的原创性表达最发人深省。"界限消失"在小说中它指的是莉拉的觉醒,但这个词本身它并不拘泥于只是指代于此,它有延展性。今天的我们会发现,网络与现实、人与机器人之间,都可以被称为"界限消失"。这个界限消失,往往伴随着人对世界的重新认知。费兰特完成《那不勒斯四部曲》时,AI技术还没有如此迅猛的发展,但是,今天把界限消失用在 AI 时代也是适用的,这便是从女性视角出发所带来的对世界的新理解。

费兰特在小说中使用的,其实都是日常词语,写的是我们的日常生活,但生活/词语在她的笔下,却变了模样,有了新的意味。包括女友这个词,这难道不是我们日常生活中常用的词吗?但是,通过凝视、放大的方式,通过重新征用"女友"这个词,费兰特写出了我们人人心中有,却无法用语言精准传达的那种感觉。原来,女友并非只是男人对于女朋友的称呼,一起成长的女性之间也是可以互相称之为女友的,她用这样的方式将在男女框架里的女友这个词解放了出来,这让人欣赏。

好的文学作品有神奇点燃的能力,它点燃我们习以为常的生活使之成为新质的、深具启发性的灵性时刻。今天,为什么《那不勒斯四部曲》在豆瓣、在小红书,在各种社交平台上有那么多的人阅读,愿意分享对这部作品的理解?是因为它有切肤感,它对我们身在的生活有直接的触动、有直接的启发,它能够使我们重新观看生活、重新理解他人、重新理解自身。

二

2024年,韩江获得诺贝尔文学奖,也使《素食者》进入大众读者的视野。妻子决定不再吃肉而吃素了,于是,妻子变成了怪人。丈夫带她去烧烤店跟上司吃饭,因为不能吃肉她变成了话题,一个格格不入的人。丈夫厌烦她吃素,希望岳父岳母和家里人说服她,但父母也不能理解,在家庭聚会上,爸爸让她的姐姐和弟弟摁住她的胳膊,然后夹一块肉使劲塞到她的嘴里去。女人爆发了,去厨房拿水果刀割腕,宁死也不吃肉。韩江将日常生活里的暴力和权力关系写得如此触目惊心,我相信,读过《素食者》的人都对这一场景难以忘记。

《素食者》由三个中篇构成,第三部分名为"树火",我对姐姐这个人物印象深刻。从姐姐的视角出发会看到,妹妹小时候非常瘦,父亲老打她,有一天妹妹说不想回家了,但姐姐把她拽回去了,多年后姐姐明白了,妹妹其实一直处在暴力之下,所以,想逃脱、想变成植物原来是有原因的。小说最后,姐姐带着妹妹逃离了精神病院,看见周围的树像熊熊烈火。

《植物妻子》是韩江27岁时写下的故事。有一天丈夫发现妻子身上淤青一片,之后又察觉到妻子越来越不想吃东西,去看医生,医生却说没病。丈夫想起妻子原本就不想结婚,想周游世界,觉得整个城市到处都是一样的马桶、洗澡间、厨房,没意思,不想在城市生活,后来她遇到了丈夫,恰好丈夫也喜欢植物,所以两个人就结婚了。妻子有一天跟丈夫讲城市没法待了,下着的雨都是脏的,丈夫生气地在阳台上接了些脏雨,直接把脏水甩到了妻子脸上,还说"你还想怎样,还想做市长啊"之类的话。妻子摔倒在阳台上,此后便沉默寡言。有一天丈夫出差回来,发现家里乱七八糟,找不到妻子了,后来发现妻子在阳台上,变成了植物。丈夫意识到妻子不能喝脏水,就去给她倒清水。接下来,小说写了妻子曾经和妈妈的对话,妻子说:"实在忍受不了,我特别想走,我特别想成为一个植物,喝清净的水,看阳光,我想自然地生活。"结尾处,丈夫每天去阳台上浇花,他知道那是妻子。后来到了秋天、冬天,妻子要枯萎了,丈夫拿到了植物结的果实,放进嘴里觉得那果实跟别的果实不一样,想着"这是我女人的果实"。

《植物妻子》还有个译名是《我女人的果实》,不过很显然,《植物妻子》这个名字更有文学标识度。当"植物"和"妻子"放在一起的时候,便生出了一种陌生感。这种陌生感使得我们在看小说时,会迫切地想知道妻子是如何变成植物的。——就像卡夫卡《变形记》中主角变成甲壳虫那样具有开创性,韩江使人物变成植物,起初描写妻子身体淤青、胳膊和腿越来越绿,最后读者不再纠结于她究竟是如何变成植物的,而是关注她渴望干净的水、空气,不想与人交流,追求自由生活的状态,从而产生共情。在这个故事里,社会呈现出丛林法则,依次是人、动物、植物,而这位女性却愿意成为植物,这是非常新颖的,但也不是不可以理解的设定。

## 三

韩江并不擅长讲故事,但是,她善于捕捉意象,有着非同一般的截取素材的能力。尤其是,她善于调动和使用她的女性触觉。比如《素食者》中杀狗这一情节,小时候,英慧的腿被狗咬了,爸爸很生气,要把狗打死,吃狗肉。爸爸把狗放在摩托车后边拖着它跑,等狗累了,再给它一刀,这样狗肉就特别好吃。女主角当时也吃了肉,小说中写道,"我也吃了那肉,但我知道我是有罪的",每次一想到自己吃狗肉这件事情就觉得恶心,成长后她就决定自己不吃肉。这样我们就能慢慢理解妻子为何想成为植物。她不是激进地宣称要成为素食主义者,而是很被动、柔弱地反抗,只是说"我不想吃肉"。但是,不想也不行,父母和家人打着"为你好"的旗号想改造她。正是对幽微日常生活中权力的展现,这个人物的际遇在东亚地区引起共鸣。韩江有着强烈的女性视角,但读者们喜欢她,并不只是因为她的女性视角,而是她通过女性视角写出了整个人类的际遇,刷新了我们对世界、对权力的敏感度。

此刻,我也想到中国作家萧红,她在运用写作素材时,也有很多独特的经验。比如《呼兰河传》里写玫瑰开花,"后花园里有一棵玫瑰,一到五月就开花,一直开到六月。花朵大得像酱油碟,开得很茂盛,满树都是。花香招来了许多蜜蜂,嗡嗡地在玫瑰树周围闹着"。"酱油碟"是厨房里的寻常之物,用之形容玫瑰花,这是典型的女性视角下的比喻。像萧红也好,韩江也好,她们都使用了以家庭日常、厨房里的物件来做喻体。这当然是因为女性对这些事物的熟悉,但其实也是用这样的方式重新看家庭里的事物,厨房里的事物。

2024年底,我在电影院里看了邵艺辉导演的《好东西》。《好东西》中有大量关于吃饭、家族聚会、养孩子等家庭生活的场景,在我看来,它的独特之处在于构建了一种新的女性叙事方式。这种语法体现在哪里?比如电影中有一个场景,小叶让小孩猜声音:"咕噜咕噜,这是什么声音?"小孩会回答是河马的声音、海浪的声音,这些都属于大自然中广阔而美妙的声音。然而,镜头切回的却是王铁梅的日常生活:西红柿散落在台阶上的声音、楼道里的声音、切菜的声音、煮饭的声音——一个母亲在厨房里忙碌的声音。小孩儿回答的是大自然的声音,而观众看到的却是日常生活的场景。这两种声音与画面的并置,便形成张力十足的电影语言。这是两种语法的并置,一种是美的大自然的声音,一种是新的家庭生活的声音。这样的处理,与萧红形容月季花开得像酱油盘子那么大是一样的道理。这是属于女性的语法,它建立的是"酱油盘子"被重新认识,建立的是家庭生活被重新认知。你听,切菜的声音,煮饭的声音,拖地的声音,如同海浪、如同大自然一样美好、美妙,是美好生活的一部分。

这是以新的方式重新构建生活风景,女性生活的风景,厨房里的风景。它轻盈、幽默、放松,但同时也有识见、有力量,《好东西》是一部举重若轻,气质卓然的作品,在今天的电影创作领域,有着一骑绝尘的魅力。在我看来,她的叙事手法其实在引发"隐藏的地震",这部电影正在创造一种新的语法。

今天的女性写作之新,在于观看视角的刷新,在于叙述视点的位移,在于使用新的价值观去认识生活。要用新的角度理解世界,要用新的形式去表现日常生活。如此,我们时代的女性文学才会拥有属于我们时代的新语法、新表达、新范式。

## 四

今年已经是女性年选的第六年,也是我希望以编选方式推动女性写作新语法生成的第六年。经过反复考量,我把"平静的海"作为2024年女性小说年选的标题,《平静的海》是作家艾玛的小说,感谢艾玛的授权,这实在是一个张力十足的题目。——海怎么可能是平静的呢,即使我们看到它表面上风平浪静,但那也只是表象,每时每刻,海都有它的喜悦、不安、浪花翻飞,一如我们所读到的这二十个女性故事,阔大辽远,平静中有不安,躁动中有舒缓,这些故事所记下的,是属于女性日常生活中的"心潮澎湃"。

女性散文年选,我选择"有情"作为散文年选标题。《有情》是鱼禾的作品,感谢鱼禾老师的授权。读散文年选的过程,是看到世间的"有情天地",被作品中所凝聚的情谊打动、内心翻涌共情与共鸣的阅读旅程,这些作品让人深深意识到,女性写作并不孤单,作为女性的阅读也从不孤独。如果说女性小说年选是2024年度深具代表性的女性故事的集中呈现,那么,女性散文年选则是2024年度深具感染力的女性情感的鲜活表达。希望朋友们喜欢这些作品,也期待更多的朋友拿起笔,写下自己的人生。

感谢编选团队的年轻人,和他们讨论的时光,是我工作中最难忘的时刻。感谢女性小说年选编选团队的程舒颖、张凌岚、万小川、吴韩林;感谢女性散文年选编选团队的易彦妮、谭镜汝、查苏娜、万婧,因为有你们的参与,女性文学年选得以汇聚了最年轻的眼光。

从今年开始,年选将附录年轻人的阅读感受并以圆桌会议的方式呈现,希望更多朋友了解年轻人之于这些作品的理解和认识,我也希望以此方式记下文学现场最年轻读者们的声音,我相信,00后一代青年会带来独属于春天的清新气息。

2025年2月28日

此在

# 蒙古细

格 致

一

我下班就往家赶,不是去接孩子放学,孩子长大了,上了寄宿中学。我本可以下班沿途逛逛小店,看看时装,不买看看也好。有些衣服就不是用来穿的,而是看的。我怕走到瓷器店门口,里面的瓶瓶罐罐个个有本事伸出看不见的小爪子,一圈一圈勾住我魂儿,然后把我拽进去。那些衣服、裙子只会冲着我媚笑,袖子里空空荡荡没有手。但那个哥窑的袖珍玉壶春瓶,在我看到它的一瞬间已经坐在了我的茶桌上,上面被我插了几株野草,好像已经在那里坐很久了。我只得买下它,因为它的魂拽着我的魂已经先到了家,留下我的肉身在店里为这个花瓶的泥胎付钱。不然先到家里的魂找不到安身之所,悬在空中多么可怜啊。晚上它还会出来吓唬我:小花瓶的魂,在夜晚闪着梅子青的荧光,呈一滴水的形状,悬在我家的空中,小嘴一张一合,说让我坐在哪里啊?让我坐在哪里!

现在,我的手里不用牵着一个孩子,也没有一个花瓶水滴状的魂控制着我,但我也得急匆匆赶路,花店、瓷器店、服装店……什么妖魔鬼怪也拦不住我了。

门口的鞋柜,是木匠师傅用细木工板打制的。三层,斜推拉门。三个门关上之后咬得都不够紧,关房门手重了点,某个鞋柜上的门就会哗啦张开大嘴,爆出憋了很久的大笑,然后你就看见了里面牙齿一样的鞋子。

秋天的时候,把夏天的凉鞋包好,放到储藏室里,再把秋天、冬天的鞋放到鞋柜里,以备随时穿用。东北的秋天短啊,哪天一觉醒来,看见窗外白雪铺地,我并不惊讶,只不过是冬天到了。

我有三双棉靴,两双单靴。棕色、黑色、灰色。大多是夏天的时候趁欧亚商场打折时买的。只有一双灰色单靴是在以商品昂贵著称的商场买的,花了大价钱。灰色,高过脚踝十多厘米的短靴,里面是西瓜红色的软皮,鞋跟由灰绿相间的蛇皮状皮革包裹。这是五双皮靴里我最喜欢的,爱不释脚。10月初,柞树叶黄了,枫树叶红了,柳树的叶子还绿着。穿一双稍厚一点的棉袜,穿它正好不冷不热。这双鞋,使我面对整个秋天的阴晴风雨都能气定神闲。

门是轻轻打开的,我害怕听见鞋柜的大笑,我感到它在嘲笑我贫穷。鞋柜在我的控制下没有发出任何声音,但面前的鞋柜,三个门都敞开着,像大笑之后,颌骨脱臼无法合上的嘴。原来这个鞋柜在我回来之前就已经把我嘲笑完了,且嘲笑了三次。

鞋柜里面空空如也。这不仅是脱臼了,连牙齿也莫名其妙地掉光了。这就叫让人笑掉了大牙。不用低头,就看见那些鞋子躺在地板上。东一只西一只,有的勉强站立着,有的横躺着,每一只上都有破损。有皮毛的鞋子,破损得尤其厉害。

白驹站在那些狼藉的鞋子旁,没有像每天那样跑过来和我拥抱,在门口和我亲热一番。它站在那里,用眼睛看着我,看我对于一地的破鞋子如何反应。我的表情一定是让白驹害怕的,它觉得站在那里很危险,于是掉头跑了。它藏在餐桌下。餐桌垂下来的台布刚好遮住了它,又不影响它从流苏间往外忐忑地窥视。

我在门口蹲下,查看那些鞋子。每一只都被细心地咬坏了,基本不能修复。它们是我在商场打折的时候,两三双一起买回来的,没花多少钱,但棉靴是我为接下来的冬天准备的。现在它们都坏了,而雪花们正在赶来,这里的冬天没有棉靴是过不去的。就像面对大海没有船。我得再选一个休息日出去买棉鞋。天已经冷了,棉鞋不会打折反而会更贵。

我检查鞋柜的开关,想看看它是怎么打开的。这一蹲下,我有个意外的发现:在鞋柜的里面,居然还有一双皮鞋幸存,完好地坐在那里,没有被动过。心想总算给我留下一双,这样我就不用急匆匆去买鞋了。拿出来一看,却原来是前夫的鞋子,上面一层细灰,鞋带系得板板正正。在我眼里,前夫是有洁癖的,狗毛要是粘在了他的裤子上,他就会大惊失色。

白驹只咬我的鞋,而不咬前夫的,这是为什么?前夫在的时候,对白驹不好,趁我不注意偷偷地打它。白驹从不到他身边去,离他远远的。他俩互相看不上,谁也不搭理谁。那么,按照常规思维,白驹应该恨前夫讨厌前夫,咬鞋应该咬他的。或者,白驹咬鞋没有爱恨,就是咬着玩,不管谁的鞋以破坏取乐。事实是,这两种情况都不是,它只咬我的鞋。而我们的关系是形影不离,相依为命。那么结论就是,它喜欢谁就咬谁的鞋。或者,它喜欢我,但是仇恨我的鞋!在它眼里,我是好的,但我的鞋不好。而前夫是坏的,但他的鞋,没做什么坏事,是好的。

第二天早上,我推开窗子,一股甘甜的冷气扑到我的脸上,外面已是白雪的世界。雪花在我睡觉的时候悄悄地来到我的窗外。雪花在我的窗外跳了一夜的舞我却不知不觉。而此时,所有的雪花困倦地躺在地上睡着了,它们累了,一动不动。

进卫生间洗脸。觉得今年的雪来得太早,刚10月中旬,一般要10月下旬下雪。以我的经验,这雪是站不住的,中午就会融化。我用毛巾擦干了脸上的水迹。

在门口我和白驹告别,拍着它的头告诉它,妈妈上班去了,在家等着。我转过身,问题来了:我穿什么鞋上班呢?

灰色单靴是不能穿了,外面都是皑皑白雪,但棉靴一双没剩下,都被咬坏了。这时我发现在门外有一双棉鞋,那是一双旧鞋,当时因鞋柜里放不下,又没舍得扔掉,就放在门外了。意思是谁愿偷就偷去吧。旧鞋子没有人肯偷,这时却救了我的急。退下来的灰色单靴我可不敢放在鞋柜里了。我就剩这一双鞋了,而且是花了上千元买的。放在门外显然也不行。我拎着靴子,站在门口环顾我的居室,得放在哪里才安全呢?我看见了餐厅的酒柜,两米多高,快要顶上天花板了。我踩在餐椅上,把我的皮靴放到了上面,然后我又和白驹告了一次别。把手掌扣在它半圆的头上,说,好好看家,下班就回来,给买好吃的。

我放心地走了。我还有一双鞋,并且是最好的。我的心情还可以。

到中午的时候,地上的雪,在耀眼的阳光下矜持不再,它们变成了水。雪花也是花,不能一直开放。雪花只开放了一宿,就凋落成了水。水是存在的最世俗的形式,而雪花是地上的水的一个关于飞舞的梦境。我的脚在棉鞋里出汗了,看来明天还得穿那双灰色单靴。那几双鞋我并没有特别心疼,三双也没过一千元,只是觉得还得再去买,很耽误时间。我暗暗庆幸那双灰皮鞋躲过劫难,我的生活完全可以在此基础上继续展开。

上楼前买了几根金锣王。白驹等我一天了,说好的买好吃的。

推开门进屋,哐当一声,最上面的那个鞋柜门猛然张开,像谁给我布置好的恐怖情节,然后露出前夫那双巨大的黑色军靴的后跟。它俩怎么还在那里安然无恙?白驹今天没什么咬的,为什么不咬这双呢?就算再讨厌他,在没得选的情况下,白驹你就不能将就一下吗?你忘了他打过你吗?你也有洁癖吗?我换上拖鞋刚走一步,就看见我那双灰色单靴躺在地上,不是在门口,而是在餐桌椅子旁,其中一只已经被咬得惨不忍睹。我大骇,如同遇到了灵异事件。鞋是放到酒柜上的,怎么会在地上?

我来到酒柜旁,抬头看,这个高度白驹是怎么够到的?也只迷惑了一小会儿就找到了答案:白驹先是跳上了凳子,然后又跳上了餐桌,然后在餐桌上站立起来,就够到了酒柜的上面。白驹站起来头到我的嘴的位置。也就是,我怎么把鞋放到酒柜上的,那个过程,白驹站在旁边,都看到了。

我跌坐在餐椅上,沮丧至极。竟然没有想到那些桌椅。智者千虑,必有一失。我的智商已经应对不了一条才几个月大的小狗了吗?

白驹看我的神情不对,躲到阳台窗帘的后面去了。

每天早上我上班离开,它都很惊慌很难过,并试图跟着我一起走,而早上我已经带它在楼下草地或者江边玩了好一会儿。它也知道我这次开门是不带它的,但它仍然徒劳地跟到门口,然后依依不舍地看着我离去。每天我回来它都是跳起来和我拥抱(有一次我穿着丝绸衣服,在开门前,在门外我就把衣服脱了下来,穿着衬裙进屋的),并发出像是惊叫的声音,特别像一个人因为激动而语无伦次。那场面就像失散多年的亲人相见。那么,白驹是不是以为我每天的离开都是不回来了?而我的回来,都是绝望后的意外惊喜。那么就是我每天的离开都伤害了它。这种伤害每天叠加,到了它无法承受的重量。在我上班不在家的漫长时间里,它都在想一件事:主人为什么走了?我做错了什么?它很听话,讲卫生,从来不乱叫。它检讨自己,发现自己听话懂事,主人还是每天都走了。于是它想怎么才能阻止我每天的离开呢?它开始细心观察,发现我每天都是要穿上鞋子之后才能走。于是它看懂了,我得有鞋子才能离开,如果没有鞋子,我不就没办法走了吗?那么把那些鞋子都破坏掉,我没有了鞋子不就走不了了吗?这还是狗吗?竟然会逻辑思维!

这就是它不咬别人鞋子的原因。它不在意除我之外其他人的来去,只想办法让我留下永远别走。看来我每天和它说的去上班挣钱买好吃的,它根本没懂,或者懂了,但不为所动。它宁愿和我在一块儿饿死,也不愿和我分开一会儿。那么实际上,它一直在那个童年的鞋盒子里没有走出来。长大的只是它的肉身。我的房子,也只是个一百平方米的大鞋盒子。它在里面,不知道回来开门的,会是谁。那么每次它看着我离开,都是生离死别啊。而每天我回来开门进屋,它兴奋得大喊大叫地拥抱我,都是意外获救啊!没想到打开鞋盒子的还是我。打开门的还是我。我每天都回来,准时地回来。重复了好几个月,它怎么还不相信,怎么心里还没有底儿?为什么还要担惊受怕呢?但是,事实证明,它还是不敢相信,童年的伤痕无法自愈,还在疼,还在渗血。还在害怕打开房门的人不是我,打开鞋盒子的人不是凤。

朋友凤从 C 城来,驱车一百公里,他下车递给我一个鞋盒子,然后转身上车就走。我追着喊:吃完午饭再走哇!他说不吃啦,一面加快脚步,他不给我拒绝这个鞋盒子的时间。我打开那个 40 号男鞋的鞋盒子,白驹躺在里面,像一只白色的老鼠。

我把它抱出来,正看到它的原主人凤转身离去。浑身颤抖的白驹对着凤的背影哼唧了两声(我知道它叫声的意思:你怎么走了,落下东西啦),就再没力气发出声音了。把它放到小区草地上,它站不起来,四条腿没有一条腿不抖。我抱着它转身上楼。一个月前凤和我说过一次,我拒绝领养,因为我已有了一只狗。今天他突然来了,不由分说把鞋盒子给了我,一分钟不肯停留,转身就跑。我不知这个螳螂一样的小狗,是什么品种,能长多大。它像是命运给我安排好的,到了某一个时间,就落在了我的头上。

它只有四斤重。我每天都担心它的腿会折断。现在,也就几个月,白驹飞快地长大了。站起来到我的头那么高了。白驹的腿细且长、头细且长、腰细且长。全身流线型,皮下无脂肪,肋骨一根根纤毫毕现。杏核眼,双眼皮,吊眼梢。周身短毛,白色,只有耳朵和尾部生装饰性长毛。双耳下垂,长毛飘逸,宛如神兽下凡。我曾和凤描述过白驹长大后的样子。凤说白驹是他从狗场要的,是纯种细犬,目前快要灭绝了,狗场老板正在为细犬申请国家二级保护动物。我对比网上的图片,对白驹的品种在细犬的基础上,找到了更为精准的分支:蒙古细犬。

我至今不知道朋友凤为什么弃养。他是知道它能长很大并且运动量极大,根本不能在城市中存活?那么我这儿也是城市,他这不是把一个一年后的巨大生活难题,在一年前就用一个鞋盒子端给了我吗?这朋友还能要吗?虽然我因为白驹受苦受难,但我还是感谢朋友,没有白驹,我永远看不透世界,永远不知道每走一步都得倍加小心。脚下的路是冰,而身边的人是酒杯。生活的很多层面和人,没有白驹我都不能到达。白驹的长腿和速度,把我带到了一个看世界的新角度,让我把人间的犄角旮旯都看了个清清楚楚。

我抱着白驹到离家不远的一家宠物医院,我说了大致情况,那个医生说,它这是病了。我说能吃能喝、能跑能跳、能破坏,这是什么病?医生说是分离焦虑症。

我问医生,有办法医治这个焦虑症吗?医生说,只有多陪它。我说我除了上班,剩下所有时间,都陪它了。

医生又说,尽可能增加它的运动量,让它多跑动,转移它的注意力。运动还可以产生多巴胺,营养神经,产生愉悦感,让它快乐,于是焦虑就得到缓解。

白驹每天不能恣意跑跳,于是不快乐,就只剩下和我在一起的快乐,这成了它唯一的快乐,而我每天要上班,它每天唯一的快乐都会因我上班而中断。它的生活充满了不确定,它惊恐不安。

陪伴我已做到极限，无法再增加，那么只能从运动下手，让白驹建立起第二个快乐。


二

白驹的运动量确实不足。那基本上不叫运动，更谈不上量。白驹是撒腿就要跑的，它基本不会走路，只会跑路。它的基因里蕴含着奔跑和速度的秘诀。而城市，只有两条道路：机动车道、人行道。白驹跑得比机动车快，但它不是机动车，不允许它在那上面跑。人行道上走着老人孩子，它也不是人，也不能任意在这里跑。好在我是人，我牵着白驹，白驹以我的宠物的身份，和我走在人行道上。白驹和我之间，连着一条一米多的绳子。它不可以独立出去，它得跟着我。我不能松手，拽着白驹的野性和童稚，把它拽入我这个中年妇女的频道上来。把一个幼童拽入笨拙、臃肿和谨小慎微。

如果我善跑，白驹的情况会好一些，但我就不是一个善跑的人。我的腿粗且短。头大脸大。我是跑得最慢的那类人。现在，我的狗是跑得最快的那类狗。我被白驹拽着跑。它会突然加速，一秒内就从走到飞跑。我的心脏无法适应它。我的肌肉也反应不过来。它的进化是以跑得快为终极目标，我的进化是以大脑的神经缔结速度为目标。它进化的是肉体的行进速度，我进化的是神经的传导速度。它的速度落实到大地上，我的速度在大脑头皮以内那个小空间里旋转。因此我和它很不同。我的胳膊腿没有得到进化，越来越慢了，与白驹的胳膊腿相去甚远。我们绑在一起,绝对是有位神看不惯白驹跑得太快,故意不想让它活得痛快。它上辈子做了啥坏事,做狗都不能痛痛快快地做。白驹难受我也难受。我连让它痛快地跑一跑都做不到,我对不起白驹,让它生活得如此憋屈。这么大个世界,我不信就找不到能让它痛快地跑一跑的地方——给它找到第二个快乐的源泉,从而转移因第一个快乐的缺少而产生的焦虑。

我一改往日抬头挺胸、目不斜视的走路姿势,开始东张西望了。这一望还真被我望到了。原来这个世界里什么都有,关键的是你得抬起头寻找。两天后,我发现在我家后面不远的一条小街上,竟然隐藏个深宅大院(以前竟然不知道):但见青砖滚脊院墙,里面古木参天,大喜鹊呱呱叫。门口有碑,上书东北机器局旧址。吉林省文物保护单位。这么庄严的所在,我都觉得不能遛狗。但里面的草坪太宽广啦!门竟然开着的,我贼头贼脑蹭进去,站在门口,我的目光就在草坪上驰骋上了。要是白驹能在这么大的草坪上奔跑,那第二个快乐瞬间就会建立起来,并且那快乐会不断长大,最后淹没焦虑。这个所在目前已成为本市的文化场所,有大型会议室、艺术品展厅、多功能厅……总之这里可以举办任何规模的文化活动。我转了一圈出来,发现里面没人,看来今天此场所没有举办任何文化活动。那么门卫应该有人吧。

我主动和那门卫老头搭讪。说自己会画画,经常来这里看画展,家就在附近。这里可真幽静啊!一个人没事,想早晚来院子里散步锻炼,希望大开方便之门。打更的老头一般都是鳏夫,见我一个胖大中年妇女主动前来靠近,心里高兴,就答应了我。想不到事情这么顺利。我和白驹都有救了。我长长地出了一口气,替白驹把被绳子控制的委屈都吐出去了。白驹是会叹气的,每次我离开家去上班,它都要叹气。

第二天傍晚六点,我牵着白驹,来到那个院子的大门前。我有些忐忑,毕竟昨天没说带着狗来,但也没说不带狗。我说的是散步。而散步可以带着狗,也可以不带狗。老头看见我的大圆脸在窗子里一出现,马上打开了门。我带着白驹进院。进门仿佛一步踏进了明清。真个好宅院:但见狰狞古榆下疏落几处房舍,青砖黑瓦。草坪如古画大面积的留白。更有木船、凉亭坐落其上。青石板曲径通幽。那边几株果树,正值花期,桃飘李飞。老头见了白驹,吓一跳说,呀,这啥玩意儿?我说一匹小白马。我撒开白驹,它箭一样射向草坪,转眼不见了。老头惊诧:跑得也忒快了。

和老头站在门里一棵老榆下闲聊。那老头国企退休,酷爱武术,是个练家子,说话爱比比画画。他可能是觉得语言的力量不够,于是就挥手、握拳、咬牙切齿。他给我讲院子里狐仙的故事,可能想吓唬我。白驹远远地看见,站在我身边的人手上动作太多,它的主人处在被人攻击的危险之中。它像箭一样跑回来,直扑老头。我立刻抓住白驹脖子上的套。老头几乎被吓死。由于我手快,把白驹在离老头一米远的位置控制住了。

我打了白驹两下屁股,教育它说:不许咬你王大爷。王大爷不给你开门,你有这么大的地方玩吗?你个忘恩负义的狗东西。我开始当面教子。

王大爷急忙跑进屋,关上门,怕白驹再咬他。

我带着白驹在院子里又玩了半个多小时,才带着它回家了。临走我告诉老头,以后和我说话不能抬手,不然狗以为你要打我,才咬你的。白驹不乱咬人的,别怕。老头并不十分相信。他就认为这是个猛犬,见人就咬,没有家教。

第二天晚上,我带着白驹来,老头躲在屋里不敢出来。我乐得一个人带着狗在院子里散步。我不是个爱说话的人,从来不觉得一个人寂寞。但我担心,老头不能和我说话,他就不愿意我们来了。他一个人在这庞大的院子里,漫漫长夜很寂寞。那院子里的狐仙,看来也不肯为他变成美女。一般狐狸精都爱衣袂飘飘的书生,对于没文化的还老了的男人,狐狸精找不到感觉,懒得变化。可能从一个狐狸变成一个美女的过程很疼很疼吧,不是万不得已,不肯变化。院里虽有狐狸,但并不现身,好不容易来了我这个中年妇女,颜值虽照狐仙不能比,但我是真的天天来啊,至少能说话唠嗑,破闷有个意思。想不到这一良好局面还被一只白狗破坏了。我得想办法,不然他不给开门,白驹就没地方跑了。白驹的病就治不好了。白驹的快乐就无法持续。他不出来,我就隔着玻璃窗子和老头说一会儿话。

这样过了两天,老头先敲玻璃,然后隔着玻璃向我招手,意思让我进屋。我进门看见老头拎着一个塑料袋,说是肉骨头,给白驹的。我说你别怕,白驹不乱咬人的。你亲手喂它,它就认识你了。老头不敢。我说它百分之二百不会咬你的手。我让他拿着一个大棒骨,递给白驹。老头哆哆嗦嗦,把骨头一头伸向白驹。白驹看了看我。我说吃吧,你王大爷给的,吃吧。白驹轻轻叼住骨头的一头,警惕地看老头一眼,叼着骨头走出十多米,卧在草坪上用心啃起来。

老头松了一口气,站在我面前没有马上跑到屋里去。我说你说话手别动,你光动嘴别动手,白驹就不会咬你。老头说话比画惯了,一时改不了。他就把手背到身后,一只手抓着另一只手。这让我想起年轻时教书的场景。那些孩子听课就是这样背着手的。有多动症的孩子就用一只手抓着另一只手。我于是忍不住哈哈大笑起来,直到把自己笑弯了腰。他很蒙,说你笑啥？我告诉他我年轻时当过老师,又说我前夫也是个练家子。说完这句我就后悔了,恨不得捆自己两下。这不等于告诉他我是个单身妇女吗？果然他开始给我讲他年轻时的故事,讲到得意处手又抬了起来,而且挥动着。白驹虽然在一旁啃着骨头,但它的眼睛一刻不停地注意着我这边的动静。随着老头的手抬起来,白驹像闪电一样飞了过来。由于是面对着白驹,老头看见了白驹跑来,毕竟是当过兵的人,转身就往屋里跑,身手相当敏捷。但那门是向外拉开才能进去,这个动作嵌进他的动作里,就出现了一个卡顿,白驹就到了他的身后,照着他的屁股就是一口。如果他不跑,情况会好很多。脸对着脸,狗还是多少有点害怕的,应该不会开口咬,顶多怒撑他。幸亏他的屁股兜里装着一个塑料的电话本,挡住了那颗牙齿的切入,屁股只是擦破了皮。我赶紧给老头拿了五百块钱,让他明天上午去打针。

第二天,我不好意思再带着白驹去大院了。我买了点水果去看老头。老头说没事,就是吓够呛。

老头说,这是什么狗,这么凶？我从来没见过。

我说是猎狗,叫蒙古细,已经快灭绝了。

他说,怪不得不认识,原来快灭绝了。这狗全市也没有几条吧。

我说就这一条。绝版。

老头说,这种狗咋这么少？

我说,清朝时很多来着。康熙皇帝就养了十条这种蒙古细猎犬。有个叫郎世宁的宫廷画家,把康熙那十条猎犬都画下来了,画流传到了现在。我在网上看到过。各种花纹的。其中虎纹是最稀有的。我的这种白色,算里面普通的。它是最好的猎犬。近五十年已经没有猎物可打,猎人都改行种田了。猎狗都下了汤锅。这种狗只在狗场还有一丝微弱的血脉。

你打哪儿弄的?

朋友给的。我不要,硬给的,就像我上辈子欠下的债。

## 三

男友从另一个城市来。读书人,穿着棉布格子衬衫。指甲干净,肩上无皮屑。会写格律诗。

担心男友与白驹如何共处。尤其我的身体周围五米,任何人不得进入。在白驹心里,我是个傻女人,不知和人保持距离,也看不清好人坏人,整天让它操碎了心。在街上遇到熟人,还离着十多米,我就紧张地大喊,别过来,就站在那儿说话。那握手拥抱什么的就更不能进行。我们隔着十多米喊话,路人多侧目。很多朋友都知道白驹的存在,也知道它是我的保镖,已经习惯了。但是现在,一个陌生男人要进入我和白驹的生活空间里来,并且还要坐在一张桌子上吃饭,在一张床上睡觉,还要进行拉手、拥抱等在白驹看来极其危险几近作死的动作。我心里知道这有多难。会发生什么我心里并没有底。虽然告知对方有白驹存在,但他并不知道白驹是一只怎样的狗。不知道白驹已经把我当成它的私有财产,并竭尽全力保护之。白驹心里,所有的人都是危险的,须时刻提高警惕。它眼里,全世界就我一个好人。

我去车站把男友接回来。走到门口,我和他说,进屋你要快速走到沙发上坐下,然后别动。

兰瞪大眼睛,然后笑了,说好的,一切听你安排。

进门,我抱住白驹脖子,紧张地说,快坐沙发上别动!

兰走到沙发上坐好。我松开白驹。白驹跑过去,围着兰嗅闻。兰抬起双臂护住头,我说你千万别动,你坐着它就不会咬你。它只咬那些乱说乱动的人,对于规规矩矩坐着的人,它不咬。请放心。为了稳定兰的情绪,我在他对面坐下来。我看出兰很紧张,他身体不敢动,但眼珠随着白驹移动。我和他说话,分散他的注意力,以期稳定他的心神。他说他以为是只小狗,没想到我说的小狗竟然这么大,站起来有一个人高了,并且太警觉,还有攻击性。

少顷,他忽然站起来,白驹扑过去,我急喊,快坐下。兰吓得跌坐下去。我说你坐着没事,只要在屋子里走动,白驹就不答应了。你不能在它的势力范围里大摇大摆地走动,你要老老实实坐着。你现在不是在我家里,是在它家里。你要看它的脸色行事,遵守它定下的规矩。

兰颤巍巍说,可我要上卫生间。

我叫过白驹,抱住它的脖子,说你去吧。

兰从卫生间出来,等他再次在我面前坐好,我才松开白驹。白驹跑过去对他又进行了新一轮的嗅闻。

兰说我本不怕狗的,可是这狗太大了,而且很吓人。好像我前世的一个仇人托生的,在这里碰上了。又问是公狗还是母狗。我说公狗。兰说公狗更不好对付了,它有领地意识。

我说是的。它从小在这里长大,已经认为这房子里是它的领地。我是这领地里的,因此我也是它的。它超有责任心,整天想着我的安危,保卫着我。不过没事,过两天它熟悉你了就好了。等它认为你也是它的,就好了。不过你不要背对着它,也不要在屋子里走。这儿是它的领地,允许你老老实实坐着已经是看我的面子了。

说了一会儿话,扔给他一本书,说你坐着看书,我去厨房做点吃的来。只要你不站起来,白驹不会咬你。别害怕。有事叫我。

在我做饭期间,白驹一直坐在兰身边,眼睛盯着他,把他牢牢地控制在了沙发上。在这样的环境下,我不知道他看书是否看进去了。

冰箱里有牛肉和几样青菜,我很快做好了晚饭。我抱住白驹喊兰来吃饭。白驹站在兰的身边,他每夹一块肉要吃,白驹就把它的尖嘴伸到兰的嘴边。也不咬他,只向他要肉吃。兰只好给它。兰半天也吃不成一块肉。他快速把一块肉放入自己嘴里,白驹见了,冲着他大喊一声:啊!那可真是大喊,而不是大叫。它喊出的是"啊",意思是一块肉被这个人吃了!在它看来是一次事故,足令它震惊。我喊它过来,到我身边来,意思是我给它肉吃,但是它不来,就是死死看住兰的嘴,不让他吃哪怕一块肉。

家里没人的时候,它是和我要肉吃的。为什么它向陌生人要?后来我明白了,白驹是舍不得肉被别人吃掉。我吃了它觉得可以,被外人吃了,它舍不得啊,它心疼啊。它的心眼太多了。这家伙已经不是一只狗了。

总算把饭吃完了。我说我下楼遛狗,你这会儿可以自由活动了。兰说我可以在屋子里走动啦?我说是的,你现在算放风,好好利用啊。一小时后我们才会回来。

等我遛狗回来,见客厅无人,我猜是躲到卧室去了。给白驹洗好脚,告诉它睡在沙发上。给了它一根大骨头,我也进了卧室。

见兰躺在床上,我说白驹不看着你,你就胆子大起来了,还上床了!

兰说,我从进门神经就高度紧张,全身肌肉高度紧张,我的心脏都开始乱跳一气了。我的三魂七魄不知还在不在,吓掉了几个,让我休息休息,稳稳心神。又警惕地看着房门,你进来把门拉严了吗?我说你放心吧。他躺着,我坐着,又说一会儿话。他忽然挪动身体,往里让了让说,你遛狗又做饭的,也躺下休息一下吧。他竟然反客为主邀请我上床了。这种人真得白驹看着,怪不得白驹对他那么警惕,野心大得很!

下半夜,可能是我去卫生间回来时门没有拉严,白驹悄没声息地进来了。它平时是和我一张床睡的。今天让它睡沙发,没有来挠门,觉得它还是很听话的。白驹抬起长腿轻轻上了床,轻手轻脚卧在我和兰的中间。兰睡着了,并不知道。窗帘没拉,外面的天光加上路灯,照得屋子里很亮,什么都能看清楚。白驹悄悄卧在中间,眼睛盯着兰。我不敢睡,看着白驹。兰突然睁开眼睛,正碰上白驹的一双大眼睛,四目相对,兰吓得一动不敢动。他转动眼珠寻找我。我说你别动,它不会咬你。你睡的位置,一直是它的。我一只手搂住白驹的脖子以防不测。僵持了一会儿,兰颤巍巍说,我要撒尿。我忍不住大笑起来。一边笑一边用两条胳膊控制住白驹。

过了半天不见兰回来。我出去一看,见兰躺在沙发上,睁着眼睛望着天棚,手里夹着一根烟,不知想什么呢,样子着实可怜。

我抱出一条被子,给兰盖上。

下半夜,我搂着白驹睡。兰睡沙发。他俩换防了。

兰住了几天,和白驹的关系没有多少进展,白驹只是允许他在屋里走动,想在餐桌上吃肉还是不行。一吃饭,白驹就看着兰,把嘴放到他的嘴边,截住所有企图进入那张嘴里的肉块、肉片。我感到这已是白驹的底线了:让你进入我的领地,让你睡在我的床上,但我的肉你不能再吃啦!

我对兰说,这就很好了。你占了它睡觉的地方,它没咬你,只是舍不得给你吃肉,这已经很好了。耐下心来,一切都会好的。

兰回去了,他就这几天假,还得上班,等下一个假期再来。

这期间我们每天打电话。他先说甜言蜜语然后试图劝说我把白驹送人。

我嘴上没有答应,心里也暗暗想办法。白驹太难相处了,它可不是一只好糊弄的狗。它已经是个人了,一个嫉妒心甚重的人。谁知道哪天它会报复。兰给我讲了一个案例:有一女子,养一只大狗。丈夫当兵的长年不在家。一天当兵的回来了,两个人在卧室里亲热,忘了关门。大狗看见女主人被那个陌生男人欺负,女主人显然吃了亏,处于劣势,嘴里还好像在呼救,大狗气得一个飞身冲上去。男人一回头,被一口咬住咽喉,大狗死不松口。最后男人死了。他说这可不是编的,有名有姓,就是我们附近一个村子里的事。

看来兰和白驹,我得选其一了,不然怕出人命。

四

我开始联系朋友,看看谁家有山庄,却没有大狗。不久,传来好消息,说在城郊湖区有个叫飘尔的地方,朋友的朋友在那里买了一片山地,一个湖泊,盖了房舍,需要大狗。附近的山都买下了,地方大得很,随便跑,知道回家就行。

白驹满月就被朋友送来,在我的被窝里长大,填补了儿子长大后的空白。儿子长大跑到外地上大学了,白驹长大不离开我半步。白驹不上学,宁可当个文盲也不肯离开我。不是我照顾它,而是它天天提心吊胆保护我。而现在,我为了一个刚认识不久的男人,就把它送走,不要它了,我岂能这么干?我岂是一个无情无义的人?兰和白驹之间,就没有个两全其美之策吗?我的世界不大,但安放一个男人,再放下一只忠心耿耿的狗,也并不拥挤。我要给白驹找个好地方,并不送人,只是寄养,我每周都去看它。现在有些人有山庄,那里山清水秀,空间广大。白驹去了,一来可以帮助人家守卫,二来也解决了白驹没有地方疯跑的问题。我每周都去,又基本没离开我。兰来了,也不用坐在沙发上不敢动了。多么好的对策。什么事难住过我?我被什么事难住过?

朋友开车把我们送了过去。一路上湖光山色,美不胜收。这么好的去处,早来就好了,何苦困在鞋盒子里郁闷成病!

看山庄的是个六十多岁的老头——又是个老头。感觉我的人生之路上,走几步就会遇上个老头。我儿子玩升级游戏总要打层出不穷的怪兽,我则总是遇到老头。儿子要打死怪兽才能升级,我则希望不要被老头消灭掉。朋友交代完就下山走了,我留下来陪白驹。至少得陪它在这里住一宿,我才能走,不然白驹就不明白怎么回事。它可不管什么风景。风景再好,只要没有我它也不干。白驹眼里只有我没有风景。我要用这一天一宿的时间,让它明白,它以后住在这里,我也住在这里,但我不是天天在这里。要知道好好等着。只要等,我就会来。这对白驹来说整个生活场所变了,有如人类从地球到了火星上,而我是两地唯一的连接。我要做一块胶布,得把它的现在和它的从前粘连在一起。让它明白它并没有失去家。有我在,它就有家。这一变动的补偿是,漫山遍野,它可以尽情飞跑,产生大量多巴胺,让那快乐冲淡一切,包括我。

　　黄昏,我带白驹在山间小路上散步。主要是我散步,白驹那是撒腿就要跑的。这下好了,山野无人,尽可以欢跑。白驹冲上山坡,旋即又飞回来。几只山鸟被它惊飞,嘎嘎嘎大叫,声音难听至极。

　　前面一片林子,几只花喜鹊正在林间地上觅食。距离大概三十米。白驹忽然卧在了草丛中,其姿势就是非洲狮子捕猎的样子,先潜伏,然后小心靠近。白驹作为优秀猎犬的基因开始闪烁。它这是要捕猎喜鹊吗?我在心里嘲笑,你腿再快,可人家有翅膀啊。我等着看它的笑话。只见白驹匍匐前进了大概十米的样子,忽然起身箭一样飞过去,然后就是群鸟惊飞的仓皇场面。我怎么感到它扑住了一只呢?急忙跑过去救喜鹊。白驹对于扑到的猎物并没有咬,因为它第一次捕到活物,撅着屁股,前肢伏地,正不知所措。我向后拉开白驹,见草地上一只喜鹊仰面躺着,高举双脚,做投降状,一动不动。完了完了,喜鹊死了。白驹杀生了,我后悔不该松开绳子,这下白驹的来世要受惩罚了。我又凑近了细看,见喜鹊虽不动,但它的眼睛则圆溜溜地睁着,又像没死。我伸手把喜鹊翻过来,让它腿朝下,推了它一下,说,快跑啊。想不到喜鹊真的跑了。它不是飞了,而是跑啦。原来喜鹊会紧急装死。喜鹊突然那么直挺挺不动了,白驹反倒不知怎么办了。如果喜鹊挣扎,白驹会用嘴控制住它的挣扎,而这个过程就容易造成伤亡。喜鹊的智慧救了自己,也救了白驹。最后有惊无险。白驹真能抓到鸟,这能耐,不愧是猎犬,没有给它的列祖列宗丢脸。

老头已经给我准备了一间房子。里面是火炕。我带着白驹进屋,让它睡在我身边。这里荒无人烟,只有一栋房子,一个看上去身体很好的鳏夫。我一个风韵犹存的中年妇女,加上一只猎犬。我不十分害怕,有白驹在,没事。谁能越过白驹靠近我?果然,一夜无事,早上太阳一出来,黑色的山林变成绿色的,阳光普照大地,山鸟闲鸣,一派生机盎然。

吃过老头准备的早饭,我就该下山了。和白驹说了半天道理,最后告诉它我周日还来,让它好好在这里玩,我就背着一背包土鸡蛋下山了。老头在山里养了很多鸡,送给我鸡蛋。我想着下次来给老头拿两瓶酒吧。

## 五

我把我将白驹送去了飘尔的消息告诉了兰。兰坐火车从 C 城来了。这次不用我接,他自己就找上门来了。

进门环顾整个居室,白驹确实不在,但他还是站在门口不动,那意思是你不会是和我开个玩笑吧。白驹还在家里,仅仅被控制在了一个房间里。我说你可以搜查一下。搜到了请你出去喝酒,搜不到你请我喝酒。兰换上拖鞋,依次进入两个卧室、卫生间、厨房、餐厅、储藏间。他是最后进入储藏间的。在拉开门的一瞬间还有些紧张,怕白驹一跃而出,张口就咬住他的鼻子。他不确定自己这么快就打败白驹,并取而代之。他在白驹面前很不自信。他劝我把白驹送人,从来不敢理直气壮,而是字斟句酌,拐弯抹角,并动之以情,晓之以理。

检查一圈他确信白驹不在这里了,站在客厅中间的地板上,他抽动鼻子,说,白驹的气味还在啊,白驹的魂儿没走啊。然后转身下楼,说等我一会儿,你赢了,我请你喝酒。我出去买点吃的来。

我收拾餐桌,洗酒具、餐具,把兰带来的一束落日黄色玫瑰花插在一个大玻璃杯里。

一会儿他上楼来,拎着两三个塑料袋。把其中两个交给我,另一个他则拎进了卫生间。我把他买来的香肠、酱牛肉等切好装盘,见他从卫生间里出来,手里端着一个浇花的喷壶,像端着一个什么武器,走一步喷一下。好像在射击,又好像在给看不见的花草浇水。一会儿,消毒水的气味涌了过来。他刚下楼买了酒精和84消毒水。他在给房间消毒。他在和白驹的气味作战,并使用了生化武器。他说虽然白驹走了,但它的气味还在,等于它没有离开。我要用消毒水的气味破坏掉白驹的气味。它的气味没有了,才算彻底走了。

我说你真得寸进尺!这是赶尽杀绝啊!我就靠白驹的气味活着呢。没有了白驹的气味,我可不知道我的情绪会不会失控,也许我比白驹对你的攻击性还大,你要有个心理准备。

兰嘿嘿笑了,说对付一只凶猛的猎狗我没办法,但对付一个赤手空拳的女人,我不至于完全束手无策。

我说你只对同类中的弱小者持有办法,而我却能控制强大凶猛的猎犬。他说这叫一物降一物,卤水点豆腐。我说等你实在欺负得我忍无可忍,我就接回白驹。他说白驹回来我就走,我俩不共戴天。有它没我有我没它,大姐,你就决定吧。然后大笑起来。

我说你用消毒水是错误的,兰说那我用什么去除白驹的气味?我说你应该用自己的气味,慢慢替换。兰大笑,我哪有那么多屁呀。我说你多吃饭,多干活,出汗,洗澡不那么频繁,再加上放屁,用不了一周,我就闻不见白驹的气味了。而这种气味可以保留很久。你喷消毒水,用化学武器,是急功近利,违背游戏规则。白驹瞧不起你。

一会儿,消毒水的气味就充满了整个居室,兰快活了起来。他和我似乎不是一个物种,他在这种化学气味里,摇曳生姿,而我则感到头昏脑涨。我已习惯了白驹的自然生物之味。现在他突然破坏了我用两年建立起来的空气组合成分,把一种有大量化学成分的空气给我呼吸,我刚才说的情绪失控一点都不是危言耸听,但我还不至于窒息,只不过有些不适。

白驹的气味消失后,我更加思念它。仿佛见到白驹从我眼前跑过,进入山坡上的松树林不见了。兰夹起一片牛肉,白驹从树林里像箭一样射过来,夺过兰到了嘴边的肉,我忍不住笑了。他咀嚼着,说你笑啥呢?

我说你知道白驹是什么狗吗?兰说知道,你说它是猎狗。我说你知道它的来历吗?兰摇头,说我为什么要知道那么多?我说白驹是你的敌人。知己知彼,百战不殆。你怎么不需要知道得那么多?

可这敌人已经撤退了三十里,我赢了。我对手下败将没有了解的情绪。

它是暂时撤退了,你知道哪天它会杀个回马枪?

这白驹,是我给起的名字。它还有生物学上的名字,叫蒙古细犬,又名契丹猎犬。为啥叫契丹猎犬呢?因为起源于契丹。《契丹国志》记载:取细犬于萌骨子之疆。就是说,契丹猎犬是契丹人从蒙古取来犬种加以培育而成的。现在叫蒙古细,不叫契丹细,我认为原因有二:第一,契丹不存在了,而蒙古还在;第二,契丹也是从蒙古取的犬种,它最初从蒙古来。白驹这种猎犬,最早出现在一幅壁画上:哲里木盟库伦旗六号辽墓里的壁画《出行图》,图中绘有一只猎犬,长喙、长腿、细身。专家认为(我也认为),该犬为契丹猎犬——细犬。

那白驹从哪里来的?你怎么会有猎犬?兰问。

一个朋友送的。朋友是从一个狗场要的。是一只纯种的蒙古细犬,身形和古画上一致。你看它的行为举止也很符合蒙古细犬的特征。比如护主、忠诚、速度快,等等。还有一点,这种猎犬自古是和主人睡在屋子里的,与主人形影不离,离开主人很难驯养。它不会因为你喂它点好吃的就和你好,不会的,它永远不会忘掉主人。

别干说,也喝口茶。我把一个玻璃杯递给他。

兰接过杯子没喝,而是举到眼前细看。他在看水里上下漂游的茶叶。他喝了一口,放下杯子说,茶不是这样泡的,茶碱很伤胃。他又拿来一个杯子,把茶水倒入另一个杯子。茶叶泡十秒就得把茶水倒出,时间长了就不好喝了,就苦了。

我一直在喝苦茶,在我的经验里,茶就应该是苦的。

他说不对,你看我给你泡个香茶出来。他重烧了一壶水,又拿了两个杯子。把一些茶叶放入一个杯子,然后倒入开水,又快速把这水倒掉,我说你怎么把泡好的茶水倒掉了,真败家啊。他说茶叶得这样洗一下。然后再注入新水,茶叶在水中上下翻滚,然后他开始数秒。数到十,觉得不行,又数了个十,他开始拿起杯子,将已变成琥珀色的茶水倒入旁边的空杯子中。然后他把杯子推给我说,你尝尝,看还苦吗。我端起喝了一口,清香溢满我的口腔。我很震惊,原来这么多年,我的茶都喝错了,都泡错了。兰说,明天咱们上街买一套茶具回来,我教你泡茶、喝茶。

第二天,我们在花鸟鱼市买回了一套紫砂茶具。一大盒子,外加一个鸡翅木的茶盘。盒子里的瓶瓶罐罐小而多,我不知它们每个在喝茶这件事上负责哪方面的工作,是怎样分工的。谁是这里的领导,谁是这里的办公室主任……

兰端坐沙发,把茶盘放在面前的茶几上,然后把盒子里大大小小、形状怪异的茶杯各就各位。他像一个人在下棋,在排兵布阵。等他摆完了,我也觉得很好看,像是在我的居室里,又住进了一户微小的人家。

兰泡茶的手法,让我眼花缭乱。一时间,瓷器之间相磕碰的清脆之声,水流的哗啦声,叮叮当当交响起来。他的手指所到之处,茶碗茶壶就都活了,冒着热气。最后他把六个比拇指大不了多少的茶杯都注满了茶汤,他说你尝尝。我一口气把六杯都干了。说,香,真香,就是太少了,杯子也太小了。兰笑了,说什么时候你不觉得茶杯小了,才是会喝茶了。他开始再泡。说你喝的是第一泡,现在是第二泡。可以泡三泡,甚至更多。只是越往后味越薄,越没有意思了。

我明天就得回去上班了,你是不是亲手操作一下,错了我好及时纠正。

我如法炮制,成功地将茶水注满了六只杯子。看着眼前被注满茶汤的六个泥色杯子,我猛然想起,白驹被送走也已经六天了。它不会认那个老头的,也不会听他的话。那叱咤山林的快乐是否能让它安于那个新家?

半夜我惊醒了。我梦见白驹竟然穿了一件花格子衣服。那老头说,白驹冷,他给买的衣服。我说这是夏天,不要给它穿衣服,太热。老头说这是山区,比山下城里冷,因此穿衣服很必要。我细看那衣服,感觉衣服有点小,白驹穿着很不合身,导致它迈步都有点困难。老头又送给我一袋子土鸡蛋。白驹的脸上被谁涂了胭脂,还给画了眉毛。白驹冲着我露出一个特别瘆人的笑容。我惊醒了。

我再没睡着。心想梦是相反的,白驹笑,那么相反就是哭啊!那格子衣服多么可疑,像镣铐加身。白驹遇到了困难,这是给我托梦呢。早上我们在门口一样惜别。兰去了车站,我则去飘尔。他往北,我往南。

到飘尔的时候刚九点,路两边草叶上的露水还没落尽,在早上的阳光下闪闪发亮。道路上只我一个人静悄悄的。不远处三棵老榆树,长在玉米地中间,里面住着大鸟。

走到门口,院子里静悄悄的,那些小鸭子不在院里,白驹也不在,老头也不在。不见白驹来迎接我,我就心里发慌。也许在那面山坡上抓鸟呢,离家较远,不知道我来了。院子空无一人。这时我听见什么动物发出的呜咽之声,循着声音找去,在院子的东南角,有个铁笼子,白驹在铁笼子里!见白驹脖子上拴着铁链子,笼子很矮,白驹在里面站不起来。白驹的脸上都是伤口,是撞笼子留下的。我震惊,怎么这样对待我的白驹?

不是说好可以在山坡上玩吗？我看看笼子没锁，只用铁丝在外面扭上了，我立刻打开笼子，把白驹救出来。白驹见到我，呜呜地哭叫。我心里非常自责，急忙抱住白驹，说，妈这就带你回家。我把铁链子拆下来，带着白驹下山。到家之后，我觉得应该给山庄老头说一声，不然他会以为狗丢了。

我问他为什么关笼子里，老头说，你走了后，白驹总是往山下跑，去找你，不关住就会丢了。我也是没办法。这狗太不好养了。我喂它肉、鸡蛋，很多好吃的，它也不跟我。叫也不听，就知道四处乱跑。我这院子没有围墙，怕跑丢。见你宝贝似的，怕跑丢没法跟你交代。

白驹回来后，对我更是寸步不离。分离焦虑症不但没好转，反而加重了。

我白天出去上班它懂，能在家里等我，但是我一旦下班回家，就不能再出去了。它不明白，白天上班，下班后为什么又走。我若有事必须出去，它就会大叫，抓门。一两次后我就不敢再出去。别人请我吃饭，都得是中午。

周六在我的担心中还是到来了，我要面对兰和白驹再度碰上。也就是白驹杀了个回马枪的局面出现了。

兰进门刚换上拖鞋，就看见白驹站在面前。白驹没有叫，也没动，只是睁大眼睛看着他。兰疑惑地看了我一眼，那一眼我感觉有一分钟长。这一分钟我知道他只说了一句话：你选择了狗。你竟然选择了狗。我前夫行伍出身，直接说：要狗还是要我？让我选择。我没犹豫就做了正确的决定。现在兰又把相同的考题给了我，但我希望狗和兰都存在。我不想做选择题。他们就不可调和吗？如果他给我机会，我就会把白驹的遭遇和他叙述一下，毕竟是个读书人，哪那么心狠，可他什么也没说,就开始低头换鞋。他再不低头就要流下泪来。他认为我已做完了选择。他换下拖鞋,换上了他刚脱下的皮鞋。换好站起身,转身下楼了。

兰曾和我讲过他的一次失恋,最后他失败了,一个男人抢走了他的女朋友。他说那个男人太有钱了。

兰是有创伤的,遇到相似场景容易反应过激,果然,他都没有给我说话的机会,他要用这种决绝的态度立刻把自己包裹住。晚一点,慢一点,都不行。

## 六

我和白驹恢复了往日的生活,好像兰不曾来过,白驹也不曾离开过。像生活卷起了一个浪花,翻滚了一下,喧哗了一阵,现在平静了,安静了。但我知道,兰的心里添了一道小伤口,白驹的心上添了一道大伤口。白驹虽然回来了,但是兰走了。我总是顾此失彼,无法同时做好两件事情。我的生活被兰撕开了缺口,一时无法弥补。其实这个缺口兰没来之前就没有吗?只是已经生锈,已经被荒草遮盖。现在,出现了新鲜的断口,开始隐隐作痛了。没有止痛药,我把隐痛交给岁月。

白驹从山庄回来后,麻烦也回来了。

白驹安静地站在我身边,等着我把房门打开,我们刚从江边回来。这时隔壁门开了,女主人出来,对我说,她家外孙病了,大夫说是感染了一种病毒。然后她说,那病毒是你家狗带回来的吧。我看了她一眼,没说话,然后带白驹进屋,用力把门撞上。嘭的一声,这就是我的回答。她家老奶奶八十岁,天天下楼在垃圾箱捡垃圾,还把垃圾带上楼,老奶奶穿着捡垃圾的衣服进屋,那病毒是谁带来的,还用说吗?平时和这邻居处得还可以,见面打招呼,有时间也唠两句嗑。现在,我感到我们之间微弱的连接忽然就哗啦啦断开了。

接着又发生一件事。是雨后的下午,空气清新,所有的树叶都被洗净,我跟着白驹跑,注意力全在蓝天白云上,不料脚下一滑摔倒了,手里的绳子脱手了,前面一个老年妇女,离我不到两米,是白驹认为的危险距离,白驹扑到她的后背,意思是驱赶她,毕竟她离我太近了,我又摔倒了,一个危险的、毫无抵御能力的姿势。我从地上爬起来,急忙抱住白驹。还好女人没有摔倒,只是弓着背,好像背着白驹。她没慌,没尖叫。我急忙道歉,告诉她我滑倒了,不然我是不会松开手的。地上有点积水,我的衣服湿了一大片。女人见我的狼狈样子,说没事,我也养过的,不怕狗。我说了一百多个对不起。这件事发生在早上,以为过去了。大概十点的时候,忽然有人敲门,打开一看不认识,是个年轻姑娘,手里拎着一件紫色外衣。姑娘我不认识,可这衣服怎么有点眼熟呢?她说早上是不是你家狗咬了我妈?我说光扑了一下,没咬。女子把衣服上一个绿豆大的眼儿举到我眼前:衣服咬坏了,赔吧,一千六买的。果然白驹轻轻一扑,这个世界就出现了一个漏洞。这个世界可真不结实啊!最后我用三百元把这个漏洞算勉强弥补上了。

晚上我和白驹讲了半天大道理。以后再不能咬人了呀。那是个老女人,不会攻击我的,就算攻击她也不是我的对手。你不要天天草木皆兵的。我就那么弱小,得你时刻护卫着?你看现在过犹不及,咱还得赔钱。白瞎那钱了,能买多少肉吃?以后冷静点吧,别一惊一乍的,眼瞅着快一岁了,也该稳重些了不是。确实,这个世界不太好,我也受了不少伤害,但也不是所有人都想咬咱们一口。总之我们要调整自己与之和谐相处,不然咋整,我们也去不了火星或者土卫六。白驹用杏核眼看着我,不停地用舌头舔它的鼻子。它没懂,还紧张了。

这种困难处境没有持续多久,我们的转机突然出现了,组织号召我们深入生活。我选择去乡下。我在乌拉街旧街村租了个农家院子,作为我深入生活的基地。

一座老房子,满面风霜,院子杂草丛生。前后加起来有个一千平方米。这种颓败的乡下院子,我一个人是万万不敢住的。久不住人的乡下院子,我们肉眼看着是空的,但据说里面住了很多我们看不见的东西。这个世界粗分两部分:可见的和不可见的。可见的只占一小部分。而那不可见的广大空间,尤其到了晚上,对我形成压迫。黑暗里面有物质,对我形成巨大压迫。

选了一个黄道吉日,带着白驹、衣被、电饭锅、茶具……来到旧街村。一进院,白驹的身份立刻发生了变化。它不再是宠物,而是肩负起了保卫和镇宅的重大责任。白驹的机警、护主、威慑力,都有了用武之地。它对我的保护,不再可笑,而具有了实际的意义。它不再是我生活中的一个大麻烦,而是成为我深入生活——这一行为艺术——能否顺利进行的关键。在那个陌生、可怕的环境里,它立刻成了我的主心骨,成为我面对莫测自然力的唯一武器。

有了自己的院子,白驹可以跑了,不用我再去讨好任何老头了。看着白驹在院里随意跑跳,而我不用担心它吓到别人,我长出了一口气。我坐在一段枯木上,看看天,看看云,看看花,看看草,心情那么平静。忽然在视线里怎么没有白驹了呢?

原来它跑到房后,头和上半身都插进野草中,屁股高举,看那样子是找到鼠洞了。我急忙过去,得帮它一下。它撅着屁股,把尖嘴伸进鼠洞里。白驹是猎犬,实在没啥可猎,猎一下老鼠过瘾。老鼠从另一头出来了,懵懵懂懂的样子,我赶紧挡住白驹视线,掩护两只肥头大耳的老鼠逃跑。白驹白忙了一气,做梦想不到我和老鼠是一伙的。白驹会咬死老鼠,但它不会吃,因为它不饿,或者它不会吃。鸡蛋黄得掰开才吃。圆的就不知道从哪儿下嘴。它挖鼠洞是本能,或者它就是闲的。我成功保护了白驹没有杀生,也保护了老鼠没有惨死。我没费多大力气,就保住了老鼠的今生和白驹的来世。

很快天就要黑了,我得进屋睡觉啊。大半天一直和白驹在院子里玩,玩累了我坐在一只小凳子上,看院子里的野草野花,看古老的手压式水井……我不愿意进屋,害怕这个老房子。里面凉气森森。可太阳已经快落山了,黑夜的外面更可怕。我只得把炕烧热,打扫屋子。有白驹在身边,我的害怕被稀释了一半。我叫白驹和我进屋,它也不爱进去。直到天黑了,它才进来。把被褥铺在热炕头,把白驹的被子挨着我的放好。它在城里一直是和我睡一张床,甚至一个被窝。城里相对干净,城里的狗也相对干净。现在白驹在院子里玩,脚上沾着泥土,身上粘着草籽,不能进我的被窝了。它看了看我的被窝,又看了看自己的脚,知道不行,就很听话地在自己的毯子上躺下了。它紧紧地靠着我,我也紧紧地靠着它。

开始白驹很不安静,它似乎不愿意在这个陌生的地方睡觉,一会儿站起来,一会儿又趴下。折腾了有一个小时,大概是累了,还是睡着了。我不敢睡着,我不敢闭灯。我不知道这屋里的原住民对于我的到来是什么态度,会在夜里制造什么可怕的声响来恐吓我。我睁着惊恐的眼睛等待着。八点就睡下的,一直到半夜十二点,不敢闭灯。我知道它们怕光,只要我躲在光里,它们就不敢出来。到后半夜,我终于把灯关了。灯光给予我的干扰越来越强,有点压过恐惧了。后来我竟睡着了。醒来天已经亮了,白驹也醒了,用大眼睛看着我,意思是要到外面去玩。我打开门,它就跑出去了,我可以继续睡觉。我回想昨晚做了什么可怕的梦没有,竟然没有。我想应该没什么发生。如果有,人家是会让我知道的。那噩梦,也没让我做。

早上,我在院子里跑步。院子西南角上的几棵大榆树,枝叶间藏着很多鸟,它们也醒了,在互相问候,或者正在议论我和白驹——我就是被鸟叫醒的。我的心情忽然好了。如果能让我在这院子里安安静静地住下去,每天种点菜、种点瓜,听听鸟鸣,写几个字,读几页书,做个乡野闲人,也挺好。尤其是白驹有了大院子,可以任意地跑,制造出很多快乐。它快乐,我的烦恼就减少了一半。

有个朋友告诉我,说这个院子里有个老狐仙。我的恐惧主要是害怕老狐仙不欢迎我。人家是原住民,我是后来的。它略施小计就可以吓跑我,从昨夜平安无事看,它没有为难我。如果我和白驹表现好,也许它还能保佑我们呢。也许狐仙自己住在这里感到孤独吧,我来了正好有个伴。也许狐仙修炼离不开人的帮助吧?那么这个院子里有两层保护:看得见的归白驹,看不见的归老狐仙。我在这两层保护里,大可以高枕无忧了。

跑到第三圈的时候,我忽然产生了那种由内心发出的喜悦。喜悦像溪流一样,我能感到那种流淌。这里一切都很好:老榆树很好,树上的鸟儿很好,野草野花很好,能跑步的院子很好,老房子很好,火炕很好,灶里的火苗很好,老狐仙很好……

房东赤贫,家徒四壁,但有个很有些年代的小炕桌。看样式应该是民国前的。做工细腻,就差没有雕花了。在房主搬走的时候,搬走了小桌上面的电视机,没忘拿走小桌下面的一盒烟丝,却把那只小桌留下没拿走,可能是嫌弃桌子太旧了吧。我如获至宝。

盘腿炕上坐,白驹靠在我身边,把自己盘成一个圆(这姿势说明它对环境仍保持着高度警觉)。疑似来自民国的小炕桌上摆好那套紫砂茶具(在搬运过程中竟然完好,一个都没坏),高高矮矮、大大小小,按规矩摆好它们的位置,这户微小的人家人丁兴旺。我忽然悟得:人很难孤独。一套茶具都能在生活中扮演你的伙伴。烧一壶水,醒壶,洗茶,我按部就班。半发酵的茶叶,个个握着小拳头。它们紧紧握着从山野间吸纳的能量,只要我操作正确,它们就会把携带的能量贡献出来,献给我。从茶叶中获取能量,多么烦琐的仪式都是应该的,这是对茶的贡献的必要尊重。泡茶的步骤我已掌握。快速地洗茶,我怕流失掉那宝贵的能量,只把灰尘和农药残留带走就好。再次倒入开水,我开始数秒,从一到二十,不能再多了。倒出茶汤,注满四只小杯子,像四块琥珀。一杯放到桌子的西北角,敬天地;一杯放到西南角,敬院子里的守护神;第三杯放到我的对面,对面没有人,但是我觉得有。最后一杯才是我的。茶水清香醇厚,有如哲学般让我清醒。这人间清醒之水,通过我的血管,流到我的手指尖我的脚指尖,我的大脑毛细血管,它们无处不在。安慰着我的肉体和魂灵。劝说着我的肉体和灵魂。窗外一对花蒲扇被白驹惊飞,在空中打开褐色的扇子。

第二天早上,也就五点多,白驹已经跑到院子里去了,不知何故竟然哇哇大叫。我急忙起来,这才几点啊,还让邻居睡觉不啦？一会儿人家该报警了。在城里可是被人报过警的，为此警察给我打电话。我惊慌地套了鞋跑出来。见院子里白驹扎着马步，尾巴向后伸直了，冲着东院的菜地狂吠。我发现它的每一声吠叫都有后坐力。它发出的声音就是一颗颗子弹。如果不扎好马步，就会被自己的叫声震倒。东院的菜地与我这院子一墙之隔。那墙是木条做的，什么都挡不住。我急忙跑过去抱住白驹，同时捏住了它的嘴。这时菜地里有人直腰站了起来，我刚要道歉，那人却说，这狗好，管闲事儿啊。管闲事儿是能管事有用的意思。他这是在表扬白驹。我说我们刚来，它不认识你，过两天熟悉了，它就不叫了。对不起，打扰你了。邻居说，不叫还是狗吗？狗就得能看家。这打扰啥。好狗。

我感到他不是讽刺白驹，而是说的真心话，我放松了下来。说这么早就起来干活啊。邻居说，四点多就起来了。就早上能干点活，待会儿太阳上来，太热。

原来，凌晨五点多，白驹叫，不会吵到邻居，他不认为狗叫扰民。这也太好了。我们不但可以随便跑，甚至还可以随便叫了。

我也醒透了，开始准备早饭。白驹一碗狗粮加煮鸡蛋。我两个煮鸡蛋一把菠菜。

然后我打坐喝茶。在箱子里找到了一只玻璃茶壶，我今天能看到茶叶的小拳头是怎么一点点为我打开的，那些拳头里握住的能量是如何释放出来送给我的，我要看那个过程。结果我看到了一个惨烈景象：茶叶在热水里疼得惊慌翻滚，无处躲藏。最后被迫伸开它们的小拳头，交出了它们的所有。然后一片片茶叶死掉了沉入壶底，一动不动。这景象严重影响了我喝茶的心情。明天还是用紫砂茶壶吧，眼不见，心不疼。

那泡过的、撒手之后的茶叶，它们都是为我牺牲的，把灵魂贡献给了我，躺在我的手里，还是温乎乎的，实在不能把它们扔进垃圾桶。院子里除了草，还有几棵树。有一棵从叶片上看，应该是榆叶鸾枝，春天开花，一串串的，很热烈。我就在这树的下面挖个坑，把残茶埋入泥土。

2023年10月20日　长春

《芙蓉》2024年第3期

格致　　满族。吉林省文学院专业作家。60年代生于东北吉林乌拉。做过教师，公务员。2000年开始发表作品，在《作家》《人民文学》《十月》《民族文学》《满族文学》等杂志发表散文、小说二百多万字。出版有散文集《从容起舞》等五部，散文选集《女人没有故乡》等五部，长篇小说《婚姻流水》，报告文学《乌拉紫线》。作品曾获人民文学奖、骏马奖等奖项。

# 读书的女人

黎 戈

## 一

皮皮离开外婆家上高中,由此,我妈开始了空巢生活。一反往日照顾皮皮时的琐细忙碌,她的日程表突然被清空,所有的工作都消失了,只剩下白茫茫的孤独。她一生都凌晨即起,操持家事,耳观八方,手顾四面,像个交响乐队指挥一样,指挥协调全家各成员的独奏。现在的她,清晨起来,却发现无事可做,又睡回被窝,她睡不着,披衣独坐很久。天黑了,她又茫然地坐在渐渐暗下去的天色里,不知做什么好。她不知道该如何消费"闲适"这个她从未享受过的奢侈物,她无法理直气壮地虚度。

我妈一向对他人行巴洛克繁复风,对自己行极简风。皮皮常说外婆过去给她洗头,简直像制作艺术品一样:先不厌其烦地摆好若干毛巾,从洗头的,到披肩防湿的,到一擦再擦干用的毛巾,直至最后的干发巾,至少四条,然后,洗前梳,洗后梳,半干时再梳,发型还不一样。我旁观得心累,一把抢过毛巾,把皮皮拖到水龙头下面,三两下冲好了。可是,在皮皮刚出生时,为了带皮皮,我妈昼不能停、夜不能寐,累得连澡都没力气洗,长了一小腿的湿疹。

自从皮皮离开,这不,我妈开始极简生活了。她不是经济窘迫,而是不习惯为自己经营生活。她每天就是煮饭,蒸几片香肠,早餐冲袋大麦片,那是她参加养生推广活动的赠品。吃粽子,她突然大叫一声,我以为她咬到了沙粒,结果是:"粽子里有这么大一块肉!早知道应该留给宝宝吃!"她为此懊恼不已。

我给她定了餐饮最低标准,就是牛奶、鸡蛋一定要吃,晓之以理是没用的,必须动之以钱:"营养不良会生病,去趟医院,哪怕只是排查都是千元起步呢。"她终于愿意喝牛奶了,结果我周末回家,她抱怨说牛奶坏了。我说:"你不喝,它过了保质期当然坏了。"我妈讪讪地说:"我想留给你们喝。"我说:"你外孙女常常点餐,餐饮水平不错,你女儿要保持身材,我们都不需要过剩热量,你爱护自己,就是让我省心。"见我恼怒,我妈似有所动。前天她给我打电话,说她买了一条鱼,我立刻表扬了她"这就对了嘛"。我妈接着说:"我把鱼头鱼尾都吃掉了,鱼肚子留给你吃啊!"

## 二

我妈还觉得,老年人就应该帮忙带孩子,处理我无暇应对的家务,不能提供服务价值,让她觉得自己"没用"。事实上,她连照顾自己都有点吃力:这个社会的脚步太快,她跟不上。她好不容易才学会用手机打开二维码,却依然不会用软件点餐,抢不到电子优惠券。她怕浪费我的时间,拒绝我的陪伴,非要自己去看病。偌大的医院,挂号、拿药、看病,都是电子化的,她怯怯地请人帮忙——她又是最不愿意麻烦别人的人,这些都加深了她的挫败感。

她老说:"我怎么一下子就干不动活了呢?看你这么辛苦,我心里特别急。"我告诉她:"孩子是我的选择和责任,不是你的,当年因为我是一个人带孩子,又得工作,实在忙不过来,才害你牺牲了晚年生活。现在,皮皮大了,已经慢慢能脱手了,你已经为我们付出了一生,为爸爸,为我,为皮皮。你要学着为自己活一次了。"

我妈开始思考"自我"这个重大的人生问题。她从来都是以"牺牲自我"来安置"自我"的,她自身存在的意义感,来自他人。可是,她丈夫去世了,女儿整天伏案工作,外孙女儿忙于学业,她的奉献,已经无处落脚了,自然也就失去了坐标。我给她联系老年大学,帮她寻找旧日友人,给她设计郊游攻略。可是,她的老朋友们,有的老伴也不在了,工资上交给儿女,天天结伴买菜,谈的无非是他人的私密家事,我妈就淡了交往的心,她不是个爱讲是非之人。有些整日接送孙子,没时间和我妈见面。

有些多年失联,已经找不到下落了。我妈所面对的,是中国大多数老年女性长期被家庭捆绑,失去社会身份之后的荒芜困境。

我妈开启了她的寻找自我之路,就是读书。有些杂志会定期给我寄来样刊,我妈看书慢,那些短小的文章,正适合她的阅读速度。她在《读者》之类的杂志上,看到了三毛、李娟的小文,很是中意,我去找了原书,给她看完整的版本,但我妈视力极差,不能长时间用眼。我想到一个办法,就是给她开了喜马拉雅会员,在上面订阅资源,调好顺序,接通蓝牙。我妈做完晚饭,洗清碗筷,去公园快走一小会儿之后,就会打开护眼台灯听书,遇到比较难解的、书面化的段落,再回头查核书本。

我在想,之所以在某些文化网站,交友会快捷便利,就是因为一个人的性格和价值观,其实埋伏在他的阅读和观影取向里,会随着书单散发出来。书影音爱好重合达到一定程度的,往往是性格相投的,就像动物散发强劲的体味,同气相求一样。我真没想到,我妈最热衷的作家,居然是三毛,她说三毛的文字质朴率性,热烈不羁。她很喜欢。她连觉也不睡,连夜听完了三毛的一篇又一篇文章。

我重新审视我最熟悉的亲人……我突然想起,我妈和三毛,其实是20世纪40年代出生的同龄人。1967年,在三毛开始游学欧洲、闯荡非洲的时候,我妈扒火车、蹭汽车、搭顺路车,和陌生男子拼车,游历了中国的东北雪原和云南。想来,我妈年轻时,应该是个野性自由的女子,是后来艰苦岁月的磨损,暴虐丈夫的欺侮打压,才慢慢使她失去了性格的锐角,变成我看到的疲沓模糊的面目。那是长年处在暴力环境中的人,都会长出的一张脸,因为你不知道什么时候,对方就会暴怒动手。受害者都长得很像,就像血缘近亲一样,她们脸上相同的恐惧和怯态,已经覆盖了她们真实的面目。而书,唤出了我妈昏睡的本我,三毛把我妈的精神原貌,从遥远的往昔寄回给现在的我。我好像收到了在时光中丢失的一张旧照片,错愕不已。

有推销保健品的小伙子,喊她阿姨,和她套近乎,谈身世,巴拉巴拉,说自己特别爱学习,就是家庭条件不允许升学。我妈向来视书为珍物,以己度人,顿时心生怜悯,巴巴地从家里找了书,借给他看。我说这都是商业热情,你不必当真,网上免费电子书很多的,他的目的是让你买东西。我妈反应过来,想把书讨回,那人随口说书找不到了,没了,估计是随手扔哪儿了。我妈有些伤心,她不是舍不得一本书,她是不习惯一个人对书的态度这样不郑重。

日益觉醒的我妈,试图以同样的途径唤醒他人的自我——她们这代老年人,陆续开始凋零,很多女性亲戚失去了伴侣,儿孙也无须她们照拂。我妈和她们通电话,慰藉她们,听她们诉苦:"一个人怎么过啊?我就要住在儿子家,他们白天上班,没人陪我说话,我女儿整天陪着我。"……中国女性的一生,都是融于家庭的,通过与他人发生关系而立足:照顾、怨怼、依赖。她们不习惯于独处,不知道该如何处理几乎是突袭来的个人时空。我妈说:"小孩有他们的家庭和事业,你不能耗着他们,你要学会自己生活,你搬回家,我给你装个喜马拉雅,你可以听书。"我妈试图表达"个人空间"这个词,但她还不能熟练地运用术语,她用自己的词库转译了一下:"就是……那个,人,都需要自己的地方啊。"

## 三

小说给我妈上了很多人生课。我妈家有五姐妹,她最小,上面有四个姐姐,大姨妈1949年去了台湾,六十年代死于车祸,二姨妈在一年夏天去世,小姨妈隔年确诊恶疾。有一天,我妈突然开始收拾行李,说是要去看外地的三姨妈,我让她稍等,等我抽空送她上高铁,结果她一个人偷偷坐车跑去了。到了姨妈家,我妈手脚不停地给她的老姐姐擦地、搞清洁,然后两人说了一宿的儿时往事,互解心结。回来后,我妈明显舒心了很多,她还默默计划着,要去台湾和云南给我另外两个姨妈扫墓,和我小姨妈一起去寻访儿时在老城南住过的老宅子。

我说你干吗急着做这些,我妈叹了口气说:"我还能活几年?趁着腿脚灵便,赶紧去'辞路'哎。"

原来如此!这个词,是我妈在小说里看来的。小说里那个老头,大冬天的,颤颤巍巍地跑去老友家里,唠些不咸不淡的话,然后家里的老人说,他这是"辞路"来了。"辞路"是个有历史的风俗,大意就是上了年纪的人,预感来日不多,趁着还能走动,上门给亲戚老友们辞个行,这辈子有什么对不住的,请担待。

我妈第一次看到"辞路"这个词,就很受触动。这两个字,写尽了生命的孤独。一个人,来到世界必是独行,离去时亦然。临行前,感谢此生缘分的羁绊,然后,孤身走上黄泉路,留下活人去牵念或淡忘。近年来,伴侣和姐姐的离开,让我妈感觉到生命的终点已经逼近。她和浑噩茫然、忡忡杳杳,或疯狂购买保健品的老人不一样。她理解,也坦然地接受了生命的孤独和消亡,且化被动为主动,提前启动了"告别"这个重要的生命程序。她没受过任何理论训练,她是用生命体验读懂了小说。


四

我妈文化程度不高,常常遇到不认识的字,她把生字记在纸上再来问我。每每我也不能十分确定时,就去查《新华字典》或《古汉语字典》,然后把那个字的诠释读给她听。我告诉她,字典才是最好的老师。她不习惯用电子词典,就查我上学时用的《现代汉语词典》,封皮磨烂的老字典,却让我妈觉得非常神奇。原来,每个汉字,都通往神秘的意义领地,每个字,都能开出词语之花,采摘这些花儿插了瓶,就是诗歌、散文、小说……书,让冬日枯山般的荒寒世界,变成一个枝繁叶茂的春天。书山路边的每朵花,都让她惊艳,比如手机开屏时出现的问候语,如果正逢二十四节气中的某天,就是一句古诗词。我妈说这句诗真美,赶紧抄在她的便笺——她舍不得扔掉的那些超市收银条上。

她们那代人没学过拼音,她只能用发音相近的汉字来做标识,记住那个生字的音。为此,她又开始努力学习拼音。她翻出皮皮小时候用过的教材和辅导书,还有正方形的拼音卡片。这些书,封面都色彩艳丽,透着孩子的欢天喜地。有些卡片为防止小朋友撕咬,贴了塑,还有的为了引发小朋友的学习兴趣,画了大大的卡通图案,我妈在灯下一个个认着。妈妈的满头白发,伏在那些满面稚气的童书上面,似乎很不搭调,但是,在知识的海洋面前,那个低头拾贝的老孩子,一个在学习的人,怎么可能不美呢?

在美术史上,有很多幅画,都叫作《读书的女人》,我依稀记得那些画面:穿着细布刺绣或绸缎裙子的女人,金发盘在头顶或垂落耳畔,在春日的温煦光线中,坐在雕花椅子上,凝脂般白皙的手指,翻开一本小小的牛皮封面厚书。她们要么身处繁花盛开的园中,要么支颐倚坐在百合花影之畔,那些优美出尘的读书画面,是水晶酒杯中饮下的一口甜酒。而我妈妈的读书,更像是长途跋涉于沙漠之后的那口水,这水掺着来往商贾、饥渴牲畜的体味,然而却是润养心源的水。

书籍,是我们一家女性的精神泉源。学习是多么幸福的事,并不只文学,而是方方面面。比如:我不是文盲。但我是图盲——天生视觉就不太敏感,又因为常年读书,我惯以概念思考,直觉日渐僵化。近年来,在陪孩子读绘本、看图像小说和画册的过程中,我才渐渐学会了读图。为了提高理解视觉元素的能力,我和皮皮常常玩一个游戏,就是"回归文盲"。看绘本和图像书时,我们捂住文字解释部分,去除抽象信息干扰,练习用官能感知世界。

有一次和皮皮去看《心灵奇旅》。她说:"乔伊的房间,有那么多书,还有钢琴,真美。"这个注意力落脚点,真的很别致。豆瓣正好有一些电影里的截图,我们就把乔伊房间及所处建筑物、街景的图片,都串联重看,从居所角度来读解。从图片中可以看出:乔伊住在一个各人种杂处的老街区,老式防火楼梯已有隐隐锈迹,火红的槭树腰身粗壮,这都是时间做的功课。他的房间里没有操作复杂的炊具,他不那么重视吃喝。屋里堆满了乐谱和唱片,他是为音乐而生的。

最后我们一起总结："这不是物质堆叠的美感,而是独自追梦的个人空间。"我们都喜欢这种任意处置未来的自由。我突然觉得,在哪里见过这种都市追梦人的场景,想了一下,我寻出桑贝给《纽约客》画的那些封面,有一张很像《心灵奇旅》的情境:红砖房子、防火梯、无人醒来的后街,一个舞者在阳台上练舞,整幅画面的光,都打在这个小小的舞者身上,寂寂老阳台,瞬间升级为观者围拥喝彩的舞台……这正是舞者版的乔伊。桑贝的都市感,就是"大和小"——在大大的城市、高楼、森林中默默努力的小人物,他们经历的微末小事,心中静静开落的小悲喜。然后,我们不说话,想象着乔伊穿过了桑贝的街道。

学习,就是为了多打开一个感知世界的维度,你的体验层次越丰富,就越能咀嚼出生命的滋味。一双能看到美的眼睛、一个能思考万物的头脑、一颗能享受审美和思维乐趣的心,是一个人能拥有的至为宝贵的财富。如果你品尝过思想果实的甘甜,哪怕一次,你就不想再回到木然无趣的不毛之地。

我也会和我妈分享一些绘本。如今绘本的视觉呈现方式,真是越来越丰富了,从白希那的模型,Hélène Druvert 和伊藤亘的纸雕,到霍夫曼的铜版,还有一些像中东地毯一样编织而成,又有些是橡皮泥捏的。最近,我在看奇米勒斯卡的作品。她游走欧洲,收集了很多旧衣服,然后,她用这些旧布做了很多布艺拼贴画,以此记录和呈现内心。她用布贴画创作过一本《献给奶奶的摇篮曲》。奇米勒斯卡来自波兰的纺织之城——罗兹,她的奶奶是纺织女工,她们纺纱潮男的领带、新娘的婚纱,也织过战士的绷带、战争寡妇的黑纱。奶奶从软布包裹的婴儿,在战争中长大,变成用粗布擦地的主妇。奇米勒斯卡以布艺做画笔,隔着时空回溯了奶奶的辛劳一生——摇篮曲是哼给婴儿的,被爱的人在爱人眼中,就算奶奶也是婴儿。

　　所有的这些图案,都是奇米勒斯卡用她收集的旧布、老花边、家传纽扣,以及友人收藏的旧织物拼贴制成——旧布被人穿用过,带着人的温度,它磨毛了的经纬,恰似岁月对人的磨损。缝合的走线,正如日子的针脚。发黄的,既是布面,也是时间。布的反面,图案模糊隐约,正是我们无法言传的内心,又带有起雾清晨的诗意。图案背面残留着线头,像我们内心的纠结,而这所有的不完美,是被接纳的。奇米勒斯卡不是用语言,而是用双手的劳作来叙事,而且这劳作,是"缝纫"这种需要韧性耐心、更女性化的力量方式,这也是隐喻。她的书,要是兑换成文学风格,就是那种活在时间中的体温感。这温度,是生命的热情,也是女性亲人之间的疼惜依绊。

　　关于这位绘本作者,能查到的信息很少,仅止于:"她喜欢烹饪、听鸟叫、观察植物,平日里像许多妈妈一样,会烧菜、洗衣服、逛市场""她住在维斯瓦河畔的托伦森林里,每日,在林中与湖畔漫步,踩着落叶和苔藓,轻嗅着潮湿的土壤的气味(她是个气味爱好者,她的一大爱好就是收集香水)"。在她的书中,那些起落流利的劳作,一饮一啄的匍地真切,正是日常体验的撑篙,在为叙事和运镜平稳掌舵。她让我想起了我妈、我外婆,或者说,有多少女性的一生,是这样一本辛劳微甘、五味糅杂的无字书啊。奇米勒斯卡隔着漫长时光,拍哄着辛苦操劳的奶奶入睡:"睡吧,睡吧,我的奶奶,我的宝贝。"这不也是每个爱着母亲的女儿想做的事吗?我几欲落泪。

　　我急不可待地把书背到我妈家,因为她高度近视,我就捧着给她看。她啧啧称奇于作者的巧手,布料图案的美丽。她总是小心地问:"这幅画是什么意思?"我说你想怎么理解都可以

-047-

啊,好的作者只启智,不设标准答案。坏书,是盖个围墙,把思路往里圈;好书,是以个人体验为原点,让读者尽量往外走。书的价值,不在于它说了多少,而在于你想了多少。我妈这一生,臣服于我爸、受制于时代、被社会规训,我希望在思维上被禁足一生的她,大胆地走远些。然而,突然拥有的思考自由、自主判断的权利,让素来仰视书本、生怕辜负了作者写作深意的我妈,都不太适应了。偶尔苦思得解,她像发现新大陆一样兴奋:"翻过来的这页布,是前面那页的布的反面!"我问她:"那它意味着什么?""就是……一个人,不是他表面看起来的样子?""是的,你可以这么想。"当然,即使看书,她也不忘叮嘱我快把书放桌子上,因为"捧着这么大一本书,你的手会累啊"。

《茫然尘世的珍宝》,江苏凤凰文艺出版社2024年9月版

黎戈　作家,南京人。诚挚的生活者、阅读者、书写者。著有《时间的果》《私语书》《心的事情》等作品。过着脚踏实地的日常生活,也热爱精神云端的飞翔。写作是因为"我们都困在巨大又琐屑的生活里,我们都珍惜具体而微小的幸福"。书写女性琐碎而芜杂的日常,日复一日的隐性磨损,也收集生命中发光的时刻,所谓"珍宝"。

# 疼痛手记

杨本芬

2016年,膝盖内有烧灼感,火烧火燎的感觉让人烦躁不安。看着外表完好无损的膝盖,不知里面出了什么问题,看又看不到,摸又摸不着。逐渐地,烧灼感伴随着疼痛,日子越来越难熬,尤其是冬天。自此冬天来临之前我都要在心中暗暗祈祷:要是这个冬天膝盖莫痛我就好哦!

2018年过完年不久,楼上邻居两夫妻来我家坐坐,男的是医学院老师,我便说起我的脚疼:"余老师,我本来身体还好,只是这两年膝盖的不舒服快把我打败了。"

余老师热情地说:"不急不急,能治得好。做过检查吗?"

"核磁共振前前后后做了三次,结论是半月板损伤破裂,还有少许积液。"

"我有个同学是骨科医生,专治膝盖,隔天你带上片子,我带你找他。"

第二天余老师就来找我,说已经和同学打好招呼了,他陪我去。余老师开着车,大女儿陪着我,那是2018年2月25日,天气晴和,风中带着暖意。

二十多分钟后到医院,余老师带着我们熟门熟路地到了他同学主任医师华医生的办公室,推门进去。华医生正坐在办公桌前,五十来岁,头发掉光了。余老师做过介绍,我们彼此打过招呼,女儿递上核磁共振片子。华医生看过片子后又仔细看了膝盖,说,应该是关节炎和半月板引起的烧灼与疼痛,先住下来,做保守治疗。

所谓的保守治疗,就是打点滴消炎以及热敷和冷敷。第三天女儿来看我,问我感觉怎样。我说,没有半点改善。女儿说:"那就出院吧,到别的医院去看。"

就在这时,走来一个四十多岁白白胖胖的女医生,据说是个副主任医师,她问清了我的病况,对我们说:"何不做个半月板清除术?微创手术,在膝盖上打两个小洞洞,内窥镜探进去,膝盖里有什么毛病便能看得清清楚楚。做完就不痛了,三天就能下地走路。"

一个病人盼望自己的病好,往往会失去理智,她的胸有成竹,急于为病人解除痛苦的言辞使你无法不相信她,我和女儿听了,就像灌了迷魂汤,丝毫没怀疑她的建议是否有医疗之外的因素。我根本没多想,就让她给我安排手术,越快越好。

手术那天,华主任和我女儿、儿子都来了,那个胖胖的女医生和华主任同时站在我的病床旁,我原以为是那个胖胖的女医生给我做手术。我对她说:"两只脚同时做。""两只脚都做?"女医生有点惊讶，但脸上又有难以觉察的惊喜一闪。的确，我看到了。就在这时，余老师笑嘻嘻地对他身旁的华主任说："老同学，这手术就要麻烦你了。"

华主任说："放心好了。"那女医生一愣，脸红了一下很快消失了，这一瞬间的变化又被我捕捉到了。因为刚和她接触，我对她是有好感的，她对我讲话面带微笑，看得出她很想给我做手术，而且是两只脚都做，等于两台手术，是很难碰到的事。没有给我做成手术她很失落，大概直接影响了她的收入。

人，只要心中有希望，很自然地会快活起来。我异想天开，满以为就此能脱离膝盖烧灼疼痛的困扰，万万没想到后面数年的噩运正在等待我。

我躺在四个轮子的病床上，被飞快地推往手术室。手术室里穿着绿色工作服的助手，个个严肃，各人做着自己该做的事。麻醉师很快给我在背上打了麻药，我的腿很快就失去了知觉，如两根木桩一般连接着我的身体，动弹不得。

手术结束后，真的只住了三天院。这三天中身上安了镇痛棒，还打着点滴，也许有止疼的药水，第二天我就能下地上卫生间，不疼。那一刻我心里不知有多高兴，满以为就此能脱离膝盖疼痛的苦恼，过上健康人的生活了。

第四天出院，那位胖胖的女医生来了，递给我一张表，交代我回去务必要按表上的要求做。表上说明要卧床三个月，每天做五百下抬腿。

我说："手术前怎么没告诉我，要卧床三个月，抬腿五百下？一只刚做了手术受了伤的膝盖，连动都不敢动，怎么做得到抬腿五百下哦。"

事实上，不要说每天五百下，我连五十下都坚持不了。那痛,真是痛彻心腑。

去复查,那个女医生让护士解开纱布,摸了摸,说:"恢复得不错,要坚持抬腿。"我问她:"你说做完就不痛了,现在这么痛怎么办?"她答非所问,边往外走边问每天做了多少下抬腿。

我卧床三个月,只是抬腿做不到。因为但凡抬腿就会引发生不如死的痛苦。

那痛是无法诉诸笔端的,任何语言也无法恰如其分地形容它。再去找女医生,两次都没碰上。其实明知找她也没用,只是想问问她当初为何讲"一做手术就会好"的话。

盼啊!盼啊!满以为三个月后会好些,可是三个月后依然没有丝毫好转,去找华主任,华主任说我恢复得好,至于痛他也搞不清是怎么一回事。

女婿经熟人的帮助,把手术前后的片子寄给上海某大医院的骨科专家,得来的回复是膝盖内没太大问题,这手术可做可不做,建议我吃普瑞巴林和西乐葆,每天各两颗。一开始这还能止住一些疼,到后来也不起作用了。

这一痛迄今便是六年。六年里,女儿把术前术后拍过的片子寄往各个大医院,到处求医问药。这六年里,去过上海的复旦大学附属华山医院、北京协和医院以及香港的医院,基本上,给出的建议都是再次做膝盖置换手术。然而上次手术已经让我经年承受疼痛的酷刑,我没有勇气再来一次。

痛的时间太长了,看不到希望,让我有些抑郁了。二女儿提供了几本书,要我看看书也许能分散注意力。儿子花了三千多块钱给我买了台苹果平板电脑,要我在床上看看电视连续剧,分散注意力来减轻疼痛。

可是我疼得电视剧都看不下去,更别说看书。躺着痛,坐着痛,站着痛,走也痛,这痛让我满脑子想的就是如何快点死去,早日解脱,不想在这人世间苦苦挣扎。我每天都想着怎样个死法体面些,还想顾及死后的模样,不能吓着孩子们。

最先想到的是去象湖淹死。象湖离家两三里路,有好几平方千米的水面,湖水澄清,波光粼粼,两边垂柳如丝,野鸭子在水上嬉戏。早上和傍晚人流如织,曾经,我也和老爷子、孩子们时不时光顾那里。可是现在,我的脚根本走不了那么远呀!

也想到了绝食饿死。那天实在疼得厉害,满脑子都被死字萦绕着。想着父亲就是饿死的。饿死应该容易点,也不会太难看。

"阿姨,来吃饭哦。"钟点工小段喊我。一听有人叫我吃饭,小狗毛毛跑到我床边汪汪叫,它也是在喊我去吃饭。我苦笑一下,说:"我没有胃口,不想吃,你们吃吧。"

桌子上的菜香飘进了房间,香气通过鼻孔,进入肺部,在肺下面的胃里引起骚动。胃开始抽搐,肠子在蠕动,发出咕咕的响声。

这咕咕声是提醒我,肚子饿了,要吃饭了。

饿肚子太难受了,有人说饿肚子等于活埋。这个死法坚持不了,看样子我不是个意志坚强的人。

各种死法都不行,那就只能活。有时我对着天说:"老天爷,我是个好人,你救救我吧。减轻一些我的疼痛吧。"有时我又说:"爸爸、妈妈、哥哥,我的脚好疼啊,你们显显灵,保佑我的脚不那么疼吧!"我泪眼婆娑,谁能救救我啊!

白天嫌日子太长,只想赶紧到晚上,睡着就好了。可是晚上睡不着。一天二十四小时不可能因为脚疼而减少一分钟。大女儿说,睡不着妈妈你就不停地念阿弥陀佛,我便开始不停地念阿弥陀佛、阿弥陀佛、阿弥陀佛……可是我并不信佛,念着念着念不下去了。我开始念我小时候的"一二三四五六七,马兰开花二十一……",通常也不管用,还是要吃安眠药才能睡着。

实在疼得受不了,最终还是想到去象湖。一个将死的人,依然想着孩子们,想着他们如何能容易地找到自己。我看过野夫写在长江上寻找他母亲的过程,实在太惨了。我想在象湖找一处偏僻之地,用一根绳子一头系在树上,一头系在自己手上,然后再下水。我是个旱鸭子,会很容易沉下去。别人碰到绳子也容易发现我。

可是问题还是,怎么去象湖呢?不能走路,爬都要爬着去,可是我连爬都不行,跪不下去呀。

还是只有活下去一条路。

家人不知我这些心理活动,但知道我痛,一直在替我想办法。孙女和湖南的中南大学湘雅医院取得联系,在众多专家中我们联系上了一个年轻博士主任医师,通过电话问诊。我先将手术前后拍的片子寄过去,收到片子后,他联系上我。

他告诉我看过片子,膝盖里看不出什么大问题,只是这手术不宜做,年纪大了不易恢复。他声音温婉,有一种亲切感。我说,我真的痛不欲生了,到了求生不得,求死不能的地步。还有办法能让我不这么痛吗?医生说:"我没亲自看到病人,也无法多下诊断,就止痛效果来说,两颗普瑞巴林和两颗西乐葆同时吃,疗效可能会好些。"他安慰我调整好心态,慢慢来,急不得。

我照着医生说的,早饭后四颗药一口吃下。还真管用,膝盖没那么痛了,我大喜过望。

可是好景不长,膝盖又开始痛了。时间到了 2019 年下半年,我还在痛,当然也有好一点的时候。一年里,在南京的二女儿和女婿三次回家看我,看到平时虽上了年纪依然开朗有朝气的我,因这次手术真的废了,像变了个人似的。看到我如此痛苦他们又无能为力,十分难过,只有百般劝慰:"手术做都做了,后悔也没有用。只有自己好好调整心态,接受事实,等待恢复。"

回家时二女儿把片子带去了,到南京鼓楼医院骨科挂了号。看片子的骨科医生说我的膝盖里一塌糊涂,一定是从前使用得太狠,损伤甚至超过运动员的膝盖。他说我一定是个停不下来的人,应该把我绑在床上两个月不要下床。

女儿说,可是做手术的医生叮嘱一定要做康复运动。如果躺在床上不动,肌肉会不会萎缩?

那位医生的观点是,就算付出肌肉萎缩的代价,也要先让膝盖得到休养。各个医生观点不一样,家人和我都是无所适从。

疼痛在继续,绵绵不断。大女儿只得把我送到南昌大学第一附属医院的疼痛科。先看门诊,递过片子,医生草草地瞄了一眼,我卷起裤腿想让他看看摁摁,并说我这膝盖手术后三年多了还疼。他只瞄了一眼,说:"我也不晓得你的膝盖怎么会这样疼。你们这些人不到疼得要死就不记得疼痛科的。"他对身边的实习医生吩咐道:"带到九楼陈医生那里住院。能好不能好我也不晓得。"本想再问,他已叫下一位病人了。我和大女儿只得跟着那实习医生去九楼住院部。

到了疼痛科,我才发现身犯疼痛的人多了去,腰疼、背痛、脚痛、耳朵痛等各式各样的痛都有。那天见到一个三十多岁的年轻人,在走廊里抱着大腿呼天喊地,眼泪在脸上肆意横流,惨不忍睹。我住的病房四个床位。一个耳朵痛的,晚上睡觉鼾声

-055-

如雷，碰上这样的人也毫无办法；一位腰痛的便每天坐四站路回去睡。我和另一个病友只好就近到宾馆开房。五天后耳朵痛的出院了，他告诉我们住了半个月的院，耳朵还是痛，不治了。

住院期间每天两瓶点滴，给神经补充营养和消炎，还有一种叫丁丙诺啡透皮贴剂的膏药贴在胳膊上，贴一次能管一个星期。我住了半个月，出院了。脚依然痛，但比刚开始那种痛不欲生还是好些，再没想着去死，不想害孩子们在人前抬不起头——他们的妈妈是自杀死的。

我把脚痛分为四等：剧痛、中痛、微痛或不痛。一起床，就来感觉今天的脚是哪一个等级状况。如果逢到剧痛，便痛得生不如死，像一个疯子，躺着又爬起来，爬起来又躺着，热敷不起作用，小段轻轻帮我抚摸。痛得实在受不了又补吃两颗普瑞巴林，两颗西乐葆。早晨痛到下午四点才能缓解些。这一天的日子特别长。

微痛已经习惯了，根本不算疼。如果哪一天不痛，我便又会开始异想天开：我的脚会好，今天不痛，明天也会不痛。

微痛或不痛的日子我坐在桌前写故事，一边想着：脚不痛的话日子真好过。有人想活都活不了，我又何必急于想死呢？八十有四了，你以为你还能活多久？就算活到一百岁也只有十多年，真是弹指间。八十几年都那么快过去了，还怕这剩下的日子？我在心里和自己对话。

这期间我哥哥因中风去世了。我和哥哥的感情很深，可以和母亲相提并论。女儿一直担心大舅舅去世，对我来说这一关会很难熬，真没想到，听到消息我一滴眼泪都没流，只觉得心被掏空了。人伤心到极致反而不会哭了，我在心里不断对自己说,哥哥走了好,哥哥走了好,总算脱离了苦海。不知自己何时才能解脱。

哥哥生得英俊儒雅,善解人意,我生活中遇到的困惑都可以向他倾诉。从前我们每天通一到两次电话。他第一次中风留下的后遗症是双脚无力,走路比较困难,要拄拐杖。手没问题,便每天坚持写字、画画,写了四个大字贴在墙上——努力活着。

日复一日,年复一年,疼痛依然在进行,持续而绵长。也仍然继续寻求治疗,住过院,看过医生,总是满怀希望而去,最后失望而归。挫败感一次比一次地加重,只有接受事实。自从自己的脚坏了,走在外面,我的眼睛哪里都不看,专看别人的脚走路好不好。看到别人走路稳当且快,我内心羡慕死了,要是我还能这样走路就好了。

我成了个老小孩,周而复始地给大女儿报告痛和不痛。

痛起来我就打电话给大女儿,带着哭腔喊:"南南,我好痛啊!"

"妈妈,不怕,你捏一捏、摸一摸,热敷一下,想办法减轻痛。明天会不痛的。我等会过去帮你捏捏。"

等第二天真的不痛了,我又打电话告诉女儿:"南南,今天脚没痛。"声音是欢快的。

"妈妈,今天不痛你就开开心心过,不要想明天的事。"

"南南,明天又会痛吗?我,我真的痛怕了。"

"明天也不会痛,你不要怕。"

人变得越发脆弱,动不动就伤感。每次打了电话后,又来反省自己,暗下决心,不能频繁打电话,痛苦要自己承受,快乐倒是可以分享。

想归想，但我还是给大女儿打电话，因为她每次都说，妈妈你忍耐一下，今天痛了明天就不会痛了。这句话对我是那么重要，我常在心里默念，今天痛就痛，明天不会痛了，我盼望明天。

《天涯》2024年第4期

杨本芬　素人作家，现居江西南昌。十七岁考入湘阴工业学校，后进入江西共大分校，未及毕业即下放农村。此后数十年为生计奔忙，相夫教子，后从某运输公司退休。花甲之年开始写作，八十岁出版处女作和代表作《秋园》，之后陆续出版《浮木》《我本芬芳》等作品，均引起强烈反响，陆续获得十余项文学奖项。

# 请君重作醉歌行：缅怀徐晓宏[①]

陈 朗

如果有灵魂存在，晓宏一定会惊讶于朋友们对他的厚爱和高度评价。我也很惊讶，同时为他骄傲。我发朋友圈、感谢作者、转发给我的父母，希望他们终于彻彻底底地知道他们女儿二十年前的任性并没有用错地方。直觉告诉我，他会喜欢看到我这么做，他想让更多的人、让全世界知道他是怎样的人，怎样努力地成为一个完美的人，证明传说中的"凤凰男"不都是他们

---

① 标题源自：(宋)叶梦得《临江仙》

唱彻阳关分别袂，佳人粉泪空零。请君重作醉歌行。一欢须痛饮，回首念平生。

却怪老来风味减，半酣易逐愁醒。因花那更赋闲情。鬓毛今尔耳，空笑老渊明。

想的样子。这种"证明自己"的努力是不是贯穿他的一生呢？这真让人心疼。

然而我也知道我内心深处的"不明觉厉"。朋友们和他的灵魂交流让我嫉妒。我曾经也是多么地热爱哲学和理论。如果我们不结婚，我是否能更好地欣赏他的思想和行动？我想起小孩因为新冠停学在家的时候，我在家里疲惫不堪，他在网上挥斥方遒。国家、革命、现代性，和我又有什么关系呢？他和他的朋友们聊女性主义的时候，我心中冷笑。

我曾经跟我的心理医生说，嫁一个情投意合的人怎么可能幸福。你们想要的是同一个东西，但是总得有人管孩子、报税、理财、做饭，于是这就成了一个零和博弈。他越成功你越痛苦。我说现在我明白了，人如果要结婚的话，就应该跟自己爱好不同的人结婚，比如如果你爱虚无缥缈、形而上的东西，就最好嫁或娶一个发自内心热爱管孩子、报税、理财、做饭的人。在资本主义社会混下去需要效率，而效率需要劳动分工。

我不知道有多少女人在她们杰出的伴侣最春风得意的时候，内心痛苦地尖叫着。又有多少女人最终用"爱情"说服了自己，抵消了、忘却了心中的尖叫，保持沉默。

但晓宏不希望也不期待这种沉默。当他听到我内心的尖叫的时候，他绝对不会认为那可以被忽略或和他的成就相抵消。这是一个在男权的结构内，却要做一个女性主义者的男人——真是一个尴尬的位置。这个位置对他的要求太高了，高得不切实际。男权的结构要他——恐怕也要我在潜意识中想让他——事业成功、养家糊口、挥斥方遒、广交豪杰、关心国事天下事，它甚至告诉他身体疼痛的时候忍着不去看医生。但同时，他也感受着、承担着我的痛苦，却无能为力。他可能没有好好想过,历史上的多数学术大师们背后恐怕不是殷实的家底,就是甘心情愿伺候他们、为他们奉献一生的女人们。可能在他心里,他自己永远是那个从浙江山村蹦跶到北大又蹦跶到耶鲁的孩子,以为自己是自由的,以为凭着一颗聪明的大脑、刻苦努力,还有善良,一切皆有可能。

晓宏在去世前不到一个月的时候,受洗礼成为基督徒。在他做这个决定的时候,多次提到 guilt(罪咎),而且对我的 guilt 似乎是其中重要的一部分。我不是很能理解,问他:如果这个问题是人和人之间的问题,为什么不通过人和人的方式解决呢?当然患癌这个事本身足以让你皈依,但我们之间的事情与上帝有什么关系呢?他没有给我答案。现在想来,或许他已经累了,抑或"我们之间的事情"的确超出了人和人的层面,本质上是个人和父权结构、资本主义学术生产方式的对抗和矛盾。

写到这里,我好像看到他对着我笑,说:有道理哦,你好像比我更社会学呢——然后抛出几个理论家的名字供我参考。

为什么你生前没有想到呢?你们社会学家不是最喜欢凡事归咎于"结构"吗?难道在这件事上你被"情"迷糊了头脑?

我不知道是从什么时候开始,他觉得重要的东西,我不再觉得重要。我敬佩他对大问题的执着,但我也暗暗希望他能发一些水一点的文章,赶快把书出版,赶快评上终身教授,让生活变得从容、安定一点。2022 年 10 月,他需要动一个被称作"手术之母"的十几个小时的大手术,简单说来就是把肚子打开,把能找到的肿瘤切掉,然后在腹腔里喷化疗药水,静置几小时,再清理、缝合。手术前三四天,他最呕心沥血的文章被期刊拒绝了,而且是在他按照评审者的意见修改之后被同一个评审者拒绝的。他认定那个拒绝他的评审者知道他患癌的事情。① 我陪他去附近的一个公园走走,天气阴霾寒冷,周围几乎没有人。晓宏在山坡上大哭起来。那是野兽一般的嚎叫。他说:为什么为什么,为什么我在任何会议发表这个研究,所有人都觉得特别有意思,但是他们就是不给我通过。我手足无措,心里只有一个声音:我恨学术(体制)。还有一次文章被拒,发生在他做完化疗的当天身体最虚弱的时候。

我们这一代学术工作者一直都被告知要 tough(坚毅):"不用比谁发的文章多,先比比谁收的拒信多。"但有的时候,那疼痛过于残忍,残忍到让人怀疑是否必要。

在他去世前几周,他破天荒地表达了对学术的厌倦,说剩下的时间,他要为女儿写点东西。但我们谁也没有料到,"剩下的时间"比我们任何人估计得都要少。至今我没有找到任何他留给女儿的文字或影音。

12月9日他的同行好友们从美国各地来看望他,还说列了个问题的单子。那天早晨我问他我是谁,他说他不知道。我报出我的名字,他才明白了。朋友们到来之前,护士嘱咐我不要让他太累。我问他:你学术上的事是不是和罗毅(他系里的同事)交代得差不多了,这一队人的问题是不是都已经解答了,就不用再说了吧? 他摇摇头说,这些是不同的问题。我只好心想,求仁得仁吧。当然,朋友们看到他的状态,并没有忍心拿出

---

① 关于晓宏当时猜测谁是那个评审者,我的记忆或者对晓宏想法的理解不一定准确。我在10月的那天听他说的"按照评审者的意见修改之后被同一个评审者拒绝"和"评审者知道他患癌",可能指的并不是10月被拒的文章,而是另一篇。然而和他主观的痛苦比起来,在这篇很个人的文章里,客观的事实似乎不那么重要了。

问题清单。他几天来目光渐渐涣散,眼神中有一种老人的天真。他看着围绕身边的朋友们,说你是张杨,你是龙彦,你是毓坤……然后看着我说:你,我不认识了。接着狡黠而天真地笑了,大家都笑了。他可能是在自嘲早晨的事吧。

9日晚上,当房间里只剩我们俩的时候,晓宏越来越频繁地自言自语,内容不是自己讲课,就是主持别的学者的演讲,躺在床上跷着二郎腿,全程说英文,自信、潇洒,几天前开始变得含糊的口齿又一次清晰起来。我坐在一边泪如雨下。我知道一个强大而不可知的力量正在把他从这个世界夺去。我多么想和他说说话,哪怕是在他最后的想象里。他躺在床上,清晰而冷静地说:我们可以想一想如何从女性主义的视角解读韦伯。

后来晓宏甚至多次试图坐起来,甚至站起来。护士告诉我这是 terminal restlessness(临终不安)。他恐怕是想起来和那要将他带走的力量搏斗。

第二天早晨,他终于安静了,睡着了,但从此不再能说整句话。护士给他输液的时候,他把我的手拉向他,轻轻咬我的指尖,我说你干吗?他就继而亲吻我的手背。护士说,he is so sweet。我才从悲伤和几乎一夜无眠的疲惫中回过味来:也许他还知道我是谁,他可能真的在试图告诉我什么。

8月底常规化疗失效后,他曾经问我:你害怕吗?这个问题让我不知如何回答,因为什么答案似乎都不合适。11月他受了洗礼后,我们在得州被告知没有任何临床试验可用时,轮到我问他:你害怕吗?他坚定地说:不怕。从住院到过世的十天里,晓宏几乎没有流过眼泪,即使他蜷缩在床上对我讲"我恐怕扛不过这几天"的时候。他过世那天的前夜,每当他似乎有一些意识,我就拉着他的手说尽好话。当我说到我会把孩子好好抚养成人,两滴泪水从他眼角滑落。这是他最后的日子里流的唯一的眼泪。

12日上午,几日来持续阴沉的天空放晴了短短的一阵子。晓宏面朝窗子的方向。我想他一定感到了光明和温暖,决定向那个方向去了。

过去两年患癌的时光,他固执地自立着。我说我可以放下一切,脱产照顾他,他断然拒绝了。我说我来帮你研究临床试验,他说这个学习曲线很长的,他自己来就好了。除非万不得已,他拒绝让我陪他去外州看医生。在机场都用轮椅服务了,还执意要自己从机场开车回安娜堡,理由是坐着的时候是不疼的。那天我正好要做一个小报告,我说那个不重要,我不非要去,我去机场接你。然而他不同意。即使在他面临大幅度减薪的时候,他也不想动用一分我父母的退休存款,就想着自己怎么能接着工作而保持一些收入。

我想,这两年来,他是希望让我的新事业和他的癌症赛跑。我以前常常幻想我的毕业典礼,打定主意要觍着脸提名自己去做毕业演讲。我要用这种特别美国的、从前的他可能会嘲笑的方式,当着所有人感谢他,让他为我骄傲,让他的病痛不是枉然。他去世一周多以后,我决定重新开始跑步,因为自己"积极的生活态度"而心情不错。跑着跑着忽然想到,他看不到我毕业了。我这个拿过不少貌似高大上文凭、对毕业典礼鲜有兴趣的人,竟然因为这样一个书呆子气的理由在操场上痛哭了起来。

在安娜堡,我和朋友们一起为晓宏选了墓地。墓碑将是朝东的——呼应他的名字,面向他最爱的公园,俯瞰那里苍翠的小峡谷。我们曾经在那里玩飞盘、遛狗、放风筝。以后也总会有密歇根大学的年轻人做同样的事情,年复一年。走在墓园里,我第一次注意到西人的墓碑——特别是那些古旧的——是多么谦卑:只有名字和生卒年月。一些晚近的墓碑上会写:父亲、祖父、丈夫等。只有区区几个提到逝者的职业。也许在上帝或生死面前,所有这些只是虚妄。而肤浅如我,恨不得在碑上刻一个二维码,让所有好奇的路人都可以读到他的论文。

不少墓碑上都刻了两个名字,有的还缺一个年份等待填上去。有个墓碑上嵌了夫妇俩年轻时的黑白合影,真是一对璧人。想想一起在黑暗中安眠,多么诱人。诱人得如同婚姻一般。

家父的一位朋友知道晓宏过世,发微信慰问。父亲回复时,按着传统的修辞,落款是他本人"率陈朗和外孙女敬谢"。我看到后想了想,告诉父亲:你以后谢就好了,不需要"率"我们。我好像看到晓宏又对我笑了,似乎充满骄傲。他曾经的春风得意和曾经的病苦困顿,他的无能为力和爱的凝视,让我成了一个 badass。他和我都知道,再没有人可以"率"我了。

是不是我在未来最好还是归于大海、山川?也许那样,我可以更好地爱你。

《北京文学》2024 年第 3 期

陈朗　密歇根大学学生心理咨询中心心理咨询师。耶鲁大学宗教研究系博士,哈佛大学神学院神学研究硕士。2019年她辞去在香港的教职随徐晓宏赴密歇根,不久即遭遇疫情,长期工作亦无着落。2021年秋立志改行做心理咨询师,2022年春收到密歇根大学临床社工硕士项目录取,同时收到的是晓宏的癌症诊断书。

# 四季

安　宁

## 一

这是春天,我和阿尔姗娜趴在窗边,一边沐浴着温暖的阳光,一边注视着窗外一株沧桑的柳树,它一夜间浸染的绿色,提醒着我们,生命又开启了新的轮回。

它已经很老了。或许三十年前小区刚刚建成的时候,为了乔迁之喜,一楼的主人就将它移栽到这里。一株普通柳树的寿命,也就三四十年。如此算来,它已进入暮年。它的树干已有部分中空,蚂蚁们便在这里住下来,每日爬上爬下,将不远处垃圾桶旁人们漏下的残羹冷炙,一次次搬运回巢。蚜虫们也会吸食柳树的汁液,于是一年一年,树洞越来越大,总让人担心,某一天它会被完全蛀空，在某个风雨之夜，尚未来得及向路人发出哀伤的呼救，便颓然倒地。

但那一天，似乎永远都不会来，于是这里便成为鸟儿们栖息的家园。每天清晨，清脆的鸟叫声都会将我唤醒。我喜欢躺在床上，隔着厚厚的窗帘，倾听鸟儿的歌唱。有时是一只麻雀，高一声低一声地叫着，阳光洒落下来，它的身体温暖而又明亮，叫声也因此充满了喜悦，仿佛即将会有快乐的事情发生。有时是两只喜鹊，比赛似的，让清亮的叫声抵达人们的枕畔。有时是一只燕子，历经长途跋涉，从遥远的南方降落在辽阔的内蒙古大地，这万物复苏的春天，让它兴奋，于是它一刻不停地叫着，好像要将一路看到的风景，全讲给人听。

这时节，年迈体弱的老人还未褪去棉衣，燕子将他们早早地叫醒。他们裹好棉衣，笼着手，走出防盗门，站在树下，欢喜地仰头看这只燕子。有时，老人也会跟它说一会儿话，絮絮叨叨的。儿女们都上班去了，只有柳树上的燕子，愿意陪着又熬过一个寒冬的老人，说一早晨的话。

我听着窗外此起彼伏的鸟叫声，心底一片明净。阳光透过窗帘的缝隙，洒在对面的柜子上，细细长长的，像一柄锋利的剑戟，悄无声息地劈下去，斩断了逝去的一日，并将全新的一天，送到我的面前。

我于是起床，在鸟鸣声中洗漱、吃饭，给窗边的扶桑花、太阳花、绣球花、风信子、朝颜花、杜鹃、兰花草，一一浇水、松土、锄草，而后将它们移到阳光丰裕的地方。劳作的间隙，我会抬头看到老迈的柳树。此时，它荡漾在春光里，重新现出生机，每一片叶子都是新的，每一根柳条都充盈着力量，就连寄生其中的蚂蚁，也成为不可分割的部分，让它在某一瞬间，闪烁着动人的生命之光。

这奇异的光,也吸引来一群勤劳的蜜蜂,它们将巢穴搭在柳树旁边的车棚檐下。推着电动车出门上班的人,每次都小心翼翼地绕开蜂巢,怕冷不丁被它们偷袭。但蜜蜂们忙着采蜜,没有时间与人周旋。它们先将一楼小花园采完了,再飞去附近采集杏花或者槐花。一天的工作结束,它们才肯回到巢穴安歇。许多个黄昏,我起身休息,透过窗户,总会看到后腿沾满花粉的蜜蜂陆续回巢。不管飞得多远,这群小生命总能够循着气味返回家园。在这种神秘的对气味的记忆中,除了蜂巢弥漫出的花粉的甜香,一定还有阳光下万千柳叶散发出的清新微苦的味道。正是这一株老去的柳树,为这些可爱的生灵遮风避雨,让它们在与人类共同栖息的城市里,一年一年,永不停歇地生息繁衍。

就在与这株柳树间隔一百多米的墙壁里,也长着一株老树。这是一株榆树,它与楼下的柳树遥遥相望,共同见证着这片社区开疆辟土似的兴建,又因周围医院、学校、商场等配套设施的兴起,成为人们瞩目的市中心,最后,在城市的快速扩张中,被高楼大厦遮挡,落满了灰尘,并被喜新厌旧的人们迅速地抛弃。就在老旧小区的改造中,人们将一堵又一堵围墙拆掉,把一栋楼就自成一个小区的农委大院、天宇公寓、弘元公寓、二药厂二号楼、印刷厂楼、科技站小区、高干住宅小区,合并为农委社区。20世纪80年代末90年代初期,在呼和浩特这座城市,农委社区属于炙手可热的地方,人们一提起这里,就会心生仰慕,恨不能将自家姑娘嫁入这里的某一栋楼,或者以后给自家小子在这里买一套房。小区里住着的人们,进进出出也满带着骄傲,每栋楼都因嵌入了单位名字,成为闪亮的身份名片。就连三十多栋楼附近的"老百姓市场",负责收取租金的男人,言行举止里也透着豪横,仿佛他是旧时代的地主。

谁也不会想到,三十年过去,这里会被人遗忘。如果不是因为附近有民族实验小学和幼儿园,这里将住满不愿离去的老人。是这些为了教育而"孟母三迁"的年轻夫妇,和他们快乐无忧的孩子们,让这些单元门经常无法关闭的破旧老楼里,依然充满了生机。

这不长不短的历史,被那些尚未砍伐的树木记下,而后刻进生命的年轮。我因此常常感激在社区改造中,将这株历经三十多年风雨的榆树砌进围墙的工人。他们原本可以毫不留情地将它砍掉,换成整齐漂亮的景观树,但他们将它留了下来,让它在夹缝中,依然可以枝繁叶茂地站立在大地上。或许,砌墙的师傅就住在这片社区的某栋三层小楼里,与推着三轮车卖烤串的、卖麻辣烫的、送快递的、开出租的、开小卖铺的、售五金的、擦玻璃的、清洗油烟机的、疏通下水道的、维修暖气片的人,住在一起。因为这些被年轻人嫌弃的老破小,他们得以用低价买下它们。他们真诚地热爱这片老旧却安静的家园,所以一个泥瓦匠在一株与六层小楼一样高的榆树面前,生出悲悯,将三十年的光阴砌进一堵墙里,并给它留出一些继续扩展年轮的空间。

就在榆树的旁边,五楼的窗户里,常常探出一个与阿尔姗娜同龄的女孩。夜晚散步的时候,两个孩子会隔着窗户说一会儿话。空气中弥漫着清甜的气息,五楼的女孩用钩子折下一串榆钱,送给楼下陌生的朋友阿尔姗娜。三个人在夜色中吃着榆树软糯清香的馈赠,漫无边际地说着闲话,隔着十几米的距离,一株榆树将我们的心连接在一起。夜晚遮掩了光阴在这片社区留下的斑驳的印记,一盏一盏橘黄的灯,点亮了每一扇窗。

这春风沉醉的夜晚,如此迷人。

二

黄昏,我和阿尔姗娜下楼,去一楼人家的小花园旅行。

这是盛夏,暑气刚刚消散,阴山脚下吹来的风,有让人愉悦的凉。晚霞以泼墨般的肆意与豪放,铺满了天空。整个城市变得开阔起来,所有建筑仿佛都后退了三千米,花草树木浸染在明亮绚烂的光里。在夕阳中慢慢行走的人们,犹如婴儿沉睡在柔软的褓褓中,或蜕变的金蝉包裹在透明的壳里。大风吹出气象万千的云朵,天空和大地在耀眼的霞光中交融在一起,所有美好的事物,都被瞬间照亮。

下班回到小区的人们,像进入梦幻城堡。于是晚饭后,人们便将日间的琐碎全部忘记,趿拉着凉拖,打开后门,走进自家的小花园,在霞光中弯腰劳作。而我和阿尔姗娜,也在此时下楼,开启了花园的旅行。

整个农委社区有三十二栋楼,每栋楼有三个单元,六个小巧的后花园。我和阿尔姗娜沿着大大小小的花园逐一逛过去,逛到最后,常常见一轮明月升上天空,夜幕完全笼罩了城市,家家户户的灯盏次第亮起,一只猫在夜色中爬上墙头,一转眼又消失在幽深的巷子里。

每个由老人掌管的花园,最后都会变成瓜果丰盛的菜园。老人们喜欢种黄瓜、茄子、豆角、尖椒、番茄、胡萝卜、韭菜、大葱、白菜,甚至玉米、土豆和地瓜。就在一公里外的老百姓市场,一年四季都有新鲜便宜的蔬菜出售。但老人们还是乐此不疲地将他们对于土地的热爱,以瓜果蔬菜的形式,植满小巧的花园。有时,番茄和尖椒挂满了枝头,来不及采摘,也享用不完,就挂在那里自然地老去,风吹过来,它们干枯的身体在枝叶间摇摇晃晃,发出亲密的私语。老人站在垄沟背儿上,倒背着手,骄傲地注视着这一小片天地,仿佛农民注视着自家翻滚的麦田。不过几十秒,老人便可以将菜园检阅完毕。每一根黄瓜、每一个茄子、每一头大蒜、每一株玉米,都浸润着老人的汗水,珍藏着他(她)在这里度过的所有的黎明与黄昏。这样想着,晚霞中的老人便像器宇轩昂的国王,注视着亲手打下的江山,唇角浮起满意的笑容。

偶尔,老人脸上也会闪过一丝琥珀色的哀愁,他(她)想起自己生病的时候,因为疏于管理,花园现出衰颓的景象。这盛夏的荒凉让老人对生命生出眷恋,于是他(她)拖着虚弱的身体,细心地为每一株蔬菜浇水,又将它们枯萎的叶子小心翼翼地剪下,埋入土中。打理一新的菜园,在落日的余晖下熠熠闪光。如果侧耳倾听,每一片叶子、每一枚果实中,仿佛都有饱满的汁液在汩汩地流淌。这生机让老人浑浊的眼睛里,现出光芒。

有时,我和阿尔姗娜会推门进去,道一声好,问候劳作的老人。满头白发的老太太微微笑着,摘下两个红得透亮的番茄,或者顶花带刺的黄瓜,打开从房间里引出的水管,洗干净后递给我们。一只小黄狗听见陌生人的声音,从客厅里一路叫着跑出来,老人只是看一眼,它便停止了叫声,围着我们欢快地摇着尾巴,又嗖一下钻进豆角架下,追着一只晚归的蝴蝶,兴奋地奔来跑去。黄昏最后的光,正悄无声息地掠过碧绿的菠菜、细长的豇豆、高高的葡萄藤蔓,白昼与黑夜完美交融。这高楼大厦环绕下小小的菜园,以寂静朴素的诗意,将我们打动。

继续向前,夜色愈发浓郁。次第打开的灯盏,让我们看到花园另外的美。有一户人家的花园里,长着一株高大的沙果树,隐约可以看见浓密的树叶间,有绿色的沙果闪烁。树下安放着干净的石桌石凳。石桌中间摆放着一个素雅的蓝色花瓶,花瓶里插着两枝月季,一朵已经绽放,一朵尚在含苞。蔷薇爬满了栏杆,栏杆下错落有致地摆放着茂盛的花朵。格桑花、百日菊、月季、鸢尾、朝颜、海棠、杜鹃、丁香、红掌、虎皮兰、三角梅,密密匝匝地簇拥在一起。夜色下看不清花朵的样子,却可以嗅到满园弥漫的香气。花园小径的另外一侧,是健身器械,一个高高的单杠上,悬挂着一架秋千,如果坐在上面荡入夜空,那么一定可以回到美妙的童年。

我和阿尔姗娜隔着栅栏望着这片童话般的可爱天地,忍不住推开门,化作隐身的大盗,在夜色下的花园里悄然行走。我们坐在石凳上,嗅了嗅花瓶里淡雅的月季,又隔着花朵,心有灵犀地对视一眼。我还起身,借着客厅里昏暗的灯光,摘下一枚青涩的沙果,阿尔姗娜放在鼻翼下深情地闻了闻,而后将这枚宝贝放入兜里。风吹过来,头顶的树叶沙沙作响,月亮挂在高高的夜空,将清幽的月光洒遍整个大地。恍惚间,我觉得我和阿尔姗娜好像在自家的花园里,所有的花朵都为我们怒放,客厅里坐着的也是我们相亲相爱的家人,秋千在月光下等待着一个孩子高高地荡起。这一刻,整个世界隐匿在小小的花园里。

我们于是起身,走向梦幻般的秋千。我和阿尔姗娜轮流坐在上面,用力地推动秋千,将彼此一次次送上想要快乐喊叫的半空。但我们屏气凝神,没有发出一丝声响,在客厅传出的轻微咳嗽声，和电视机里渺茫的音乐声中，扮演着称职的江洋大盗。这无声无息的快乐，在夜色的掩映下，快速地发酵，溢出小小的花园，而后淹没整个洒满月光的城市。

三

我坐在木质的长椅上仰头看天，阿尔姗娜在杨树下悠然地荡着秋千。

这是秋天的夜晚。风飒飒地吹过来，卷起地面上依然泛青的落叶，又将它们带往未知的地方。但一片树叶去不了太远的地方，当它在枝头的时候，看到的风景，和长居这片社区的老人看到的风景，没有太大的差异。老人们留恋这片家园，就像一片树叶眷恋着枝头，秋天的风吹了很久，它依然瑟缩着身体，在黎明和黄昏稀薄的光里，注视着这片光阴中一寸一寸老去的社区。

当树叶落下，从油漆剥落的防盗门里走出的老人，便操起笤帚，把它们汇拢到树根下。秋风吹来，会将它们重新卷入花园里、管道下、车棚中或者大道上。一片树叶就这样开始了流浪，与曾经运输生命汁液的根基，永远地分离。

这个时刻，成千上万的树叶，就在夜色下跟随着风，开启了浩浩荡荡的旅行。关起门来即将入睡的人们，在枕上听着呼啸的大风，扫荡着北疆的大地，将一切粮食扫入仓库，让所有草木露出本质，会觉得人生也被清洁一新，所有纠结的事情都无足轻重。大地以其在洪荒宇宙诞生时原始苍凉的面貌，呈现在星空之下。

寂静中，只有身体下老旧的长椅，发出轻微的声响。荡来荡去的秋千，在昏黄的灯光下吱呀吱呀地响着，犹如麻绳与杨树间的私语。谁家院子里的狗忽然起身，发出一连串警惕的吼叫，路过的人吓了一跳，紧了紧衣领，低头迎着冷风，快步走开去。除此之外，便了无声息。夜晚浸着凉意的黑色帷幕，将人重重包裹，仿佛整个世界只剩下眼前老旧的楼房，遒劲的大树，和树下仰望夜空的我们。

在灯光与夜色混沌交接的地方，可以看到一排枝条杂乱的低矮树木。因为光秃的枝干，我辨认不出它们究竟是桃树、杏树还是山楂树，只有在初秋的阳光下，看到枝头缀满的果实，才能准确地叫出它们的名字。此刻，它们隐匿在黑暗中，有着相似的纷乱的枝条，和低矮的树干。倚在墙根眯眼晒太阳的老人们，能准确地说出它们究竟被谁移栽到这里，又历经多少的风霜雨雪。每天清晨，从黑黢黢的楼洞里走出的老人，都会默默地将这排树木打扫干净。它们并不能遮风挡雨，很多年过去，人们才发现它们长高了一些。老人们喜欢站在阳台上，注视着它们在春天发出嫩绿的新芽，在夏天开出红白的花朵，在秋天挂满累累的果实。他们也会颤颤巍巍地下楼，坐在旁边的石凳上，仰头看一会儿天空。天上空空荡荡的，什么也没有，偶尔飞过一群大雁，很快便只剩遥远的叫声。这叫声让老人怅惘，好像它们带走了一些什么。

这时的树下，只有萧瑟的茅草在风里拥抱取暖。那些曾在枝头闪烁的果实，它们去了哪里，无人知晓。为了孩子在此处租房的年轻夫妇们，也不关心。繁华的商场和漂亮的公园，每个周末都会将他们吸引。物业换了一茬又一茬，人们还不能完全将工作人员记住，他们便从这片没有多少油水的地方，悄无声息地消失。于是这些树木便像生长在自由的荒野里,努力汲取着珍贵的雨水,完成开花结果的使命,从不因人们的怠慢,忘记了春天。

此刻,在我们身边,一株杨树正将繁茂的枝叶散落在楼顶,月亮犹如美人眉黛,高高挂在树梢。蛛网一样密集的电线,绕过横生的枝条,在半空里布下八卦阵。阿尔姗娜脚下积满了落叶,她每荡一下秋千,双脚便与落叶发出温柔的亲吻。这来自自然的声响,让她着迷。她一次次从高处俯冲下来,用双脚努力摩擦着大地,并在沙沙的絮语中,发出欢快的笑声。一楼的老人透过阳台的窗户,出神地看着我和阿尔姗娜,一个弯腰捡拾着好看的树叶,一个沉迷于雨落大地般美好的声响。

不知楼里哪对夫妇,为孩子建造了大树下的乐园。除了小巧的蓝色秋千,树干上还挂了一个篮球筐;几米外的窗台下,安放着一辆可爱的脚踏车,车筐里放着小小的铲子和水桶。窗户上方的墙上,一根绳子连接着锈迹斑斑的铁钉和树干。一片皱缩的萝卜干滑到晾衣绳的边缘,靠着大树沉入永恒的梦境。一段红头绳悬空挂着,在一日紧似一日的秋风里,扑簌簌地晃动着。

多少个日日夜夜,一个个孩子会被父母或老人陪伴着,在这片没有栅栏的小天地里,愉快地荡着秋千,一下下地跳起来投篮,或绕着大树一圈圈地骑行。孩子慢慢就长大了,走向更开阔也更喧哗的世界。只有这株大树留了下来,并在某个夜晚,因其散发出的温暖恒久的光亮,将我和阿尔姗娜吸引。

"妈妈,明天我还要来这里玩。"阿尔姗娜说。

"好啊,这是我们的秘密乐园。"我说。

四

雪纷纷扬扬地下着,犹如万千精灵,从广袤的天空降落人间,将一切尘埃覆盖。

大雪消泯了城市与乡村、草原与荒漠的界限,大地因此宁静、圣洁。人们隔窗望着雪中的树木、街巷、花园、楼房、站牌,一切都静悄悄的。路人轻微的咳嗽,遥远而又清晰,伴随着咯吱咯吱走路的声响,仿佛执剑独行的侠客,从苍茫天地间走过。

城市所有角落因此获得同样的尊严。老旧的小区现出暮年之美,崭新的社区祛除了高傲的距离,公园与青山同现质朴与高洁。所有的尘埃与污渍,都消失不见。人们被这洁净的世界打动,于是推开门,走入街巷,将自己融入寂静的雪天。

我和阿尔姗娜决定去街角的小卖铺里,买一些零食。我们不想等到雪停,漫天飞舞的雪花呼唤着我们,踩上去便会唱歌的雪地呼唤着我们,还有开满白色花朵的树木、菜园、路灯和野草,它们也在呼唤着我们。

我们没有打伞。阿尔姗娜对落在睫毛上的每片雪花,都发出惊呼,仿佛想让它们在生命消融的最后一刻,能够听到她深情的问候。水泥缝隙里顽强生长的每一株小草,也被阿尔姗娜格外地宠爱。她逐一弯下身去,注视着这些朴素的不知晓名字的野草,为它们在如此逼仄的环境中散发的坚韧而动容。雪花落满它们柔弱的枝杈,一束微弱的光穿破厚厚的云层,照亮被人忽视的角落,一阵风吹过,这可爱的小生命微微晃动着身体,犹如在光束中翩跹起舞。阿尔姗娜为每一株大雪中现出温暖的生命停留片刻,与它们说一会儿话,祈祷寒冬过后,它们在夹缝中可以继续沐浴春光。

我们也会仰望那些被大风或小鸟种在屋顶上的灌木。它们在远离大地的水泥缝隙里,寻着一点岁月落下的尘埃,借助稀薄的营养,艰难地向上生长。它们比墙角的野草,享有更多的阳光和雨水,于是,它们的根基扎进坚硬的墙壁,将它们撑破,又钉子一样与水泥融汇在一起。有时,大风会一夜间将它们摧毁,但过不多久,断裂处又会生出新的嫩芽,不消几个寒暑,它们又站立在屋顶,接受每个路过的小孩子抬头时的惊呼和赞美。

我们还捡起一截枯枝,在雪地上写下一行字,画一个微笑的小人,一个大大的爱心。阿尔姗娜轻轻拂去栏杆最上层的雪,伸出舌尖,将一口雪含入嘴里,又做出心醉神迷的表情,仿佛她吃下的是一口甜美的蜂蜜。她对这个游戏乐此不疲,于是汽车后背上、单车把手上、松针上、倾斜的电线杆上,都有她舌尖舔过的痕迹,好像落在不同角落的雪,会像货架上缤纷的糖果,有着不同的味道。

这不长不短的一程,只见到一只小狗,它和我们一样,仰头注视着无数飞舞的精灵,发出惊奇的叫声,而后继续踏雪飞奔,将一串纷乱的脚印,留给白茫茫的大地。

小卖铺坐落在一棵有两人合抱粗的大杨树后面,店主是一对七十多岁的老夫妇。小卖铺的右侧,是利客超市、老百姓市场、馒头店、鸭脖店和煎饼店,左侧则是一条陈旧的巷子,里面有大众浴池、中通快递驿站、米线店、棉被店、彩票店、焙子店、五金店。在没有改造之前,一到雨天,巷子里就满地稀泥,人在坑坑洼洼的路上走着,一不小心就会摔个跟头,引得两边店铺老板们大笑不止。这些店铺的主人,换了一茬又一茬,杨树下巴掌大的小卖铺的主人,却始终都是老夫妇俩。

小卖铺的陈设老旧而又单调,但也隐藏着出其不意的老物件。顾客走进这家很像违章搭建的街边小卖铺,会有乘坐时光机穿越回20世纪80年代的恍惚。所有货物都堆积在简单的货架上,方便面、矿泉水、卫生纸、打火机、洗头膏、洗洁精、肥皂、口香糖、火腿肠、水果罐头……日常所需,竟也都能买到。老头身体硬朗,叼着烟卷坐在躺椅上,悠闲地听着收音机里的评书。老太太则佝偻着腰,慢慢地走来走去,招待着零星的顾客。

阿尔姗娜一眼就瞧见柜台上摆放着的投币弹球机,只要投入一枚硬币,里面便会随机跳出一个鲜艳的弹球。这份拆盲盒一样的神秘,让阿尔姗娜兴奋不已,她兴致勃勃地投了三次,换来三颗红色、绿色和黄色的弹球。她不过瘾,继续在货架上搜罗宝贝。很快,她翻出了跳跳糖、摔炮、猴王丹、火柴盒、老皇历、辣条、大白兔奶糖、迷你干脆面、明星贴画。每翻出一样,老太太都会笑眯眯地接过去拍打拍打,又用抹布细心地拭去褶皱里的灰尘,这才装进购物袋里。

雪天,没有人来,老夫妇俩便靠着电暖气片,一边闲散地坐着,一边透过窗户,看着外面纷飞的大雪。收音机里播放的《封神演义》,因为信号不好,时不时就会发出吱吱啦啦的声响。这声响混杂着阿尔姗娜翻动货架的声音,房间里便像有一只老鼠,窸窸窣窣地,听久了让人惆怅。

对于阿尔姗娜的任何问题,老太太都会慢腾腾地给出回复。没有人着急,时间也仿佛在这里停滞。墙上的钟表不知何时坏了,时针指在十二点的刻度上,再也不曾移动。两个老人也忘记了它。或许,他们也忘记了光阴,只要没有拆迁,他们余下不多的人生,将一直停留在这里,没有后退,也不会向前。

雪愈发地大了。门口挺拔的杨树,正努力地将光秃的枝杈,插进厚厚的云层。寒气化作游蛇,从门窗的缝隙里钻进来。我找到一个板凳,坐在电暖气的旁边,像老人一样伸手烤着。这储存着几十年光阴的小卖铺,吸引了阿尔姗娜,也让我生出无限的耐心。仿佛我可以这样坐在低矮的板凳上,一直到大雪停驻,春天在门口的大树上,叽叽喳喳叫着,将所有被时光落下的街巷,逐一唤醒。

《上海文学》2024年8月号

安宁　生于80年代,山东人。在《人民文学》《十月》等发表作品四百余万字,已出版作品三十部,代表作《迁徙记》《寂静人间》《草原十年》《万物相爱》。荣获华语青年作家奖、茅盾新人奖提名奖、冰心散文奖、丁玲文学奖、叶圣陶教师文学奖、三毛散文奖、中华宝石文学奖、内蒙古索龙嘎文学奖、广西文学奖、山东文学奖、草原文学奖等二十多种奖项。现为内蒙古大学教授,一级作家,内蒙古作家协会副主席,中国作家协会第十届全委会委员,美国北卡罗来纳大学教堂山分校访问学者。

# 倒计时

李颖迪

来鹤岗前,林雯最后一份工作是手机回收公司的客服。公司在江苏常州,离镇上不远。工作的时间表清晰、明确:8点起床,8点20分出发,开车去公司。她那时有一辆六万块买来的二手别克。镇上到公司要经过一条两车道的柏油马路,车不多,两侧是草莓采摘园,成片大棚,灰色薄膜连绵不绝。再经过一片荒地,一家塑胶厂,看到一座哥特式教堂时就到公司了。

公司在一个崭新的工业园区。园区里还有实验室、检测公司,二十来栋高楼,中间是草地和樟树。凸起的纵向白砖将高楼的墙面分割成狭窄的长方形,一些小窗斜着对外打开。8点50分,她到公司楼下停车。一楼是检测回收设备的地方,一般不让进。卷帘门里,快递员进进出出,地上堆着成团的泡沫和纸盒。密密麻麻的手机像军队一样列在里面的金属架上。凉意从卷帘门里渗出来。

从电梯坐到四楼,穿过一条幽暗的走廊,来到大堂。大堂左边是微波炉、旋转零食柜。门口——从她入职到离职的那一年里——一直放着块醒目的牌子"面试请往这里走"。公司里大多数人来了又走。她在58同城上找到这份工作,和她一起面试的有二十人,培训完剩五人,半年后就只有她和另一个男生还在这儿了。

她走到工区,录入指纹,打卡。工区地板是深灰色的塑胶,脚踩上去会发出轻微刺耳的摩擦声。走廊两侧落地的透明玻璃墙前摆着散尾葵和天堂鸟。工区里少有人说话,人们手指不断敲击键盘。她坐在"在线客服部"一个小小的格子。上班时间从上午9点到晚上9点。她通常会先泡一杯魔芋粉当早餐,再泡一杯咖啡或者红茶。一颗熟普洱能泡三大杯水——想到要在电脑前坐十二个小时,她总是很容易感到口渴。

打开电脑,登录公司后台。人们在这款回收软件上卖要抛弃和淘汰的苹果、华为、三星、小米手机、平板、投影仪、联想笔记本、相机,拍卖比价。林雯首先要处理前夜离线时的留言,一般有六七十条。

"亲,哪里有离您最近的门店,我们帮您预约下单。"

"亲,您觉得价格不合理的话,我们会给您退回一些优惠券。"

(有些手机被锁屏,像是偷来的。)"亲,不好意思,这台手机我们回收不了。"

很快,新的问题涌进来。每当一个客户的对话框弹出来,林雯面前的屏幕上就会同时出现一个变动的小方框——

"计时:00 s,01 s,02 s,03 s,04 s,05 s,06 s,07 s,08 s,09 s,10 s……"

十秒内回复每个问题。

十秒内找到合适的用语,敲下键盘,发送并回答。

她不能走神。

平均回复时间要在十秒内——极限的时候,有个月是八秒。这些数字在她脑海中留下了鲜明的记忆。一天大约要回复三百个问题,咨询量大时,这个数字是四百。时间就这样被切割成无数个十秒或八秒。有时候"进线量"少,她反而觉得"不舒服"——这会不会影响这个月的绩效呢?

她觉得那是款"流氓软件",客户中途不想卖,无法取消,客户只能看到拍卖结果,看不到流程,客户对价格不满意,面对这些问题客服做不了什么。一天里有大约一半的时间,林雯和同事只是坐在电脑前看着客户发脾气。她设置了上百个回复的快捷键,稍等——"sd",抱歉——"bq"。

有关抱歉的快捷键,她设置了快十个。

"抱歉。"

"非常抱歉。"

"抱歉,我们十分理解您的心情。"

"抱歉,我们马上帮您催促处理。"

"就和那些互联网公司一样，"说这话时她还是习惯用"我们公司"，"我们公司也是个上市公司，好像是在美国上市的。"这的确是家大公司，至少使用的是互联网公司常见的等级管理制度。她入职是P0，离职时是P2-2。组长是P3。最高是P8——那是董事长。她见过最高等级的人也就是组长了。每次想把P后面的数字升级时都要面谈：你对公司做出了哪些贡献？

客服统一由钉钉软件管理。每周都会更新一份统计客服成绩的表格，显示人们的职级、数据、分数、指标，比如咨询量、回复率、好评率、解决问题率、投诉量、平均回复秒数、QA情况（即质检部门的抽检）。她最讨厌"QA"——质检员会抽查数据库里已回答过的问题。类似工厂里的质检员。在工厂，质检员抽查产品，而这里抽查的是人。

  是否前言不搭后语？
  是否回答错误？
  让客人"稍等"后，再回复时是否漏掉了"不好意思"？
  情绪激动的客人，是不是没有用"非常抱歉"来安抚他？

其实有时客服自己也不清楚是不是在犯错。每次收到表格，她充满忧虑地想，质检员今天抽到我了吗？就像监控一样，她说。

她在这家公司待了一年，连拿七个月的"绩效A"。
一组六人，只有一人能拿A。
一个A，两个B，三个C。

拿A的人才能拿到全部工资,每月六千元;B和C都要打折扣,每月三千或四千元。

要成为那个A,下个月就要更努力。

"他们都卷不过我。"林雯说。

她还拿过两次S。那两个月是"重大贡献":平均回复秒数为八秒,回复量比平常多三分之一,每天五百个问题——每小时和四十一个人对话。S级可以多拿六百块。她缺钱,因此要争第一。别的组说,这个组真轻松啊,还能有人连续拿第一。别的组竞争起来更残酷。

不过,她觉得这份工作还算是轻松的。如果拿到绩效A,一个月赚六千,有五险一金,做两天休两天。不上班的十五天,她在家里待着打游戏,也不用当面跟人打太多交道。心情好时,她带上在家做的健康便当,杏鲍菇炒大虾,咖喱土豆鸡肉配糙米,配上切好的蜜瓜。

这时,她继续讲曾经做过的工作。上中专时有两个选择,计算机或者学厨。她选了后者。上学时,一半人在混日子。毕业后,学校安排的第一份工作是餐饮后厨,在常州横山桥的一家饭店做冷菜。冷库里有大冰柜,全封闭,没有窗户,空调一直开,很冷。尤其是有婚宴的时候,菜多,冰柜放不下,只能提前切好摆在桌上,"空调要打到像冰箱一样的温度"。她说冻得人直哆嗦。冷菜里有几样怎么都躲不开,比如口水鸡,鸡得自己剁。一锅鸡煮下去,再捞起来,拿着大刀,剁不断的骨头得用刀背抠出来,很花力气,手心手背都很疼。还有做葱油蚕豆,她负责熬蚕豆,就这样和一锅锅鸡、一锅锅蚕豆度过了第一份工作。

"但你要知道一件事情,"她说,"不是色狼,不进厨房。"这是一句行话。冷库里除了她多是男性。

过了一两年,她觉得餐饮太多力气活,她没什么优势,转去做连锁酒店的前台。她和朋友一起去无锡的酒店工作。宿舍条件一般,有咬人的蚂蚁。晚上睡不着,她和朋友一起去蹦迪,音乐轰鸣作响。她还做过婚礼司仪,在新娘上台前帮忙整理裙摆,在新娘新郎喝交杯酒时递上杯子,新人父母上台,指导他们:"脚踩在那里!"还有刷单主持,在网上找人给淘宝商家刷单,其实刷单挣得挺多,只是妈妈看她成天躺在房子里,说她活得没个样子,又让她出门上班了。

有次她在常州中华恐龙园附近一家主题酒店做服务员。酒店一个房间一晚上卖七八百,通常都是游客来住。中华恐龙园是常州地标。她顺便办了一张恐龙园的年卡。休息时,她一个人到恐龙园玩那些刺激项目,过山车、大摆锤、呕吐机。恐龙园有一辆露天的倒挂式过山车。她总是坐最后一排,过山车开到顶端往下冲,整张座椅都在发抖。她不叫,只是忍着。那样的刺激能给她"活着的感觉"。不是开心,她说,算不上开心,只是发泄。

因此现在——她倒也不是那种对生活中所有事情充满抱怨的人——现在她坐在写字楼里,公司有空调,风吹不到雨淋不到,也有微波炉跟冰箱。走廊尽头,光照进来。窗外是晴朗或被灰尘笼罩的常州。公司挨着另一片工业园区,从上往下看是块绿地。远处的楼房连绵成一片灰色的影子。

工作一年后,领导问她想不想升组长。

她摇头。组长最开始也就挣三四千,她说,要一点点往上升,管全组的数据。如果有人"掉下去",达不到数据量,挨骂的还是组长。

但要是让她回忆这份工作,她总结说:还是没什么价值感,还是活得浑浑噩噩。

离职前,她连续上了八天班。那轮加班令她身心俱疲。问题太多了。同事们坐在电脑前叹气,但手指不能停。她酸胀的手指在键盘上啪啪地不停敲打出词语和句子:抱歉,非常抱歉,我们真的非常理解您的心情——敲打键盘时她戴着耳机听歌,放大音量——她爱听"Changin' My Life",一支已解散的日本乐队,还有重金属摇滚,其中一首叫《旋转吧!雪月花》,在那样欢快激烈的鼓点和歌声中,她等待着前往鹤岗的旅途——

> 時代は常に千変万化
> (时代总是千变万化)
> 人の心は複雑怪奇
> (人心也是复杂怪奇)
> 「でも本気でそんなこと言ってんの?」
> (但你说的可是真心话?)
> もうどうにも満身創痍
> (无论如何都是满身疮痍)
> 嗚呼、巡り巡って夜の町
> (啊,在夜色下的街道流连徘徊)
> キミは合図出し踊り出す
> (你发出信号随即舞动)
> 回レ回レ回レ回レ回レ回レ回レ回レ!
> (旋转吧旋转吧旋转吧旋转吧旋转吧!)
> 華麗に花弁散らすように
> (华丽如花瓣散落)
> 回レ回レ回レ回レ回レ回レ回レ回レ!

（旋转吧旋转吧旋转吧旋转吧旋转吧！）

髪も振り乱して

（头发也随之散乱）

## 生活实验

我也跟林雯去了她在鹤岗买的第一套房子。屋里维持着原有的老式装修，塑料板吊顶，更多是猫的痕迹。门口三个大瓷碗，装着满量的猫粮。客厅放着两个猫砂盆，纸壳猫抓板。储物室里放着一摞摞床单、小苏打、燕麦麸皮、膨润土猫砂，网上买的物品最后归宿都在这儿。卧室不大，有张双人床，墙上贴着一张海报——红色帆船正在远航。窗前放着两盆吊兰，叶子边缘呈锯齿状，是猫的齿痕。窗外结了霜，雾蒙蒙一片。

她有两只猫。一只六岁的狸花母猫，是从常州带来的。还有一只英短金渐层，来鹤岗后买的。最初来鹤岗时，她不知道能在这里待多久，先把狸花留在了江苏家里。三个月后，春节，她回了趟家，把狸花运到鹤岗。运猫的旅途花了两千三百元。除了她，车上还有三四只猫、泰迪、阿拉斯加、鸭啊鱼啊，后备厢还有些蜥蜴虫子。猫到鹤岗的那天，一路上都有火红的晚霞。她抱着猫坐了一路。

狸花叫"大王"。养大王时她在酒店前台做服务员。那会儿她二十岁出头，有天她得知宠物医院有窝被遗弃的狸花猫，还剩下一只活着。她对照片里那只弱小绵绵的动物动了感情。猫身子弱，打了一周吊针。医院离她家二十公里，她每天来回跑，捧着吊盐水的猫。只要不捧，猫立马醒过来，看着她——就像她选中了猫,猫也选中了她。她和父母之间谈不上亲密。大王陪她在小镇度过漫长的无聊时光。当她决定开炸串店后,大王单独待在第一套房子。一个月后,她觉得大王太孤单,就在鹤岗早市上从层层叠叠的笼子里选中那只英短金渐层。两只猫相处得很顺利。它们都爱吃酸奶棒冰,有时她就买来一根,让两只猫一起舔舔。

三天一小休,每周一大休。林雯这样设定在鹤岗的休息时间,休息时她都在陪猫。通常是周三晚,她从炸串店回来,增添猫粮,更换猫砂。周一,她睡到中午 12 点,打扫屋子,更换床上用品,拖地,清扫猫砂,洗衣服,一整天陪猫待在屋子里。

屋子停了暖。在鹤岗,暖气费是笔不小的开支。地上有个装着水的塑料盆,里面还有一支电热棒。她觉得冬天水冷,猫喝了拉肚子。普通的加热棒可能漏电。她挑选了很久,才选到这款乌龟用的恒温加热棒,既能让水保持在二十四度,也不会漏电。床上放着定时加热和关闭的电热毯,她不在时猫也能钻进被子里睡觉。屋外有个小阳台。她打算等天气暖和一些,装上网,让猫在阳台晒太阳。

她用一种温柔的语气说:"每天晚上,我抱着大王睡觉,侧躺着,盖着被子,它就这样在我怀里。点点呢,就趴在被子外面。"

在鹤岗,大多数时候,林雯都独自生活在房门这一侧,很少去到门外的世界。比如每月有那么一回,她会去楼下的澡堂搓澡。她是个南方人,但很爱东北澡堂。林雯约我一起去。晚上,我站在楼下等她。冬天,她穿着一双人字拖从家里走出来。路面结冰,沟壑纵横,她的脚趾冻得发红。澡堂离家不远,走几分钟就到了。洗浴十六元一次,包含搓背。我们存了手机,走向澡堂。

负责搓背的是个热情的中年女人。"你们从哪里来?"女人问。

"江苏。自己来的,开了个炸串店。"林雯说。

女人问林雯:"为什么一个人来到鹤岗?"

"鹤岗挺好的。"林雯笑笑。

"那阿姨给你介绍个对象。"女人又说。

林雯说:"为什么一定要介绍对象呢,阿姨,一个人过才舒服,你说对吗?"女人也笑了笑。

澡堂热腾腾,水汽让人的脸涨得通红。搓完澡,我们去吃附近的"八八铁锅炖"。这是她自认奢侈的小爱好。我们拎着铁锅炖鸡回到家里。在楼道,她遇到邻居,一个脾气温和的老头。老头并不在这里常住。她和老头互相问好,后来流感到来,她将几个柠檬借给他,举手之劳,但也仅止于此。

后来我们常一块待着。我还得知她有个"拼饭群"。群里有四个女人,年纪都比林雯大,其中一个结过婚,有孩子,另一个和丈夫一起来鹤岗,还有个年轻的女孩,是短视频博主。她在网上认识了她们。一个月里这四人会相聚吃一次饭。不过林雯受不了更高的见面频率。

她说,不想和人建立更深的交往。在鹤岗认识的人,林雯不和他们聊过去,也不谈论未来。她只聊现在。我几次问她能不能带我一起去见其他人。她有些为难,说还是我俩单独见吧。

这天,她从"拼饭群"里听说,时代广场负一层的超市晚上7点后打折,她又带我一起去"时代广场"。从家里出发,她推着一辆装商品的小推车,坐上17路公交。来鹤岗一年,这还是她第三次到时代广场。她不爱来市中心。

我们开始逛超市。她只看那些标着黄色特价标签的商品，目光扫过蔬果堆的角落：两元的花菜、西葫芦、金针菇（各来五份，做炸串食材）；二十元十二瓶的娃哈哈饮料、五元的波罗蜜、三元的鸭脖、十元一包的火腿肠（买给大王）。购物车很快满了。

逛完，我们去负一楼吃炒酸奶。坐在座位上，林雯说："既然选择这样生活，就必须丢掉一些东西。"

每隔两三天她和母亲打一次视频电话，聊普通的母女话题：最近在鹤岗做什么，伙食，降温之后要穿的衣服。她不太和父亲联系。

平常待在炸串店，一个男生有时坐在门口。他住在楼上，是个大学生，刚放寒假回来，这几天经常点林雯的外卖，偶尔还会在她的"多多买菜"站点买饮料。林雯边做菜边与男生闲聊。她让大学生给店里写几个好评。

"他吃得可多了。"林雯说。

"谁吃得多？你不也胖吗。"男生说。

"那我们家基因就是这样，我妈妈每天出去散步两小时，还是一百五十斤。"她说。

说两句玩笑话后，男生拿到麻辣拌，一箱桃汁饮料，走了。

这几乎是林雯在鹤岗所有的社交关系，就像一些零散的线条，而不是重叠在一起的圆。

另一天，林雯、我，还有介绍我俩认识的男生相约去吃"海波烧烤"。晚餐定在5点。天黑了，林雯穿上黑色羽绒服，羽绒裤，雪地靴，戴上防静电的灰色毛毡手套，毛线帽。我们来到路边等待17路公交车。车上坐了一半乘客，多是老年人。等到终点站，下车，来到烧烤店。

男生还没来。他给林雯发消息,说已经下了公交车。这时,林雯打开微信,开启位置共享。我们继续等待,吃着店家赠送的花生米和炒芝麻粒。

快到了,男生说。林雯掏出手机,关掉共享。

五分钟后,男生发来消息。

"不吃了。"他说。

林雯疑惑地看着我。"为什么?"她问。

我给男生打电话,男生说他已坐上回程的公交。"为什么?"我再次问他,可他什么也没说。电话对面传来公交车报站的声音。

"对不起,我脾气怪。"后来男生才说,他找不到店的位置,索性不吃了。

我和林雯误以为对方给男生发过了店址。林雯关掉位置共享,男生不知道怎么走,就回家了。为什么他不问一句呢?林雯说,但她不愿多想,说琢磨他人心思太累。我们继续吃烧烤,但索然无味。后来林雯将两盘烤肉打包,说第二天男生要来帮她修东西,再把烧烤带给他吧。

吃完饭,我们走在街上。我的脸冻得僵硬,逐渐发红,疼痛。她推着小车,车轱辘在地面上划过,车里面装着原本给我和男生的柿子、地瓜。鹤岗的人们说这是个暖冬,可还是有零下二十度。下水道口飘出一阵阵白色的水雾。我们戴着口罩,呼出的空气很快在睫毛和刘海上结冰了。风真冷,冻得腿疼。不过林雯说她已经适应这样的寒冷。

只是这里空气不好,她说,有煤灰,走在路上,脸容易沾很多灰。

我们继续往前走。

"但你一个人会不会……"

她马上摇头。"不会。"

"你知道我想问什么?"

"孤独?"她又摇头,"不会。"

"和人交往有什么用。"她继续说,"喝奶茶会让我开心,靠垫能让我靠着舒适,猫能为我做它们所有能做的事情,但人不能。"我们一起回到房子,穿过黑暗的小区。林雯躺到床上,两只猫很快就跟上来,钻进被子,熟练找到林雯的臂弯。关掉灯。一个人,两只猫。她很快睡着了。

* * *

这些天,我和林雯谈论她在鹤岗的生活,也谈论此前的生活。我希望理解她为何做出这样的选择。

现在,如果让我来谈谈林雯,还有这些在鹤岗生活的人的共性,也许更重要的并不在于他们的身份、社会位置,而是精神上的那部分东西。也许这些人正试图拒绝那种单调、聒噪的声音——某种单一主流的价值观,或是可以称得上老旧的、散发着幽幽陈腐气息的那种生活——工作,赚钱,成功,买房子,买大房子,结婚,生孩子,养孩子,然后自己也垂垂老去。

我想起很多声音,比如——

"浑浑噩噩地过了这么多年,"林雯说,"来到鹤岗后,那样的感觉终于减淡一些。就好像我终于轻松了一点,也好像更清醒了一点。"

电话中那个做插画的女生说,她还记得来到鹤岗的心情。新生活就这样仓促地开始了。"走进去的那一刻,我想我终于有自己的房子了,好像以后的生活就终于自由了。"

"不想奋斗,奋斗给谁看?"一个人说,"我一个人,这点钱够花,为什么还要去工作呢?如果哪天游戏打腻了,就在鹤岗随便找个工作。"

"如果我放弃家庭,放弃亲情,反正一切都放弃掉,一个单身男人,开销不是很大的情况下,我发现人生还有另外一种选择。"在比亚迪汽车厂工作过的男生说,"不想要的东西就不要了。"也许更重要的是后面一句:"我可以选择不要。"

我与学者袁长庚交流,他谈到对生活哲学的看法:

> 过去四十年的高速发展带来了一个副产品。那就是不管你身处什么社会阶层,不管你是什么生存背景,在很大程度上都共享着一整套生活逻辑。富人也好,穷人也好,城市人也好,农村人也好,虽然你对自己未来的期待不一样,但你总是有所期待:一个人就应该好好劳动,为子孙后代留下一定积蓄,或让你的后代实现阶层跃升。这是过去四十年的高速发展给我们在心理层面上留下的最大公约数。我们几乎是全民无条件接受了这套生活逻辑。
> 但从另一个角度来说,从生活逻辑和生活哲学的多样性上来说,这比较单一。这就造成一个问题,如果你恰好生在这个时代,在你成长的过程当中,你所受到的影响,你见到的很多东西,这一切会让你产生一种感觉——好像只有过上这样的生活才正常,这是世上唯一正常的出路。当你没有见过有人停下来,你会以为停下来是种让人恐惧的事情,可能会失去生计。但真正有人在你身边这样生活,你发现好像暂时这样一下也没有太大问题……我觉得这背后跟我们经济和社会发展逐渐放缓有关系。当身边有些人开始过非常规生活,我们开始思考,一个人活在这个

世界上,我们的生活观念是不是可以更多样化?

同时,在针对工作,针对年轻人的这些情绪里,父母一辈与子女一辈出现了严重的冲突。因为他们各自忠诚于自己的感受和历史经验。这也许说明,代际差异并非来自价值观,而是认识和体验上难以调和,是生活经验的不可通约,不可交流,不可共助。

在鹤岗,我见到的这些人似乎生长出某个新的自我,它决定脱离我们大多数人身处的那个社会——要求房子、教育、工作、自我都要增值,利用每分每秒产生价值,好像时刻在填写一张绩效考核表的社会。遍布生活的焦虑感,弥散的不安,人们不敢停歇,自我鞭笞,自我厌倦,有时还会服用阿普唑仑片。这些选择来到鹤岗的人停了下来,像是进入一种生活实验,实验品则是他们自己。我不知道这是不是有点危险,但也许,这首先是她(他)自由的选择。

另一天我见到了李海——那名最早被报道的海员。他也许不是第一个来鹤岗的人,却是第一个被广泛报道来鹤岗买房的人。他来鹤岗生活快三年了,也是我认识的所有人里在这儿生活最久的人。我希望听听他对此的理解和看法。

"像我们这样生活,没有学历,赚不了很多钱,相对好一点的可能做点技术工种,或者在大城市做保安、送外卖之类。买房都是贫民户嘛,有钱的当然想在自己的城市,没钱的就想想办法,便宜房子也买得到。我们觉得自己到处漂泊的生活状态就像流浪一样……我就觉得,不管好坏,还是得买套房。人人都想有个安稳地方可以住,向往

有个属于自己的家。"(《流浪到鹤岗,我五万块买了套房》,正午故事,2019年11月4日)

我在光宇小区外面的街道等待李海。想见他一面不容易。最初,我在网上问他是否愿意聊聊,他说有空可以一起吃顿饭。但我犯了个错误——当我前往鹤岗时,电话中那名女生刚被大量报道过。记者们找不到她,只好从头寻找和这个地方有关的人,其中就包括李海。后来我得知还有不少综艺节目在找他,比如安徽电视台一档综艺,说也想采访在鹤岗生活的人。

"给钱吗?"他问对方。

"只报销路费。"

"那我不去。"他说。

李海已经不想再搅和那些和生活无关的事了。来鹤岗的人都想见李海。但其实他并不喜欢和人打交道,最初他会和其他人一起吃饭,建了个微信群,叫"四海为家",把人都拉进来,里头有人叫"海哥大迷弟"。后来他习惯躲起来了。人人都听说过他,知道他过去的故事,但都不知道他现在的生活。有人听说他靠老家的低保,也有人说他曾经在微信群里发过账单,一个月花一千块,每天不超过三十,能买什么,不买什么,都要控制清楚。

快到约定见面的时间了,李海一直没回复我,接下来一个月还是没有回音。第二个月我再次约李海出来喝酒。他发来一个"微笑"的表情。寒暄几句,他说见面就算了。又过几天,我正好要去光宇小区附近见另一个人,问他要不要一起吃饭。这次他同意了。

现在,我看见新闻中的人从街道另一头走来。他三十五岁,有些瘦弱,穿黑色羽绒服,软塌塌的发型,戴着印有"SMART"猫胡须的卡通口罩。他走近后摘下口罩,显露出人群中一张寻常的面孔。他有些局促,很少说话,抬头看我一眼,很快转移了目光。他边走路,边用手机打《宠物小精灵》,一款消消乐游戏。

光宇C区是一个更老的回迁房小区。淡黄色的楼房层层叠叠,没有边界。路边的雪融化成黑水。这里是鹤岗的煤矿塌陷区,时常停水。总有传言说那是深处的水管塌陷了,停水时李海就需要出去吃饭。墙壁上贴着"房屋出售,光宇A区,七楼,五十七平方米,位置好,两万五",房子价格比李海刚买时还降了一点。

我们走在街上,风还是很大。李海已经习惯了。2019年底在鹤岗买房后他再也没有离开过。他本来打算维持原有的生活,出去跑船半年,再回鹤岗生活半年。但在鹤岗买房半年后,同为海员的父亲在海上遇难——父亲看他跑船,也跟着去跑船,最后在一次台风中丧生。

"现在船老板不管台风的。"他说,"反正人死了有保险。"总有船公司的中介打电话给他。他回复他们,说再也不跑船了。

"那你现在在鹤岗做些什么?"

他把手机收起来。"帮有钱人家的小孩练级。"

我们穿过街道,柳树伸展着枯枝,在空中摇晃。火锅店没开,李海带我走向另一家烧烤店。不远处有片雪地,半米来高的松树苗斜着列成棋盘状,牌子上写"让城市拥抱森林"。李海看了会儿松树,又往前走。路上他聊到怎么打游戏挣钱——去年《魔兽世界》还没关,每天晚上他都在打装备,一个月能挣一两千元,但打得无聊,太单调,接着打《王者荣耀》《天龙八部》,

其实不需要技术多好,只要肯花时间。他的顾客是一些有钱的小孩。最近他还帮不在鹤岗的人报停暖气,跑腿,挣了几千元。有些时候他也会在鹤岗日结群里找零工,修水管,修电器。他生活成本不高,偶尔买点肉,趁超市打折时买梭子蟹。作为舟山人他还是保留了吃海味的习惯。父亲在海上出事的赔偿款,他没拿,给了家里人。

新闻最火的那阵子,他想过去当中介卖鹤岗的房子。毕竟总有"粉丝"来鹤岗找他。他在百度"隐居吧""流浪吧"里卖,开了短视频账号。但卖得不好。别的博主一个月卖二三十套,他一年才卖了七套。他就不干了。他不清楚怎么将那些关注变成真正属于他的东西,那也许不是他擅长的事。

"钱花完了怎么办呢?"

"花完啦,再去打工。"他说,"赚多少,就花多少。"去年他总共赚了一万,也花了一万。

在鹤岗,李海平淡地生活了三年。他独自逛公园,走在鹤岗的街道上,有时天很阴沉,人们留下背影,路面积了薄冰。有时天很晴朗,他拍下膨胀的云。游乐场里,一个人拍打辛勤的骆驼。他来到萝北的界江,江对面就是俄罗斯。公交车上,人们戴着口罩。他是来鹤岗生活的人里少数养狗的人。去年他从狗市上买来两只狗,不论天气如何,每天遛狗两次。

我跟随李海回到他家。他打开门。客厅里最醒目的是那个硕大的不锈钢狗笼,狗就待在那儿。靠墙放着一个立方体鱼缸,没有鱼,水绿油油的。茶几上放了很多杂物,胶带、打火机、电池、狗绳链,还有一个小型摄像头。两只狗接连叫起来。一只奶牛狗,一只长毛黑狗。客厅里是狗的味道。李海靠近狗笼子,打开门。狗冲出来,立马尿了一泡。李海佯装要打它,可两只狗翘着尾巴,围着人转来转去。哎呀,这狗。他笑了笑,只好去拿拖把,将地板拖干净。狗守在门前。

走!李海说。

他打开家门,狗冲出去,才几秒就消失了。我和李海走下楼,那两只狗在雪地里滚了滚,从小区一头跑向另一头,身上毛发湿答答往下滴水。两只狗有时赛跑,有时又分开。

李海站在雪堆附近,空旷的小区里。我们聊到他曾经做海员的生活,那是一种长久以来毫无希望的漂泊感。他时常无法确认自己的位置,在社会上的,在家庭中的。他已经不太有对生活的野心,现在平平淡淡在鹤岗过着,带着狗,偶尔和在鹤岗认识的人一起逛超市、买海鲜,或只是自己出门走,走在大街上,走在那些有着高大桦树林的公园里。似乎这样就够了。

"找个地方清静。"他说。

"从来不想回去吗?"

"回去太吵了,什么时候找对象,什么时候买房,什么时候生孩子,这些问题不可能停下来。"他接着说,"我二十多年没回去过。"

一只来自临街店铺的灰色长毛狗跑来。三只狗滚作一团,热闹的叫声此起彼伏。天气越来越冷,在雪地里站了四十分钟,我感到身体冻僵了。小区里,一些老人慢慢走过去。

"这边没人管你。对,你想干什么就干什么。"他最后说。

两只狗跑向远处,毛茸茸的影子越来越小,变成小黑点,直至消失不见。吵闹的叫声也不见了。四周重归寂静,只有风声。不过李海并不担心。他相信狗一会儿就会回来,回到他的身边。

※ ※ ※

关于来鹤岗的意义,关于人的追寻,人们还有其他的观点。一个饭局上,我见到了一男一女。女生三十岁,曾在深圳工作。男人年龄大些,四十岁,脖子上挂着灰色穿戴式耳机,他提起在厦门和北京做青年社群的经历。他是那种组织者——或者说布道者的性格。他认为鹤岗有形成文化部落的空间。他们买下房子,想要定期举办读书会、观影会、"自我探索会"、红酒品鉴会、精酿啤酒品鉴会、TED演讲观看会。

我问他们,在这些活动上,他们一般都聊些什么。

"比如人生设计课,"女生说,"我现在正在寻找人生目标、人生方向,我会用人生设计这一套方法论,然后我去实践。"

"人生怎么设计呢?"我问她。我对此持怀疑态度——人生真的能够设计吗?

"你是不是把人生计划、人生规划跟人生设计搞混了?"男人说。他开始讲这三者的区别,《斯坦福大学人生设计课》,"奥德赛计划"。

"总而言之,就是我们如何才能使自己更积极地掌握人生。"男人补充说。

女生说,他们在鹤岗的群聊里发布活动通告,但总会被大量的其他对话冲走。

"来鹤岗的只有两种人。愿意交流和学习的是一种,不愿意交流和学习的是另一种。"男人接着说,"现在看来,从外地来鹤岗买房的人里,很少有愿意'交流和学习'的。"

最早来鹤岗的那些人,也不完全都在避世。相反,他们在鹤岗抓住了机会。比如二十九岁的郑前。他在短视频平台上有四十万的关注者,有些视频播放量达到千万级别。很多人都是看到他的视频才来到鹤岗买房。

后来我与郑前相约见面。他留着一头齐刘海的黄色爆炸头,只穿一件黑色卫衣,带我钻进街边一家房产门店。店里不大,桌上有三台电脑,一旁放着茶台和紫砂杯。员工都在外跑房子。他一年能卖一百套鹤岗的房子。

最火的时候,他接受了快二十家媒体的采访。"说过的事情懒得再说。"他说,"我后来直接把那篇最详细的发给记者,再问他们有什么想补充的。"

他坐在电脑桌前,右手玩着脖子上的金属项链。他等着去染头发,想换个颜色,应付年底一家媒体直播。那场直播会请来一些短视频博主,郑前打算向人展示自己的鹤岗生活。平时,他大部分时间都在规划视频、拍视频、剪辑,兼职卖房销售。他每天中午起来,下午开始拍短视频,回复大量咨询买房的微信。他有四部手机,六个微信号,每个微信都加满了五千人。

"我几乎没有个人的生活。"他笑了笑,"其实我最开始来是'躺'的。"

2019年冬天,他看到海员李海的新闻。之前,他在广州做了三年汽车销售,在番禺、从化,跑汽车厂,推销火花塞、雨刮、刹车片,卖车上的配件。他住在白云龙归地铁站附近的城中村,月租八百。他每月挣四千元。到了第三年,他开始感到无所事事。看不到未来,看不到任何希望,工作日复一日,那时的生活并不会让他有任何幻想。他决心到鹤岗买房,然后做《王者荣耀》的主播。房子装修花了两个月。存款见底后,他坐在电脑前开始游戏直播,播了一周多,没有人气,就开始研究短视频。他不知道拍什么,以"广州人到东北"为主题拍摄了各种各样的雪景,还有鹤岗便宜的房子。粉丝很快涨起来。让他意外的是,不停有人问他怎么买房。他开始做起生意来,过了一年,他和鹤岗当地人合伙成立一家房产中介公司。

"我掌握了一些流量的秘诀。"他说。

我问他具体指什么。

他很犹豫。"说了就会被别人抄。"

如今在他的社交账号上,多数是这样一些内容:

> 北京粉丝在鹤岗买了套房子,六十八平方米全款四万,装修四万八,共八万八千,人已入住鹤岗。
>
> 山西粉丝来鹤岗买房啦,四万一套房,你羡慕吗?
>
> 江西粉丝三万九鹤岗安家,究竟为何这样千里迢迢到鹤岗?

"鹤岗有显而易见的好处,我能够掌握这里,城市有几条街道,几个小区,能去哪里,我都很清楚。"他接着说,"在广州,我只会觉得自己很渺小。"

有些女孩向他示好,他拒绝了。他知道自己正处于难得的机遇中,担心错过就不再有,不想把精力花在其他地方。"现在就是我的人生最高峰。"聊了四十分钟,他开始看时间。我知道接受采访多的人会有这种习惯。离开时我们坐上他的车。我问他,这辆车是不是刚买的,看起来很新。他说,他不敢买贵的车,想换辆好点的都不行,这在大城市十分正常,但在小城市就容易招来非议。

他说,要是在街上被别人拍下来,那可就麻烦了。

\* \* \*

我已在鹤岗见到这些人,听见一些声音,写下她和他的故事、经验、记忆。人们来到鹤岗,就像是追寻着那些旧话题:到某地去,到远方去,在路上,"真正的生活总是在别处"。在这里生活越久,我仍然不清楚,鹤岗,这座城市是否真的能让人们摆脱生活的重复、苦闷、倦怠、绝望感——进而来到精神上的自由?我想到人们交谈时的犹疑、沉默,面对经济压力时的回避,谈到未来时的顾左右而言他,也想到了另一句话——"当对时间的感知仅限于期待一个无法控制的未来时,勇气就会消失。"(西蒙娜·薇依)

一天,我又来到林雯的炸串店。我坐在沙发上,盯着屋子里的食物,又将目光投向那堆着杂物的阳台,忽然想到林雯曾经提过的水母。

"水母去哪了?"我问林雯。

她那时正在切柠檬片,柠檬的酸苦味道很快传过来。

"两只大西洋不吃饭,饿死了。"她抬起头说。

那是搬到鹤岗的半年后。半年来,水母的身体越来越小,她没找到办法。有天换水,可能没有配对盐的比例,水母当晚没吃东西,第二天死了。又过了一下午,水母身体溶化在水里,没了踪影。这样也好,没有负罪感,她说。但生活还是要继续过。

炸串店生意不好,有时一个下午只开张两单。只要够水电费就行,她总是这样说,但还是会想办法提升销量。外卖商家通常会赠送小礼物。她买来一整箱青皮柠檬,准备做免费的柠檬水。炸串店的外卖评分降到四分,她自我安慰,说如果评分太差,就换个店名重新开,但后来她还是让熟悉的客人写上好评。

做完柠檬水,她开始打游戏,队友不在线,她随机匹配了一把。她的手指在屏幕上快速移动。在这个游戏里她似乎能获得现实无法给予的东西。

"不打了,等晚上队友上线。"她说。

随后我们开始聊天,吃橙子,她忽然说:"我之前好像在日剧里看到,人生所有的不如意,都是没有能力导致的。"

"怎么突然说起这个?"

"只是突然想起。"

"不过感觉你对现在的生活还算满意?"

"我也有很多想做的。"

"比如呢?"

"比如我也想赚钱,我也想减肥,我也想变美,我也想出去旅游,我也想学画画,我也想学会电脑,然后去做互联网的工作,比如像群里那些人。"她提过几次,她没有电脑,也不太会用电脑,要是会门互联网技术就好了。

"然后呢?"

"没有然后了。"她又笑了下。

圣诞节过后的一天,我,林雯,"比亚迪男生"再次相约吃火锅。林雯穿着白色毛衣,灰色百褶裙,一身相对郑重的打扮。她提前买来三个琵琶鸡腿。鸡腿正躺在烤箱里,肉香飘过来。

聊到新年愿望,男生说:"希望未来能找个老婆。"

那你呢?我问林雯,你还想谈恋爱吗?

"我谈过一段。"她说。之前,她谈到感情时总是显得很淡漠。"我不追星,也不追偶像,不喜欢看爱情片,做司仪看到别人的婚礼,也没什么特别的。"她的话里没有期待,对亲情、爱情、友情。当我来到鹤岗后,在那短暂的时间里,我成为她交往最频繁的人。我也是第一个在她家过夜的人。

"但这是女生之间的话,还是等他走了再说吧。"她说。她看了一眼男生,吃完饭,她就催男生离开。

男生走了。她说:"他可能没办法理解我要说的吧。"

她接着说那段感情,说那段感情结束得很仓促。但她希望我不要写到这段经历。

"这段就略过吧。"她说。

林雯沉默了一会儿。她看着我。沙发背后那张暖灯照着她的脸。和人打交道很累,疲惫,也挺麻烦的,她最后说。

聊完,林雯开始刷短视频。我们每次见面,林雯都要刷几个小时的短视频,"鱼头豆腐汤的做法",三分钟看完的电影,有关奥密克戎的笑话。我在一边听她刷短视频的声音,想到它呈现了一个浩渺无边的世界,但它也支离破碎,我不清楚什么样的情感、记忆或经验能从这些碎片里留下来。

如同水母那样漂着。她对现在的生活满意吗?以后还有更好的选择吗?

她曾经有过一次快乐的旅行。那是在新冠发生前,她按部就班打工四五年了,2019年秋天,她一个人去了海南三亚,住在海棠湾的青年旅舍,楼下是海,有沙滩椅。她在深夜带着钳子和头灯抓螃蟹,早上做海鲜粥。傍晚的天空总是粉红色的,许多人在海上冲浪。她尽可能控制花费,花了三千元歇了一个月。她长久注视着那片海。

《逃走的人》,新经典文化 | 文汇出版社 2024 年 8 月版

李颖迪　　写作者,著有《逃走的人》,现为《时尚先生 esquire》杂志主笔。长期从事非虚构写作,也在试着写小说。

记忆深处

# 她的世界

塞 壬

## 一

　　小镇图书馆每年的读书节都有一个征文比赛,自我接手以来似乎变得隆重了。在征文启事发布之前总会有许多人问,塞老师,今年征文的主题是什么呀? 今年的奖金有没有涨啊? 我总是莞尔一笑,这笑里有一种"到时候你们就知道啦,总是问个没完没了真是烦死了"的傲娇感。先前就向馆里申请把获奖的名额和奖金增加了一倍,于是这小小的征文比赛忽然就引人注目起来。一件事情能不能弄得有滋有味,在于能否遇到有意思的文章和有意思的人。

　　我是说,这是一种属于我个人的任性评选。我从来就没有把这个征文当成是一场文学的考量,以那种所谓特别"文学"的标准去对待这些投稿,还煞有介事地定要把它们分出个胜负来,毕竟他们也不会真正从事写作。在这样一个小镇,让工厂、学校、社会上的文学爱好者提笔写读书征文,仅参与一下就已达到目的。然后组织颁奖,十多人获奖,拍照留影,馆里再出个新闻稿。最后去土菜馆摆两桌,不请领导,一大帮子人就这样相互认识了,酒到深处,说着自己与这个小镇的故事,和那些年丢失的文学梦。曾经有一个成名的作家也投稿过来,为了公平起见,我还是把一等奖评给他了。当我把获奖名单发给他的时候,他愣住了,塞壬,这征文的获奖者居然没有一个是作家,全是陌生的名字,是不是我这样的人不能投稿呀?我笑着说,没有没有,你获一等奖是当之无愧的。他沉吟许久,面有惭色地说道,我本是作家,阅读是分内的事。这征文的目的是倡议大家来读书的。于是跟我说了几声抱歉,说什么都不肯再接受这个奖了。这可真是个有意思的人啊。

2020年中秋节前,办公室来了一个中年妇女,身材高大,五十岁上下年纪,穿一身厂里的蓝色工装,戴着口罩,说是要找壬塞老师,她居然把我名字叫反了。我听见她很重的喘息声,忙让她取下口罩,电梯坏了,她爬上六楼。原来是过来投稿的,可是征文已经截稿了。但我还是接过了稿件,牛皮纸信封里是一篇厚厚的手写稿,圆珠笔写的,那字,几乎是车祸现场,多处涂了蓝色墨坨,再在旁边写着几个缩头缩脑的小字,笔尖太用力,纸都顶破了。我拧紧了眉头。

也许是注意到了我的表情,她说自己不会打字,本来是想让女儿帮她打出来再投进征稿邮箱,可后来想,投进邮箱要是弄丢了你没收到怎么办,她信不过电子邮箱,她得亲自把稿子送到我手上。靠近我的瞬间,我闻到令人不适的汗馊味。

信不过电子邮箱。这句话让人震惊。我疑心是否真的有人依然活在网络之外。

接着,她说了另一句让我更震惊的话:壬塞老师,你至少要给我评个二等奖。这奖金有两千块钱,刚好。

这个女人从她进门说的每一句话都似平地起惊雷。那是一种在她的世界里绝对笃定且不容置疑的态度,特别硬茬。

我一时蒙住了。从来没有人这样跟我说话,赤裸裸,明要。要知道,我评这个征文可谓六亲不认。先前有人向我暗示自己是馆长的亲戚都不好使。我潜意识里,还是偏向于让更多的农民工作者获奖。但奇怪的是,她开口明要居然没有给人一种无赖、无耻的感觉。相反,我竟被一种莫名的强大气场给震慑住,居然生出要顺遂其意的念头。这太荒谬了。我定了定神,用一种谨慎的语气跟她说,我先看看吧,看后一定复你。我几乎是赔笑着。

她终于移开了那双钉死在我脸上的眼睛。转身往外走,在快要跨出门槛的时候突然扭头:你记住了,至少给我个二等奖。她的脸有陡峭的高颧,昂起的时候,下颌线硬朗有力,那声音是用牙齿发出来的,唇没有动。

我打开稿件。她叫赵月梅。

我几乎是摸爬着、半猜半辨、磕磕巴巴地读完了它。字难认,语法不通。我艰难地读完了它。心里久久不能平静。三千多字,她给我讲了一段跟一本书有关的爱情故事。出生在贫困的湖南乡村,十六岁初中辍学。这是那个年代绝大多数乡村女孩共同的命运。然而她带我进入了一个隐秘的内心世界。因为阅读,她与一个男同学代入了对一本小说男女主人公爱情的模仿中,对着书,念着书中的句子做了男女情欲的那件事。这本小说是张贤亮的《男人的一半是女人》。隔着那么长久的岁月,这本书之于情欲的烈度至今让我震撼不已。可以想见,在闭塞的乡村,在身体暴风成长的少男少女中共读这样一本书会引起的情欲地震。我是一个卑劣的读者,竟在阅读间期待那种露骨而肮脏的细节。然而没有。言辞仅限于发生了"那件事"。很自然地,这篇文章让我想起了王小波的《绿毛水怪》,它有一种青涩的浪漫,有泛黄的旧照片那样的年代感。它唤起了一种久违的情愫,人们对情爱最初的期盼。纯粹的灵魂与肉体的吸引。

这段经历让她对爱情有着极高的纯度要求。我知道这意味着什么,一个人对爱情的认知直接影响着她的人格与品行,她是在那样的准则中活着。紧接着,她的文字就一路破碎下来,继续读书的男友与辍学在家喂猪砍柴的乡村少女,故事的走向不言而喻,它毫不例外地呈现人性那残酷的部分。没有意外。但她并没有将这个结局归根为"是受到了一本坏书的影响"。她没觉得自己是受害者,而是经历了一场不计后果没有退路搭进整个生命的爱情。是人生中唯一的一次纯粹的燃烧。正如她说的,爱情没有成功与失败。只有有和无。

我面对的是一个黄金般质地的灵魂。它是人间的稀有物种。给一等奖?文字略粗糙了些,有很多句子不通,二等奖又着实委屈它了。来稿中多的是一本书的读后感,摘的心灵鸡汤,更多的则是带有教化色彩的劝诫,偶有亮眼的,也不过是因读书与人结缘,抑或是改变命运的励志故事。权衡再三,我给她评了一个二等奖。

打电话通知她的时候,她就嗯了一声,仿佛是意料中的事,没有一丝惊讶,只回了一句,来我屋里,我给你做擂茶。

二

她径自骑了一辆男式的旧摩托车来接我,把一顶有裂缝的白色安全帽递过来说,查得紧,还是戴上吧。她居然相信我不会嫌弃。那顶安全帽磕摔得满是划痕,油黑的颈带,闻着有汗渍的酸味。待我坐稳,她加大油门,呜的一声,车子脱缰而驰。过地下通道进入工业区外围,拐了几个长长的里弄,东莞本地人的旧宅基,平房,房前屋后窄窄的小路,有排水沟在侧,她跐着脚,慢慢地把车滑着走,过了一个小卖部,我们来到一处出租屋。

本地人的出租屋是那种低矮的平房,阴暗,沁凉。家家户户连在一起,过道铺的青石板,板缝间长着马齿苋。偶有一只猫喵的一声蹿出跃过轮前。这是我第一次见识本地人的老宅,为了防台风,人们把房子连成一片,一个村庄就像一个整体,这样就坚不可摧了。当我意识到,这些房子可能在宋代清代就是这个模样时,不由得敬畏起来。然而,本地人在三十年前就已经搬进农民别墅区去了,因为祠堂还在,所以将它们保留了下来。这是东莞最底层的出租屋了。很多地方裸露出石砖,有风化的痕迹,半围着的院子里,长着高大的龙眼树。一枝枝火红的三角梅探出头来,外墙角还长着湿湿的苔藓,狗被拴在屋里,对着行人狂吠。往上走,看到下面的黑瓦屋顶晒着萝卜干、鱼干,瓦楞里积满落叶,长着野草。

赵月梅住的是一居室。房间正中间有一口井,手摇式的水井,井上搭了个水泥托子,搁了块木板,这就是一个简易茶几了。一张木架子单人床。一个双开门木衣柜。木沙发。靠窗有一张裸色木桌,码了几本旧书,一盏白绢罩小台灯。还有一个相框,照片中她贴脸抱着一个婴儿。地面的瓷砖有几个花色,纯白、蓝格子还有麻灰。角落有一棵粗壮的发财树,叶子翠绿繁茂。这屋子竟有一股禁欲系的原木风,简约,却有一种高级的审美。女人的房间,没有看到化妆品。甚至连镜子都没有。赵月梅说,这间原先是个小院子,是她十年前用工地捡来的砖慢慢盖起来的。难怪房间正中央有一口井。

你盖的?我还是难以置信,忍不住问。

对啊,我一个人用两个月时间砌起来的,不到四千块钱。瓷砖也是捡人家装修剩下的。不是那谁谁曾说过吗,女人得有一间属于自己的屋子。

太硬核了。房东让你盖?

租房合同都是五年起租,房东知道我们是来这里讨生活的人。再说了,我是盖又不是拆。

隔壁住着女儿女婿一家。他们在这里住了二十多年了。一进主屋,竟挤满了女人,只为了招待我这个贵宾。我才知道,湖南安化人请你来家里吃擂茶是把你当成了贵宾。哪家来了客人,一个村子的女人都去她家里帮忙。

赵月梅抱出一个桶大的粗陶擂钵,坐在一张有靠背的竹椅上,把擂钵放在两腿间,旁边一个胖娘递给她一根手腕粗的圆头擂棒,钵里放了新鲜的茶叶、熟花生米,泡好的糯米、绿豆、藤椒叶。赵月梅抡起擂棒沿着钵壁研磨,那钵壁刻有细密的圈圈,很是粗糙,它加强了摩擦的锐度。她快速地摇动手臂,像是在演奏某种乐器。

忽然间,屋里的所有女子齐声唱了起来,那歌声高亢,裂帛般,响遏云霄。我惊讶那优美的和声部分,低柔地托着主体旋律,婉转起扬,她们是如何懂得在没有乐器伴奏的情况下,让一首曲子有了如此绝妙的层次感。这壮丽的合唱像是站在山巅,将全部的激情从胸腔迸出,敞开无蔽,大开大合。赵月梅也唱着,她摇着擂棒画圈圈,那张靠背竹椅也咿咿呀呀应和着,她的表情,像是入了魔般沉醉。我只觉得眼前的一切无法形容,虽然唱词我一句都没有听懂,但所有的疑问、惊讶、震撼都被强行统一在一个绝对的旋律里。它是唯一的意志和存在。

一曲末了,茶浆擂好。细腻无渣,起着成串的小泡泡,微微眨动。那藤椒叶的香气霸道,灌进鼻孔,令人神清目明。这老宅有柴火灶、大铁锅,那锅早烧好了开水,只待茶浆下锅,赵月梅拿着木勺边搅动边吹着扑面而来的蒸汽。然后她把剥好的甜玉米粒撒进锅里,旋即,她又用木勺从旁边的陶罐挖了一坨猪油混了进去。客厅的桌子已摆好了各色点心和果子,洗干净的蓝边小瓷碗整齐地摆了一圈。赵月梅把煮好的擂茶盛在一个大肚铜锅里端了上来,那升起的热气模糊了她的脸。

一个梳着矮髻的老太太用一根细柄不锈钢勺子往汤锅里搅了搅,她轻轻地吹着,那闭目摇头的样子很美。然后把擂茶盛进一个蓝边小瓷碗里,三勺刚好,不深不浅。盛好后再扬手往上面撒了一撮熟芝麻。她优雅得像一只天鹅。她端起小瓷碗,双手递到我的面前。她的每一个动作显得那么虔诚,像是在礼拜,仿佛漏掉一个细节这擂茶的美味就会烟消云散。

我哪里受得起这样的礼遇。一时不知道说什么好,连忙双手接住,笨拙地接住。老太太含着笑意看着我,满屋的人都看着我,我必须在众人的注视下喝完这碗擂茶,不能迟疑,不能有丝毫怠慢。一口气,大口灌下。我傻气的样子逗乐了众人。赵月梅笑着说,塞老师,擂茶不是这样吃的,要坐下来,就着甜品果子用勺子小口细品。

席间,我听闻安化人说这擂茶是到死都舍不下的。说一个人将死,就说他连擂茶都吃不下喽。安化人在哪里,擂茶就跟去哪里,三天不吃人发慌。每一个安化女人都会擂茶,母女间、姐妹间、妯娌间,边磨边唱着擂茶谣。我惊讶竟有十几户安化人住在这出租屋里,他们来自同一个村庄、同一个族系。二十多年,这擂茶硬是被生生搬进这东莞小镇,为了随时可以摘取新鲜的茶叶,他们就在院子里种上茶树和藤椒。他们把完整的文化移植到异乡,这也算是一种最后的倔强与坚守了。我和赵月梅顺着青石板路往上走,上到了高处的一个亭子,那儿的风很大。眺望远处,一整个村庄匍匐在脚下,它们安静地蹲着,像静默的海。二十多年,这些异乡人把这里活成属于自己的家园,并把属于自己族系的文明复制到这里。我不知道,东莞的出租屋有多少这样的村庄,他们把自己的村庄背在背上,停在哪里就扎根在哪里。

赵月梅,我要是不给你二等奖,你就不请我吃擂茶咯?

那是自然。

刚才唱的擂茶谣,歌词讲的是什么?

就男女那点儿破事。

奖金用来干吗?

给我外孙女买张折叠婴儿床。刚好两千块。

你文章写的都是真事儿?

我瞎编的。

你会坚持写作吗？

不会。我不是那块料。

她有一种不属于这个时代的智慧。我已经知道了。当我想倾诉却无人可诉时，这个时候就可以把电话打给她——赵月梅。至于擂茶的味道，我认为它是一种香气，是一种属于精神范畴的存在。它把你身体里所有的浊气给逼了出去，然后整个地腌渍你，腌晕你，最后又从你的毛孔散发出去。它清洗了你的肉身和魂灵。而不仅是填充了你的胃。

## 三

赵月梅的工厂没订单，停了，老板让工人回家等消息。可她是一天都闲不住的，第二天就去做日结工。我刚好也四处找活儿干，因不是熟手常碰壁，戴着度数这么高的眼镜，人又瘦瘦小小的，年纪也大了，工头一看就嫌弃。赵月梅听说我想进厂做日结，她哼哼冷笑，笑我这么金贵的人偏要找罪受。笑完，她跟我说，你算是找对人了，我可以带你去，不过，你写的狗屁文章千万别把我写进去。

于是我跟赵月梅去了一家音响厂。我好像被默认成其中一员，跟在赵月梅身后签名，填身份证号，扫工头微信，进微信群。待遇是每小时14元，每天工作12小时。包午餐和晚餐。我没多问，大概猜到工头是赵月梅的族人老乡。也就是一起住在城中村出租屋的湖南安化人。

音响厂是索尼的代工，我们二十多人坐货梯上到五楼。早有一个穿浅灰色工装的年轻女人候在那里,她把我们领进车间。瞬间,一股高分贝的噪声冲击耳膜,各种音乐的旋律混在一起,如同千军万马,踏遍你的全身。即使两人面对面讲话,都要大声喊,对方才能听见。几百平方米的车间,流水线有二十多垄,噪声是工作台上的音响发出的,工人戴着耳机在测试音色,选择的曲子都是能够呈现音色细节的激烈旋律,高音拉长,低音混响都开到极致,琵琶杀人不是胡话。这上千台音响同时发出各种不同的高强度曲调如同厮杀的战场。五分钟,我觉得头颅快要裂开了。

我在鞋厂刷过胶,那胶虽然无色无味,但我却能真切地感知甲醛的存在,仅十分钟就头晕想吐,熬过半小时后竟毫无知觉;在电子厂包装过铜线圈,塑胶和机油的气味也让我的胃翻涌;炎热的酷夏,被分到一个背靠铁皮墙的线位;有时一连站几个钟头给装好的线路板扫尘,踮着脚给机床注油;在金星直冒的电焊机边分拣烫手的模具。我都熬过来了。但我还是第一次面对噪声的挑战,它带给我如同空腹引发的心悸。每一秒都是煎熬。我本是一个喜静的人,长期的独处与自闭,喧嚣于我无异于利器锥心。我看了看赵月梅,她没有任何不适,显然她早已适应。

所有这一切,我只是短暂地在工厂体验。但我知道他们将落下严重的职业病,而且没有任何赔偿。赵月梅察觉出我的异样,她把我拉到旁边问我能否继续。此刻,我怎么能坐实自己是她口中的金贵之人?我怎么能让工头觉得她介绍过来的人是一个废物脓包?

最后,我跟一位矮小黑瘦的妇人一起被分到楼下一间摆满货架的仓库里。噪声隔绝,仿佛被人堵住了源头,听不见一丝声响。仓库里陈年的锈霉味与塑胶味显然没那么恶劣。我思忖着,这安排应该是得到了照顾。那么多人,他们别无选择,只能待在令人头痛欲裂的噪声车间。

我跟她的活儿很好做,就是用酒精布擦拭元器件上面的胶痕与划痕。要戴上指套,不能将指纹留在上面。漫长的,磨着时光的、毫无意义的机械工作开始了。我来此处是为了接触到更多的人,尝试不同线位上的工作,我要在人多的地方观察人和环境。我希望能跟更多的人聊天,听他们说自己的故事。可我眼前的这位妇人似乎抗拒跟我说话,她紧闭着唇,锁着眉头。我们的眼神都没有机会交流。然而,她却先开了口。

你是梅姐的朋友吧?楼上包装音响可比这个累多了。

你在楼上干过?楼上干的什么活?

力气活儿,要搬几十斤的东西。我的腰不行,不得劲。

我隐隐察觉出她的口气不友好。似乎因为我是赵月梅的朋友她才敛住了某种恶意。紧接着,她嘟哝着说,两个人擦片,一天就擦完了,明天我也得上楼去喽。她的眼球往外鼓,眼皮快速地眨动着,微龇的牙,薄唇颤动了几下,似乎在表达未说出口的真正意图。

我终于明白了。本来一个人的活儿,现在有两个人来做,害得她要提早去干楼上让她腰痛的活儿。可是,梅姐的安排让她不敢有怨言。我的加入,也仅仅让工作的进度提早了一天。一天的安逸,一天的相对舒适,对一个女工来说,是锱铢必较的。这足以让她对我满怀恶意。要知道,我先前在另一家工厂因为跟一个女工争一个双脚能伸直的线位而较劲多日。

我决定上楼。我来此处的目的不是贪图一个安逸的线位。

赵月梅看见我上楼了。我们俩面对面使劲喊话。在那震耳欲聋的车间,在那悲伤的生存的场,一切的声音被碾压,一切的意志被碾压。那种荒诞,透支着生命的原力。我表达的意思是,你赵月梅能干的活儿,我也能。我的态度让她怔了一下。但她很快就理解了。

我跟一堆女工一起折纸箱。所有的纸箱成箱前是一个只有折痕的平面纸板。我跟她们一样,脱了鞋光脚踩在纸板平铺的地面上干活。我发现他们的劳动分配有一种家庭作坊的意味,赵月梅应该是那个能做主的人,类似于氏族的长老。女性作为弱者,会被分配相对轻一点儿的活儿。而她则跟男人一起,搬音响,先把它套在泡沫里,然后再塞进纸箱。那音响很大,半人多高,要两个人抬。我这里,神奇的一幕发生了,在专注于折纸箱的忙碌中,为追求速度我手脚并用,甚至跪在地上把纸卷起往前推滚。我竟然忘记了头顶那无处不在的可怕噪声,此刻它完全对我造成不了任何伤害。我惊讶于战胜它如此简单。然而就在中午收工的时候,巨大的噪声突然停了,周围陷入短暂的寂静,仿佛时间凝固在那里。人的声音终于显现出来。我从女工嘴里听到一个令人震惊的信息:楼下擦片的女工是赵月梅前夫的妻子,她是惯于占小便宜的。而赵月梅显然对她有着诸多的照应。

之前,在我跟赵月梅的交往中,其实一直忽略了一个人:她的丈夫。这个人突兀地空在那里,她从未提及,我也没问。

午饭在工厂食堂吃的,排队打饭,小圆桌挤满了人。显然这不是讲话的时机。午休在车间,工人们躺在纸板铺的地上,男男女女,两两相对无禁忌,连线位的桌子底下都是人。只有四十几分钟,但我知道它能极大地缓解疲惫,并蓄上下午的体能。站起身,一地的人,他们手脚舒展,睡得四仰八叉,场面震撼。我在赵月梅身边躺下,她已发出轻微的鼾声。我们没有机会说话。已经做了外祖母的赵月梅干着像男人一样的活儿。她骑着那辆旧摩托车送水送煤气,她那双骨节粗大的手能砌房子还能写文章。我对着她宽阔的后背,无法安睡。跟我相比,她是绝对的弱者,而我却得到的是,她的照拂。

## 四

日结工也不稳定,时有时无。可她居然也有鄙视链,扫街道每个月四千多块,看不上。"低于五千的活儿我不干"。很快,她在微信里告诉我,她进了一家不错的公司,在食堂里当厨娘。面试时炒了两个菜,农家小炒肉和芹菜香干,当场录用了。我时常想,她的人生多有趣啊,似乎每一天都不一样,总有意想不到的新鲜事物闯进来。有一次跟她语音,抱怨着身体各种小恙。我说最近老是尿频尿急尿痛,坐上马桶又拉不出来。她赶紧打断我说,你吃两粒头孢吧。我连忙吃了两粒,仅十分钟就止住了。我们从来没有谈过文学。我的作品,她也没有读过。但她对我有一个很厉害的评价,你是一个大女人。直到去年秋天,她打电话来说要请我吃饭,虽然我们同在一个小镇,却很少见面。

去年可真是艰难的一年啊,到处裁员。我多次去做日结工被拒。企业订单不满,自己的工人活儿都不满,哪里会招日结工呢?赵月梅公司食堂四个人要裁掉两个,而她以五十岁的高龄干掉了两个比她年轻的厨娘。这是她请我吃饭的理由。

我们在湘巴佬见面的时候,她看上去春风拂面,心情不错,大手一挥说,你随便点。她是迫不及待地想跟我分享她的赢。然而最后却又讪讪地说,其实也没什么,自己只是运气好罢了。

等菜的间隙,她就开始说了。公司宿舍旁边有一块空地,原先尽是砖头、石块和丛生的野荻,每天午饭后做完卫生,她就去收拾那块地,在车间借了个手推车把地里的杂物都清干净。从家里拿了小锄头,松地除根,起垄引渠,很快,她就种上了豆角、辣椒、茄子、丝瓜、黄瓜等各色蔬菜。还在地角种了一棵栀子花。盛夏,满园碧翠,开花的开花,挂果的挂果,一派生机。一天中午,她看见一个阔气的老太太带着一个小男孩在地里转悠,那孩子摘了几个大茄子抱在怀里。她忙走过去。那老太太见她走过来,就笑着说,这地是你种的吧?她说是的。老太太说,我看见过几次了,食堂的丝瓜炒蛋、拍黄瓜就是在园子里摘的吧。她就笑笑没说话。老太太说,我有时也会过来浇水,这块地你种得真好。我三天两头就带孙子过来看。

赵月梅说,就因为这块菜地,我才没有被裁掉,那三个厨工是公司的老员工。这老太太是老板的母亲。你说,我是不是太走运了?我快惊掉下巴,一时不知道说什么好。为什么剧情会这样走?如此残酷的事,居然生出一种旁逸斜出的趣味来。我想,这种事,只能发生在赵月梅身上,而这,绝不是什么运气。这戏剧性的反转,是一种必然。一个人用她的勤与劳、智与善堵住了命运的黑洞,用玄学来解释,她身上的光为她挡了煞。

我说,这不是运气。你是凭实力赢的。

有一个厨娘跟主厨是相好。老板把我留下,主厨气不过,就处处给我穿小鞋。结果我就说了一句话,他就乖了。

一句什么话?

她没有回答。神色黯然。只说赢是赢了,但人家也丢了饭碗。

我说赵月梅，像你这样的女人，老天爷也治不了你吧？

她猛地抬起头看着我，说，是吧，你也这样觉得？我命格太硬、太独，注定是劳碌一生。她问我要不要喝两杯，我说好，她就叫了啤酒。

几杯下肚，她就跟我讲这命是怎么个独法。

二十三岁嫁给了同村的一个男人。父母的意思，收了彩礼。那个男人在小学教书，生得白净，挺体面的。好歹是个读书人，总比嫁个庄稼汉好。二十三岁在那个时候，已经是大龄了。乡村的女孩嫁得早。

我想打断她，想问一句"爱情呢？"，后一想，爱情太奢侈，本不易得。且，结合那篇征文，她那时候的状况可能很尴尬。也许，她也只想找个本分人好好生活吧。

那男人考了几次正式老师皆落榜，几年下来还是个代课，他也灰头土脸，渐渐喜欢上抹牌赌博，输了回来就打人。嘴里还不干不净翻我过去的旧账。我只能忍着。忍他两年，孩子小，才三岁。

有一回他输了钱，我不在家，家里冷锅冷灶，他赶到我娘家打我。我们村子百来户，千把人，知根知底，他当我父母的面打我。我真不能忍，再忍，我的父母就太可怜了。我用手挡住就要落在身上的拳头，再反手将他摁住，我把他的膀子生生摁在吃饭的桌子上，把头抵着桌子，他痛得嗷嗷叫。我的手像钢爪一样有力，他动弹不得，我一松手，把他甩出去，他摔个狗啃屎。前来看热闹的众人哗笑，他生得矮小，又常年四肢不勤，没什么力气。我们那个地方，男人打老婆是常事，没有人劝架，男人女人在旁边起哄，拱火。

可是一个男人当着全村人的面被老婆摁住不能动弹,又被摔出去,这无疑是奇耻大辱。我让他沦为笑柄。事情到这个地步,几乎没有和解的可能。我的父母亲,反倒怪我不能忍,他们质问,哪个女人不是这样过来的?最后,我居然作为过错方带着女儿净身出户。要知道,他家旁边两间新瓦房,是我嫁过来后盖的。我在建筑工地做过泥工,夏天收稻,冬天挖藕,两季能赚五千块钱。

我那个地方的女人几乎没有离婚的。她们即使被老公打,也绝对不会离婚。我是唯一一个打老公、敢跟男人离婚的女人。你说独不独?随后,我把孩子甩给父母,一个人去东莞打工。二十多年,我陆续从家乡带人来东莞打工,慢慢地,这些人就围在我身边,越聚越多,我们在东莞出租屋一住就是二十多年。那个男人第二年就娶了村里的寡妇,他被女人打过之后,人生似乎就委顿下去。后来几个村子的小学合并,他也没了工作,寡妇来找我,我就把他们带到了东莞。

说出来你可能觉得不可思议。一些恩怨竟烟消云散。他们住在我隔壁多年竟像亲人一样。在异乡,我们这个村的人好像变成了一家人,有活儿一起干,煮好擂茶挨家送,唱擂茶谣,喝谷酒,抹字牌,日子倒也快乐。好多小孩是在这里出生的,他们再也不会回到那个村庄。

"我们只是相互搀扶着活下去。"

这才是大女人。有大地的气息,能撑起一片天。她从来不纠缠谁对谁错。她意味深长地问我,塞老师也没有结婚吧?我显然跟她不能比。我无论做出怎样的人生选择,身边没有非议。可是她在那样的环境里,在打女人理所当然、男人是天、嫁了人就不得离婚的愚昧环境里就有了独立的女性意识,她的每一步都比我要艰难得多。

赵月梅后来也一直未婚。我们相视一笑。最后,她要跟我谈到文学。


## 五

我实在不愿意赵月梅也变成一个跟我谈文学的人。她于我而言是一个独特的存在。她是文学本身。她比太多作家更开阔更深沉也更有力量。她跟我谈起张承志的《黑骏马》,说是最初读到的时候感到震撼的是索米娅被草原恶棍玷污后怀孕,奶奶居然说了这样一句话,那句话是一个女人对另一个女人的祝福,可以生养,我们索米娅可以生养,可以成为母亲,这是多么幸运的事。我记得这句话,在草原文明的背景里,它彰显的是一种生命的孕育与传承,就像大地、天空、生长、死亡,都是自然生发的事物,它完全消解了道德伦理与审判。然而,女性读者可以共鸣也正是生命孕育的奇迹、母亲的奇迹。塞老师,我生我女儿的时候身边没有一个人,我自己铰的脐带。

她喝多了,竟是泪流满面。我以为她是不会轻易流泪的。这钢铁般的女人,老天爷也拿她没办法的女人,竟在我面前流泪。她抬起头看着我说,我一直承受着自己是过错方,辩无可辩。这么多年了,没人意识到,她也是委屈的,也是会疼痛的。我再也绷不住了,任两行清泪长流。以前,我只是在文字中流泪。

春节期间,我看了贾玲演的《热辣滚烫》,这是一部典型的女性视角的电影,一个女性的成长,最后是可以坚定地、清晰地说不。当贾玲以瘦身英姿飒爽地出现在公众面前时,底下有女性粉丝喊她"老公姐"。我当时细细琢磨"老公姐"这三个字,这是非常帅气的女人才配拥有的三个字。无关性别,它属于雌雄同体的优秀灵魂。我脑中瞬间出现了一张女人的面孔,她,赵月梅。

《广州文艺》2024年第4期

塞壬　散文家,现居东莞。已出版散文集七部。两度获《人民文学》年度散文奖,华语传媒文学大奖新人奖、百花文学奖、华语青年作家奖、冰心散文奖、三毛散文奖、琦君散文、川观文学奖、广东省鲁迅文艺奖等。现主要从事散文及非虚构创作。散文表达"我",也就是表达众生。认为非虚构是"我向"的体验式记录文本。

# 来自未知的乐声

陈 染

　　整理书柜时发现了一本书,一本来自肖邦的故乡——波兰文版的《私人生活》,它静静地孤立在书柜边角处,被那些气势磅礴、盛大恢宏的主流套书覆盖碾压着。我感叹自己的疏忽,居然让它隐没了那么久才看到,如同肖邦的钢琴曲一样姗姗来迟。

　　肖邦的钢琴曲从我听到开始,就从未停止过喜欢。它不同于我珍爱的贝多芬,贝先生总能顷刻间就让人拉满情绪,无论是哪样一种情绪——雄浑的、热烈的、悲绝的、苦难的、思辨的、抗争的……满满的不甘、悲鸣与悯叹,总能让人瞬间感到一场来自人间的狂风暴雨,浓墨重彩倾泻而下;而肖邦的钢琴曲则是另一番意境,它呈现着小调和弦的那种深沉、内省与情感,既是若露滴竹、风铃浅唱,又是柴米油盐、凡俗烟火。它像潺潺流水中的碎石细沙,总是与回忆、与想念有关,与支离的梦境、模糊的旧居、心中的动念有关,与"烛光里的妈妈"、与寻常日子中的零零碎碎、细枝末节有关。

它仿佛是夏天里的一个片段:母亲正在吃力地扶住沙发的扶手站起身,她的身高随着衰老变得矮小了一截,头部像一只白鹤那样向前探着,预起飞的样子。她的头发短短的,比雪还白,却依旧润滑如丝,仿佛一圈白色光轮,粼波闪闪,笼罩在瘦削的脸颊上。母亲一抬头见到我,快乐突然就降临在她的脸颊上。她拉住我的手高兴地往房门外边走,她的脊背越来越弯了,走起来犹如一只风中摇摆的稻谷,令我揪心……

有一段时间,肖邦的降B小调夜曲、降E大调夜曲、升C小调夜曲……一直在我的CD机里循环往复,周而复始。特别是母亲离世之后,那种淡淡的乡愁,淡淡的炊烟,淡淡的日子,淡淡的故人,母亲坐在轮椅上淡淡的期待,淡淡的等候……那乐声似乎来自某种未知的地角天边,来自某种无法测量的遥远。人间美语,天闻怡悦,令我心往神驰,百听不厌。也许,我只是想在乐声中期待与母亲的再度相逢吧。

心理学中有个"路径依赖",即你这一次的思绪,下次遇到同样境况,海马体会本能地惯性重复这个路径。所以,大脑中的"路径依赖"常常是零次与无数次。一旦形成,很难抹掉。

譬如在现实中,你这次踩过一个坑,好不容易跌跌撞撞爬起来,百折千回、兜兜转转之后,你下次面临的还是同一类的坑。这个特点,也适用于人世间那些温馨美好的事物,譬如:你穿过大街小巷走在回家的路上,已是傍晚夕阳西下,路边的小店已零星泛起灯光,一天的疲惫马上就要结束,你脑子里闪现着家里的爱犬,浮动着热气腾腾的洗澡水以及香气扑鼻、芬芳四溢的饭菜,你甚至听到黑胶唱片发出的原汁原味的嘶嘶声……我不知医学怎样命名脑中的这个场景,就姑且称之为"沉浸式记忆"吧。

这之前,另一本来自拉威尔的故乡——法文版的《私人生活》,也给我带来触动。

记得十年前,母亲在做心脏搭桥手术后,整整两三天时间昏迷不醒。母亲醒来后回忆说,她待在一处雾蒙蒙的空旷地,耳边一直盘旋萦绕着拉威尔的《波莱罗舞曲》,无尽无休地循环,乐声忽远忽近,缥缥缈缈,却是格外清晰真切,每一个音符都如同一颗星星,闪烁不定,连绵不断。它无拘无束,轻柔却又无法被任何外力所束缚、所阻断。于是,母亲就使劲想,这是哪儿啊……

"波莱罗"说是舞曲,却蕴藉、积蓄着一种用力压住的深重、一种不显山露水的抗争力,以及一种无尽无休的艰辛劳碌。母亲的晚年,与疾病抗争得太辛苦,太倦累了。我常常想,人生一场,多么像一场被拉长的舞剧,序幕拉开,蹒跚登场;帷幕落下,曲终人散。当然,会有台前与后台。台前的剧目,呈现仪式化与程序化色彩,而后台私密的非显性地带,才是展示心性底色的更为真实可信的所在。我们既非自主而来,又非自主而走;同时,我们从哪里来到这儿?离开后又去了哪里?却都是未知。

母亲昏迷中的乐声,显得波诡云谲,使我感到惊异!这乐声来自风声还是水声?来自层峦起伏的远山还是漫山遍野的绿丛?来自屋檐的青灰石瓦还是门前的水碓石磨?来自幽深的凹井还是清流的雨滴?我不得而知。但我知道,这看不到、摸不着的天启之音,不是耳朵听到的,而是灵魂听到的。

这件事之后,拉威尔便成为我脑子里的一个神秘的存在。

去年冬天,母亲没有扛过去。据说,人在离世时是不知道自己正在死去的,这是唯一让我感到安慰的地方。也许,母亲以为和以往一样,再忍耐坚持一下,就可以平安出院,就可以重新与我在一起分享她喜欢的肖邦、拉威尔;在母亲离世时最后的临界点,她是否又一次倾听到来自遥远未知的"波莱罗舞曲"?我不知道。我宁愿她以为,再在迷雾中徘徊一会儿,太阳就会驱散雾霭,女儿就会再一次接她回来……

母亲离世一周年那天,我终于办理了销户手续,心里万分不舍。拿着被剪掉一角的母亲身份证和盖上"死亡"印章的户口本,心还是刺痛。又是隆冬了,往日熟稔热闹的街道显得有些清寂萧条,行人寥落,脚步匆忙,人们似乎想赶在更冷之前完成手中的活计。小巷两侧的店铺也多是门庭冷落,顾客稀疏,店员们都早早地赶回老家过年去了,繁华街市一下变得冷冷清清,我忽然产生一种人在异地飘零的陌生感——我的家是在这里吗?

母亲在的时候,这座城市在我心里有牵绊,有温暖,有归宿;母亲不在了,这座城市就同全世界任何一个陌生的地方一样了。我想象,母亲是去了一个我看不见的地方,也许那地方就在某一片星辰或者云朵之上,她可以看到我,只是我看不到她。我必须好好生活,母亲才会感到安详、圆满和幸福。

人类的局限,使我无从知晓生命从哪里来又到哪里去。我们是否存在于宇宙中一个被设置得严丝合缝的程序里?灵魂到底是怎样的存在方式?从墨子到欧几里得,从牛顿到麦克斯韦,从特斯拉再到爱因斯坦,均无解,他们穷尽一生的好奇与探究,试图推论出一切源于光、归于光,试图证明死亡并不是结束。而且,越来越多的前沿自然科学正在努力探寻那个存在。

但愿,这两本波兰文和法文的小书,可以替代我,在冷冬之后的某一个暖融融的春日,去造访这两位与我的神经元脑回路发生过某种神秘"链接"的音乐家墓地。鞠躬致意,静默片刻。然后,分别用他们的母语问询一声:您们是否见到我母亲?我想念她。

《中华读书报》2024年3月6日

陈染　当代著名作家。生于北京。1986年大学毕业。已出版小说专集《纸片儿》《嘴唇里的阳光》《无处告别》《与往事干杯》《陈染文集》6卷,长篇小说《私人生活》,散文随笔集《声声断断》《断片残简》《时光倒流》,谈话录《不可言说》等几十种专著。在中国和英、美、德、日、意、韩、瑞等十几个国家出版了近200万字的文学作品。

# 北京往事

刘 琼

窗外是北京的冬。半个月前下的那场暴雪,将最低气温拉到了零下十六摄氏度。

冬天日头短,下午四点刚过,阳光就差不多开始消逝在中国尊细瘦坚硬的小蛮腰背后。蛋黄色的余光慢慢融入夜色,灯光带亮起来。

在北京今天的版图上,这一带叫CBD,全名转译过来是"中央商务区"。中央商务区,顾名思义,就是整个北京城的商务中心。工作和生活在CBD的人,过去被称为"国贸动物",现在则成了"国贸和SKP动物"。从国贸到SKP,半径有所扩大,动物还是动物。"动物"一词,显然是对消费主义的调侃。

朝阳的"消费"之名,看来是洗不清了。"消费的朝阳,金融的西城,文化的东城,教育的海淀……"前两天,在一个偶然的场合,听到一段关于北京城六区的顺口溜,与此算是"异曲同工"。朝阳的"消费",似乎仅限于物质层面的消费,还不包括精神及文化消费。代表精神文化层面消费的是著名的东城,东城有各种文化地标,比如国家大剧院、北京人艺、中国美术馆等。所以,东城叫文化的东城,也算实至名归。只是把"消费的朝阳"和"文化的东城",放在一个段落、一种语境里,有意无意,仿佛要比出个什么子丑寅卯来。

毕竟是在文明古国的古都,有文化、讲文化、重文化,似乎才是正义、正经之事。至于消费,这类由欲望、需求等衍生的"动物本能"和社会行为,虽然需要,也是必要,但在"重文轻商"的价值链条里,被调侃似乎也很正常。被调侃的朝阳,或者说不那么"高级"的朝阳,丝毫不影响它继续往热闹和繁华里拔节。

就说SKP吧。

SKP最初也不叫SKP,叫新光天地。东家是两家,一家是以善于经营百货业著称的台湾新光三越百货公司,另一家是土著大哥——北京华联集团。新光三越也是由台湾省新光集团与日本三越集团两家出资组建。三越百货是日本百货业的大佬,坐过东京地铁银座线的人应该记得,其中有一站就叫"三越前"。2001年冬天,我第一次公差到东京,孤陋寡闻,温泉、新干线、仓储百货,样样看着都新鲜。在日本桥附近,一眼看到"三越百货"的大招牌。这家是三越百货的总店,属于日本"文化财",建筑本身已有百年历史。以三越百货为代表的一批日本百货业那些年在北京投资很猛,光是大望路附近,就分布了新光天地、华堂商场两大百货商场,分别定位高、中端。华堂商场由日本最大也是世界五大零售业之一的伊藤洋华堂投资，由中日合资企业华糖洋华堂有限公司经营，在北京的第一家实体店开在大望路东边的十里堡。十里堡华堂商场继续沿用伊藤洋华堂擅长的百货加超市经营模式，生意很好，地下一层超市以海鲜等食材新鲜著称，每晚五点以后还有各种促销活动，常常挤得水泄不通。外来的和尚会念经，华堂商场最鼎盛的时期，我记得在北京各区开了八家店。我读博士那会儿，中国艺术研究院研究生院还在惠新北里甲1号老地址，不住校，中午没地儿去，加上食堂中饭质量差，就常常沿着学校前面那条小路往东，走到北四环边的华堂商场三楼解决"温饱问题"。也就十年左右时间，华堂系在北京大概只剩下北四环这一家了。华堂系的衰落，主要是水土不服、经营不善，与电商的竞争压迫有关系，但还关系不大。

SKP的前身新光天地，定位高端百货，HERMES、LV、CHANEL等国际名品旗舰店、精品店和概念店进驻，亮相就很"惊艳"。这是2006年。当时出国还不像后来那么普遍，大家口袋里也才刚刚有了点余钱，对于许多奢侈品还只停留在"耳闻"阶段。因此，新光天地开业之初，住在周边的普通市民成群结队，像逛公园一样"逛"市场，真是大饱眼福。消费有挡不住的气味，与之匹配的消费者纷纷逐味而来。据说，很长一段时期以来，这里都是邂逅中国演艺界一线明星频率最高的地方，一些狗仔队甚至会在此设点蹲拍。话说得夸张了点，但由此也可见新光天地当时气焰和势头之旺盛。

新光天地的人气和名气瞬间拉升，轻轻松松从传统老富豪国贸商城手中拿下"顶豪""高标"等标签。大概也就十年的时间，就起变化了。消费者还蒙在鼓里的时候，商场的中文名就被涂改成了语焉不详的字母,叫SKP。当然股权也变更了,纯中国化了,由北京华联一家控股。改不改名,谁来控股,普通消费者其实不关心。消费者关心的是这家商场变了没有?变成啥样了?改名后的SKP,定位依旧高端。在各家百货业被电商打击得痛苦不堪之时,SKP作为稀缺性资源,生意似乎更好了。这算是奇迹,也是给民族企业长脸了。

2020年初武汉疫情期间,北京也静下来,流动少了,流通也少了,百货业等大型实体店受冲击最大,许多店面由于运营成本过大,资不抵债,被迫关张。印象中,哪怕是在疫情最紧张时期,门可罗雀了,SKP也还开着门,据说账面上还能有盈利。

疫情过后,经济形势不大景气,大家伙的消费普遍降维,实体店纷纷转型或缩减战线。SKP倒是"逆势扩张"了。前不久,到SKP书店参加十月文艺出版社一本书的分享会,忙乱间不及细看,其实也是完全没想到,按经验掐着点儿跑到四楼,居然跑错地方。后来才知道,与老SKP隔着一条建国路,对面那幢著名的烂尾楼被救活了,现在叫小SKP,标准写法是SKP-S。小SKP里,也开了一家环境不错的书店,也经常做读书活动。那儿才是那天读书会的会场。

话说回来,民以食为天,我是吃货,整个SKP最吸引我的还是美食。

SKP的美食其实有两端。一端在6楼D区,一端在地下一层。6楼算是更高端,店面招牌也有变化,淮扬府、北京厨房这几家这几年比较稳定。6楼开得最早、上客也是最稳定的饭馆,应该是鼎泰丰。鼎泰丰是元老,商场开业不久就进驻了。鼎泰丰的价格也是真贵,一笼蟹粉小笼包一百元,只有五只,还很袖珍。年轻的时候,挣得不多,胃口却好,这样的小笼包如果放开来吃，没有个七八笼，根本吃不饱。七八笼，七八百块，再加一份牛肉汤，结账时将近一千块钱没了，好家伙，是当时一个人一个月工资的二分之一。饶是这样，还是抵挡不住诱惑，还是要经常来此尝鲜。这也是吃货的软肋，别的地方可以克扣，唯独吃不能克扣。于是，为了几笼小笼包、一碟青菜、一碗牛肉汤，排着长长的队，在各种等位中，把口腹之欲延时、扩大。当时刚刚接触一个经济学名词，叫恩格尔系数，指食物支出占消费总支出的比重。恩格尔系数的普遍规律是，收入越低，食物支出占比就越大，相反，收入增加，食物支出占比下降。

这个消费规律不幸在我的身上验证了。随着全民收入水平提升，个人年资增长，收入比年轻时要好，但在SKP的消费，也从六楼更经常地挪到了地下一层。地下一层是SKP美食的另一端，相对多样化、平民化、大众化。

在大型百货商场地下一层引进美食城，形成一站式消费，要感谢三越百货等国际范儿的百货企业，因为这确实是他们发明的经营模式。SKP寸土寸金，地下一层也有不少受欢迎的服装品牌，华联超市生意也不错，有一些可以试吃的档口。此外，就是美食城和美食街。美食城大致占据南部一隅，与隔壁的华贸商城之间通过一条美食街接通。两者加在一起，占地不小，因此，如果查找"大众点评"，会发现SKP地下一层美食城也被叫作SKP美食广场。广场者，类似于"海纳百川"，是广大之区域了。

SKP美食广场也有阵子没去了。原先去的最多的是澳门味道和旁边的蔡澜港式点心。澳门味道好像换店招了，它家开业时领的积分卡看来也用不上了。旁边的蔡澜港式点心虽是后来开的，生意一直不错。蔡澜是个妙人儿，演员出身，正业是演戏,结果谁也不大记得他演过什么角色,反倒是演艺之外的事比如写作更加出名。蔡澜的写作大致分两类,一类是跟演艺界有关的趣人趣事,一类是跟美食有关的食物食事。这两类文字,写的人不少,写得好的人也不少。拿第一类来说,这类文字,同样是演员出身的林青霞写得就很好。林青霞的文风与蔡澜的文风是两类。如果说林青霞写的是正史大赋,蔡澜则是搜神志怪,前者贵在"修辞立其诚",后者贵在轻松有趣,各有其妙。比较而言,蔡澜写美食更有优势,这是第二类文字。平常几碟小点心,经由他这支妙笔,就能让人口舌生津。这个本事可不得了,可写天下第一流软文。港台演艺界演员往往一专多能,善于开辟新战线。光是写吃、谈吃,蔡澜已经不能满足了,于是一专多能,开辟新战线,亲自上厨,制订菜谱,开起饭馆,并开进明星云集的SKP。吃货如我,风闻而来,成为第一拨客人。

北京流动人口多,客流量大,来了客人总要吃饭吧?北京的餐饮店,相比外省外地而言要好经营得多。但众口难调,有人爱吃这一口,有人可能就喜欢那一口。好在地下一层最大的特点就是"全"和"多",正餐、快菜、中餐、西餐、酸的、甜的、辣的,各种口味基本都能找到一两家代表。夏天到了,最受欢迎的是许留山。广东甜水,在我看来,是这个世界上最富有治愈性的美食。可惜,SKP的许留山好像也关门了,再要想吃,只能去朝阳大悦城了。

经常光顾SKP地下一层是十多年前的事了。年轻,胃口好,兴致勃勃地各处打卡。这些年,年纪大了,喜欢清静,除非朋友邀约,或见人聊事,才会约到饭馆吃饭。下馆子成为一件大事。特别是疫情过后,外卖业中兴,人都宅了,让美食直接送上门,坐在自家餐桌边,就着音乐,慢慢地享受,感觉也不错。

这是退而求其次了。真正的美食,哪能经得起外卖的颠簸呢?

前不久看到一篇文章,大意是说今后各种实体店都很难生存,除了餐饮店和理发店。理发必须到店,这个好理解。餐饮,无论是作为人际交往的请客吃饭,还是满足个体的口腹之欲,到店,不仅是仪式,也是品控保障。何况,与好玩、有趣、志同道合的人聚会,那是另外一种妙事。这是不是吸引不少人舍弃"金融的西城、教育的海淀",选择住在朝阳的原因?

SKP以及被称为CBD"后起之秀"的合生汇,都位于国贸以东的大望路沿线。这些年,大望路因为这些著名的消费场所出了名。我有一个年轻朋友,从海外回来,工作在海淀,租房却租到大望路附近。每天,从东到西,来回路上足足三小时,交通成本这么高,却不后悔。他说,朝阳这边,特别是国贸和大望路这边代表北京的"都市感",年轻人在这儿,能找到现代生活的氛围。他才二十岁出头,我想我能理解他的选择。我也是在他这个年纪来到北京,在朝阳这个叫红庙或小庄的地方扎下根来。

从SKP出发,向北,沿着大望路,走一站路,就到了红庙。在北京,有叫红庙的地方,也有叫白庙的地方,而且叫红庙或白庙的地方,分别都有好几个。由此可见,从前人取地名比较随意。庙与佛教有关,也可见,这座城市的香火曾经十分旺盛。红庙的庙早就没有了。从红庙沿着朝阳路往东走一站,就是小庄。

20世纪90年代初中期,梁左很出名,他创作的情景喜剧《我爱我家》火了。这部剧里有个小眼睛的喜剧演员,叫梁天,是梁左的弟弟。梁左的父亲老范口碑很好,曾经做过我们单位的领导。梁左长期住在父亲名下的公房里,这所公房位于小庄路口往北两百米左右的家属院。婚后,我也曾有将近一年时间,在这个家属院的地下室居住。这一年的时间里,难免会看见梁左和王朔在家属院出门右手的建国酒家推杯换盏。叫建国酒家,其实很小,只有五六张桌子,每次去都坐满了人。我那个时候不会做饭,下班路过这家小馆子,都要炒两个菜,用饭盒装好,带回家作为晚餐。馆子不大,味道不错,当时最有名的一道菜叫龙虎斗,是咸鱼和鲜肉加姜片红烧。咸鱼好像有季节性,这道菜一年也只供应一个月左右。很紧俏,定量供应,去晚了就没了。建国酒家如今早就搬到呼家楼一带了。

在作家梁左的笔下,红庙过去是大队,小庄是生产队。按照梁左的说法,我所在的地方,严格来说,应该叫红庙大队小庄生产队。当然,20 世纪 90 年代中期,我到这里时,朝阳区已是城六区了——虽然还很荒凉,红庙和小庄都是社区化建制了。

红庙和小庄之间,也是我在北京最熟悉的地方。工作在此,生活也在此,一待就是将近三十年。在一个地方待久了,难免就会有强大的惰性。比如说我,拿到驾照前前后后也有二十年了,但是,在高德地图普及之前,几乎不开车。不开车是因为不敢开车。不敢开车是因为不认识路。以红庙、小庄为圆心,出了方圆五里,就不认识了。不记路,也不做功课,所有的路痴看来都是惰性所致。惰性的背后,大约是对安全感的过度依赖。红庙、小庄,再加一个水碓子,闭着眼睛我也敢走几步。

从红庙沿着金台路往北走一站,就是水碓子。这个字,汉语字典拼为"duì",但公交车报站名都读水 duī 子。在金台路上,要多停一会儿。金台,很熟悉吧?对,旧时燕京八景,其中有一景,就叫金台夕照。历史是难考的。"金台夕照",这个 20 世纪初的说法,到了今天,金台究竟在哪里,光是金台路和东三环之间,就已经产生了三个疑似地点。

一个在金台路东侧,老中央工艺美院的家属院里。中央工艺美术学院被清华大学收编,成为清华美院,是后话了。中央工艺美术学院独立的时候,院址也在这附近的东三环边上。老院长常沙娜是常书鸿大师的女儿,就住在这个院子里。2003年左右,我受同事李辉之托,跑腿将一本书的出版合同送给常先生。那时候中央工艺美院没有被收编,常先生还在任上。好像是在五楼,老式公房,面积不大,但充满设计感和美感。整个阳台郁郁葱葱,像热带雨林,冲击着视觉。美术大师的家确实不一样。常先生当时差不多六十岁,但面相年轻,美得像不老的洋娃娃,说话也温和、理性,让我难忘。美好的人由内向外地美。见过常先生的人,似乎都有这个印象。

另一个在十号线金台夕照站附近。那附近,是著名的中央电视台新址以及财富中心。还有一个在我生活和工作的大院里。大院里有个小公园,叫金台园。金台园是1995年修建完成。金台园有两个门,一个西门,一个南门。西门入口不远,就是传说中的金台夕照旧址。

金台路很短,从红庙路口向北,走一站路,就到头了。金台路虽短,名气很大,曾经是中国文化界名家大家居住最密集的地方。我居住的大院与中国文联宿舍隔着一堵薄薄的院墙。有好事者在院墙上开了一个小门,宽可容一人骑车出入。我们这边比较宽绰,内部小道上曾经设有便民菜摊。有一段时间,曾多次看见郑振瑶和游惠海老两口在此买菜。菜摊后来没了。游先生去世后,听说郑先生离开北京,到澳大利亚与女儿生活在一起。

郑先生家往北,原先是一大片开阔地,现在是金台路地铁站。9路车总站也在此。总站附近,陆陆续续开过许多苍蝇馆子,但出色的好像不多。

单位这一大片地,原先都是北京机械学院的地盘。有三个家属院,小庄路口家属院叫南区家属院,相对独立,也不挂牌子,保安站在门口。院子里树很多,浓荫匝地,都是六层红砖楼,看起来很漂亮。搞不清底细的人,站在院门外往里看,可能还挺含糊。老北京曾经流行一句话,叫"人多,树小,屋不古,一看就是内务府"。老院子有老院子的好处,树是真有年头了,一到夏天,浓荫蔽日,到处都是荫凉地。当年,作家袁鹰、李辉,漫画家方成,杂文家蒋元明,都在这个院子住了很久。

信笔至此,突然就想,"消费的朝阳"这种说法,如果较起真来,也不能算准确。刘禹锡在《陋室铭》里曾经写道:"山不在高,有仙则名。水不在深,有龙则灵。"整个朝阳可谓藏龙卧虎、名流云聚,"消费"一词怎能概括?

《十月》2024 年第 3 期

刘琼　　学者,作家,艺术学博士。现为《人民日报》文艺部副主任,高级编辑。曾获汪曾祺散文奖、《雨花》文学奖、中国报人散文奖、《文学报》新批评奖、《当代作家评论》优秀评论奖等。著有《花间词外》《徽州道上》《聂耳:匆匆却永恒》《通往查济的路上》《格桑花姿姿势势》等。

# 史家胡同里的富贵花

陆 波

## 一 精英荟萃之所

我左思右想,想不出京城还有可以超出史家胡同这样有历史传统的胡同了。"史家胡同"这个名字在明朝嘉靖年间张爵所著《京师五城坊巷胡同集》里便有记述,它有可能与史姓大户在此居住有关,明末清初之人又附会上史可法,当然更添光彩。

明朝此地属黄华坊,清朝属镶白旗,延续至民国乃至今天,这里简直就是藏龙卧虎之地,精英荟萃之所。有所谓史家祠堂,其位置大致在今天的史家胡同59号,据说与拥立福王抗清殉国的明末官员史可法的祠堂有关,现在为史家胡同小学。当年拆除旧建筑时,说是拆的就是一个祠堂。

清代在此建起左翼宗学,只招收八旗左翼的镶黄、正白、镶白、正蓝四旗子弟入学。1905年改为左翼八旗第五初等小学堂,1910年改为左翼八旗中学堂,贵族学校。1912年,民国建立,改为京师公立第二中学校。有句话说是:"史家胡同,半个中国。"史家胡同59号还是清末成立的游美学务处所在地,而其下属机构——游美肄业馆,正是清华大学的前身。1909年、1910年、1911年游美学务处三次在史家胡同51号院设考场招考赴美留学生,梅贻琦、胡适、赵元任、竺可桢等,均在考生之列。赵元任考试总分第二名,而胡适参加1910年的考试,语文试卷得到一百分。这些近代史上的风云人物正是从史家胡同出发,走向海外学校学习西方科学文化。如果要历数各式精英豪杰,讲述他们的传奇人生,史家胡同必定是绕不过去的一段精彩岁月。

今天这里虽已回归为一条普通胡同,但似乎又被格外重视。街巷齐整,展示着北京过去岁月的风采、骄傲、矜持,绝无普通胡同的杂芜凌乱。从嘈杂的灯市西口走进这个胡同,仅七百米长,笔直通透,似乎有种无声的气氛让你蹑手蹑脚,像个文明素质较高的人士端庄自己的仪态身姿。因为整条胡同是如此的整洁有序,大红院门鳞次栉比,灰砖墙上不时有文物标牌,标示某处为受保护四合院,令人肃然起敬。仿佛那些曾经的大人物,他们的音容笑貌、风采光华还在这里的空气中游弋飘荡。

## 二 史家胡同24号院

1990年5月,有一场颇为不凡的访问发生在史家胡同24号小院里,当时这里是史家胡同小学校园。这次访问发生在北京美丽温和的春日里，有叽喳欢乐如小鸟的小学生环绕，却仍然透露着某种悲壮的气氛。那是一位年近九旬的老人来和自己的故居告别。虽然这个告别令她显得衰弱，甚至显露了一个濒死者最后的悲哀不舍，但她有勇气在生命的末端最后一次亲近自己的出生地，把气若游丝的遗爱倾献给它，将悲伤演绎成感天动地的永别。

是的，她是在救护车和医生护士的陪伴下，由自己的子女陪同，躺在担架上最后看了一眼她此生的故乡——北京。她就是去国已近半个世纪的凌叔华。1953年她在英国出版自传体小说《古韵》，被誉为"第一个征服欧洲的中国女作家"。但在国内，其文学影响力甚微，在中国现代文学史上的地位一直不高。或许因为她被丈夫连累，因为她的丈夫陈西滢曾被鲁迅批判，也因为她丰富的情感生活作为坊间八卦而被讥讽。再有一个原因是，她是富家女，与民国时期的进步思想、革命青年格格不入。不过，作为民国时期的才女凌叔华在风华正茂的燕京大学学生时代，就以富家小姐且多才多艺也颇有姿色而令人瞩目，名气不是一般的大。她与"我们太太的客厅"媲美的"小姐的大书房"，便正是史家胡同24号院——那是她出嫁时的嫁妆，一个花园院落连带二十八间房屋。

在临终前的十几天，她躺在担架上被人抬着走过北海，看到蓝天白云下白塔悠然，便急迫地让人把她抬进史家胡同24号，她想获得生命从起点到终点的圆满。最后告别的情景被拍照定格下来：如鲜花般娇嫩的小学生，围着一个躺在白色担架上的苍白虚弱的老人，胸前放置一束鲜花。懵懂的天真少年与不舍撒手的老人，对比出岁月的残酷。

## 三　小姐的大书房

1900年的春天凌叔华出生于史家胡同一个仕宦与书画世家,是其父第四位夫人所生,姊妹四人,排行第三,在家里排行第十。她在自传里说,家族已经在北京住了许多年。自打父亲是直隶布政使,他们就搬进了一所包括许多套院和房子的大宅子,独自溜出院子的小孩会迷路找不到家,家里人和用人的数目多到不能确定。总之,是一个以她父亲为主的妻妾成群、儿女众多的大家庭。她家的正门开在干面胡同,占据了从干面胡同49号往北延伸到史家胡同24号位置的大片房产。凌叔华在自传里都没有说清有多少房屋,据说应该是九十九间半。

将凌叔华的自传小说《古韵》,与另外一位民国北平女作家林海音的《城南旧事》比较,会发现,她们笔下是两个大相径庭的北平城。林海音的笔触点滴写出了平民社会普通人的悲欢离合,而《古韵》可见凌叔华是那清贫黯淡古城里的富贵花,可以写作、绘画,张扬自己的天赋。凭借父亲的高官资源,她可以拜慈禧太后赏识的女画官缪素筠为师,可以得到文化奇人辜鸿铭的教育,不但打好古典文学的基础还学习英文。她可以读燕京大学的外文系,主修英文、法文和日文,还可以去听周作人的"新文学"课,写信给周作人请求收做学生。她是20世纪20年代京城女子里的天方夜谭,在一个绝大多数女性还是文盲的社会里,她可以任情放飞自己的爱好和才华。她画画,发表文学作品,一切都顺遂己意。在1924年4月,泰戈尔访问北平的欢迎茶话会上,作为学生代表的她结识了生命中的重要人物——

她后来的丈夫陈西滢,以及大才子徐志摩。紧接着,住在史家胡同西方公寓的泰戈尔,在负责招待的徐志摩和陈西滢陪同下,受邀参加了"小姐的大书房"举办的"北京画会"。"小姐的大书房"当时已在京城闻名,史家胡同24号院接待过众多文化名流,可以说是著名的文化沙龙,而沙龙的女主人便是年轻的富家小姐凌叔华。这比冰心笔下据说影射林徽因北总布胡同3号"我们太太的客厅"要早十多年。

1926年,凌叔华与陈西滢结婚,鲁迅在杂文《新的蔷薇》里讽刺陈西滢"找到了有钱的女人做老婆"。凌家陪嫁了后花园及二十八间房屋,这一片房产正门就开在史家胡同。这里是凌叔华青春时代的天堂。后来她因战乱等在世界各地漂泊,天堂的记忆自然便有了神祇的光环。

## 四 名人故居众多

北京城名人故居到处都是,但一条胡同有那么三个五个已经不得了了,可史家胡同里,曾在此生活的各类历史风云人物人数之多,令人咋舌。当然,像凌叔华这种生于史家胡同的不多,大多数是因为某种机缘而成为这里的住客或过客。胡同西口的59号,前文已知,是中国近代教育和走向西方的起点。53号传说是史可法故居,或者是明朝时期某个史姓大户的宅邸,在清末成为李莲英外宅。解放后一度作为全国妇联办公地,邓颖超、康克清等人在此地工作,现如今这里成为一家宾馆,门额上的题字"好园"为邓颖超1984年书写。51号院是毛泽东的老师、著名民主人士章士钊故居。章家1952年入住,老人故去后其养女章含之一家继续居住,章含之《跨过厚厚的大红门》一书记录了这个小院的无数温馨岁月。而章含之与乔冠华结婚后,乔冠华这位中国外交部长自然亦住此院。直到章含之去世后,其女儿洪晃才恋恋不舍交还这处几代人几十年记忆的小院。洪晃拍过一部叫《无穷动》的电影,影片中的一些场景,据说就是在这个宅院中拍摄的。47号院是国家原副主席荣毅仁故居,他的最后岁月是在史家胡同度过的。32号院是促成北平和平解放,对古都保护做出重大贡献的国民党将领傅作义的故居。解放后,傅作义做了首任水利部部长。

胡同里最具文艺范儿的是20号"人艺大院",这里老门牌56号,是北京人民艺术剧院的宿舍。刚解放时,京城好多财主抛家舍业,扔掉房产不知散向何处,当时北京城到处是空房子。这个56号大院原是一处气派不凡的三进大四合院,主院种了许多海棠树,大家管那里叫"海棠院儿"。北京人民艺术剧院进驻时已是人去楼空,剧院便在此成立,修建了排练场、办公用房和宿舍。20世纪80年代排练厅拆除,建起两座宿舍楼,这个院儿一直被称为"老人艺"的前身,新中国的戏剧摇篮。许多中国顶级的戏剧艺术家,曹禺、焦菊隐、夏淳、于是之等在此工作生活,度过大半生的光阴。但曾经的那位抛家舍业的原主人是谁,迄今仍不明晰。

如今,凌叔华的陪嫁房产史家胡同24号成了北京首家胡同博物馆——史家胡同博物馆。馆内详细记录了这条胡同的历史发展与居住过此地的近现代以来的著名人士。最有意趣的是展室里有一百三十个院落微缩复原,还能听到"震惊闺""虎撑子"等七十多种胡同声音。虽然房屋的格局有很大改变,但其范围就是当年凌家的后花园连带二十八间房屋的所在地。

凌叔华的女儿陈小滢将此地捐献给了当地政府。

凌叔华在《古韵》的结尾写道："我在脑子里编织了一幅美丽的地毯，上面有辉煌的宫殿，富丽的园林，到处是鲜花、孔雀、白鹤、金鹰。金鱼在荷塘戏水，牡丹花色彩艳丽，雍容华贵，芳香怡人。在戏院、茶馆、寺庙和各个市集，都能见到一张张亲切和蔼的笑脸。环绕京城的北部的西山、长城，给人一种安全感。这是春天的画卷。我多想拥有四季。能回到北京，是多么幸运啊！"

她的《古韵》是用英文写作和出版的，在欧洲引发巨大轰动，成为畅销书。在中国与西方完全隔绝的几十年里，这本书无疑有助于西方人认识北京，认识中国，认识一条胡同里的生活。我引用的是1969年的中文译本内容。这是她离开古都几十年后想象的画面，不过字句之间，能看出她对北京有多么的热爱和思念，甚至任凭记忆演绎出层层叠叠美丽的幻象——她始终是一朵富贵花，她脑海里的古都便也是花团锦簇，富贵平和，但一切都是梦幻泡影。

《北京的历史细节》，人民文学出版社2024年3月版

---

**陆波** 出生于北京，北京大学法律系毕业，中国社会科学院民法学硕士，从事律师工作二十余年，资深律师。现专注历史文化写作，为腾讯·大家签约作家。著有《北京的隐秘角落》《寻迹北京问年华》，在多种报刊上发表文章。荣获腾讯·大家2016年度作家，作品入选2018年"阅读北京"年度推荐好书。

# 耀景街16号

程鳌眉

去年冬天,哈尔滨火了,"哈尔滨"刷屏了各类媒体。从网上看,这个城市到处人山人海,"冰雪大世界"像沸腾的海洋,人们载歌载舞,都像是多少年前的老邻居在重逢。热情的哈尔滨人已经不知道怎样抬爱南方来的游客,他们宠溺地叫他们"南方小土豆",不惜动用私家车接送游客,那些平日里高声大嗓的老爷们儿,都开始夹着嗓子殷勤地说:"公主请上车!""公主请下车!"真是乱花迷了人眼,所有人似乎都在小心翼翼地承接这突然降临的"泼天的富贵"。

估计现在的年轻人,还有这些"南方小土豆",不明白为什么哈尔滨人如此谦卑,他们大多数人不知道这里曾经是中国最骄傲的城市之一。不仅仅是哈尔滨,新中国成立以后,整个东北都成了国家的工业重镇,各大中型工厂拔地而起,在计划经济时代,这里的人们生活水平很高,也很平均,人们的幸福指数尤其明显。特别是哈尔滨人,因为有过白俄在此生活的历史,所以这个城市比较洋派,穿着讲究,人们的性格豪爽,哈尔滨的姑娘更是以漂亮、高挑、会打扮、敢穿而闻名。但是这些年,东北处于转型期,很多年轻人都南下去寻找机会,东北各大城市的人口在下降,经济不景气。所以,当这"泼天的富贵"从天而降,怎么能让哈尔滨人不激动?有一个哈尔滨老者动情地说:多长时间都见不到这么多年轻人了!这些外地人带来的不仅仅是真金白银,更多的是这个城市的希望。

其实哈尔滨早就应该大火的,至少在我心里,哈尔滨一直是火的,因为它是我的第二故乡,它的特色却一直没有被关注。每年的冬天一到,哈尔滨就成了晶莹剔透的童话世界,漫天飞雪中走在中央大街的面包石上,两边的俄罗斯建筑仿佛是遥远的背景,人们行色匆匆,像一幅幅行走的明信片,美轮美奂。20世纪哈尔滨就被称为"东方莫斯科""东方小巴黎"。松花江畔的"冰雪大世界"每年都与冬天一起到来,艺术家们高超的冰雕艺术,奇美、壮观,堪称世界奇迹,虽然每年冬季都有一批又一批外地朋友来玩,却一直没有达到今年这样的火热状态,今年,哈尔滨突然火了起来,让我这个久居北京的故乡人也欣慰不已。

20世纪80年代至90年代,我们家有十几年的时间是住在这个城市的。那时父亲程树榛任黑龙江省作家协会主席和省文联副主席,南岗区耀景街16号——黑龙江省文联大院,既是父亲办公的地方,也是我们家住的地方。我记得我们那栋楼有七个单元,为了准确,我特意求证了当年我家对门的邻居、诗人肖凌。肖凌的父亲肖英俊时任《北方文学》主编,他有两个活泼俊俏的妹妹，每当我回哈尔滨，就会与他们在阳台上隔空闲聊，加上我的妹妹，两个阳台成了热闹的空中客厅。肖凌回复我的微信中说："咱们那个楼一共五个单元。构成是：一单元，文联办公室工作人员和曲艺家协会及民间艺术家协会；二单元是摄影家协会、图片社、书法家协会的；三单元是美术家协会；四单元是美协及音乐家协会、舞蹈家协会；五单元清一色作协的。"

不知道为什么我记成了七个单元？可见记忆是多么不可靠。但是大家都记得小品演员黄宏的父亲也住在这栋楼里，是因为那个年代黄宏实在是太有名了。

人是被时代裹挟着的，我们家就是最好的证明。那是文学的黄金时代，也是我们家的文学黄金时代。那时我还年轻的母亲郭晓岚，每天早上高高盘起她的发髻，然后穿着高跟鞋和裹身裙，穿梭在俄罗斯风情的街道，去道里区的省政府上班，她是《企业管理》杂志的编辑。那是改革开放正如火如荼的时代，"企业管理"的理念刚刚兴起，我母亲在采访企业家时深受那些改革开放的弄潮儿的感染，她的文学激情被激发出来，她开始写报告文学。我姐姐程丹梅（黛眉）从北大毕业在《光明日报》做记者和编辑；我从北京师范大学毕业分配到中国青年出版社，在《青年文学》杂志做编辑；我的小妹妹湘梅（鹰眉）在哈尔滨师范大学附中读中学，之后在黑龙江大学英语系读大学。那时候父亲的作品经常获奖，母亲也发表了中篇小说；身为记者和编辑的姐姐，既编《光明日报》副刊，自己还写小说和散文；我也因为散文创作忝列当时的"青年散文家"行列。一家子搞文学，让叛逆的小妹愈发逆反，她发誓不学中文，所以大学读的是英文系。她的行为倒是得到了全家的认可。现在回想起来，我们的父母属于比较开通的家长，几乎不要求孩子做什么，但是从另一方面来看，也许是要求得太少了，这个家庭的三姊妹对于事业一直没有更大的进取心，这是后话。

我们家与哈尔滨的关系，也是与文学的关系。父亲1957年从天津大学机械系毕业，就支边到遥远的北大荒，那时我年轻的父亲，写信给远在南方的年轻的未婚妻："来吧，来建设我们中国的乌拉尔！"许多年后，我那年迈的母亲依然清晰地记得这封极富文学色彩的信带给她的激情与震撼——乌拉尔，是前苏联著名的重工业基地；而富拉尔基，正是一片未开垦的处女地。天高云淡、茫茫草原，实在是太适合年轻人的火热的心了，尤其是青年学子——那就是文学的土壤啊！

我的父亲和母亲，他们就是因为文学而相识的，年轻的父亲经常发表作品，母亲爱慕父亲的才华，他们书信往来畅谈文学，鱼雁传书，闪耀出爱情的光芒。大家闺秀的母亲，不顾北大荒的寒冷与偏僻，义无反顾带着祖母来到了天寒地冻的北中国。

年仅二十多岁的父亲就写下了长篇小说《钢铁巨人》《大学时代》等作品，以及后来反映改革开放的报告文学《励精图治》等，成为工业题材的重要作家。《励精图治》的主人公宫本言，后来成为哈尔滨市市长。父亲调到省里后，我们举家迁移到哈尔滨。父亲在耀景街16号里面的小洋楼办公，这个院落历史上曾是苏联领事馆。在《哈尔滨日报》著名记者申志远的笔下，我看到这个大院的前世与今生——

> 耀景街22号，这栋庭院最早的建筑建于1902年，是中东铁路的施工单位为了迎接霍尔瓦特而建。原本为中东铁路管理局首任局长霍尔瓦特将军设计建造的高级住宅，地址是秦家岗要紧街（南岗区耀景街）。霍尔瓦特是俄国

沙皇派驻在中国东北的首席代表,时任中东铁路局局长,此后十七年里他一直是哈尔滨真正的掌控权力者。这样一位重要人物将要入住的街,就被称为"要紧街"。但是霍尔瓦特到任后就一直住在香坊火车站附近的原铁路工程局总工程师和总监工尤格维奇曾住过的旧宅里,这座漂亮的别墅庭院他不愿意住,非要从香坊每天上下班坐火车通勤,于是这里一度成为中东铁路局的中央图书馆。优美的俄罗斯风格建筑,设计独特,环境优雅,舒适宜人,阅览大厅宽敞明亮。1963年,省里将原苏联驻哈尔滨总领事馆大院拨给黑龙江省文联使用。从此,省文联从南岗区阿什河街的原德国驻哈尔滨领事馆搬迁到了这里。此后,这里集结了一批在全国具有广泛影响的作家、诗人、剧作家、文艺理论家和著名的文学编辑,省里出版的《北方文学》(20世纪70年代初一度叫《黑龙江文艺》)、《外国小说选刊》《章回小说》《中外企业家》《文艺生活报》等刊物都在这里办公,是著名的"文联大院"。2004年9月,该房产被收回移交外办,省文联和省作协迁出了这座庭院。此后耀景街22号铁门封闭,空旷荒芜。很多与这里有关系的人,写了很多文章回忆这处传奇又神秘的院落。直到2015年9月3日,中俄正式签署文件,将在哈尔滨设立俄罗斯总领事馆,选址就在耀景街22号,这个地方才算真正有了归属。

志远笔下的"耀景街22号",就是当年的"耀景街16号"。父亲在这里主持黑龙江省作协工作期间,把作家协会从文联分离出来;还组织创办了大型文学期刊《东北作家》;与其他两个东北省的作协一起成立了"东北作家联谊会"。在做行政工作的同时,父亲写了大量的文学作品,长篇小说《遥远的北方》《那年冬天没有雪》等中长篇小说就是那个时候写的。

我第一次走进这个大院,是20世纪80年代的一个夏天,在大院西侧,文联新的宿舍楼刚刚建起,我和姐姐从北京来哈尔滨收拾新家,因为家具还没有到,当时的省文联主席、省委宣传部部长延泽民伯伯热情地邀请我们姊妹俩去他们家住,那时他刚刚卸任黑龙江省里的工作调往北京,举家迁徙,所以旧居里只留下大女儿丹妮小夫妻。他家在文联大院东侧的一座俄式老楼房里。"让女孩们过来住!"他的夫人雪雁阿姨一直催促我父亲。

记得是一个早晨,给我和姐姐开门的是一个年轻女子,有一双漂亮的大眼睛,这就是丹妮姐姐,我没想到她如此美貌,这也是我后来非常认可哈尔滨姑娘美丽的依据。她穿着白色的雪纺绸连衣裙,下摆是那种到膝盖的喇叭式,小腿很长,上身罩了一件红色开衫薄毛衣,身材高挑。那是20世纪80年代,人们还没有从旧有的观念中完全解放出来,丹妮的模样非常欧式,非常浪漫,像电影里走出的女人。

丹妮热情地把我和姐姐迎进来,她的先生也过来,当然也是一个帅帅的青年男子。夫妇俩把我们安排在客房,我们安顿下来。这是一套典型的俄式建筑,房屋举架很高,几扇竖长方形的大窗户嵌在厚重的砖墙里,显示出房屋的坚固、大气;紫色碎花窗帘一直垂到地面,中间一分为二搭在两边,露出窗台上的绿植;靠墙立着落地钢琴,我知道丹妮是钢琴演奏家,很是羡慕。我从小热爱音乐,小时候学过小提琴,但是没有坚持下来,一直是我的遗憾。那些天我和姐姐白天去我们的新家干活,晚上回到丹妮家里住,睡前我们会聊一会儿,当然会聊到女人之间的话题,比如丹妮说这几扇窗帘是从北京虎坊桥那里的一个商店买的,是人造棉,"那一卷布都让我买下来,没想到做窗帘效果这么好。"她兴致勃勃地说着,我们两个刚刚成年的小姑娘认真听着。之所以那些晚上的场景到现在还历历在目,是因为那时我还在上大学,深受波伏娃《第二性》的影响,对于婚姻家庭处于迷茫阶段。丹妮的家居生活,突然让我感到小家庭的美好,让一度被女权主义影响的思维转了一个小弯,这个隐秘的事实,我也刚刚想起。

我们家搬过来后我再也没有去过丹妮家,她来过我们家,最后一次见她是在一个雪后的街道上,她腹部高高隆起,有一种将为人母的自信和安详。我们两家分别在文联大院的西边和东边,我家客厅的窗户冲着文联大院的花园,能看见父亲办公的那幢米黄色小楼,还能看见作家协会的办公楼。

那个时候文学界的活动非常多,我们这个楼的临街处是"创作之家",有礼堂、会议室,还有客房。那里经常放映"内部电影",几乎每个周末都有舞会,那是我跟爸爸搭档跳舞最多的时光,现在回想依然幸福。"创作之家"经常邀请文人学者来讲座,我在这里就听过著名汉学家葛浩文的讲座,印象中他讲作家萧红,讲得非常详细,如数家珍,富有情感色彩,以至于我感觉他似乎隔空爱上了萧红。

这期间有一个插曲,估计没有人知道,可能也永远不会有人知道——父亲在1986年就已经是正局级干部,所以按照当时父亲的级别,我们家的房子面积没有达标,上级组织一直在安排。有一天晚上父亲跟我们说,目前有两个选项:一是延泽民伯伯的房子现在已经腾出来了(我脑子里闪过一个念头:丹妮姐姐搬走了?),二是作协现在的办公楼。问题是:一、目前有一个老作家也想要延伯伯家的那套房子,如果按照级别,父亲可以优先,但是父亲说他不想跟这位老作家去争。我知道父亲为人厚道,也理解他,尽管我那么喜欢丹妮家的房子,好像非常向往的马上就要到手的一个幸福瞬间就溜走了,有点心疼的感觉。但是我们都很支持父亲,我母亲更是一个善良的人,她从来不会去反对父亲,所以这个方案就这么快速地否决了。第二个方案是作协的办公室,就是我们家窗外的那个二层小楼,小楼的一层是小车库,楼上有三套房子,分别住着时任省文联主席一家和一位副主席一家,还有一套就是作家协会作为办公室用的。这一套房子很大,记忆中卫生间里有一个大浴缸,在那个年代,有浴缸的卫生间并不多见,况且还是二楼洋房。但是,爸爸又说了一个"但是",因为目前作协正在使用,所以如果我们家搬进去,就会让作协另寻办公室,爸爸似乎也不想给组织添这个麻烦。至此,我们都明白了爸爸的心意,尽管那个小洋楼也让我心向往之,然而,我们全家依然是全票通过否决案。就这样,那么大的一个房子问题,我们一个晚上搞定了。

许多年后我问父亲是否后悔,父亲摇摇头。在这一点,我格外佩服我的父母亲,他们并不想做道德的楷模,这一切都只因为他们善良。他们的宽厚和仁慈,时时刻刻为别人着想,深深地影响着我们家族的后代,我慢慢体会出一个家族的家风,确实是一代一代传下来的,言传身教,无法计较。

当时我们家住在六楼,年迈的祖母每天爬上爬下,但是老人家也没有丝毫的抱怨,我们经常到文联大院里散步,春天的时候,百花盛放,鸟语争鸣。那也是文学的春天,我与哈尔滨的作家们经常聚会,大家谈文学和艺术。文联大院进门左拐就是一座米黄色的二层小洋楼,《北方文学》办公室在二楼,我有时到这里找迟子建、吴英杰、吕瑛，他们是不同时期《北方文学》的编辑。吕瑛父母也是文联大院的，他父亲是画家，也住在这栋楼里。

我跟迟子建是好朋友，她从鲁迅文学院和西北大学毕业回到哈尔滨时，住在我们家，跟我妹妹住在一起。我们这个单元，住着当时黑龙江的专业作家和编辑家，除了对面的肖英俊，有楼上的屈兴岐、刘亚舟，楼下的中流、陈碧芳和符钟涛夫妇，以及王忠瑜、张恩儒，等等。省画家协会主席是著名版画家晁楣，也住这栋楼，他来过我们家和父亲谈工作。犹记得当时以诗歌《六月 我们看海去》而著名的大学生校园诗人潘洗尘，同晁先生的女儿是一对情侣，印象中女孩子有着美丽的书卷气，两个年轻人在文联大院很引人注目。那时吕瑛与他当时的妻子也经常在这栋楼里出双入对，那位女生是著名作家林予和前妻的女儿，出于历史原因父女之间一直不联系，林予先生渴望与女儿相认，心情迫切，请我的父亲帮忙，父亲用长辈兼领导的身份对吕瑛施加压力，但是种种原因，这桩父亲以为志在必得的"好事"，未能如愿。而这两对漂亮的情侣如今已经各自安好，现实远不是我们期盼的那般地老天荒，时光不明，期许无期。

黑龙江电视台的巴威和哈尔滨人民广播电台的孟凡果是我在哈尔滨的好朋友，他们经常到文联大院来玩。记得一个冬天，哈尔滨的上午，冬日的阳光暖暖地照着这座北方冰冷的城市，白皑皑的雪野远远地铺泻而来，大地一片银色。我与巴威、凡果和吕瑛走在冰封的松花江上，江面上因为空寥而显得遥远和恍惚。这样的北方的冬天，却没有寒冷，除了暖洋洋的冬阳，当然，还有那时我们的年轻。

那天的江面上空阔而安宁，似一个悠闲的女人在享受着纯洁的沐浴。江面上的一切都是静止的,给人以时光倒流的感觉,只有远处的江桥上,偶尔有列车驰过,弥漫的白色烟雾袅袅融入蓝色的天空中,间或一声汽笛的长鸣才比较着时光的流动。江岸上俄式的尖顶木屋,散发着米黄色的清凛来,还有奶油般的清香和温暖。我们说话的声音就像水一样在江面上流淌,一点一点浸入冰凉的雪里,和着脚下咯吱咯吱的杂沓声。

不记得他们中间谁推了一辆破旧的自行车,在这白洁而冰冷的雪地上,有着黑色的鲜明的真实感,会把人从遥远,拉回到现世的真切中。那时我二十出头,刚刚大学毕业,他们都不满三十岁,是诗人和小说家、评论家,我们因为文学而相识,文学那时是属于我们生命中的东西。那天的江面上空无一人,因而对于我们来说就有些奢侈,三个小伙子和一个年轻的姑娘,在空旷的雪野上虔诚地谈论着文学和艺术,那样的情境让人心怀感动。犹记得走着走着,就碰到一个我们都认识的女孩子,她也是一个文学青年,可想而知那个年代,文学有多么深入人心,路上随随便便就能碰到一个文友,那样寒冷的冬天,那些年轻人在江边热烈而真诚地谈论着文学,并以此为幸福,现在想想就让人感动。

走过江面我们穿过那条哈尔滨著名的中央大街,来到一家小饭馆。那时还极少有讲究一些的饭店,这家小饭馆的与众不同之处便是落地窗下的一排排高背椅,那火车车厢一样的高靠背椅,坐上去就有了旅人一般的漂泊之感。记得巴威递给老板娘一盘磁带,顿时,餐馆里回响起安迪·威廉姆斯的歌曲:《月亮河》。

如今,我的那些哈尔滨的朋友,已经各自飘零。凡果已经移民欧洲,而巴威却英年不幸早逝——还记得他开玩笑说等老了到北京去看我,开门的我已经是一个白发苍苍的老太太。而现在,我还没有白发苍苍,他却已经埋葬在松花江里。我认识他时他的儿子小巴顿还依偎在妈妈的怀抱,现在这个哈尔滨小伙子已经在北京创立了自己的事业,前不久他请我在他的饭店相聚,说起如烟往事,他已经把父辈们对文学的追求理解成"二十世纪最后的理想主义者的浪漫"。

十几年前,我所在的中国青年出版社编辑一套大型系列丛书《英雄中国》,我负责"哈尔滨卷"的编辑工作,我请哈尔滨著名作家阿成先生主笔,在其作品里,他写到一个叫胡泓的人,是中俄混血儿,同时是一个建筑师、艺术家,他开创了一家西餐厅名叫"露西亚",完全自己设计,自己雕塑,自己打理。餐厅很有情调,打破了固有的传统模式,在审美上和餐品上,非常具有特色,成了很多年轻人的打卡地,其受欢迎的程度让"露西亚"入选了著名的美国《国家地理》杂志。这本书出版几年以后我回到哈尔滨,著名的诗人李琦和作家何凯旋请我到露西亚,结识了我编的书里面的人物胡泓——俄语名字"米沙"。我才知道胡泓先生同时还是一个小说家,他的小说执着地书写他所经验的俄罗斯民族在他身上的烙印,纯粹而忧伤。他的艺术气质和文学精神让他的露西亚独具品位,吸引着一群群年轻人的到来。李琦在我父亲主持黑龙江省作家协会工作时任哈尔滨体育学院教师,我父亲极力主张将她调入作协工作,这个我听父亲说过不止一次,父亲欣赏一切有才华的年轻人。凯旋也是我年轻时代就认识的很有想法和个性的作家,犹记得很多年前的一天,哈尔滨之夏夜空如洗,我和他还有几个黑龙江年轻作家站在省文联大院里谈论文学,那情景犹如昨天,一晃,我们都已经不再年轻。

哈尔滨女作家孟庆华与我家两代人都是好朋友,她热爱写作,近乎痴迷,印象最深的是她每天早上五点就起床写作,让我钦佩不已。记得有一天,就在文联大院我父母的家里,她突然告诉我和我父母说她先生是日本人,马上要移居日本了,我们都惊呆了——在那个年代这样的事情堪称传奇——原来她先生是日本的战争遗孤,直到中国养母去世前才告知真相,这样的故事足以给她这个作家非同寻常的素材。几十年不见,我们在微信上重逢,如今她已成为地地道道的日本媳妇,美丽、优雅、精致,却依然笔耕不辍,她以亲身经历创作了一本长篇小说,我相信那一定是一本跨越了种族概念、充满人性悲欢的作品。

2014年我应邀为哈尔滨市文联编辑一套"松花江上大型文学系列小说",一共三十一本,这套书我整整用了两年时间独立完成责任编辑的任务,编辑的过程累并快乐,倾注了我大量的心血,饱含着我对哈尔滨这座故乡之城最诚挚的敬意。这套书几乎囊括了哈尔滨所有的作家,这期间我结识了哈尔滨女作家朱珊珊和陈明,她们为这套书奔忙,极其敬业。既是作家又是画家的珊珊,文学气质和艺术才华并举,她为我画过一幅油画,是一位古典气质的女性背影,非常浪漫典雅,她是那种把才华默默藏起来的为数不多的哈尔滨姑娘,其父亲早年也是一名作家,我们一见如故。

后来,我父亲调离黑龙江到北京工作,我回哈尔滨的机会很少,但是我常常梦见耀景街16号,梦中清晰地看见大院对面的花园街,花园街两旁有许多漂亮的俄罗斯式花园洋房,我喜欢穿过这条街往秋林公司走,秋林公司能买到北京都没有的时尚漂亮的衣服。每每路过那些围着木栅栏的庭院,都会想象里面曾经的故事,栅栏有白色的,也有绿色的,让那些故事枝繁叶茂,让这条街更加幽静雅致。

就在哈尔滨"冰雪大世界"火爆的这个冬天,原哈尔滨电视台著名播音员李秀滨女士将我多年前写的一篇散文《十一月，哈尔滨雪后情结》用她那独特的声音朗诵出来，我感慨万千。犹记得那个三十年前的11月，我在哈尔滨家里，窗外大雪纷飞，我看到父亲办公的那幢米黄色的尖顶小洋楼在大雪中仿佛在移动，突然灵感大发，写下了那篇散文，这篇散文发表后影响很大，当时被很多文学青年传抄，至今我手里还有他们从杂志上剪下的自制订成的小册子，那算是我们锦瑟年华热爱文学的凭证吧。

三十多年过去，这座曾经繁花似锦的院落如今已经荒芜，2011年，我带着一双儿子回去寻根，原来非常熟悉的院门被锈迹斑斑的铁链锁着，我们只能从外面远远地望了望，里面墙面斑驳，杂草丛生，看不出当年繁华的痕迹了。儿子指着那一堆堆荒草说像聊斋啊。我猛然想起第一次进入父亲办公楼的情景，那个掩映在花丛中的米黄色的俄式小洋楼，上了几级台阶进入大门，感觉突然凉爽下来，大堂里面高高的中庭，通透的玻璃窗，晃着我们的年轻模样。走进大厅的那个时候，我和姐姐还在北京上大学，黑漆漆的长发伴着年轻欢跳的脚步。当时父亲的办公室里有几个叔叔和阿姨，其中一个是时任黑龙江省文联主席鲁琪先生的夫人、著名女诗人刘畅圆，见到我们，她惊讶地喊了起来：程，看你的两个女儿，像小葱一样，水灵灵的！

时至今日，我们的青葱岁月有一部分已经埋在了这"聊斋"地下。时光飞舞，繁花落尽，那些过往的一切，好的坏的，都终将被埋葬。

《北京文学》2024年第8期

程鳌眉　　作家，中国青年出版社编审；毕业于北京师范大学中文系；出版长篇小说《红岸止》、散文集《临水照花》《物质女人》《我的神秘之花》《如期而归》等；名录被收入《中国散文通史》；在《人民文学》《十月》《钟山》《光明日报》《作家》《新华文摘》等报刊发表作品数十万字；作品被收入《新时期散文名家》《当代散文精品》《九十年代女性散文》等多种文集。策划、编辑出版大型文学系列丛书《中国好小说》，责编作品获"鲁迅文学奖""中国最美的书"等奖项。

# 溯源记

叶浅韵

## 1

——经过岁月的磨砺,经过人心的腌制,像是每一种惊心动魄,都可以被我奶奶说成一条平坦的河流。

我感觉到姐姐不对劲,已经有好久了。每隔一段时间,她都会犯一次,被鬼拿似的,捂着肚子,脸色苍白,满头大汗。她蹲下去,又站起来。站起来,又蹲下去。双手在腰间和腹部不停挤压,甚至捶打,好像整个人被什么东西控制了。这时候,无论在做着什么活儿,我妈和我大伯母都会相互使个眼色,让我姐姐赶紧回家。还顺便问一句,那个还有吗?

我姐姐的眼泪在疼痛中打转儿,而她得到的安慰总是这一句:等结了婚就好了,等将来生了孩子就好了。这些不断被重复的话,来自我奶奶、我妈、我大伯母和某个刚好遇见的婶娘。当然,不可能有任何男性会说此话,仿佛这些疼痛都应该是被家里家外的女人们共同捂紧的秘密。

我姐姐是我大伯母的女儿,但与我妈更亲。她喜欢跟着我妈上山、下地、赶街、织毛衣、学缝纫。我听大人们的话多了,又看着姐姐每隔一段时间疼痛难耐的样子,就盼着她赶紧结婚,结了婚她就不疼了。哦,结婚,那就还会有一个叫大姐夫的人,在四平村我们的辈分最小,还没有叫过谁这个称呼呢。想起即将会出现的某一个陌生人,我的眼前就会想起山上的小灰兔。它蹦蹦跳跳,上山下坡,过河过江,和着一个追赶小灰兔的年轻人的跺脚和哭腔。这么一想我就咯咯咯地笑出声来。紧接着,我姐姐气若游丝般地愤怒尖叫了一声。她说,我都疼得要死了,你还笑,良心被大黄狗吃了吗?

小灰兔和大黄狗,在我们姐妹俩的心中各怀鬼胎。我对小灰兔的想象来自四平村的一个顺口溜:小兔过河,大姐夫跺脚,小兔过江,大姐夫号丧。完全有些无厘头,纯粹只是念着好玩。每当四平村谁家有毛脚女婿上门时,同辈的小孩们都会念着玩,我很羡慕人家能念着玩的。山野深处,小灰兔们神出鬼没,蹦蹦跳跳。大黄狗是我们的看家狗,它吃饱喝足后就坐在院子里,一有动静就叫个不停,曾数次误伤过路人,是别人眼中的恶狗,可对我们却是很温良。而我妈和我大伯母最近的心思都在那些苞谷地里,比起我姐姐身上的痛,她们更担心会碰上连绵的秋雨,耽误了粮食归仓。

我姐姐比我大七岁,在四平村也该是谈婚论嫁的年龄了。

说媒的人已经来过好几拨,我姐姐羞答答的,大人们嘴上虽说让她做主,可她一次主都没做过。不外乎怕伤了媒人的脸面,而她们又大概率地看不上那些小伙子,便拿了我姐姐做主的事来搪塞一下。我端了一碗红糖水给姐姐喝下,她躺了一会儿,挂在她脸上的痛苦,似乎有了一丝缓解。忽然,她拉住我的手问,你来那个了吗?

那个?那个什么呀?

那个就是身上不干净了。

不干净?

我干净呀,昨天才在河里洗过澡,这入秋的水已经有点扎身子了,我冷得直哆嗦。

我姐姐伸出没有力气的手,想掐我。我躲开了。她从枕头下拿出一沓发黄的草纸,一边叠一边教我,她说,你以后也要用这个,先对折,再对角折,折成这样,再收起来。等你不干净时,就要用这个了。

平日里,奶奶和妈妈说过的话,打哑谜似的,说身上不干净的人就不能去供桌前点香了,这是对祖宗和神灵的不敬。楼上的供桌,已经有百年的历史,散发着古老而神秘的气息,除了供奉祖宗的神位,还有"天地国亲师位"。过年的时候由家里最重要的男性承担供奉的主要责任,以前是我爷爷,现在是我父亲,平日里则由我奶奶在逢初一和十五时打理。

袅袅的青烟升起,我闻到了柏枝的清香,沉默的牌位像是在开口诉说一个家族的苦难史。早逝的亲祖母,失踪的从祖父,他们会在另一个世界相遇吗?姐姐妹妹们的嘻嘻哈哈在供桌前暂时关闭了,我们怀着虔诚跟着父亲叩天地、拜神位。后来,父亲的牌位也上了供桌,疼痛像伯父锯断木头的样子,割裂我们的身心。

我感觉到身体的异常,是在第二年夏天的傍晚。奶奶派我去对门的山坡上抠些新洋芋回来。"抠"的工具大多时候是十指,而"刨"则用的是锄头,它们都是我们向土地讨要粮食的最好方式。满山坡的洋芋花,白色和紫色,风一吹过,它们呼啦啦地冲我欢笑。我最喜欢过夏天了,满目生机,繁花茂盛。扯一朵洋芋花别在头发上,白色的,黄色的,紫色的,姐姐妹妹们叽叽喳喳。正式刨洋芋是要等到洋芋花花结成一串串绿果果的时候,但我们通常等不到那时,馋嘴的娃儿们老早就等着吃一锅开花洋芋了。煮熟和蒸熟的洋芋在锅里开了花,再蘸着一碗奶奶自制的土酱,那也是我们的身心开花的日子呀。

我寻着开出裂缝的土,用五指抠啊,抠啊,一个个大洋芋就到了我的箩筐里。想起奶奶那一碗土酱,我狠命地咽了好几次口水。刚扒开一丛粗壮的洋芋苗,就看见老鼠在根部打洞的痕迹,寻过去,抠开,一个硕大的洋芋白翻翻地露出肚皮。嗨,老鼠真是比人还聪明呀,它知道哪里有好吃法。忽见一只大老鼠惊慌失措地钻到地埂边的大树下,好奇心促使我追赶过去。扒开树枝,有一窝红皮嫩肉的小老鼠挨着挤着,眼睛都还没睁开。它们扭动着身体,叽叽歪歪地叫着。我的头皮一发麻,赶紧背起抠了半箩的洋芋,脚下生烟地跑回了家。

一路上,我总是感觉下体很不对劲,意识不由自主地停留在那里。上茅厕时,我看见了血,从我身体里流出的血。不多,但让我害怕。我在隐约之中感觉这跟姐姐的疼痛一定有关系。可是,我没有感到任何疼痛,也不敢告诉妈妈和奶奶。姐姐住在隔壁的花楼上,推开楼门就进去了,我偷了姐姐的草纸,胡乱垫着,心里像做贼似的。其实真是在做贼,兵荒马乱的一个人、一颗心,急于想寻求关于身体发生变化的真正答案。

奶奶是第一个发现我的秘密的人。我去茅厕的次数太多,因为没掌握折纸的技巧,每次一张,太单薄了,一起身就吓得我赶紧往外跑,完全没有任何经验。奶奶见我神魂不对,又频繁出门,就盘问我。她显得有点兴奋,兴奋中甚至还有些不安。她说,小鬼娃娃,怎么这么早就来这个,我们那会儿要到十六七岁才来,你才这小点年龄,哎哟,怕是现在的生活条件好了。她悄悄给了我买草纸的钱,并教我把那些草纸折起来,可以用两张、三张合并在一起折叠,放在枕头下、书包里。

奶奶还说,现在真好,有草纸,我们那会儿真是太造孽了。我去买草纸时,长条的包装上写着"卫生纸"三个字,我说我买的是草纸,商店里那个胖女人告诉我,草纸就是卫生纸呀。这沾染了草木气息的纸,倒像是我们的恩人似的存在。在奶奶的那个年代,只有用破旧了的头巾来当护垫,稍微走远点的路,大腿的两侧都要磨出血来。逢了阴天和冷天,洗和晒都是大问题,遭罪啊。没有条件的人家,遇上不干净的日子,连门都出不去了。如果是流血太多的,得铲来些草木清灰来,干脆光了下身随它淌去。我一时就明白了,我奶奶和我妈她们为何要叫这东西为草纸。

我奶奶对着我,又是羡慕又是感叹地说:"唉,这泡秋莎!这泡秋痢!"她将人与动物身体里的排泄物,都统称为秋莎和秋痢这两种东西。不,在四平村上了点年纪的人,都这么通称。至于叫什么,全凭随口一张。她们一会儿还在说母鸡们在院子里的秋痢让人厌恶,一会儿就又说到某某老人身上送不出门的那泡秋莎,倒像是四平村的村妇们也有自个儿的文雅。在她们讳莫如深的话语中,似乎每个人都能准确领悟到特定的指代。

它们的名称与后来我在书本上认识的学名,有千里之别,包括后山上那些植物与菌类的名称,叫什么或许就在某个人的一念之间。就像对人的取名,小买狗、大黄牛、小菜花的胡乱叫着,叫得答应对得上号就行。

听我奶奶讲那些遥远的故事,像是与我隔着一个星球的距离。还有许多古老的故事,从她缺了大半牙齿的嘴巴中缓缓溢出,经过岁月的磨砺,经过人心的腌制,像是每一种惊心动魄,都可以被我奶奶说成一条平坦的河流。无论水流有多深,多急,只要有奶奶看着我,我搂起裤管就能过到对岸。

## 2

——当我带着流血的身体,翻过单杠和双杠,跑过八百米和一千五百米时,没有人觉得我有问题,我也不觉得我有问题。只要不露馅,我就赢了。遮住羞耻,成了我们最重要的问题。

对岸,有一条狭窄的小路,沿着它,我去上学。那里有小镇上唯一的一所中学,也是县里的重点中学。我的姐姐们都没能考取中学,就只能在家学习土地上的本领了。学校在三条河流汇聚的地方,依山而建,隔河相望,两排高大的白杨树下有一排土房子,那是女生宿舍,破败,陈旧,却又鲜活。我们宿舍住了二十六个女生,开始时大家都很陌生,互相试探着,亲近着。

有一次,我看见邻床的女生顶着被子,像在床上支了个帐篷,我好奇地掀开被子,发现她正在折卫生纸。她慌忙着把卫生纸迅速往枕头下塞去，紧接着就大哭起来，仿佛她的秘密被我发现是极大的耻辱。我吓得不知所措，原本因为邻床而建立的那点小亲密关系就这样毁了，她整整两周不理我。我怯怯看向她时，她对我翻白眼，我想讨好她，她把头一昂，当我是空气。

直到那一个月我也来了那个，做贼似的在学校外的小商店买了两包卫生纸，藏着掖着放进书包里，又躲着闪着折叠了一些卫生纸。我自从暑假来过一次后就没有再来，也悄悄地问了奶奶，她说开始会有些不正常，让我别担心。宿舍里只有我和邻床的女生在时，我没避开她就折叠着卫生纸，没想到她看见就主动理我了。一句原来你也来那个了呀，我们就和好了，像是找到了身体的同谋。而宿舍的大部分女生都还没有来，或者说她们都还隐藏着。也有一个没有藏好的，同桌的男生发现了她不一样的秘密，他把那叠折好的卫生纸高高举起大声宣扬，追问这是干什么用的，一时围上一群面面相觑的男女生。我和邻床的女生互相看了一眼，感觉脸上火辣辣的。那个女生一把夺下，揣在衣服里哭着跑出教室。

在新开的"生理卫生"课堂上，我明白了，我的不干净叫月经，那是女生的正常生理现象。我也明白了，姐姐的疼痛，叫痛经，但并非是每一个女生都会痛经。老师为了避免尴尬，男女生分开授课，并且不用参加任何考试，遗憾的是只上过唯一的一堂课。我们脸红心跳地完成了青春期的懵懂认知，带着一颗迷雾之心，互相成为参照物。除了课本，我们并没有别的途径认识自己的生理，但如果谁在课外还看这本书，也要被人嘲笑。

初二时，许多女生都来了月经，女生间的秘密也就不再是秘密，于是，我们就结成了同盟军。我们在一起，再也不会避讳什么了，大家都沿用或者是发明了一个词组：干好事儿。有时候,谁在教室里发现自己干了好事儿,浅色的裤子上浸沾了红色的印痕,女生们就相互掩护。或是用几本书,或是脱了件上衣,急匆匆冲向宿舍。这成了女生们心照不宣的秘密。你干好事儿了吗?你来那个了吗?说这些的时候不再有一丝害羞。我们相互借用卫生纸,为痛经的同学扯谎请假。还发现一个有趣的事情,距离相近的女生之间的月经周期会互相传染,如果你旁边的女生月经来临,你还差两三天,月经就会提前来临,像是来找伴似的。

我们围起来的生理世界,构成一个男生们的禁区。我慢慢也明白了,男生们对此事的不关注,一是因为传统性别教育的缺失,许多家长对此都闭口不谈,我们都像是装在口袋里的猫,红的白的,只等打开口袋时才知道;二是源于女生们对自我秘密的保护,把羞耻心高悬在头上。我们都捂紧了自己,并尽可能地帮助同伴捂紧自己。从"不干净"的称呼到"那个,那个"的隐讳里,我的同性们围成一个圈,由老及小,滴水不漏。

有一天早操时,一个穿着白裤子的女生"露馅"了。在男生们的窃窃私语中,这成了一个班级的公共事件,她在很长时间都在自责与羞愧中,仿佛顶着巨大的压力。那时候没有哪一个老师告诉女生,生理期可以在早操和体育课时请假。当我带着流血的身体,翻过单杠和双杠,跑过八百米和一千五百米时,没有人觉得我有问题,我也不觉得我有问题。只要不露馅,我就赢了。遮住羞耻,成了我们最重要的问题。

有一次,跑八百米测验,当我忍着因剧烈运动而产生的疼痛,以"3分18秒"冲到终点时,我感觉自己快要晕倒了。两个女生架着我的胳膊慢走了一圈,但听到班上的女生最好的成绩是"3分8秒"时,我一时就忘记了自己的疼痛,自责自己为什么不能快一点,再快一点,都怪这身子偏要遇上这不争气的日子。

我们跑早操的中折点是在一个叫大偏岩的地方,一座高高的悬崖被大自然的鬼斧神工斜切了一大刀,形成一个天然避雨的地方。有一天早上,刚跑到大偏岩,我就看见一个女生裤子上的红色,我按住腰杆假装岔气疼,拉着她跑到旁边。她急得要哭,连说自己丢人了。她说,肯定有好几个男生看到,真是丢死人了,明明还有一周才干好事的,要不怎么会穿这该死的白裤子呢?这下,真是丢死先人了。我的任何安慰在她的羞耻心面前,都是微弱的。她脱下上衣,把双袖往前一系,盖住了屁股,我们奔跑着追上大部队。

后续的故事没有完。我们常常会在男生们失敬的言语之间,掺杂着愤怒和难堪。比如有个男生有意大声说,他在上学的路上看见了好几条红麻蛇。男生们哈哈大笑,目光看向那个女生。我明白了,是因为赶街的山路上没有厕所,有人乱扔了沾满经血的草纸。再比如,他们在冲扫学校排水沟的时候,发现许多血,他们就邪恶地说,是谁在这里生了个小红娃娃?那目光中的厌恶和轻浮,严重刺伤了女生。成长中的幼稚言行,带着某种特别的破坏力。那时候还没有人提到"心理健康"这样的词语。后来,她休学了。再后来,她嫁人了。

每个月都要有几天的受罪期,这成了女生们的心理牢狱期。好在,我的同学中没有一个有过像我姐姐那样痛苦的经历。我们只要把握住,不要让别人看见我们的尾巴,我们就赢了。唯一不明白的是,为什么要叫干好事儿呢?这明明是坏事呀。对,这一定是天大的坏事,专门用来惩罚女生的。

我三姨说,这肯定是干好事呀。因为不会干好事的女人,以后就不会生孩子。不生孩子,人类就不会繁衍,生命就不能继续了呀。我三姨是中学老师,她比我妈更有耐心。在我的少年时期,我跟我妈的交流方式是,三句话之后就抬杠。我三姨在一定程度上缝补了我妈的暴戾和我的无知。

很长时间,我依然处于困惑中,我没有办法把月经和生孩子联系在一起。问我三姨,她讲了一大堆,依然语焉不详。说不清的东西,她总是用"那个"来代替。那个是后来我在假期又悄悄学习了《生理卫生》课本才知道的精子和卵子。也明白了:月经来临是每个女孩青春期性成熟的重要标志,在下次月经来临前十四天左右,会有成熟的卵子排出,能在体内存一两天,等待与精子相遇,然后孕育出新的生命,人类的繁衍由此开始。

这么一个应该科普的问题,却在遮遮掩掩中演变出很多愚昧与无知。且这种陋习,还一直延续到我身上。分明是我已完全清楚了这个过程,但我在跟我的孩子讲到精子的时候,最常用的词依然是小蝌蚪。小蝌蚪们在四平村前的河里,游啊游,它们就变成了一只只青蛙。青蛙后来长大了,就变成青蛙王子。它们让我们在童话和笑话中,切换着过去和现实,秋去冬来,年年岁岁。

3

——这酸的冷的,你忌得了哪一样呀?可是,我的妈妈呀,你不也这样吗?你有哪一天是因为这个停下来过呀,又有谁可以替你的冷热呢?生一嘴,熟一嘴,冷一把,热一把,我们拖着同样的身体向天讨要生活。

我不知道,我姐姐的痛经止于何时。也许是吃中药后,也许是结婚后,也许是生完孩子之后。这些隐秘的事情,没有谁会放在桌面上来讲。家族中的女人之间,并不像女生们之间那样,有一个更开放的空间。她们总是耳朵对着耳朵,在某个草堆下,某棵树下,或是喂猪的当儿,就把要说的话说了。她们一直特别避讳当着家里的男性说女性身体的隐秘,即使是女人们洗晒的自己的裤子,也要挂在男人们不会经过的地方,以免男人们走过路过时沾染了晦气,影响到一个家庭的运气。

　　中药,用牛皮纸包裹着的中药,挂在姐姐睡觉的地方。待家里的男人们都出去劳动了,悄悄煨,悄悄吃。她仿佛在吃一种治疗害羞的药,不偷着躲着,这药就不灵验了。那时,村子里有一个土医生。头痛脑热,乏力无味的,都能行一个方便。当然,也有力有不逮犯下大错时。村子里有一个一直叫着头疼的女孩子,打了三针下去,人就没了,十六岁。另一个,针头崴断了,如今针头还在体内游荡。在那个时代,没有人会觉得这是医疗事故。我姐姐拒绝打针,她太怕疼了,看见别人打针,她的身体就抖索成一团。她就只吃那些土医生从山上找来的草药,吃了几箩几筐我们都不记得,有时不疼了,有时又疼了,像是她的腹部也在练习六脉神剑疼痛大法。

　　我忙着上学,忙着和小伙伴玩,早已忘记了姐姐头上的汗珠子。我偷过她的草纸,倒一直没有忘记。后来,她嫁到很远的地方去了,很快就有了孩子。关于她的疼痛,家里再也没有人提起过。有一年,我专门问过她,竟然连她自己也忘了。你看,人们对于自身经历的痛苦,也那么容易忘记。

　　在我嫌弃自己的身体每个月难受的几天里,我向奶奶抱怨过,为什么不把我生成男孩子?或是为什么不把这个给男孩子

-171-

呢？我奶奶笑眯眯地说,送生娘娘一巴耳把你从娘胎里打下来,是男是女全由她说了算。她还悄悄地对我说,别说是人,连母猴子也会来这个呢。

猴子身上的不干净叫猴结,且是一味好中药。但是治疗什么,对奶奶来说是一个盲区。我当时最好奇的是,怎么采集猴结？四平村没有养猴子的人家,倒是来过一些耍猴戏的安徽人。但因为时间太短暂,我无法弄清楚这一件让人好奇的事情。奶奶说,她听人说了,把猴子拴到固定的位置,放一块大石头在旁边。猴子也爱干净,爱清爽。它身上不干净了,自然会坐到大石头上去。待那些血块干了,就能取下猴结。

长大后,为着这些不灭的好奇心,我还专门询问了一些医生。当然,这是在我的羞耻心悬挂了多年之后。行中医的医生说,猴结又叫猴竭、血灵芝、血灵脂,主要用于治疗胃病、贫血、不孕不育及妇科疾病等。尤其对不孕不育有特别疗效。人类敢于冒的风险,从神农尝百草至如今层出不穷的肉身实验,在科学和愚昧之间,真是难以找到一个准确的答案。但凡是有疗效的,人们就笃信它,没有疗效的,人们就怀疑它。也因为个体的差异,而发生认知上的很多矛盾,就像一个"6"字,站在两个面上的看法。隔行如隔山的学问中,带着满腹的疑问,学无止境,学海无涯。

想起上中专时睡在我上铺的女生,身患绝症,她妈妈信了一种偏方,用某个岛屿上的鸟屎治疗。每一天早晨,看着她吃下黑乎乎的一勺,连眉头也不皱一下。后来,她还是没等到十九岁的生日就走了。那个讨厌穿风衣又穿长裙的女孩子,那个吃鸟屎的女孩子,那个美丽如花的女孩子,我一直记得她。她帮我挤过脸上的青春痘,她教全宿舍的女生们跳过登山舞,她让我们第一次知道卫生巾的妙用。至今,当我们的身体健康面临生命危机时,也必定会把最后的希望寄托在医生身上,哪怕是吃猿粪和鸟屎。

中医里,鸡屎白叫鸡矢白,野兔的粪便叫明月砂或望月砂,蚕屎叫蚕沙,蝙蝠的粪便叫夜明砂。这些诗经般的名字,携带着药神加持的力量,成为单方或是偏方,皇然入册。又是被谁的肉身验证了的疗效,这些都无法考证。抛开中医,来到市场,一种叫猫屎咖啡的咖啡品牌,红极一时,价格昂贵。乍一看,会让人觉得愚昧是人间的通病,多了解一些,又觉得愚昧的或许正是自己。

按照哲学的思维,任何事物都应该辩证统一。然而,它们的对立就像我不会做的数学题,令我陷入迷茫。如果我问的是西医。性格中和的医生会告诉我,要相信科学。性格偏激的医生会说,要打假。而中医会说,别去信那些治标不治本,动辄要在人身上动刀动枪的鬼东西。中西交会处,针尖对麦芒,难分高下。那些广告牌上,随处可见那些治疗不孕不育的某某医院,是否也有医生把猴结入了药,为焦虑中的男男女女们送去过福音?

在人生的海洋里航行,人心如深海,不知从哪里跃出一尾鱼,生活就起了不同的浪花。而这些浪花,有些会吞噬人类的生命,有些会给人类带来无限诗意。我常常难辨黑白,不分中西。在医学的领域里,在人类的心灵中,我唯一相信的是生命可能诞生的奇迹。就像一个人落水时,谁又能剥夺溺水者对一根稻草的依赖呢,那是生命的权利呀!

某一年,一向爽利的月事,忽然就令我难安起来。不是疼痛,也不是不疼痛,就是让人坐立难安。我若站起来,我的身体就要往下坠,像是有一根绳子挂着一个巨大的石头拉扯着我的下腹。我若是坐下去,躺下去,浑身就有了晕车晕船的症状。腹部的恶心状,让我成为一个脚踩虚空的人。

红糖,生姜,艾叶,鸡蛋。这是我妈的老方子。她一边伺候我吃下去,一边在埋怨我。让你不要吃冷的,你偏要吃冰棒,让你不要搅冷水,你偏偏要洗衣服。这酸的冷的,你忌得了哪一样呀?可是,我的妈妈呀,你不也这样吗?你有哪一天是因为这个停下来过呀,又有谁可以替你的冷热呢?生一嘴,熟一嘴,冷一把,热一把,我们拖着同样的身体向天讨要生活。纵是女儿,也不应该那么矫情呀。我妈长叹一声,让我吃几粒金刚藤或千金片,症状缓解些就算是过去了。我妈说,要是让你们像某某人家的姑娘,每一次都疼得昏死过去,怕是更要猫命哟,你姐姐和你,都不能算太严重。在我妈的比较级里,我们的身体都被暂时招安了一回。

因为受到中学时代种种见闻的影响,我在很长一段时间对红色都有心理阴影。我不愿意穿红色的衣服,甚至讨厌任何一种鲜艳的衣服,生怕别人看见我的存在。红色,它是鲜血的颜色,也是所有颜色当中最复杂的一种颜色。英雄的血,是高高飘扬的旗帜,但是女人的血,却是羞耻的,不干净的,不能提及的。所以,我常常会讨厌我成为女人的身体,要不断受到流血的侵扰,恨不生为男儿身。

我刚工作的时候,每个月有四块钱的卫生津贴,一时觉得劳动妇女的权益得到了一点点体面。尽管是微末小薪,但总算是有人为这个说话了,有人重视了。每每听见"妇女能顶半边天"的故事,就心潮澎湃。哦,不是,最初听见"妇女"两个字时,心里怪怪的,分明自己还是小姑娘,还是女儿身,还在冰清玉洁。后来，自己身上有了不干净，面对这两个字，生出了另外的奇妙感觉，尤其是生了孩子之后，还为自己拥有一个专属的节日而开心过。我终于在男和女的性别上，认定了自己是另一半天，拥有不同的使命。

我小时候问过我奶奶很多问题，有两个问题一直记得，其中一个是我从哪里来，我奶奶告诉我，我是从四平村前的大河里发洪水时捞来的，我信了。另一个是我长大了会变成男的还是女的，我奶奶说我会变成妈妈的样子。此后，我就喜欢上女性成为大英雄、大人物的故事，比如后来从历史课本上知道武则天是中国唯一的女皇帝，从语文课本上知道花木兰代父从军的故事。那时候阅读很匮乏，在大山深处，课本就是认知世界的先进工具。至今我还背得小学一年级第二册的课文：姐姐的胆子真大，敢从天上跳下来，蓝天上花儿朵朵，也不知道哪朵是姐姐的花。觉得她们都飒爽英姿，威武强大。

那时我还不知道，成为女人长大后需要承担的重量，一道又一道的关口，在前方等待着我。走过万水千山，终于会明白，性别更多的是一种生存的处境。我庆幸自己做对了一件事情：一直愿意去找寻同类中最出色的人物，来当作敬仰和奋斗的目标，用自己所能确定的努力来面对不确定的结果。即使一辈子也无法抵达，终究是为自己能保持向上托举的姿势而获得了很多生活的原动力。

大规模的卫生革命应该算卫生巾的出现，我上中专时，八个女孩子住同一宿舍，只有睡我上铺的女孩子来自城市，她的父母是双职工，我们从她那里得到更多的卫生知识。后来，电视广告里的新产品多了起来，那些熟悉的广告词：舒爽，干净，防夜漏，防侧漏；那些熟悉的画面：一个美丽的女子很享受的样子,用蓝色的液体代表了红色。在一家人一同观看的电视机前,男人们依然很拘谨。女人们的心中,有种隐秘的小开心和一些小尴尬。当各种品牌的卫生巾占领广大的妇女用品市场时,女人们的身体解放像是迈上了一个大台阶。

　　曾有女孩子因为男孩子替自己买了一包卫生巾而感动,便以身相许了。听上去,多么荒诞。这明明应该是一件平常的事情呀,然而,对于那个时代出生的女人,它确实不平常,甚至有某种观念中的革命意味。我也有过这种感动,当一个大男人愿意去超市里为我效此劳时,那必定会升腾起一种备受珍爱的情愫。因为,通常男人们都不屑于与女人的卫生用品打交道。即使有大量的时尚杂志,在悄悄讲述这样的变化。男性对于女性的私密领域,依然作大男子主义壁上观。所以,这举手之劳,道是寻常,却是不寻常啊。

## 4

　　——到处可见的"大姨妈、例假、亲戚",从身体里流经的这条隐秘之河,终于在阳光下泛着青微的波光。

　　很长一段时间,我们在自己的局域网络里把身上的月事叫作干好事儿,更是从书本上知道了它的开端有个好听的名字叫"初潮"。这两个字常常让我想起班上有个女生脸上的红晕,就像刚跳出山峦的远山小太阳,镶嵌在她的两个小酒窝之上,好看得很。

　　从初潮开始,我们瞒着母亲,瞒着同学,想把这身体的害羞隐藏在最深处。直到有一天母亲发现了的欣喜,同学发现了的亲切。我们从不自在到自在,这中间有一个小女孩怯生生的声音在体内涌动。那是自我性别认知在蒙昧状态下的特殊经历。如今,奥运女孩可以在镜头前大声说,我来例假了。这是多么不同的世界呀。

干好事儿。不知是谁取出来的雅称,伴随了我的整个青春期。后来,到处可见的"大姨妈、例假、亲戚",从身体里流经的这条隐秘之河,终于在阳光下泛着青微的波光。可这两个称呼却是让我别扭了许久。在四平村,妹妹的孩子们对大姐的称呼就是大姨妈,姐姐妹妹多的人家,从大姨妈、二姨妈、三姨妈,一直排到小姨妈。我是有大姨妈的人,这么称呼身上这点不干净的害羞事时,总是让我想起大姨妈那张风霜不惧的脸,我的心底就泛起像刚吃了苦荞粑粑的涩味。例假,这应该是例行的假期,但我从未因此而享受过这样的假日,似乎与我的生活太相悖,倒是亲戚两字,觉得有了几分深情,但我们对这亲戚的态度一直不大友好。所以,我抗拒这些无谓的称呼,直到现在,我也很少用,我宁可用"那个"。

那个,在隐秘的世界里,让我的语焉不详穿上一件合适的衣裳,我们心照不宣地在相视一笑里妥善安置一些上不得台面的事儿。这时,在我奶奶那一辈人嘴里说的不干净已经渐渐消失了,我们的信仰在科学的态度面前,变得昂首阔步。但羞耻感是一直存在的。比如,某次我因为在月经时经不住雪糕的诱惑,而引发痛经,我捂住腹部去找男领导请假。因为我没有撒谎,上了年纪的男领导一脸惊恐地摆摆手让我赶紧回家的样子,我至今还记得。他抱着一个水烟筒,呼噜噜正享受着香烟的美妙,突然撞进一个胆大之徒,且说的是别的女同事从未说过的事。不巧的是他旁边还坐着另外两位女同事,要签字的发票在桌子上等待"同意报销"四个字的亲密问候。

后来,这事就闹得让我难堪了,不知是其中哪位女同事的嘴巴上带了刀子,传到我这里的时候变了味。在她们的说辞中,我是个不知道羞耻的女人,居然敢在男领导那里说那些不要脸的话。当时年轻气盛,我差不多要把桌子上的杯子砸到谁的头上了。这是我唯一在"例假"两个字里面的一次早退假,却成了我的不知羞耻的范本,她们进而推测出我是一个在男女之事上显得随便的人。在那些自认为淑女的人眼里,肚子疼至少要变成头疼才正常,因为肚子离下半身太近,她们的思想一不小心就要胡乱开小差,与不干净或是不清洁沾染上。

姐姐们结婚、生子,慢慢远离了四平村。细想了一下,我们身上这点事情,究竟是从来没有好好谈论过。或者说,它们太轻微了,不值得谈论,更或者说它们太沉重了,无从谈起。当这个劳什子可以顺利来到时,没有人会去重视。有一天,它们不正常了,却又让人无所适从。

村子里有一个姑娘,她身上的月事周期不规律,还又少又黑,她的母亲带她看遍了中医。这是我悄悄听婶娘们在一起耳语的。末了,还来一句,这样下去怕以后不会生育,这可就害人了哈。还有另一个姑娘,她身上的月事,是三个月来一次,她们说这叫季经。那是我第一次听到"季经"两个字,后来再也没听见过。这个被认定为是正常的生理现象。后来,她们两人都在婚后顺利生育了自己的孩子。她们,终于让老母亲们放下悬挂着的心。

这月月来访的亲戚,真是令人麻烦,我在心里真希望它能按季来访。春夏秋冬,像久别的老亲戚偶然来一次,大家都很开心。事实上，从初潮开始，它不太准点的来访大致持续了半年之后，它就成了最重要的亲戚，准点到来。我们宿舍有一个女生还说过，她身上的月事知道月大月小，每次都是固定的号数，这让我们感到无比新鲜。

班级里有想参加体育特长考试的女生，老师说专业课和文化课到达师范录取线，她们就能当一名体育老师。这是那时候的乡村里能改变命运的一条好路径，体育成绩好的女生们跃跃欲试。恰有参加长跑科目时，身上来了月事的。她们根据一些传说的经验，偷偷吃了避孕药，用来干扰月经周期，居然真有这样的效果。这个世界，我们不知道的东西实在是太多了。仗着年轻，我们甘当一只只小白鼠。

在成长的磕磕绊绊中，我们慢慢习惯了与自己的身体相处的方式。那些初中毕业没读书的女生，早已生儿育女，每每在街上遇见，看见她们满面尘灰烟火色的样子，就感慨时光不仁，流水无义。我结婚后，对月经这件事情又有了新的认知，不知不觉之间，我的身体里孕育了一个小生命。此后，我身上的月事在整个孕期就消失了。仿佛身体的所有经血都是为了供应一个小生命的生长发育。可我又说不清，那些曾经被视为不干净的血，究竟为另一个生命提供什么样的养料？既然是孕育生命的源泉，为何又如此深讳？这个世界，我依然带着无数的疑问生活。

俗话说，隔行如隔山。仿佛研究身体的机理，更应该是医生们的事情。我一次次地刨根问底，都被我母亲一句话堵住了。她说，打破砂锅问到底，要问砂锅装得几碗米。似乎我不应该对人难为情的地方，抛开羞耻地去刨问，这才是一种起码的修养。每当这种时候，我总是很后悔，自己没有选择念医科。

我们对身体的盲目,甚至是对自我性别的确认,在苍茫的生活中,都显得那么微弱和漫长。

## 5

——不知道有多少计量单位的血,它们染红我的尘世。

自从有了"妇女能顶半边天"的说法之后,轰轰烈烈的妇女运动像是真正拉开了帷幕。为了撑住这半边天,女人们不顾流血流泪,硬着头皮上。有多少女人在艰苦行业战线上不顾生死,落下病根。而女人在妇科上的疾病,跟身上的月事那样,都是令人羞耻的,不能高声谈论的。捂住下半身,管住上半身,成了女人的妇德。忽视身体特征的一些高强度工作,让一些女人成为受害者。而她们,只能选择沉默,成了历史祭坛上的一缕青烟。

2023年春天,我有幸在塔克拉玛干沙漠腹地,在妇女节这个特殊的日子与一群从事艰苦工作的石油工人一同欢度节日,其中也敞开胸怀聊到生理周期。有一个快要退休的工人,讲着讲着她就哭了,我也哭了。在钻井前期工作中,一同上山的四十多个工作队员,唯有她一个女性。炊事员因为受不了山里的艰苦工作,一拍屁股就悄悄走了,因为她是唯一的女性,做饭的任务必然就落到她的头上。

四个大盆,每天两袋面粉,蒸锅上每一屉蒸三十二个馒头,五屉。起初,她看见从野外劳作回来的工友们一口气要吃六七个馒头,就在心里犯嘀咕,希望他们能少吃一点。那每天总也和不完的面,就像看不到边际的沙漠。可野外的工作强度,注定了工友们不可能少吃。他们狼吞虎咽地吃掉了一个又一个白胖胖的馒头,再满血复活地投入艰苦的工作中。到了晚上,她心疼加班的工友师傅们,给他们煮茶叶蛋,下碗面条。除此,还要完成自己的工作。她感觉身体都不是自己的了,偏偏在这时候,身体的亲戚来访了。

每天高强度的工作,让这亲戚在她的身体里足足缠绵了四十多天,她仗着自己年轻,硬扛了下来。最尴尬的是,要寻个有障碍的地方方便,又不能走得太远,山里有野牦牛、野猪等动物,一不小心就会有危险。那时她就特别羡慕男同事,可以不受身体之负累。更尴尬的是,有一次山上发洪水了,那些在隐蔽地方处理的卫生巾,都被洪水冲聚到了一个低洼处。山上只有自己一个女同志,真是大写的尴尬在脸上,像是她生命中的一道深深烙印。

文明在一代又一代人的努力中悄然而至,有人说,要衡量一个国家的文明程度,要看他们对待妇女的态度。曾经在少女时代反感的"妇女""女人"等字眼,终是被时间牢牢地拴在身上。我远离了女孩子的纯洁和梦想,安心地成为一个平庸的中年妇女。这恍惚间的几十年光阴,我曾经为自己在别人嘴里不断呈现的那几丝男人气而自豪过。瞧,我可以像男人那样,可我终究只能回到自己的性别里,被每月一次光临的亲戚扯着耳朵、拉着裤子提醒着。

当一群女人聚在一起,痛诉过往就成了减压的神器。似乎每个已婚育过女人的回忆都能自动戴上一个节育环。生在这个时代,这是成为妇女必选的科目。我第一次听见它,是在奶奶的口中,那是那个年代的新鲜事。姑妈的节育环掉了,神奇的是被她自己的女儿捡到，还当了玩具。这事因为神奇，在婶娘们那里就成了议论很久的新闻。后来，到我必须要面对时，节育环已经升级了好几代。然而，要选择一个适合自己身体的，却只能盲目地听从医生的安排。

医生按照大多数人的经验，在我的身体里放了一个节育环。万万没想到的是，我身体里的月经开始大规模起义，它们不安分地让我每个月的那几天变得洪水滔天。最担心的是出门会露馅，一站立起来的那瞬间，身体里的山洪暴发了，它们不管不顾地向体外奔涌。裤子上、座位上、床单上，到处都是血迹斑斑的生活史。我悄悄地把它们放在水里消解了，装作若无其事。

第三个月时，我去坐公交车，车上挤满了人。因为身体上的不安生，我尽力挤往后面，担心万一露馅了，能见的人可以少一点，更少一点。终于有一个座位了，最后一排有人要下车。我坐了下去，感觉自己身体里像安放了一个小型的易爆物品。就在我起身下车时，我听见了体内瀑布的声音，我感觉到一股热流正在顺着我的裤腿往地面奔涌。我迅速就看见了血。座位上，及脚下。不知道有多少计量单位的血，它们染红我的尘世。

往常，我甚至可以在掩护中完成战场的清理，尽量不要让自己的丑在大庭广众下暴露无遗。可这是一辆公共汽车，我只能仓皇地逃离。我感觉到身后有无数双眼睛盯着我，有无数张嘴骂我是个不知羞耻的女人。我不知道自己是怎么回到家的，黑裤子掩盖了我的罪证。我脱下外衣，用袖子扎在腰上，像个二货。但总比被别人看见我的羞耻更好一些。回家后，我在一条全无一点干爽的卫生巾上看见了那个节育环，它无辜地倒在血泊中,成为阵亡的将军。

当我把这尴尬事小声讲给母亲和婶娘们听时,婶婶说,我以前说每一次身上来这鬼东西时,那血就像杀猪似的,你们还不信。我想起了过年杀猪时,从猪脖子流淌出的鲜血,一涌而出,满眼的红色。有种轻微的害怕,从头掠到脚。每个月流血,还依然不死,这女人们真够得上伟大嘛。后来,我在网络里看见有人这么调侃女人身上的月事时,种种无奈,像过山车一样奔跑。

在月事不爽利的女人那里,大概率希望它早些走了,尤其是那些因为种种妇科疾病而疼痛难忍的人。而另一些人却开始担心它们会早走了。坊间就不断有人打着科学的名义推销各种延缓衰老的产品,说月经一旦没了,这女人就衰老得很快。还有那些长着一张巧嘴的美容院的姑娘,证词确凿地告诉你,你的身体需要排毒,而每个月的月经就是排毒的最好时机。流出哪种颜色的月经,哪种样子的血块,都是在给身体排毒。她们不断推销层出不穷的产品,告诉你用了何种产品,就能解决何种问题。并煽情地来一句,女人就应该多爱自己,爱自己就要舍得在自己身上多花钱。东一忽悠,西一忽悠,那点可怜的工资就到了别人的口袋里。

生活条件好起来的女人们,为了抵抗身体的下垂、塌陷、衰老,就不断想要给身体排毒。并且一直活在错误的认知中,想要让自己一直青春的标识就是拼力地延缓绝经的年龄。事实上,这跟种族、遗传和个体机能相关的差异,都被简单化了。通常只要在四十五岁至五十五岁之间,都是正常的范畴。来之,安之,走之,若素。或许这才是最本真的生命状态。

那些年代,妇女没节育措施,只要身上还有这月事来临,就是育龄妇女,就得生到老。她们像结瓜一样,一个赶着一个。外婆一定是痛恨这东西,希望它早点滚开。她生育了十几个孩子的身体,还要负担沉重的体力劳动,多么辛劳地活着啊。我记得有一次外婆跟奶奶闲聊中,叹了一口气,说身上这泡秋莎终于没有了。外婆很开心的样子,像是卸下了一生的烦恼。

而奶奶一生最担心的事是,等有一天,她不能行动了,身上这泡秋莎拿不出去。月经早已远离了奶奶,但大小便却成了她的心头患。为此,她偷偷准备了一瓶安眠药,以让自己的死变得有尊严。当然,奶奶的这些打算都在子孙们的防范里未得实施,却是在我心里留下了一个疤痕。多年后,当我看见一个新闻里说,一个老人的头顶上放着两个瓶子,一个是药瓶,另一个是敌敌畏,心里的痛像潮水一样涌来。

小青年们干柴烈火遇见时,忙得不及采取任何措施,就巴巴地盼望着下月的月事能准时到来。有一直想要孩子的夫妇,也巴巴地盼望着下月的月事能不来。有多少人在求子的路上,备尝辛酸,从盼望着妻子的月事能准时来,到希望它哪个月不来了,比盼星星盼月亮还焦急。试孕棒上的那两条红杠,喜煞了多少人,也愁煞了多少人。

身边有很多母亲都曾开心地讲同类事情,当自己年幼的孩子在卫生间发现妈妈的身体流血了,被吓哭的故事。每一个孩子都是上天指派给母亲们的天使,他们以命相交,相伴天涯。当我的孩子长大,知道在妈妈的生理期需要照顾妈妈的情绪,帮扶妈妈的冷热,我就觉得我拥有了一个辽阔而明亮的世界。

这一路上的所见所闻,像翻开一本旧皇历,每一篇都有自己标注过的痕迹。曾经,哪一个母亲听见自己没结婚的女儿不来月经了,准是吓得一屁股坐在地上。未婚先孕,那可是村子里的奇耻大辱啊。如今,仿佛它又成了小事,顺着广告牌上的人流广告,就什么事都解决了。更有甚者,要先怀孕了才去领取结婚证的,以免将来要在求子路上折腾。这些年,不孕不育的群体越来越庞大,也许从街上的广告可以略窥一斑。

我知道,我的亲戚也许哪一天就不来了。当我谈论它时,必然也会成为亲切的怀念吧。

# 6

——这么一想的时候,我对山间草木就产生一种特别亲切的情愫,它们在黑黑的锅洞里,煮熟了人和猪们的粮食,又化为清灰,以备需要。漂洗衣物,漂洗身体,漂洗血迹斑斑的生活,它们给予人类最朴素的仁爱。

那一年春天,春风尚未吹醒桃花梨花杏花时,世界面临一场巨变,一种戴着花冠的病毒来到地球,迅速席卷人类的生活。在生死攸关之际,白衣天使们奋战在抗疫第一线,抒写了一曲曲最动人的生命之歌。他们昼夜不停地付出,有人晕倒,有人死亡,离别以各种悲壮的姿态在人间演出。

某一天,一则惊天的新闻吸引了人们的眼球,前线缺少女性的卫生用品。这大概是中国女性第一次在公开场合大规模讨论这件一直被我们自己认为是羞耻的事。卫生巾贫困,一时成了前线女性的心头之患。当看到很多年轻的男性去给白衣天使们送卫生巾时,我的眼睛湿润了。

后来,随着疫情的常态化,这种讨论的声音渐渐被新的事物淹没。我理解为,一件平常的事物被人理解和接受了。当某个城市又暴发疫情时,又有女性医护人员对卫生巾的需求被公开了,却引来某些重量级人物的一顿批评,把此归类为矫情。当然,这些重量级的人物,他们的性别无一例外都是男性。无数女性愤怒了,却也只能在口水之间表达愤怒。就连生育这样重大的命题在一些男性的眼前,也是剥豆子一般简单。在他们眼里,女性的身体就是一个贝壳,他们或许只想得到那一粒珍珠罢了。好在,这样的声音只是极少数,也会迅速被淹没。我更愿意记住的是给白衣天使们送去卫生用品的快递小哥们,是他们让人间的温情流淌成一条生生不息的河。

在遥远的非洲,女性所面临的困境更是难以想象,我们曾经有过的不洁和羞耻,在那片土地上更加触目惊心。一部由超级名模华莉丝·迪里的真实故事改编的电影《沙漠之花》,让我泪流满面。为了所谓的贞洁,她被迫行割礼,直到她在千辛万苦中逃离,知道了外面世界的女性是如何生活的,她才成为那个勇敢的人,才成为美丽的沙漠之花。华莉丝·迪里是幸运的,当她坚定地走到台前,讲述她的经历,撕开她的伤口,才有机会为她生存过的土地上的女性带来福音。

可是,世界上还有多少生活在水深火热中的同类,在愚昧与无知中,失去尊严,失去生命。据说,有些非洲部落,直到现在还依然把女性的生理期视为不洁和不吉祥,甚至要拿红布蒙着生理期女性的头,从上到下冲洗冷水,才能让人远离厄运。种种骇人听闻的事,在不同的地方,以不同的方式上演。喟然长叹,却又那般无能为力,期待文明之光能早些普照她们。

从我奶奶到我妈妈,再到我自己,世界发生的变化,比匪夷所思还匪夷所思。我们看见自己的不幸,但因为有了不同的比较级之后,又觉得自己多么幸运。一代代人站在前人的肩膀上,仰望巨人,仰望星空。不久前,我看见一个短视频,讲述一个小女生的生理期到了,怯生生地想让小哥哥帮她去买卫生用品,三个小男生镇定地帮了她,并脱了一件衣服掩护小女生去了卫生间。我看完小视频很受感动,在下一代人身上,文明的进程已经向前迈出了一大步。

在如万花筒的世界中,也还有一些不恰当的言语令人难受,比如,当有女人提出在火车上应该允许有卫生巾售卖时,就有人在后面跟帖说,为什么不能忍耐一下呢?其实,我也经历过这种愚昧的反问,当我着急在遥远的乡下找一家商店购买卫生用品时,他对我说,你可以憋到明天吗?殊不知来月经和流鼻血是一样的,不受人的意志控制的呀。两性知识如此匮乏的大众,在网络评论区撒了一地狗屎。

而在世界上一些贫困国家,女性的卫生巾贫困却是常态,她们会为了得到卫生用品而付出难以想象的代价。我的外婆和奶奶及她们的先辈是怎么度过这些特殊时期,这成了一件不难想象的事情。物质贫困的年代,女性对一个家庭绝对付出的精神,必然决定了她们更加贫困的现状。还记得吗?我们的母亲总是不爱吃这样,不爱吃那样,她是想留着给孩子们吃呀。在一个连吃饱穿暖都成问题的时代,任何一种消耗品都会成为奢侈品,注定了女性会面临更多的问题。

我甚至不难想象一枚树叶所能遮掩的羞耻,甚至土和灰,这些可以掩埋我们身体的物质,它们也曾掩盖过无数女人的羞耻心。这么想的时候,我对山间草木就产生一种特别亲切的情愫,它们在黑黑的锅洞里,煮熟了人和猪们的粮食,又化为清灰,以备需要。漂洗衣物,漂洗身体,漂洗血迹斑斑的生活,它们给予人类最朴素的仁爱。

当年,我奶奶在帮我清洗衣服发现我裤子上有血渍时,她眯着眼睛,笑成一条缝,又会诉说一回她们当年的可怜光景。这些血迹,都曾是女人不洁的罪证,除了给自身无限的烦恼,更不能在她们心中的菩萨面前赎罪。可是,在天上和人间所要保佑的事物里,向来与女人身体上的月事没有半毛钱关系,它们需要回避,遭受厌恶。但在云南大理,却有一个特别例外的事情,引起过广泛的关注。

在石钟寺石窟的第八窟,赫然供奉着女性的生殖器外阴,在白族的语言中称之为"阿央白"。阿央白的造型逼真,在诸佛菩萨和左右两大天王的护持下,格外醒目。座前的石板上,有香客们长期跪拜形成的凹痕。在庄严的法门中,这是一件令人费解的事情。人们试图从民族的、历史的、宗教的视角去解读,却一直没有一个统一的说法。从神龛的那道拱门看去,我更愿意理解为人类是在为自身的繁衍打开一道生生不息的大门。

随着认知的不断深入,我不再对身体上每月的流血心怀厌恶,甚至还生出一点温柔之心,细心地爱护它的存在。在它光临的时间里,远离生冷,调整情绪,让自己的身心有一个放松的姿态。看着鲜红的血,我甚至能感知自己还是一个健康的女人。

朋友中曾有一个花容月貌的女子,走路猫步,穿衣时尚,如果不说年龄,人们总是把她当成三十岁左右的女子,风韵无限。似乎在我认识她的这三十年里,时光在不停地恩待她。如今,她成奶奶了,依旧保持一个女性的优雅和美丽。某次,一群女人在一起喝茶,其中一个肚子痛的姑娘,去卫生间的次数频繁,她抱歉地说是自己的大姨妈来了。话题自然地转移到了这里。

面对同类,我们纷纷打开自己。

长得漂亮的女子惊爆自己已经绝经多年的事实,然后我们身体里的子宫肌瘤、卵巢囊肿、子宫内膜异位等与月事有关的疾病就一一抖落。我们带着自己的暗疾,光鲜地进入对方的视线。我也是第一次听见有子宫内膜异位这样的疾病,那个得了这种疾病的朋友告诉我,它就像一只会游走的鱼,它有可能存在于除了头发和骨头之外的任何部位。在医院里,形形色色的疾病就像来来往往的人群,数不胜数。另有一个得了子宫腺肌症的,在每个月一次的例行疼痛中,每一次都疼得打滚。

在各自的讲述中,我们拥抱着彼此的疼痛,慨叹生活的不易。别人所能看见的美好,都是被自己过滤了的影像。也许每个人来到人世,都是残缺的。或者说,上天看到某人太圆满,就会悄悄地拿去一些,像是有一双上帝之手,在调试着人间的某种平衡。我们怀揣自己的身体,承载着各种角色,直立行走于世。

人的五官多像汉字里的"苦"字,草字头的眉毛,十字是鼻子和眼睛的位置,一张口承担人世三途苦。来这人间走一遭,以食为天,为利所累,全在一张嘴上。等哪天,眼睛一闭,嘴巴也不能张开了,这人世的苦就算受完了。我在镜子前静默,一次又一次地端详着这脸部的变化,感受着时间在我脸上的流逝。

然而,许多苦都是难以言说的,默默忍受的女人们把情绪又带到身体里,它们长成各种疾病。终其一生,我们都希望自己能活得洒脱一些。除了性别与性格,太多时候,我们会在自己的脖子上套上一条无形的链条,与别人合谋着拴住自己。总以为这样,我们就能平安一世。

7

——与月亮有关的诗意升腾起来,又降落下去。在人类血脉相连的共同体中,我们为何要把这一件重要的事情弄得那般潦草呢。

有关月经的称谓,大多数人都用大姨妈的俗称,也有不同地域颇有意思的称谓,比如西北有的地区,叫马达哈来了,意思是麻烦来了,还有一些叫坏事儿了、大姨妈、姑妈、倒霉了等。其实,月经还有许多高雅的别称,诸如:月水、月使、月运、月事、月脉、月客、月浣、月候、月期华水、月漏、月潮、月露、红漏、血信、血脉、信水、癸水、潮水、水中金等。

甚至还有一种说法:女性月经周期的形成,可能与月亮的引力周期变化有关。科学的解释是月经周期受下丘脑—垂体—卵巢轴、甲状腺素、泌乳素等内分泌因素调控,此外,还受遗传、环境、生活习惯等多种因素的影响,有个体差异。令现代人啼笑皆非的是,有些古代帝王为了追求长生不老而兴的炼丹术中,有采少女经血为方的。更令人错愕的是李时珍在《本草纲目》中也有月经入药用的记载,学名叫作先天红铅,或许帝王们是因此而动了歪心思也难说。

宇宙的奥秘无穷无尽,我们身体里的小宇宙也类同于此,近年曾看到过有医疗机构采用经血对干细胞的研究,据说有可能为患有糖尿病、肺损伤、肝硬化、脑瘫、脑中风、帕金森病和老年痴呆等的患者带来福音。废物变宝的故事在这个时代层出不穷,科技让人类实现了太多可能。拭目以待的惊喜,或是惊吓,让每一天的日子都充满新奇。

把女人身上的月事叫作天癸,这是我在阅读中的一次偶然发现。闲坐小窗读《易经》的春天,我在书卷的深处抽离自己的庸俗,有种从天而降的通灵之感,仿佛自己的身体被安置在了最舒服的椅子上。那时,身上的月事茂盛,正被世间最温柔的棉花托举。洁白和鲜红交织在一起,像身体开出来的花朵。傍晚,月亮高悬,窗前的玉兰无声,那一首流行久远的歌词忽然就明朗起来:透过开满鲜花的月亮,依稀见到你的模样。

与月亮有关的诗意升腾起来,又降落下去。慢慢地,我开始对红色的衣物生发出另一种情愫,觉得它是大气的、妩媚的、庄重的。有一年,下大雪的天气,我穿了一件大红袄站在雪地,雪花落在千年的古梅上,所有与梅有关的诗句奔涌而来,在那一时刻,我竟是生出一种与红梅成为同一品相的心境。

而后,我又查阅了《黄帝内经》。"女子七岁,肾气盛,齿更发长;二七而天癸至,任脉通,太冲脉盛,月事以时而下,故能有子;三七,肾气平均,故真牙生而长极;四七,筋骨坚,发长极,身体盛壮;五七,阳明脉衰,面始焦,发始堕;六七,三阳脉衰于上,面皆焦,发始白;七七,任脉虚,太冲脉衰少,天癸竭,地道不通,故形坏而无子也。"

而对于男性身体里的精子,也同样称作天癸。我们对于自我身体和异性身体的认知,其实也是极其有限的。既然是一件如此重要的事情,行使着人类生息的重要使命,本当受到最大珍视。是啊,在人类血脉相连的共同体中,我们为何要把这一件重要的事情弄得那般潦草呢。

曾在网络上看见过一个故事,有个外国女政要在生理期露馅了,她的演讲并没有受到任何影响,依旧坦然面对,谈笑风生。这令我感到震惊,而又欣慰。在文明时代,终有女性的先驱者们在为自我的存在而大声呼喊。我们是女人,我们应该为我们的身体感到骄傲。

由此,我有必要再次重温医学百科对月经的定义:女子由于卵巢分泌的性激素作用,子宫内膜也随之发生周期性变化,每月脱落一次,脱落的黏膜和血液,经过阴道排出体外,这种流血现象,就是月经。月经周期的长短,取决于卵巢周期的长短,一般为二十八至三十天,但因人而异,也有二十三至四十五天,甚至三个月或半年为一个周期。只要有规律,一般都属于正常月经。出血的时间一般为两到七天,每一次月经出血总量不超过一百毫升。为我已逝去的青春,为别人正在到来的青春。

至于月经期间的种种禁忌,不能食生冷,不能行房事,不能剧烈运动,等等,有时被视若金律,有时也被抛于云外,有谁会真正严守规矩,不越红线呢。新近又知还有另外的禁忌,因为牙疼去看牙医,需要拔去坏死的智齿,当医生准备好一切程序后,多问了我一句,是否在月经期间?然后就态度坚定地让我回家了。医生告之:因为月经期间女性体内血小板等凝血物质数目减少,会影响创面的修复和愈合,且经期女性的免疫力显著降低,有可能存在慢性感染的风险。这与我缠缠绵绵相爱相杀到天涯的小冤家,这活到老也学不完的新知识,真让人迷乱。

如今,我每天从宝象河逆流而上,像只寻觅食物的海鸥。每年冬天,海鸥都会飞来春城,流连于翠湖、滇池、大观楼,及各条河流之上。在晨光中,在夕阳下,在波光粼粼的水面上,它们凌空飞舞,美丽绝伦。有时,它们像是收到了某种神秘的号令,所有的海鸥腾空而起,绕树三匝,扑啦啦的欢欣,掏出了我身体的兴奋。

忽然间,小腹上的冷疼又在提醒着我,我是个身体有暗疾的人。这些暗疾却也不能称为病,又似乎不能不说它是有病的。或者说,它们应该是病根才对。坏情绪与病根叠加时,就滋生出不知名的疾病。它们中谁是祸首或是元凶,都是无法判清源头的事情。

抬眼看满河的海鸥,我分辨不出它们的雌雄,就像我一直无法分辨鱼的公母。据说,在动物世界里,都是雄性长得更漂亮,除了人类。眼前的海鸥,毫无美丑,只只俊俏,又哪来的美丑呢。它们中的她们,也会有生理周期吗?

当我在一些纪录片中得知母狗、母牛、母马、母骆驼、母猪、母羊也会来月经后,突然觉得这个奇妙世界的关联性。原来,女人并不是孤独的一类。可以这么说,几乎所有哺乳动物的雌性,都有生理周期。而我们对它们的认知,还有很多盲区,更多的信息,等待不断更新。

宝象河岸两边的柳树从二月初开始冒出新芽,嫩嫩的,柔柔的,有风吹过柳条,心随之荡漾。我一天天看着它们从细叶清新,到满枝绿色。忽然某一天,像是一夜长出的柳絮,漫河飞舞。我在心底突然觉得这眼前的柳树,它们也是有性别的,它们都是我的同类,也有生理周期。

你看,刚开始,它们温柔多姿,风情万种,模样儿惹人爱怜,像个多情少女,动人心魄。只是忽然有一天,这少女的身上就不干净了。嗨,不干净! 你看,我的思绪还在被这几个字左右着。尤其这一河的清水被柳絮污染,混浊不堪,全无清爽的模样。柳絮还在空气中飘荡,让人产生过敏症状,我更觉得这柳树就是一群女人,挤在一起控诉身上的月事带来的种种烦恼。

在整个三月,我都把柳树当成我的同类,一个个身上会来月事的同类。在柳絮飞扬处,我每天早早晚晚地行走在这条河边,常为自己的这种异质想法而哑然失笑。不知柳树,又该如何看我。

回到四平村,我与妈妈在她的园子里择菜,正是百香果开花时,那些花朵很是神奇,钩心斗角中缠绕着的美丽,大开了我的眼界。妈妈说,都开花两年了,还不见结出一个果子,都怪我没看仔细,全栽成母的了,等回头我去买两棵公的来。第二年,满园的百香果,挂得像铃铛似的。妈妈用她最朴素的种地理念,给我上了一堂有关大自然的课堂。只有当每一个物种都能充分行使自己的使命,所有的族群安然,生态安全,才是和谐的世界。

我终于能与自己的性别达成最深的和解,不断发现的目光,让我时时能感受美和爱的召唤。终究,我成了自己,且正在通往能遇见更好的自己的路上。我姐姐告诉我,她的月经周期已经开始紊乱,正在问询中医,并发出岁月不再的长叹时,我也摸了摸我的年龄。当我与这亲戚再见面,我产生了百般善待的慈母之心,想好生安置这个重要的客人。这个被我一直不甚待见的亲戚,它已经开始衰老了,我要好好拥抱它,并对它说,我爱你。

《十月》2024年第2期

叶浅韵　云南宣威人。中国作家协会会员,中国自然资源作家协会第六届主席团成员。作品发表于《人民文学》《十月》《中国作家》《北京文学》《散文·海外版》等,获十月文学奖、冰心散文奖、云南文学艺术奖、安徽文学奖等,多篇文章被收录进中学生辅导教材、中考现代阅读题及各种文学选本。已出版个人文集七部,代表作《生生之门》。

# 胎记

苏 南

## 一

从那以后,我再也没有见过她。那些隐秘而陌生的瞬间,随着时间的流逝而烟消云散。在很长的一段时间里,家人对她的存在和离去,心照不宣地保持缄默,仿佛她的出现只是为了在这个冷漠的家里走一遭,然后就尘归尘,土归土。一切都只是幻觉。所有人都不再提起她,甚至连仇人也放弃把这件事作为攻击我们家的把柄。一个人就这样消失了。

她是否健康长大?她快乐吗?那家人对她好吗?她知道自己的身世吗?改变她人生轨迹的胎记是否已经消失?这些疑问因为没有确切的答案,最终和她一起下落不明,成为一个个模糊的无法辨认的梦境。

我的母亲,一个把生儿子当成毕生事业的女人,却总是生女儿。我出生后,她给我取名"赛男",以此来弥补我性别上的遗憾。"我们把你当成儿子养的。"这是她对我最常说的话。

当年,通过我的名字,她就已经使自己成为一个自欺欺人的、重男轻女的母亲。尽管多年来她一直将自己伪装成更喜欢女儿的母亲,并多次在大庭广众之下宣称女儿比儿子更贴心,但我的名字就已让她的心思昭然若揭。

自我懂事起,她便经常询问我:"再给你生个弟弟,好不好?"她问这话时,总是陡然在"弟弟"一词上拔高了声音,因此这话听起来便有着咬牙切齿的决绝。她并不是真的在征询我的意见,只是通过这种方式给我打预防针。因此,我的童年一直处于恐慌状态。当我渐渐理解我名字的含义和来源时,便羞于向别人提起。我害怕别人通过名字揣测出我并非父母所期盼的孩子。

就在去年,四十四岁的母亲第四次怀孕,她在电话里坚定而理直气壮地说:"如果是个女孩就打掉,是男孩就生下来。"似乎四妹早已知道自己将要面临的残酷结局,不等母亲去做孕检,就自行做了了断。四妹是幸运的。知道自己不被期待,也就不抱任何幻想。

而三妹呢?自她出生起,我只见过她一面,她就消失在人群里。从此,"三妹"不再是血脉相连的亲人,而是一个冷漠的名词,一个把我的心碾得血肉模糊的称呼。她消失在下落不明的生活中,成为一个模糊的梦境。

站在堂屋中间的她号啕大哭,眼泪像决堤的洪水倾泻而出。下午的阳光从门外斜射进来,飞舞的尘埃形成一个立体的光柱,哭泣的她就站在光柱中间。她的两边是正被怒火冲昏头脑的父母。他们相互威胁、攻击、咒骂、厮打,用尽世间一切锋利的话语和恶毒的诅咒,试图一招击倒对方。他们早已熟知对方的所有弱点和一切不为人知的隐痛。此刻,这些弱点和隐痛都已成为相互攻击的利刃。那些伤人的话,犹如一把把锋利的刀子,捅进去再拔出来,顷刻间,双方就已鲜血淋漓。你以为这样就结束了?不,他们还要在对方的伤口上撒一把盐,直到分出胜负为止。

没有人管三妹,任凭她嗓子嘶哑,涕泪横流。他们面目狰狞,唾沫横飞,言辞凶狠而激烈。杯子在阳光的斜照下泛起一道道金光,在空中划出一道道美丽的弧线,最终在三妹的脚旁四分五裂,盛开成一朵朵破碎的花;紧接着是飞起的椅子和盘子……她睁大眼睛迷茫地望着他们。

他们终于打累了,这才想起三妹。那个小小的姑娘,为了躲避他们攻击对方的凶器而藏身于桌底。此时的她,已经疲倦地睡着了。母亲从桌子底下抱起她,给她洗漱。她从母亲粗鲁的双手中醒来,只觉得脸上的皮肤火辣辣的疼。母亲手里的毛巾恶狠狠地擦拭着她的脸颊,好像她面对的是一个随时准备暗算她的敌人。母亲的啜泣声仿佛从一个酸菜坛子里传来,空气中弥漫着一种腐烂的气味,那声音在空荡荡的坛子里回响,空旷而持久。父亲依旧斜靠在椅子上。椅背因为常年的抚摸而变得光滑透亮,他的眼睛里还聚集着怒气,仿佛一头随时准备扑上前撕咬的狮子,只等那根导火线引爆。

这样的战争持续多年。三妹在父母的战争中被自动忽略。偶尔,三妹的不幸遭遇也会成为他们攻击彼此的把柄。懵懵懂懂的三妹以为是自己引发的战争。她感到自责、恐慌,父母近乎仇人般地对她不幸遭遇的相互指责,像一个个噩梦,永远刻在她心里,让她越发自卑。她慢慢长大,渐渐懂事,有了新的用途。战争结束后,父亲向三妹倾诉他的不易和委屈,母亲也把自己的伤口展示给她看。所有激烈的攻击,仿佛只是一个委屈和不幸的展览馆,而孩子是展览馆里唯一的观众。他们要求三妹欣赏伤口,给予安慰,甚至强迫三妹在硝烟弥漫的战争中站队。他们以争取到三妹为荣,试图和她结成同盟,排挤对方。而没有争取到三妹的那个,总是把"白眼狼"这顶帽子扣在她头上。没有人意识到她还是个孩子,没有人知道她内心的迷茫和无奈,更没有人教她怎样辨别是非。他们向来擅长相互诋毁,把所谓的真相朝有利于自己的一方描述并放大,却对自己的过失闭口不提。

他们也有恩爱的时候,但更像是在舞台上表演,转瞬即逝。

我睁开眼,三妹的哭泣和迷茫便终止了。这一切只是个梦境,梦境里的女孩是我,是二妹,也是三妹,不过是我曾经历过的无数个细碎片段中的一个。很多时候我感到庆幸,庆幸三妹没有在这个家庭成长,没有目睹这个家庭声嘶力竭、硝烟弥漫的场景。可很多时候,我又忍不住为她担忧,她的生活会是什么样的呢?会不会是从一个火坑跌入到另一个火坑,在别的家庭重复着这样的经历?她是否也会如年幼的我那样迷茫、无奈?

很多时候,我会忘记自己有两个妹妹。我的父母呢,在半夜惊醒时,是否会想起那个被他们一次次遗弃的小女儿?

每每想起他们,我总有抱头痛哭的冲动,总有一种难以言说的悲哀和愤怒将我紧紧裹挟。我恨他们重男轻女,恨他们不负责任,恨他们总是采取粗暴、打击、侮辱的方式对待我们,恨他们轻而易举地扬起语言的刀刃切割我们的自尊,连皮带骨般地削切我们的意志。许多年来,我在母亲粗暴的语言和响亮的耳光里生存,在父亲不容置喙的否定和蔑视的目光中寻找出路,在战争的夹缝中求生。很多次,我在他们的怒骂中,强忍住眼泪,不顾一切地逃离,然而我逃离的终点总是止步于屋后一座无人经过的山丘。年少时,我最大的梦想就是离开家,走得越远越好,再也不回来,因此,我总是做着随时离开的准备。后来,遇到一个可以带我逃离那个家的人,我便飞蛾扑火般地跟他一起离开。

二妹似乎比我略幸运一点,她得到母亲毫无缘由的疼爱,但这疼爱并不能弥补二妹不是儿子的遗憾。成年后,我终于明白,在他们眼中,身为女子是不可饶恕的原罪。儿子,才是他们期盼的继承者。

很多次从梦中哭着醒来。我告诫自己,"我们都是他们的孩子,他们一定是爱我们的"。然而,这些话并不能安慰自己。总有彻骨的寒意将我包围。

或许我所知道的并不是全部的真相,抑或是这一切不过是我心怀叵测的猜疑。但这些都不重要。我仅有的不过是一个和我血脉相连的妹妹,在这个冷漠的尘世被亲生父母一次次遗弃。

这是她的命运,也是我曾经的命运。

## 二

我曾遵从父亲的命令,为三妹取过一个名字。

那是在三妹出生两个月后——那时,她已不是我们家的一员。父亲态度强硬地要求我发短信给陈阿姨,询问他们是否已为三妹取名。当得到否定的答案时,他的脸上镀上了一层红色的光晕。

他端坐在餐桌前,严肃地向我下达命令:给你三妹取个名字,把我的姓放进去。说完,他就开始喝酒。屋前黛青色的山脉绵延向前,远远地可以看到一片红色的水杉,像火一样疯狂地燃烧,仿佛无数个黄昏把葱茏的绿色釉彩砸碎,刷上一层火红的油漆,以此来遮盖森林漆黑的本色。夕阳已沉到山的那一边。山顶上笼罩着一片炽热的光亮,落光了叶子的树被残余的光线照得发白,仿佛沉浸在虚无的往事里。未曾装修过的房子,因为久未清理已越来越荒废。发霉的墙面被黄昏打磨得幽暗而潮湿,房间里弥漫的酒香里掺杂着一丝燃烧的松树枝叶的味道。

火炉上的水壶里散发出浓浓的酒香,仿佛指甲花的荚果忽然爆裂,无数粒小种子向远方发射。琥珀色的黄酒在白瓷碗里冒着腾腾热气。父亲闭着眼,沉浸在酒香里,他的脸被酒熏得更红了。

思虑良久后,我为三妹取名为:昝晨洲。我向父亲解释,昝是陈阿姨姓的谐音,晨是早晨,代表着新生和开始。洲是周的谐音,水中陆地的意思,代表坚持自己,不随波逐流。

父亲和母亲对这个名字都颇为满意,在口中念叨了好几遍。父亲让我把名字和解释都发给陈阿姨,并信心满满地说,他们是知书达理的人家,一定会同意取这个名字的。

父亲焦急地等待着,每隔几分钟便询问我是否有回音。然而,他的期待像一个美妙的梦境,最终化为泡影。父亲得意的神色变得苦涩,额头上的皱纹也变得更深了,松弛的脸庞像被按在稀释的墨水里泡过。接着,他开始埋怨我:"都是你取的名字不好,他们才不用。"我沉默着听他抱怨,不敢说话。因为我知道,不管我此时说什么都是错误的,只会引来他更重的怒气。在我俯首帖耳的长久沉默下,他的怒气渐渐平复。

母亲提着一篮菜回来。门被忽然撞开,冬日慵懒的阳光从门外倾斜着走进屋里。幽暗的屋子一下子明亮起来。那把几天前才被摔断靠背的椅子,孤单地立在墙边。

母亲在厨房里喊父亲,让他去打桶水。父亲闭着眼一动也不动地瘫坐在沙发上,似在回味酒的香醇,又似还未从失去三妹命名权的打击中回过神来。母亲沉默了片刻,忽然发怒,把水桶哐的一声扔出厨房。战争再次开始,两个人都愤愤不平地相互埋怨,从提水一事吵到为三妹取名的事。杯子、水壶、火钳、椅子……满天飞。

他们歇斯底里,声震屋宇。

我感到全身无力,像在大火中煎熬,五脏六腑都在剧烈地颤抖,从手指到膝盖都疲软起来,像醉酒一般身不由己。年仅四岁的二妹瞪着惊恐的双眼,眼泪在她稚嫩的脸上留下一道道深浅不一的痕迹。她冲进战场,试图分开两人,然而只是徒劳。她尖厉的哭喊声在屋子里盘旋,在村庄上空盘旋:"爸爸——不要打了。""妈妈——不要打了。"被愤怒和委屈包围的两个人,完全听不到二妹的乞求。我感觉有把匕首插进了我的喉咙。我发不出一点声音。我看着窗外,仿佛置身于另一个世界,所有萦绕在耳边的争吵、打斗、哭喊都渐渐远离。门前的河岸上布满巨大的石头。清而浅的河水缓缓地向前流动。连绵的山脉向远方延伸,一望无际。湖蓝色的天空把山脉衬得棱角分明……

打斗声终于停止,二妹的哭声也渐渐弱了。匕首终于被我从喉咙里拔出。我背起二妹沿着公路向前奔跑。那个称为家的地方被我甩在身后,越来越远……

我一次又一次沿着公路向前奔跑,仿佛脚下的路没有尽头,我再也不用回到那栋房子里。在这种情景剧中,我们总是被忽视。这么多年来,因目睹他们无穷无尽的战争,我早已麻木。而二妹,终有一天也会习惯这一切的,将来面对这种情景,她也会冷漠地置身事外,像我一样专心致志地看着窗外的风景。她会清楚地记得窗外景物的细微变化,会记得不同时刻的光线是怎样投射在山峦间,甚至还会记得河里的流水在不同的季节发出怎样的声响。

也许,三妹是幸运的,不用面对这样的风景,不用清楚地记得窗外的景物发生的细微变化,不用面对这种痛苦的煎熬。

是的,三妹是幸运的。我坚定了这个想法。她幸运地在出生后的第三天被亲生父母遗弃,从此不用再经历这样的心路历程:害怕—恐慌—理解—试图改变—有心无力—习惯—麻木。只是很多时候,我还是忍不住想要替我的妹妹们问问父母:既然不期待我们的降临,为何又把我们带到这个世上?既然在一起只是永无休止的战争,为何不放彼此一条生路?

三妹的命运,早已露出端倪,尽管那时她还在母亲的腹中。

在怀孕四个月时,母亲便迫不及待地向医生打探腹中孩子的性别。当她得知是个女儿时,便已下定决心舍弃她。这个想法,她曾在电话里和六姨探讨过。而母亲怀孕的消息,正是六姨告诉我的。那时我正念高中,父母都在山东打工,而我还没有一部属于自己的手机。六姨的原话是这样说的:赛男,你妈要给你生个弟弟了。

六姨语气平静,像在聊一件极其平常的事,没有丝毫波动。她只是代替母亲通知我。我当时是什么感觉呢?

真好,他们多年来的心愿要达成了。

他们就要有儿子了。

不久后,我在六姨和母亲的通话中,听说母亲要去请中医号脉鉴定胎儿性别,要去做人流手术。可是母亲最终没有流产。因为做手术前夕,她和父亲大吵了一架,那天本该陪母亲去做手术的父亲在外面打了一天麻将。恼怒的母亲,决定生下腹中的孩子。

父亲抱着什么样的心态打了一天的麻将?他为什么没有陪母亲去做手术,只是因为和母亲赌气吗?这些问题的答案,我永远也不会知道。

三妹,一个从一开始就不被父母所期待的女儿,就这样来到这个尘世。她一定没有想到,她的命运会是这样。在她出生的第三天,洗三刚结束,还没好好看看爸爸妈妈,还没有见过她的两个姐姐,就被一个陌生的女人抱走了。而这个女人,就是她的第一任养母——陈阿姨。陈阿姨是母亲央求大舅妈联系的。陈阿姨和丈夫育有一子,孩子患有先天性遗传心脏病,没几年便夭折了。此后,夫妻二人再也不敢生养。

三妹被父亲亲手交予他人,离开了这个冷漠的家庭。

母亲说,你陈阿姨有过孩子,更懂得疼孩子。

父亲说,他们有体面的工作,家庭条件也还不错,跟着他们生活总比跟着我们吃苦好。

## 三

我见过三妹一次，也是唯一的一次。

那年冬天，出了车祸的小舅在市里住院，母亲要去照顾他。出发的那天正好是周六，学校放假。因为离家太远，我平时住在学校，两三个月才回一次。前一天晚上，母亲在电话里约我第二天一起吃早餐。

我赶到车站时，母亲还没到。几分钟过后，班车终于来了。车上的人都下了车，却不见母亲的踪影。我正准备打电话给她时，却见到她抱着一个婴儿下车了。

我问母亲，她是谁？

母亲十分冷淡地回答，你三妹。接着又颇为气愤地说，爸家不要，给送了回来。

我愣了一下，从母亲怀里接过三妹，这才开始仔细地端详她。她已经一岁两个月了。自她出生以来，这是我第一次见到她。她的皮肤滑嫩，但和我一样继承了父亲的暗黄肤色，像是纠缠在夜晚的回忆中，没有光泽。她黯淡的左脸上有一块青色胎记。

我知道这块胎记，是在三妹出生半年后长的，刚开始长在额头上，只有小手指大，没过多久就覆盖了半个脸庞。暑假时，陈阿姨曾为此事特意打电话给母亲，询问是否有遗传因素。虽然我早就知道这块胎记，但还是吓了一跳。那块胎记以鼻子为界线，从额头一直延伸到脸颊上。

三妹的眼睛红红的，像经过了很长时间的哭泣，眼睫毛粘着淡黄色的眼屎。她穿着二妹的旧衣服，原本粉色的套装已被洗得发白，而且显得过于肥大。因此，母亲把她的袖子和裤腿都挽了起来。

她的眼睛怎么回事？

红眼病。

弄药了吗？

还没。母亲显得有些不耐烦。我没再多问，抱着三妹出了车站。三妹趴在我的怀里，手一直不停地抓我的头发。她还不会说话，只长出了几颗乳牙——具体是几颗，早已无迹可寻。我们在餐馆里坐下，三妹被我抱在腿上。她静坐了一会儿，开始不安分地扭动身体，时不时去抠我的手。她的指甲有点长，应该有段时间没剪了。不一会儿，我的手上就出现了好几道抓痕。

用餐的食客对三妹投来异样的眼光，有人询问母亲："小孩脸上是怎么回事？"母亲一改往日和陌生人攀谈的习惯，只是埋着头大口吃面，不发一言。询问者有些尴尬，却依旧盯着三妹的脸。母亲匆匆吃了几筷子面，就搁下筷子催我离开。

这是我唯一一次见到三妹。来去匆匆，前后不超过半小时。这么多年来，她不止一次地出现在我的梦境里，可我始终想不起她的确切样貌，只记得那块青色的胎记，红红的眼睛，洗得发白的旧衣裳。

后来，我询问二妹，才得知三妹被送回家已经有一段时间了，只是父母命令她不许告诉我，因此才得以隐瞒。

三妹被她的养母送回，其实早在半年前就已有征兆。

陈阿姨在半年前就给我打过电话，言辞间对父母非常不满。

他们隔三岔五地打电话给陈阿姨,询问三妹的日常起居,话语中或多或少地流露出对三妹的挂念和不放心。刚开始时,陈阿姨还十分乐意与父母聊天,但父母没有时间观念,经常晚上九十点或早晨六七点打电话,陈阿姨渐渐地就不太愿意接电话了。这种不分时间的电话已经严重干扰到陈阿姨一家的正常生活,成为一种负担。更重要的是,父母对三妹的过度关心,让她产生了一种孩子只是暂时寄养在她家的危机感。

就在去年冬天,我忽然得知一件令我无比震惊的事。

三妹被陈阿姨送回家时,表妹和六姨恰好在我家。据表妹说,三妹被送回的部分原因,可能是母亲在电话里向陈阿姨提起了那笔钱的事。

父亲把三妹交给陈阿姨时,为了弥补心中的愧疚,没有跟母亲商量,就自作主张地给陈阿姨塞了三千块钱,请求她一定要好好抚养三妹。父亲打算将这件事隐瞒下去,却在一次醉酒后不小心暴露了。从此,母亲给陈阿姨打电话时,便时不时地提起这笔钱。那三千块钱,陈阿姨当初并不想接受,然而父亲态度坚决,她推却不了,只好收下。此后在与母亲的通话里,她曾多次表示要将那笔钱还回来,却又被母亲拒绝了。母亲为何多次提起那笔钱?

如果不是因为这个,事情又会是什么结局呢?

也许最重要的是,三妹脸上的那块大大的青色胎记,让她的整张脸显得丑陋不堪。三妹,并不是他们想要的安琪儿。

父母没有料到三妹会被送回。他们原本还算是轻松愉快的心情,一下子跌到谷底。三妹被送人时,他们就已经被议论纷纷,现在被送回,加上脸上那块青色的胎记,村邻们就更有谈资了。小镇上,这样的事情一向被广为传播,比风暴更加猛烈,比瘟疫传染得更迅速。村邻们闪烁的言辞,嘲讽的目光,不断试探的态度,让父母觉得十分丢脸。

多年后,母亲这样对我说:"我觉得耻辱,我和你爸出门都抬不起头。"


## 四

"你三妹注定不孝,她一出生就背对着我。"某个黄昏,屋后山脉的轮廓逐渐模糊,远远望去,仿佛整座山都陷入了某种恍惚的回忆之中。我和母亲站在院子里,看着山峦被光线一口口吞没,母亲忽然开口。昏暗的光线遮住了母亲脸上的表情,并为她的回忆提供了掩护。

母亲说这话时,已经是第二次抛弃三妹了。她说完话就进屋去了,仿佛她刚刚什么也没说过一般。

三妹被送回家两个多月后,又被送了人。这次,三妹被送到了邻市。那户人家是父亲请求三伯帮忙联系的,离三伯家不是太远,夫妻俩都是老实巴交的庄稼人,年过不惑仍未生育。

这次,三妹是被母亲亲手交到那家人手里的。

父亲和母亲,分别亲手将自己的骨肉送给别人,一人一次,这很公平。这下,他们再也不用在争吵中骂对方心狠了。

前几年,母亲曾多次提及一件事:以后给她一笔钱,让她做个激光手术把胎记去掉。她,自然是指三妹。几年过去,这话说得越来越少,终于不再提起。当亲戚们偶尔提及三妹时,父亲和母亲也没有什么反应了。

他们爱过三妹吗?

应该爱过吧。父亲当年给的那三千块钱,醉酒后突然生起的愧疚,母亲在月子里流过的眼泪,提议给一笔钱做激光手术,都能证明。但这些少得可怜的爱,并不足以改变他们一次又一次抛弃三妹的决心。

因为她是个女孩,因为她上面已经有了两个姐姐,所以她的出生在父母眼里也就显得多余了。那么,假如没有我和二妹,三妹的命运会不会不一样?假如她是个男孩,那么一切是不是都可以推倒重来?假如三妹脸上没有那块青色的胎记,父母会不会将她留下?

不,即使没有我和二妹,三妹的命运恐怕也难以改变。

## 五

我试图从祖辈身上找到一切问题的源头。

我的祖父是一个独断专行、脾气暴躁、性格偏激的人。父亲是祖父最疼爱的小儿子。尚未成年的父亲因不满祖父偏激暴躁的性格,就一次又一次挑战祖父的权威。无数次的明争暗斗后,祖父像只落败的公鸡,不得不从当家人的荣光中黯然退场,把他主管家政的大权拱手相让。

父亲不仅从祖父那里继承了家政大权,还完美地继承了祖父独断专行、偏激的性格和暴躁的脾气。

我五岁那年,与母亲吵架后的父亲,一气之下竟趁着我和母亲在屋里午睡时将门锁起来。他已处心积虑地在卧室的床下放了火药,导火线一直延伸到屋外。他冷静地点燃了导火线。我从梦中惊醒时,导火线已呲呲燃到床前,我急忙叫醒母亲。她也束手无策,只能眼睁睁地看着导火线继续燃烧。幸运的是,父亲自制的火药配方不对,并未爆炸。当我从门缝里爬出来时,父亲早已不见踪影。我站在门外哭喊着救火,祖父母和邻居匆匆赶来,搭梯子,提水,一场火灾才得以化解。很多年后,当我看到那块曾被火药烧得只剩半边的粉红色蚊帐时,仍然心有余悸。

而我的母亲,她重男轻女的思想,强烈的掌控欲,简直和外婆如出一辙。

在我怀孕时,母亲曾多次要求我找熟人去做性别鉴定,刚开始时我支支吾吾不愿与她发生冲突,谁知她越发肆无忌惮。我明确地表示拒绝后,她态度大变。在我怀孕九个月时,胎心忽然停了,不得不引产。在我做完手术的第二天早晨,母亲竟在电话里一再追问:是男孩还是女孩?当她得知是男孩时,连连叹气:好可惜,好可惜。好像如果是个女儿,她的命运就应当如此。

母亲是外婆最小的孩子,母亲上面还有两个哥哥、六个姐姐。我的三姨一出生,外婆便给她取名为"改娃",外婆希望她的下一胎能够通过三姨的名字改变性别。遗憾的是,三姨的这个名字并没有什么作用。而三姨,在她出生后不久,随即被外婆送了人。五姨的出生又一次打破了外婆的希望。当外婆得知五姨是个女孩时,竟毫不犹豫地将五姨溺在尿桶里。寒冬腊月的天气,五姨被冻得浑身乌青。外出归来的外公,立即将五姨捞起,焐热,五姨这才得以长大……

作为外婆最小的孩子,母亲自然也是极受疼爱的,但所有的疼爱都有一个前提,即她不能和小舅发生任何利益冲突。在两个孩子发生矛盾时,外婆总是毫无原则地偏站在小舅一边。

即使姨妈们先后出嫁了,这种情况依然没有任何改变。可笑的是,姨妈们都变成了"扶弟魔"。母亲刚开始对姐姐们的行为颇有微词,渐渐地也就麻木了。最后,她从反抗者变成了拥护者。

八岁时,母亲带着我回娘家过端午节。我和表哥表妹玩耍。表哥用火柴点燃一个塑料瓶,然后飞快地把燃烧的塑料瓶倒扣在我腿上。塑料瓶刺啦一声响,燃烧的火焰迅速熄灭,冒出一股白烟。我的腿立时散发出一股烧焦的味道。塑料瓶依旧紧紧地粘在我的腿上。钻心的疼痛,让我满地打滚。母亲从屋里出来,喝令我不许发出哭声。但那一刻,我只想借助歇斯底里的哭喊缓解疼痛。哪里想到,母亲竟粗暴地甩了我两记耳光。她把责任都推到我身上,表哥没有受到任何惩罚和批评。

十九年后,偶尔看到腿上被灼烧的印迹和母亲说起此事,她竟丝毫不觉得她做错了什么。我抱怨了几句,母亲十分委屈且不耐烦地说,你到底要我怎样,哪个孩子不挨打?

我感到心寒。这个在我受伤时甩我耳光毫不手软的女人,这个在十几年后也没有生出半点愧疚之心的女人,真的是我的母亲吗?如果她是我的母亲,那她为什么无视我的痛苦?如果我是男孩,当时她会保护我吗?她对我的态度是不是会温柔一些?

母亲曾极力想安排我的人生。她早已给我的人生做好规划,包括我将来从事什么样的工作,与什么样的人结婚(她和父亲要求男方必须入赘),生几个男孩。他们似乎并不明白,我并不是他们的附属品,我有自己的思想,自己的人生。

大学毕业后不久,男友向我求婚,为了永远地离开他们,离开那个我讨厌的家,我当机立断决定和他结婚。婚礼前夕,我才通知他们。这是早有预谋的。我要让他们猝不及防,要他们来不及做出任何反应,来不及提出无数苛刻的条件以阻止我远嫁。我太了解他们了。这样做的后果,是父母拒绝参加我的婚礼。

婚后不久,老家公开招聘一批教师,母亲在电话里一再要求我回去参加考试,话里话外竟流露出让我离婚的意思。

父母对孩子的影响是巨大的。最初,孩子都是将父母当作参照物,模仿他们的一言一行。当年岁渐长,孩子有了独立思想,才开始反抗。可是为什么我的父亲母亲都曾努力对抗过,最终却成了祖父和外婆的复制品?

将来我是不是也会变成母亲或父亲那样的人?我不知道。

## 六

"你知道三妹的下落吗?"

夜半时分,躺在床上玩手机的表妹忽然侧过脸冷不丁地向我打探。三妹,这个象征着隐秘、复杂以及一些其他含义的词,已有多年不被人提起。

这么多年来,我始终想不起三妹的确切相貌。她不止一次地出现在我的梦里,可一觉醒来,只剩下一块青色的胎记。家里没有她的照片。所有能让我想起她的东西,都不翼而飞。

因此,三妹的出生也就形迹可疑了。我真的有这么一个妹妹吗?为何我对她的出生竟没有一点印象?为何没有人提起她?三妹是否只是我的一个幻觉,或者只是记忆深处的一个暗示?

这些接踵而来的疑问和自我怀疑,还有亲人眼睛里一直闪烁着的冷漠和麻木,让我恐慌不已。在被尘埃淹没的漫长岁月里,那些疑问和自我怀疑,那些闪烁其词的冷漠和麻木,一直缠绕着我,让我无法正常审视过去。

那最初如削骨扒皮般的疼痛,已渐行渐远……

我开始害怕,有一天我也会和他们一样无动于衷。

《胎记》,北京十月文艺出版社 2024 年 8 月版

苏南　本名周赛男,90后,现居南京。江苏省作家协会签约作家。作品散见于《青年文学》《散文选刊》《散文·海外版》《中国校园文学》《西部》《湘江文艺》《山东文学》《山西文学》《广西文学》《草原》等中文期刊。入选《中国文学佳作选》《全国高校文学作品排行榜》《中国年度精短美文精选》等选本。出版散文集《胎记》。

# 远游

# 乡下的晨昏

沈书枝

一

因为疫情，我有一年多时间没有回乡了。趁着暑热中短暂的平静，带小孩回家住上一旬。

甫一回来，头一夜凌晨为鸡声唤醒，喔喔喔——在深夜模糊而脆弱的困倦中，洪亮而略带悲哀的声音从窗外响起，和着远处别人家的鸡声，一声接着一声，我这才发现，原来是爸爸又养了一二十只鸡。其实一回来我就看见它们，只是那时还没有想起鸡叫这件事，这时且意识到有好几只公鸡，鸡笼就摆在我房间正对着的场基上，是以听得这样真切。我的房间窗外是家里的场基，房门连着堂屋，床头和堂屋只一墙之隔，确是家里最吵的一个房间。每年回家,我都会痛苦地发现,爸爸又养了一大堆家禽,让我夜里睡不着觉。前年是上百只鸭子,每天天蒙蒙亮就嘎嘎嘎嘎嘎叫着,直到有人起来把它们放到池塘里去为止;去年是一群大鹅,天亮时叫声嘹亮如一个营的军号,在人的鼓膜里反复振荡;今年就是这群公鸡了。本来,夜里我就难以入睡,以至到鸡叫时,常常不是还没有睡着,就是刚睡着一会,于是只好躺在床上,从三点到五点,听着公鸡们几乎只是稍作停歇,一声接一声地挨个打过自己的三遍鸣。这时候天已经蒙蒙亮,爸妈也起床了,把它们放进发白的黎明里,而后是他们说话、做事的声音。直到他们把家里的事大概弄清,到田里去做这一日的农事,鸡们也散开到稍远一些的地方,咯咯咯咯轻叫着觅食,屋子里又恢复短暂的宁静,我才感到重新涌来的睡意,在小孩没有醒来之前,抓紧时间模糊睡上一会。

因为没有精神,回来的头两天我几乎没有出门,除了早晨起来,骑电瓶车去镇上给家里买一点东西外,就都闷在房间里。白日里太阳烤得火热,也使人出不得门。出发去镇上时,通常是八九点钟,这在乡下已是很晚,太阳已照得人身上发烫,但怕小孩无聊,无论有事没事,我差不多每天总要带他到镇上去一趟,买些小孩的零食、想象中爸妈需要的东西,拿快递,来回也不过四五十分钟。回来后我打扫卫生,把开了一夜空调的房间的门和窗户打开,打开风扇,让空气流动起来。现在,即使是在乡下,我也要把自己房间地擦得干干净净,桌子整理清楚,为的是有赤脚在房间里走或随时在地上躺下的自由,使原本便有些挣扎的心能恢复稍许秩序,不至为那眼目所见的凌乱淹没。不多时小孩便要求重开空调,他比我怕热,有时在房间玩着,大滴大滴汗珠便顺着额头淌下,于是门和窗户重又关上,空调重又打开,但白天的屋子仍使人心情稍加明朗,从窗户透进来的光使房间显得通透明亮,仿佛空间也随之扩大了一些似的。屋子里那么凉,对映着窗户玻璃外耀目的光线,使人感觉到一种人生中如同一层薄膜般隔着的不真实。

在空调房待久了,偶尔从房间里出来,便只是去外面竹篙上收一趟妈妈早上晾好的衣服,那么一小会的工夫,也觉到太阳投在薄薄的皮肤上那脆热的焦灼。怕衣服败色,妈妈把它们晾在楼房的阴影里,常常在太阳晒到之前,风就已经把它们吹得焦干了。夜里打鸣折磨我的大公鸡们,白天就施施然躲在门口树荫下睡觉,或是在场基上、空地间踱来踱去,低头觅食,间或打一声悠长的闲鸣。见它们这么悠闲的样子,我忍不住跟妈妈抱怨:"夜里那鸡吵得人睡不着觉!"妈妈说:"那鸡笼是离你窗子太近了,晚上叫爸爸一起把鸡笼移一下,移远些,大概会好些。"那天黄昏,妈妈就叫爸爸一起把鸡笼抬起来,往场基角落移了一点,避开我的窗户。从那以后,虽然每天凌晨还是会听到鸡叫,但那已是我自己的缘故,鸡鸣声小了许多。

到黄昏时天渐渐凉下来,如果有风,六点以后会感觉凉爽。小孩被拘了一天,这时常要出去玩,于是我又推出电瓶车,带他到上面或下面村子,沿着村道漫无目的地骑一会儿。村子四面全是稻田,这时节碧绿森森,几乎看不到人影。白鹭从稻田和远处大坝子的竹林上空飞过,山斑鸠在路边停着,见人靠近,便惊飞拍翅,落到稻田上空的电线上,发出温柔的咕——咕——吞鸣。夹杂在山斑鸠随处可闻的咕咕声中,时不时传来强脚树莺极为清脆流丽的一啼,却总是看不见它们的身影。燕子也总在飞着,家燕和金腰燕,许多是今年的新燕子,学飞后还不久,在清晨和傍晚的村子和田畈上空,或是人家的屋顶,无论何处,都能看见它们独自或成群盘旋的剪影,有时在屋后电线上,几只一起停着,以喙理羽。黑卷尾常常停在路边电线上,浑身漆黑,两边尾羽撇开成一个温柔的长长的"八"字。远远分岔的小路上,几不知什么鸟在地面蹦蹦跳跳觅食,一只棕头鸦雀从路边翠绿的野竹枝间翻坠出来,可爱的圆脑袋滚了一瞬,旋即飞走。我很想去草木丰茂的地方追逐它们,但好像是生命力被压抑住了一样——虽然看上去只是我带着小孩,不方便去那样的地方或是做自己的事情——于是连停都很少停,只是往前骑。只有在看到天边的云实在好看时,才停下来,短暂地停留一会。看它在没几分钟的时间里,从一段低平的积雨云上升为一团明亮巨大的浓积云,又很快从云头坍塌下去,变得模糊,最后散成一块普通晦暗的大云。

二

车很快离开我最熟悉的一段,去到陌生一点的村子。说陌生,其实也是少年时每次上学放学都要经过的,这些年再看到,却总觉得很陌生了。过去的楼房或平房坐落在它们原先的地方,一些已经荒弃,一些里面还住着老人。这些面孔,我过去上学时见过很多遍,如今见了也觉得熟悉,仿佛依稀能从中瞧见过去的影子,只是已完全不再能记省到底是过去哪些人或该如何称呼。好像害怕被人发现有人窥见这其中的衰败,又好像一种羞赧,害怕被人认出此刻这载着小孩从路上经过的人,就是过去常常从这里走过去上学的孩子,虽然明白这只是我一个人的胡乱思想,也总是匆匆而过。再往前是一段山坡,道旁草木暧暧,几乎要遮到人的身上来,偶有人在路边空地上见缝插针地种一点蔬菜,一行大豆,或一架冬瓜。无人水塘边,遥远一角种着一小片莲藕,这时节藕花已将开尽,莲蓬结在水面上,也无人采摘。暮色渐渐笼上,将四围小山阴影投到水塘四角,中间是那朵已坍塌下来的巨大白云,在黯黯波面上,映出一片雪白。在这样看似通达实又荒寂的路上走着,我心里很快觉得害怕,却不敢在小孩面前表露出来,因为它显得太胆小了,因此总是骑了不多远即回头。有时时间尚早,到了村口,天还远远未黑,我们便朝相反的方向接着骑去,在那里再找一条路,再进去短暂流连一会。

　　这是久不在家乡生活的人的疏离,便是在生命起初待得最长久、最熟悉的地方,也已经有了异乡感。这并不是说,我在北京已有了归宿感,事实上,在北京的第十年,北京于我仍只有自己日日打扫和栖身其中的那一小块地方是有真实感的。这种情感的内缩在这几年随着世界的变化而愈益明显。詹姆斯·伍德在《世俗的无家可归》中写过一种类似的情感,在离开英国去往美国生活多年后,在美国的生活已成为他人生的主要现实,但他心里却始终没有与之产生真正的联结,只有努力维持的距离。"没有过往","疏离感的轻薄面纱盖住了所有的一切"。然而等他回到英国时,才发现"同样的轻薄面纱也盖住了所有一切"。英国的现实对他而言也已消失在记忆中,回英国的感觉只像是试穿过去的结婚礼服,看看它是否还合身。

　　他用"世俗的无家可归"或"离家不归"来概括这种在现代十分常见的个人与家园的分离。在这其中,个体与家园之间维系的纽带松开了,也许欢喜地也许忧伤地,也许暂时地也许永远地。它不是流亡式的放逐或无家可归,而是更轻松、更日常、更像是个人自由选择的离家不归或偶尔回归,可能持续不断地进行。不过,相较于詹姆斯这种更为清浅的离家不归(尽管也包含了失去在其中),我的感情也许更接近于后来我所看到的法国作家迪迪埃·埃里蓬在《回归故里》中所表达的情感。那是一个工人阶级的儿子(同时因为同性恋的身份而感受到双重的格格不入)用尽全力脱离原本的社会阶层后,再回顾来路时所感觉到的割裂的悲哀与刺痛。由学校和知识为代表的上层阶级的行为范式,与他自身所处的平民阶层的行为范式是如此不同,以至于作为条件,他必须和他的故地,也就是他过去所处其中的世界,一点一点地剥离开来,乃至完全逃离。不被排斥出努力想要融入的那个系统,就意味着要与自己原本的世界分离。"保持这两种社会身份、相安无事地同时归属于这两个世界,是不大可能发生的事情。"

这种与原本更低的社会阶层分离的痛苦,更接近于我们这一代农村人通过读书离开家乡的经历。如果不是过去的世界仍如此落后和不断萧条,也许我也便能拥有更为清澈的离家不归的情感。不过在那时,我并未清晰意识到这点,只是感觉到一种朦胧的安慰、疏离、寂寞、悲哀和伤痛的情感,它们时时交错着袭来,这感觉在每次回家过程中都会出现:看着这一小片天地中悄然变化的情状,或是遇到使我感觉伤心的事时,我常常感到这种自身与家园之间的悬置,那即是我会回到这里,在这其中感到我已经成为一个不属于这里的人,虽然这感觉并非每时每刻。在那个黄昏我想到,虽然不能将北京当作我情感的依归之地,随着时间无可置疑的过去,我在那里生活的年份却终将(甚至很快)会超过我曾在这里生活过的十八年。

这感情无法向在我车前踏板上安装的小座椅上坐着的小

孩吐露，他只是在我双手和身体环拥出的那一小块空间里，感到很安全地坐着，对路边的构树果感着兴趣，无论去到哪里，总要留意路边有没有构树，看到一棵树上结了红红的果子，便要求我无论是去或回的路上，总有一次要停下来，给他折一枝果子。于是我停好车，穿过草丛，去为他折一枝最大最红的果子，给他擎在手中。我常常在一棵大构树边停下，那旁边有一户人家，是那个村子里为数不多仍有人住的人家之一。有一天屋子里灯已经亮起来，一个老人走到门前和他们说话，于是那家的人也走到场基上来，一个妈妈和一个小女孩，见我们在旁边站着，也走过来看。她们瞥了我们一眼，见我们所做的是如此平淡而又有点奇怪的事，便又走了回去。许多燕子在旁边一家无人居住的旧屋场基上空盘旋，在日落前捉飞虫吃。这场景使我感到嫉妒，仿佛它们理应盘旋在我家屋后门前，而不该出现在这里似的。

　　回去路上，已有吃过晚饭的人从家门走出来，在路旁散步或聊天，消磨天黑前最后一段时光。有一次我听到三个妇女议论我们，"带小伢出来兜风的"，显然是对这不太常出现在附近的面孔产生了好奇。很快到村口，总能看见上面大坝子和本村的人，聚在二坝埂的水泥桥上聊天。我从来也没见过我的父母在这个时候坐在这里聊过一次天，好像他们总有永远也忙不完的事情似的。不过，我知道那背后更深的原因，是曾在城市里生活过几年的爸爸，已感觉到自己和他们的不大相同。等回到家门前，夕阳已快落下去，蝉在树上集体发出这一日最响亮的躁鸣。妈妈早已把门窗全部关上，防止蚊蠓飞进家里，又一一给房间、洗澡间点上蚊香（我们洗澡时，就常常会不小心踩到放在洗澡间外间地上的蚊香盘，烫得发出一声嗷叫）。看到太阳把西边云彩染得一片金黄明红,我赶紧停好车,拿起相机,爬到楼上,匆匆拍下这一日最后的光明,楼下已传来妈妈呼喊吃饭的声音。

而后是:吃饭,洗澡。为了能吹空调,我们总是在爸妈房间一个四方的宜家小矮桌上吃饭,那是姐姐不要了从城市带回来的,价钱非常便宜。这个房间很小,是我们成年以后,爸妈将自己从前的大房间隔了一半出来的(另一半就是如今我的房间),除了床以外也只放得下这么小的桌子。爸爸在田里做事,回来洗过澡后,就把房间空调打开,坐到床上看电视,余下一切归妈妈做。她不敢劳动他做家里的事情,无论自己要不要下田,都尽量独力做完家里所有事情,除非是要爸爸搭把手的。另一方面,爸爸过的已是一种极其辛苦的生活,每天只要不是下大雨,除开吃饭睡觉,他都在田里做事,一年中大多日子,回来都要自己做饭、洗衣,只有妈妈短暂回来时才能如此。多年的烈日早已把他的皮肤晒得酱油般颜色,随着时间过去,头上的白发也越发不能忽略。每隔了半年一年回来,我总要为他们看起来又衰老了一点而惊心,这惊心无法说出口去,只在目睹他们仍要下田干活时变得更为难过。

我和妈妈一起端菜、端饭、拿筷子、拿酒杯,跑几趟把所有东西拿到房间,然后我靠着窗下的墙,在那边小板凳上坐下,为他们从泡酒的坛子里各舀出一端已泡出琥珀色的酒。匆匆吃完,我便回到自己房间里,阻隔我跟父母长时间待在一起的,是电视里电视剧和节目的声音。有时爸爸也会说:"哪好看,哪有几个好看的。"但这也就是他所能看到的东西。小孩却珍惜这一日难得可以多看电视的时间,即便放的是他不感兴趣的东西(他说:"公公老是看打枪!"),也总要在洗完澡后,去公公阿婆的床上,在他们身边再依偎上大半个小时。出于疲倦,以及一种想让小孩和祖辈亲近的愿望,我躺在床上,任由他在那边待到他不想待了为止。

  白天在房间,有好多次,在自己工作和陪伴小孩写画的间隙,我躺在床上,或是地上,听见白头鹎在门口唱歌的声音。一声接一声不歇地,一唱唱好一会。春天在北京的公园追寻过许多次白头鹎的歌声,现在这声音我已很熟悉了。白头鹎的歌声清脆明亮,是很动听的。我知道它们是在门口一棵桃树上。那里两棵桃树,都是爸爸前几年种下的,一棵上结的桃子,爸爸学人家果园套了袋子,一个个长得很大很好的样子,是晚桃品种,此时还没有熟;另一棵却不知为何没套,也结满了桃子,只是个头小,许多已被入夏以来陆续的雨水打得这里黑一块那里黑一块,看起来不太值钱的样子。家里没有人摘吃,于是有好几次,我站在灶屋门口,看见白头鹎们鸣叫着飞来,停在树上啄桃子吃。不过有一次,我听见声音,出来看时,却发现树上停的是几只绿翅短脚鹎,而不是白头鹎。翅膀也是美丽的苔绿,只是头黑黑的,不像白头鹎的后枕上有一片漂亮的白。它们看见我,就倏地从桃树上飞走,落到隔壁庭中玉兰树上,在那无人的院中玩了一会,又飞到前面人家屋边一棵大枫杨树上,继续发出明亮的歌唱。

  偶尔白天大云坍塌,也会带来一场夏日的暴雨。下雨使人感到快乐,不仅因为下雨会凉快,可以把空调关掉,也因为这意味着爸爸这一天可以不用去给田里打水,而把灌水的事交给老天。每一场暴雨开始后不久,家里都会停电,有时是不知道自家哪里并线了,有时则是村子不知何处的电线在暴雨中出了问题。我们把门打开,让外面的空气进到房间,心里倒并不着急,电大概终归是会来的,只不过这问题的解决要留到暴雨之后,到那时再来烦恼、探看。夏天的白日总是很长,黑夜不会那么快降临,有足够的时间留给我们拖延。几天后,妈妈发现窗外有一根电线断了,拖到了场基上,要爸爸去处理,他只是用他那一贯糊弄生活的态度把那截电线挑起来挂到晒衣篙上,不过那后来下雨时就不再停电了。

暴雨过后,大地上暂时充满凉爽潮湿的空气,这时候倘若骑车出去,流动的空气将人裹拂其中,是意想不到的舒适。有一天,雨刚刚停下后,小孩跑到门前塘埂上的菜园里去摘菜,我跟在后面看着,只见隔着水塘,对面绿翅短脚鹎曾停留的那棵枫杨树上,一大群燕子正在树顶不断盘旋。这棵枫杨在我小的时候就已经存在,那时已是一棵大树,如今更其庞大,舒展接于一团绿云。暴雨带来的风尚未停息,把树冠吹得摇摆不定,燕子就在这气流中不断颤颤翻飞着,一边发出尖锐的鸣声,大约是在捉随着雨停后飞起的蚊虫吃。那场景十分美丽,使我感到一种仿佛从过去到现在的召唤,燕子翔集在枫杨树顶的情形,是那么多天里真正使我感到乡村生活中有活力的少数片段之一。

## 三

除开我回来后的头一两天,后来田里归妈妈的事已做完,只剩下爸爸每天轮流打水、修田埂、打除草剂之类,她不再下田,但家里终日的事已足使她忙得团团转。上午灶屋里已经火热,一座黑色的旧电扇开着,吹着些有气无力的风,妈妈淌着汗,十点多快十一点就开始在那烧中饭。在那之前,她已经做了一日中的许多事情,洗衣服(因为爸爸每天在田里、塘里泥里来水里去,衣服带泥,不能用洗衣机洗,要在洗澡间一件一件手搓过再机洗),去菜园摘菜,把爸爸种的许多已经长老而无人吃的玉米全都掰回来,把玉米秆子砍倒,拖回来晒干。这玉米没有打过农药,长得很不怎么样,许多都生虫了,妈妈把它们清理干净,煮一大锅,我们也都不想吃,余下的只好都收进冰柜里。把还嫩的豇豆摘回,在阴地里晾一晾,塞进家里买酒留下的塑料大瓶里,加盐和凉白开做腌豇豆。拔草,砍草,就连奶奶去世后一年中只有叔叔回来那几天会有人住的旧屋前长出的高高的蒿草,她也在某个清晨拿镰刀去砍尽了,并在之后毫无意外地被我责备了一番。一日三餐,她要去外公外婆家送饭,并赶在这时间里抢着给他们洗碗、洗抹布、洗衣服、扫地拖地、清洗马桶。这几年,几个阿姨陆续从乡下搬到县城,因为孙辈们上学要去县里,为了照顾小孩子们,便跟着一起搬去儿子家,或是和儿子媳妇住在一起,或是儿子媳妇在外打工,自己独留在县城替他们照顾小孩。只有妈妈和三阿姨,跟着女儿去了外面城市,离得远,不在身边。去年下半年,外公外婆在县城轮流住了半年,而后又送了回来。从那以后,外公外婆的生活基本上就靠阿姨们每隔几天轮流从县城回来一次,给他们做一点饭、洗一下衣服来照顾。舅舅家在外婆家上面,不过百来米远,但舅舅显然认为这个事情跟他无关,于是阿姨们每每轮流着回来,当妈妈从姐姐家回来时,这件事情就完全交给妈妈来办。

每天吃中饭前,妈妈去给外公外婆送饭,把炒的菜小心攥两个碟子,炖的汤用一只大碗装着,上面蒙上她在拼多多上买的保鲜膜袋,叠架在大篮子里,然后挽着篮子走到大坝子上去。对于她的这种行为,爸爸保持睁一只眼闭一只眼的态度,他自然不会阻拦她在一年中不多的回来的日子里一日三餐侍奉年迈的父母,对于一切逢年过节应给长辈的钱物也不短缺,却又总仿佛有点看不惯的样子,因为我的外公自私、胆怯,偏爱子女到昏聩的程度,而妈妈恰恰属于无论如何付出也不会得到怜爱的那几个之一,爸爸一贯以来又觉得只有他的亲属是最好的。他对妈妈把家里一切好吃的挑出来带给外公外婆,只给他留下不太好的食物的做法感到不满,却又不和妈妈说,只在妈妈上去时在我面前说两句,说因为我带着孩子回来了,家里这几天才吃得好一点,平常只有他和妈妈在家时,妈妈常常只炒一点素菜,荤菜做一点,都挑出来给外公外婆去了。但妈妈不用说是知道的,她每出门前,因此总好像有点不安,嘱咐我们先吃饭,说自己马上就回来了。我在房间不动,等她回来一起吃,爸爸在他的房间一边看电视一边等着,心里不知是否有所不满。他又说阿姨们无论何时来,妈妈都要把家里一切能给的东西让她们带一点走,而在妈妈那里,则是爸爸看不起她的姐妹。我听着他们各自向我抱怨,口里只能安慰,心里想的却是家里到底是如何贫穷,才会使他们对这么小的事情斤斤计较到如此地步?一面越发给他们买些吃的用的回来,一面感到这无异于杯水车薪,爸爸那未曾说出口的真正希望,是女儿们不可能的发财。

虽然只有几百米路,正午骄阳似火,走进那样的太阳里,还是使人感到畏惧。有两次我看不下去,说我骑电瓶车上去,妈妈百般推却之后(她推却自有她的理由,除了心疼她的女儿,害怕爸爸见是我冒着大太阳送上去,心里肯定要不高兴也是原因之一；而我之所以没有在一开始就说，自然也是因为知道如果是我送上去，爸爸发现了难免要怪妈妈），最后同意让我一试。我先试着骑车载她，那车却太小了，她拿着篮子坐不下，于是我试着独自带篮子上去，那篮子却又很难平衡地挂在车龙头上，没骑几步，碗里的汤已洒了些在地上，妈妈在后面心疼得大叫起来："你下来你下来！我汤泼完得！我讲我上去送你非要你上去送！"我只好停下来，感叹她的夸张，同时却只能理解她的这种夸张，重新把篮子交给她，看她在毒日下的水泥路上走上去。拿到篮子，她就又恢复了镇定，安慰我说："我走上去快得很，马上就下来的。"

事实当然并非如此，常常她要过好一会儿才下来。因为妈妈在一切地方，无论是女儿家、自己家，还是父母家，所有习惯都是要尽可能地把一切都打理好，无论时间是否短暂。如果时间长一点，她就会找更多事来做。她抢着在这时间里给父母做卫生，又害怕耽搁的时间太久，爸爸在家要不高兴——不管他是不是真的会不高兴——因此总像打仗一样。等妈妈回来后，我们就一起在房间吃饭。午饭后，当过了一两个小时，我终于把小孩哄睡，偶然走出房间，却常常发现她仍然没有休息，而正坐在后门口的楼梯上，在那里稍微的风凉之处（小时候夏天，家里没有风扇，我们总是坐在那里给家里剥豆子、掐山芋梗子、或者乘风凉）剥花生。春天时叔叔回家，从外地带回两大蛇皮袋新花生，爸爸丢在那里没有管，渐渐都变成干花生了，于是她每天趁着闲下来的工夫，在那里一点一点剥，想看看能不能剥完了去镇上油坊让帮忙榨成油。这么多花生，光吃是吃不完的。我要走过去怪她，问她为何就不能让自己歇一下，知道她不会听，只有蹲下来和她一起剥一会。花生壳已经变得很硬，捏起来很费手。她每天倒一点出来剥,剥好的花生米,都倒进姐姐带回来的一些小手提纸袋里收起来。过了几天,有一天早上她问人借了一辆老年四轮电瓶车,自己去镇上问了问(怕油坊的人不认识我,会直接拒绝),结果油坊说榨菜籽和榨花生的机器不一样,不能帮榨。在那之后,但凡有要好的邻居或亲戚来,她总要让人倒一袋没剥的花生带回去吃,但白日只要得一点空闲,就还是坐在那里剥。

她在心里盘算着该在哪一天让我去看外公外婆最合适,既不使爸爸觉得她过于指使,又不使外公外婆觉得我过于怠慢。虽然外家离得这样近,走上去不过十来分钟,倘若一回来就让我带着小孩上去看他们,爸爸无疑要不高兴。虽然不能禁止,但他是宁愿我们回来不要去外家的,一说起去外公外婆家,他就常要提起几年前我抱孩子上去,回来时想让阿姨骑电瓶车送我,结果被外公在背后骂的故事。当然,在奶奶尚未去世前,他也并不强迫我们多去看就住在屋后的奶奶,知道我们之间没有什么感情,每次回来,只要去打一下招呼就可以。到后来奶奶因为失聪和阿尔茨海默病完全无法沟通时,我们去奶奶家的时间就更短了,但那时我们却常常去给奶奶送饭,把上一餐吃剩的脏碗盘拿回来。大约从我们念高中时起,爸爸不再管我和妹妹的事情,花费了漫长的时间,一点一点挣破得些男权社会套在身上的铁壳,到回来时,还是会因为从小对他的威严的害怕,而在他面前较平常显得更为驯服和软弱一些——虽然现在他已经极少再对我发火,有时候我甚且已经成为那个会在他面前发火的人了。但更多时候,是我在他和在这家庭中从来地位较低的妈妈之间转圜着,努力不引起他任何可能针对妈妈的情绪。因为爸爸的这种不赞同,我在内心中比平常要更退缩一点,虽然我对外公外婆也并没有什么深刻的感情,这感情和对奶奶的一样,是因为从小几乎没有感受到过来自祖辈的关怀而淡薄至此,不过,在外公和外婆之间,还是存在着差别。倘若说从懂事时起,我就能明确感知到外公对我们的视若无物,在外婆那里,我还曾感受到过一些温柔的、共同相处的时刻,因此,对外婆的感情要深过对外公的。如果不是我在内心也不大愿去主动探看的这种退缩,我大概会在更早一天提出去看外公外婆,但因为爸爸,也许还要加上炎热的天气,不济的精神,我在回来的头两天里并没有主动提出去看外公外婆。

到了第二天傍晚,爸爸在田里还没回来,妈妈对我说:"明的(明天)下昼晚你带宝宝上去看下家爹家奶,我跟家爹家奶讲得你明的上来看他们,我在我钱包里拿两百块钱给你,你到时候拿上去给他们。"

逢年过节,倘若我没有回家而妈妈回来,我是会给妈妈手机上转一点钱,让她带给外公外婆的。这样除了能给外公外婆点零花,也可以让妈妈开心,这样她在父母面前能够挽回一部分由丈夫损失的情感,因为她的女儿还喜欢外公外婆。她知道现在年轻人都不取现钱了,常常在我回来时主动悄悄替我备好现金。我心里微微震动,一面为自己竟拖着没有主动提出去看外公外婆,一面感到妈妈毕竟是要为我做出符合她的安排,于是说:"好的,那我微信给你发个红包。"

她说:"我不要你把钱给我,我要你打钱给我干么事!一年到头把那么多钱了!"

其实一年中拢共也没有给过几个钱,但在乡下的观念里,外孙女这种泼出去的水自然是不太需要常给外公外婆钱的,妈妈觉得不安,又觉得平常我已经给她和爸爸花了不少钱,不该再让我多花费一丁点,于是试图用自己好不容易攒的一点个人的钱来把它弥缝上。

我往她微信中转了两百块钱,说:"我自己给家爹家奶钱,难道还要你出吗?"


四

第二天傍晚,我带小孩去大坝子上看外公外婆。我和小孩骑车上去,比妈妈走得快,到外家门口时,妈妈还没有到。小屋在我从小熟悉的地方,大坝子下的分岔路口,过去这里是三间土墙瓦屋,十几年前也拆掉盖成水泥瓦屋了,但格局仍是一样,并排三间灶屋、堂屋、房间。房间旁再傍一个茅屋(厕所),如今外公外婆年纪大了,也早已弃用。过去这个茅屋里还隔出一大块来养一两头猪,如今当然也早已不存在了。现在乡下除了养猪场外没有什么人家养猪,地方也不提倡养,因此也好些年没有见过猪了。

大门开着,水泥场基上静悄悄的,这时候正把一日所吸纳的热量吐露出来。人站在上面,只觉从下往上,投得人热烘烘的。房间窗户下,空调外机响着,这空调也是前几年装的,我猜外公外婆正在房间看电视,并不急着进去,想等妈妈一起来。小孩见屋边菜园里种着南瓜和辣椒,郁郁葱葱,立刻跑去找结的瓜,我跟在后面,一面叮嘱他小心草里万一有蛇,一面回答他层出不穷的疑问。感觉过了好一会,才听见妈妈的声音。等我带着小孩走进房间,妈妈已经又去大坝子里洗碗和抹布去了,只外公和外婆在房间一横一竖两张床上坐着,果然在看电视。

房间里一股久乏通风的陈霉气息,这气息从好几年前开始,就成为外公外婆房间的一部分,也许是他们真正步入老境的象征之一,而他们大概早已习惯,闻不出来了。我记得上回来时,正是栀子花开过的时节,不知谁——也许是外婆自己——掐了一把栀子花,塞进一只透明小罐头瓶子里,放在房间土红色的抽屉台子上养着。大概已过了好些天,瓶口堆积的花早已焦黄枯黑,仍在里面窝着,底下一汪浅水。那时花早已没有了香气,房间的气息和现在一样陈霉,但当我把罐头瓶拿起来,放到鼻子下去闻时,还闻到一点属于栀子的最后淡淡的香气。此时连这样枯萎的栀子花也没有,只是沉滞的气味,电视里传来新闻节目的声音。

喊了家爹家奶,外公坐在靠里那张床上,说:"燕啊,你来嗒?这大热,快进来凉快下子!你是大燕还是小燕哎?这毛毛长这么老大的啦?"外婆没太有反应,我把小孩推上前去,让他叫太太。只见外婆把小孩搂在怀里,摸了摸他毛茸茸的头,我微微感到诧异,回了外公几句话,过了一会,她好似才忽然意识到来的这个人是谁,道:"燕呐,是你来得啊?我当是哪一个哎!"

旋即又道:"燕呐,家奶奶眼睛看不见嘞!家奶奶是瞎子嘞!"

我心里震动,一时几乎说不出话来。外婆已经八十六岁,因为糖尿病的并发症,从好几年前开始,她的眼睛就有一只看不见了,她便勉强接着用另一只眼睛看,此后虽然视力渐衰,但上一次我回来时,她还能看得见,没想到现在就已经完全失明了。后来我问妈妈外婆的眼睛是什么时候开始看不见的,她用一种因为习惯于听天由命和早已知之而来的仿如平静的语气飞快地说:"去年下半年就看不见了。"

那时妈妈和我视频,偶尔说着外公外婆年龄大了,身体不好,搬到阿姨家去住了,这样的事情我是知道的,但是没有人告诉过我,那其实是因为外婆的眼睛看不见了。也许是大人们觉得这不重要,不需要说,在乡下,这种默默承受起命运和衰老所降临到身上的不幸似乎是理所当然的。人不就是这样过下去的吗?

"哪就不能治了吗?"

"没得办法哎,年龄大得,没得办法手术。"妈妈这时候回来了,站在外婆身边说,又开始拖房间地。

那一瞬间,那天中午妈妈说的一句话也便好理解了。那时她跟爸爸抱怨外公,说外公一点好吃的都不给外婆吃,外婆自己也不敢吃好的,这也不吃,那也不吃,怕"发",天天就吃些腌菜。那时我震惊于外公的自私,却以为只是外婆一辈子习惯了在他面前做低伏小,而不知道她看不见了,只能依赖于外公夹菜给她吃。

我心里酸楚,在她身边坐下来,抚着她的手。外婆的身体胖大,从我有记忆时起就是如此,十多年前得了乳腺癌和糖尿病后,也只是稍微消瘦了点儿。几个阿姨遗传了她的基因,有的在年轻时就胖得超过了她,不胖的在步入中老年后,也都纷纷发起胖来,唯有妈妈,在对自己不断的克扣之下,还保留着对她的年纪而言已是消瘦的身材。但如今,相对于小时候我坐在外婆身边所感受到的饱满,现在她已衰败得多了。她的脸和身体都消瘦了不少,衰老使得她的皮肤变得松垮,釉褐色手臂上布满一道道深刻的短纹,使得皮肤皱缩起来,脸上的皱纹更其深刻。不长的头发因为乏于梳理而乱糟糟的,已全白了——毕竟连妈妈的头也已白了许多。在这中间,是外婆灰白浑浊的眼睛。我往下看,只见她两只脚和腿已经浮肿起来,于是说:"家奶奶你平常要活动一下啊,不能一天到晚坐到床上,脚都浮肿了,要家爹爹扶你出去走走?哪怕就走到二坝埂上再走回来也好,不然明朝以后越肿越厉害啊!"

外婆说:"脚肿哒?那也没得办法哎,平常家里也没得人,你妈也不老在家,哪个能扶出去走哦!"

太阳已经不算烈了;门口大部分场基上已晒不到太阳。不多时我提议扶她出去走一走,妈妈也同意这提议,并为自己之前没有想到而感到疏忽。我小心翼翼把她搀起来,因为之前从未做过而感到有些生疏,把她扶到场基上。场基中间堆着一长堆稻,上面盖着厚塑料膜,是舅舅家不久前收回来的早稻。我们就围着这堆稻开始慢慢转圈。外婆走得迟疑、缓慢,半边身子靠一点在我身上,这一点重量已使我感觉吃力,努力用臂膀撑着,怕使她感觉到,由此也意识到指望自身也衰朽颤巍的外公扶她出来走的不可能。这样慢慢走了半圈,外婆开始问我在北京的情况,家住在哪里,离天安门远不远,丈夫是做什么的,一年拿多少钱——当然不是第一次问,自我结婚以后,每次回来,到外婆家,所面临的都是差不多相同的提问,或许是他们又忘记了,也或是找不出别的事来问。我一一回答她的话,到拐弯时提醒,过了会,忍不住轻轻说:"怎么就完全看不见了!"

外婆忽然低低咬牙脱口道:"骂哎!讲我不得好死。讲我家奶奶老早就是瞎子瞎死的,明朝二回我也像我家奶奶一样瞎死得!"

"要不是怕担个名声,哪天我就到大坝子里擎(寻)死去得!"

不用抬头看,旁边只隔一块田的距离,就是大坝子的塘埂,在那下面遮住的水边,妈妈在洗拖把。我无力地安慰了几句,

-233-

这样缓慢转到第二圈,舅舅从坝子上下来了,大概是刚吃过晚饭,趁天黑前到二坝埂上跟人讲讲话。他看见我,我远远喊了他一声,他点点头,下去了。过了小会,外婆轻声问:"刚那你大舅下去嗒?"我说:"嗯。"水泥地上的热烘气喷到脸上身上,我感到闷热,想到外婆应当比我更热,走完这圈,便停了下来。妈妈从堂屋拿出一把小椅子,放在门口,给外婆坐一小会。小孩仍然在菜园里,兴致勃勃看着结出的茄子,一个劲地要我过去看,想要我为他摘一个。于是我舍下外婆,走过去,为他摘下那茄株上唯一一只白玉般长茄子。

天色逐渐转黑,我们商量回家。外婆说:"燕啊,你要把我扶回去哎。"我惊道:"我当然会把你扶回去,我怎么会把你放这?"她说:"我怕你忘记得。"等重新把外婆扶回房间,电视里仍然响亮地播放着新闻周正的声音。外公见我站在那里,又问起我之前外婆在场基上已问过一遍的一模一样的话。不过,倘若说这之间有什么区别的话,那就是外婆在问这些话时,能让人感觉到她只是在和我聊天,而外公的话里则带着丝拷问的意味,其底里的色彩,是一种类似于"你真能在大城市混下去?"的怀疑和否认。之前妈妈在家时已和我说过,外公这两天反复问了她好几次我到底住在北京城里还是郊区(这问题前几年自然也已经问过),她一再回答,却始终不能得到他的相信。因为这些,我不由得也变得较真了起来,跟他解释着北京很大之类的话。外公又一次说:"那住在县里也叫住在春谷,住在我们这也叫住在春谷,那差别还是大得很啰!"

妈妈说:"唉,你这老头子,跟你讲不清!"

我不再多说什么,回到家,晚上洗澡睡觉时,小孩一直把那根白玉茄子带在身边,宝贵地陪着。直到一天一夜过后,它开始发蔫,变得皱皱的,才又被他丢在了床边,取而代之的,是爸爸从菜园为他新摘回的另一只茄子。

## 五

剩下日子,多数傍晚妈妈在我骑车带小孩出去时到外家去,天将黑时回来。有时回来也要跟爸爸抱怨,尤其是在她日日送饭做事,外公非但并不领情,反而还要骂她时。有两天早上,我躺在床上,被失眠折磨得头痛,听见妈妈在灶屋大声打电话,诉说着外公的蛮横无理,对象不知是哪一个阿姨。她说,昨个下午她上去,这么热的天,那老头子把空调关得,把老奶奶拖出来,跟他一起坐在屋后头,讲不热。她去见了,便说:"你省这些电干么事?你不热姆妈哪不热?"帮把空调开了,于是外公开始骂她,讲她回来后自己霸在家里,不让妹妹们回来。"那老头子,你跟他讲道理哪讲得通啊!"她激动地对着电话那头控诉,"天这么热,你们个个又要在家看小伢子,有的还要照顾儿子、媳妇一大家,哪个有多少工夫家来搞他?我这么一天三餐送饭上去,洗衣裳,拖地,还要你们家来干么事?哪不能体谅下你们?"最后她大声向妹妹宣告:"你们别家来!这大热,你们自己在家歇两天,家里有我,不要你们家来!那老头子要发脾气就给他在家发脾气去!"

她的坚持并没能维持多久,到了第二天早上,事情就起了变化。大概那时外公已打了电话给阿姨,叫她们回来,不知是谁在电话里说了大姐叫她们不用回来之类的话,于是外公又把妈妈骂了一顿。这次打电话,她不再说着叫阿姨们不要回来了,因为她们已经准备当天就骑电瓶车回来;只是再次抱怨外公其他种种不懂得照顾人与不近人情。上午时外面下起小雨,爸爸仍然在田里做事,没有回来,妈妈在家准备做南瓜粑粑给我和小孩吃。是爸爸种在塘埂那头的贝贝南瓜,这几年乡下流行的,小小圆圆的灰蓝色南瓜,不同于过去本地最常见的大圆黄南瓜,味道更甜更粉,几近噎人。爸爸从田里回来,经过塘埂,看到南瓜熟了,就顺手摘一两个回来,扔在灶屋地上,不几天已堆了好几个。南瓜下还沾着泥巴,还很好看,小孩有时搬着玩,妈妈见了,总是说:"宝宝,过两天哦,阿婆这两天没工夫,过两天做南瓜粑粑给你跟妈妈吃。"我说:"南瓜粑粑可以,南瓜粑粑好吃。"爸爸听见了,过了两天,南瓜在地上还没有动,吃饭时便说:"那两天讲没得南瓜,这两天南瓜摘回来也没看你做。"他自己是不吃这些东西的,只是见我不吃几口饭,而不满意妈妈没有及时做我想吃的东西给我吃罢了。妈妈忙说:"我哪不讲做,天天忙得没工夫,明的就做给他们吃。"我说:"不要紧,又不急得吃,随便哪天做不都一样的。"妈妈说:"明的先做些甜的给你们吃。"爸爸又说:"那南瓜粑粑甜的有什么吃头,做些腌菜粑粑不好吃得很?"他不爱吃甜的东西,因此料定不值得我吃,妈妈则正好相反,虽然这些年为了不长胖,她已经很少吃了。这是他们的分歧所在,在这点上,我却是爸爸那派的,虽然也吃南瓜粑粑,却更爱腌菜粑粑的口味,况且这些天我们几乎每餐都吃腌菜炒肉丝,做腌菜粑粑不算麻烦,于是我说:"这一点爸爸讲得对,粑粑还是腌菜的好吃,妈妈你要不做些腌菜粑粑吧!不过南瓜是甜的,夹腌菜芯不晓得吃起来怎么样(腌菜粑粑外面的粉团是用纯米粉和水揉成的,里面包上炒好的腌菜肉丝),纯南瓜的粑粑也好吃,随便哪种都行吧!"

妈妈把南瓜洗净挖空，开始切南瓜时，二阿姨和四阿姨来了，穿着雨衣，骑着电瓶车，说五阿姨已经到家了（她住在邻县，从另一个方向回来），买了菜，准备待会三人一起烧中饭。妈妈一面做着粑粑，一面跟妹妹说："这老头子，你看跟他讲道理怎么讲得清哎，我在家照顾还不够，非要你们家来。"阿姨们说："家来就家来哎，这一向也没得什么事，家来看看他们也好。"在灶屋站了会，听妈妈说了会最近怎么照顾他们的事，又照例抱怨了几句。妈妈把南瓜和粉在大锅中揣好，端到煤气灶旁，开始用平底锅煎粑粑，一面跟阿姨说南瓜粑粑要怎么煎才更好，这时她们便准备上去。这样的聚会，妈妈几乎照例是不参加的，这自然还是因为她在家里总有事务在身。她要在家里给爸爸做饭，怕上去吃饭他会不高兴，又不想随便在父母家吃饭，以免将来被人说吃父母什么。除非偶尔提前说好，或是逢年过节，否则虽然离得这样近，她也不会随便回娘家吃饭。阿姨们早已习惯这样的模式，也把这样的聚会默认为姐姐是不需参加的。

妈妈有些舍不得，说："你们等下再走哎，粑粑马上就做好。"

阿姨们说："等下下来再吃，家去时候哪不从这过啊！"

妈妈四顾说："那你们就这么上去啊？没得东西给你们带。"

我想起碗橱里有一碟妈妈上午炒好没吃的辣椒腌菜炒肉丝，打开碗橱说："要不把这碟腌菜炒肉丝带上去？"妈妈做的腌菜炒肉丝是很好吃的。

妈妈说："那就把这碗菜带上去啊？"

阿姨说："那就把这碗菜带上去哎。"

于是我把菜从碗橱里端出来，妈妈用保鲜膜将它裹好，一边裹一边说："今的（今天）你们在家，那我就不要送中饭上去的了。"

阿姨说："我们在家哪还要你送饭上去的！"

妈妈说："那我就下昼晚再随便搞些吃的给两个老的送上去,再给他们把衣裳洗洗,把地拖拖就行得。"

阿姨们上去后,粑粑很快煎好了,我和小孩各吃一个,就不再动。到半下午时,雨停了,阿姨们从坝子上下来,准备回家去。这一下来,她们就又你一言我一语地纷纷说起关于外公的话来,大概是上去又见了一些新的事情,有了一些新的材料。

"那老头子,一毫不晓得照顾人,天天骂老奶奶。"

"他有时候还做样子哎,你家来得,他在你面前做样子,把好的夹到老奶奶碗里,讲,你吃哎！"

"嗯,实际上平常一些好的也舍不得把老奶奶吃,这个肉也讲她不能吃,吃得发,那个肉也讲她不能吃,吃得发。"

"那老奶奶自己也不敢吃,你喊她吃她也不吃,天天就吃个鸭蛋。"

我说："要吃肉才行啊,你跟她讲营养全在肉里面！"

妈妈说："哪没跟她讲啊,你怎么跟她讲她要吃些好的,她也不信。不过那天还好,跟我讲想吃鱼汤,我把那鱼炖好端上去,吃得一大碗。她哪不想吃肉啊！"

阿姨说："那个药,老奶奶天天要吃,他不给她把它递到手上,就放在台子高头,叫老奶奶自己摸。"

妈妈说："嗯,他不给她拿,还天天把那两粒药抠出来放台子高头,我讲你就给老奶奶自己摸,你把整板药放在台子高头,她也好摸些哎！"

见我瞠目结舌的样子,妈妈又对阿姨说："昨个中午,我送饭上去,非要我把床单被套拆下来洗,讲有味道,我讲我今的家里还有许多事要做,没得工夫,明的给他换,他不干,非要打电话给你们,要你们家来。我只好把床单被套拿家来,本来还想拿手搓,我燕子讲,你哪就不能放洗衣机洗？我想想算得,我就放洗衣机洗洗拉倒！洗好拿出去晒,没一小下,暴雨就来得,我又拿家来重洗、重晒,到下昼晚晒干,又拿上去铺被褥、装被套。他要么子就是么子,才不管你多忙。"

我说:"你们为什么要么么听他话呢？"

她们赶紧说:"不听他就骂哎！一骂骂得死人。"

"这还是因为你们对你们爸爸太好了,"我说,"他骂你们为什么要睬呢？你们一个个早都成家了,不靠他生活啊！他儿子他敢骂吗？"

她们说:"那啊,儿子把眼睛一勒,他就不敢讲话了。"

"天天下午把空调关得,把老奶奶拖出来,在外面坐得,讲不热。"

"省那点钱干么子事呢？"

"省得明朝二回死得给喜欢的。你平常把些钱给他,他们也舍不得花,都要你小阿姨给他存起来,留得。"

于是话题又说到外公外婆的偏心上,她们说:"那老奶奶也一样,两个天天讲,那老三家来,连一口水都不喝哎！我心里想,我们这些人家来哪吃得你几口东西啦？"

原来去年有段时间,三阿姨曾回来在外婆家住过一个月,照顾他们。又说起菜园里种的辣椒,年年只为三阿姨种的,谁摘也不行,上次二阿姨摘了点回去,于是外公说,那辣椒是要留着给老三磨辣椒酱的。二阿姨听见这话,顿时伤心道:"这老头子老奶奶！年年喊我给他们兴辣椒,那辣椒地我挖的,辣椒我兴的,草也是我家来薅的,我年年给他们兴辣椒,哪吃过一回？

就那回我小明家来,我装得一罐子辣椒酱带家去给他。明年我再不给他们兴辣椒了!"

"身上一毫毛病就喊,'我要死啰'。"

"要是把姆妈身上那些病给他,不晓得哪天就喊死得!"

"一天到晚讲你不孝顺,不家来看爸爸妈妈。我想我家奶奶生病的时候,你让我妈家去看过她老娘过几趟?"

"他不让家奶奶回去吗?"

"嗯,那时候你家太太生病,你家奶奶想家去一趟都不让她回去,家去一趟能骂死人。"

想到那样瘦弱矮小、一天到晚似乎也不说什么话的外公,在那样胖大、一辈子做着家里绝大部分事情的外婆面前,竟能如此施展自己的威力,也是使人惊异的事。这些事情过去大人们从未在我面前说过,到了如今这年纪,再蓦地窥见这潭水下的阴影,不免格外觉得冷森。

她们诉说了一通,到最后,所能想到的最痛切一句的话就是:"这老头子,明朝二回死得没人伤心!"

不过,话虽然这么说着,往后其实还是听话的,在自己那点微末的钱财和儿女们所允许的范围内去照顾,因为兄弟是不管的。虽然实际上,外公所"享受"的,不过是在城市里人看来十分贫困的生活,虽然已较过去有了不少提升。一个有着大大小小各种我不清楚的老年病的患者(和外婆一样,也没有人认真向我们提起过外公的病,也因为我不是负责药物的那个人),所能拥有的,不过是外孙女(我的姐姐)一年中在医院为他开回的一些药。女儿们一年中所能带回家的,也不过是极微末的一点钱。只是在这贫穷的世界中,依然有着它等级的划分,那就是他们大多可以作为自己妻子的统治者,度过自己的一生。

　　一只白头鹎又落到那棵没套袋的桃树上啄桃子吃,我站在灶屋门口远远给它拍照,刚拍了两张,阿姨也看见了,说:"这雀子在那吃桃子也好玩。"我说:"是的,没拍好,飞走了,算了。"阿姨说:"那树上桃子给雀子吃完得了。"我说:"是的,许多都坏了,恐怕不能吃了。"阿姨说:"搞不好还能吃。"见阿姨看得上,我问她要不要摘点桃子回去吃,阿姨推辞了一下,拿了只保鲜袋,到那树下摘了些桃子。不多时她们准备回去,小表弟的儿子一来到了房间里,就拿着阿姨的手机在那看短视频,一条接一条刷过去。这孩子开学上三年级,过去阿姨在他父母打工的地方住过几年,帮他们带孩子,后来她还要同时照顾大儿子的孩子,他也到了要上学的年纪,大城市里没有这样的孩子上学的位置,于是他和奶奶回了县城,平常偶尔和父母视频,几乎是和爷爷奶奶一起长大的。他上次来时,也是一进屋就到房间连上网络看起手机,见他看了很久,我忍不住去跟阿姨说那短视频要让他少看些,阿姨说:"唉,随他屌过去,他天天都这么看,你不把手机给他看他没得事做,就要跟你吵哎!"我不再多说什么,知道他平常必没有多少有意思的事可做,更不要说大人特意陪着出去玩了。手机视频是他唯一具有信息与情感流动意味的玩具,尽管这流动常常也是表面的浮夸的,缺乏真实互动的,但仍然是他所能有的最好玩的陪伴了。

　　阿姨用带着乡音的普通话对着房间喊:"×××,回家了!"

　　不多时,瘦瘦黑黑的,已经有点高,正从儿童逐渐向少年之间转变的孩子从房间跑出来了,生气勃勃地坐上奶奶的大电瓶车后座。阿姨骑在车上,扶着龙头,暂时不动,对我说:"燕子过两天带毛毛跟你妈一阵到我家去玩哎?"我有些为难地说:"我过两天就要走了。"妈妈说："到时候再讲,再打电话看哎!"于是她们把龙头一拐,车把一拧,把车开走了。

## 六

那一天发给妈妈的红包,妈妈始终没有领,二十四小时后,手机上传来退款的消息。我去问她："妈妈你不领红包干么事?"她摇摇头,一副不愿多说的表情："我不要你给蛮!家来花许多钱了!"于是我只好又带着小孩去镇上买东西。每次去镇上,我们要在村道上骑十几分钟,而后跨越一条不断有大货车经过的新国道,再骑上从前的老国道,在那条如今已荒废了十几年的老路上骑上一个很大的山坡(镇名即由这山坡的名字而来),下到坡底,就到了镇中心。穿越新国道给我很大压力,每回在家出发时,倘若爸爸看见,必要吩咐："那过马路要注意哎!"其实无需他说,每次我都小心翼翼,先停下来,推着小孩,在路边等一会,确保两边远远没有大货车了,才赶紧重跨上车骑过去。电瓶车开上老街山坡,两边是过去我们上学时的房子,如今大半已废弃,偶尔能看到过去的招牌的字迹。零星两三栋楼房里住着老人,门口种些美人蕉、洗澡花、百日菊之类,小块菜地里种一点豆角、南瓜、辣椒。

车慢慢向底下主街驶去时,那种自身与家园间的悬置感又强烈起来:过去我们上中学时,小镇(那时还是乡)刚刚开始城镇化,两排本镇首批的两层商品房在街道两边建立起来,在街道和商品房之间,又种上了些细小的广玉兰。如今楼房仍然存在,只是变得灰白,广玉兰长成两三层楼高的大树,街道本身也没有比十几年前多出什么,只在过去并排的两条主街之间,横向发展出了几条新的一两百米长的街道,在那些街道边有了些新的商店。主街带给我一些熟悉的安全感(虽然广玉兰已长得那样高大,但正是其高大增强了给人的庇护感),在这安全感中间,却又始终夹杂着陌生,那里所开的店、开店的人、店里所卖的东西,都已完全不再是过去我曾在这里所经历的。我是一个如今置身其中,却只有过去与之发生联结的人。

不过,这些小超市、育婴用品店、杂货店、农村信用合作社始终还有一丝熟悉感,它们不脱一个普通的小乡镇所能拥有的范围(而不像县城,现在的我已经完全搞不清那些近十几年来发展出的新区域,因为它已经变得太大了),只有桥头最大的那家超市,给人的距离感最深。这当然并非一家多么了不起的大超市,相反,如果放到县城去看,这只是一家经营不善的普通超市,里面灯光黯淡,稀稀拉拉几个买东西的人,超市里摆着一些零食和生活用品,唯一一个卖蔬菜的柜子,因为镇上的人更习惯于去一街之隔的八点就散的菜市,零零星星摆了几件瓜果蔬菜。开这家店的老板不是本地人,有时他会站在柜台里给人结账,正是他说的带着陌生乡音的普通话使人确定他不是我们当地人。超市里雇的另一个结账的小姑娘也说普通话,而不像本地几乎所有其他地方那样说方言。但渐渐,普通话如今也已经在诸如快递点(也是如今才有的)这样的地方,成为人们熟练地操用的共通语言,而非方言了。也有可能她们只是看到我是一个带着孩子的年轻女人,基于对镇上这类人群的基本认识——对小孩说方言被年轻的父母视为乡土的、落后的,因此他们一般都选择对小孩说普通话——而在面对我时换上了普通话。

我到这家超市来买东西,自然还是因为它里面的东西在镇上最多、最齐全,可以同时给小孩买零食,给爸妈买吃用,以及我自己买泡咖啡的鲜奶(其他超市只有常温奶)。这里最初还是两年前妈妈带我来的,那时她刚忙完家里的事,和我一起到镇上买东西,否则依我稀薄的探索欲,怕是不会找到这里。我一边在超市门口停下车,进入里面买东西,一边想着,这是我从未真正融入其中的地方,几天后我就将离开这里,超市的老板不久后也许会发现,那个前些天天天带小孩来买东西的女人消失不见了。然而,在北京的楼下买东西时,我却从未向小区外那个超市索取过"融入其中",只是将其视为功能性的存在,不曾向之投射过感情,最多是将它看作小孩放学后常常要拉我进去买点零食的游嬉场所之一。

## 七

这一天阵雨在午后降临,雨晴后五六点钟,空气十分凉快,我不再骑电瓶车,而是带着小孩去大路上散步。道路两边稻叶上沾满雨水,到处是鸟鸣声。我们走得不远,走到新坝子的水泥桥边,就停下来在旁边一条岔道上玩,上回正是在这条岔道上,我们看见棕头鸦雀。道旁枫香树下,乌蔹莓蓝紫色的小圆果湿漉漉的,鸭跖草星星点点的蓝花在干涸的沟底开着。一只灰蓝色蜻蜓,不知是什么蜻,翅膀为雨水轻轻打湿了,在坡上杉木树下的竹叶间形成的一个窝里趴着。我伸手去捉它,轻轻一捉便捉住了,还是活的,于是又把它放回去,让它继续在那里晾翅膀。有人在路的另一边种了不知是红豆还是绿豆的豆子,豆叶累累蔓延到水泥路面上来,豆荚饱满如长针,有的已变作黑色了。我摘了一条黑色的剥开来给小孩看,原来是绿豆。他喜欢这豆荚,又让我给他摘一条好的,在豆荚上完整地开一条缝,但不要剥开,这样给他拿在手里。正玩豆荚间,前面走来几个吃完晚饭出来散步的人,笑嘻嘻地看着我们,问我哪里的。其中一个奶奶,原来就是这绿豆的主人,她把爬到水泥路上的绿豆茎叶给拂到路下去,免得给经过的车轧坏了,一面瞥见叶下黑色的豆荚,说道:"哦啊,原来绿豆都能收了。"

她们见小孩手上拿着豆荚,便逗他:"这绿豆是这奶奶家的,你把奶奶绿豆摘得怎么搞?"

小孩不知该如何作答,依偎到我身边,我笑着说:"快跟奶奶道歉,说摘了奶奶的绿豆,对不起。"

大家一齐笑起来,她们继续往前走,我们也便一起往回走。走到水泥桥边,她们停在那里,一个叹气自家孙女今年上高中了,没考上县城的重点高中和另外一个公立高中,只好去上私立高中了。旁边人安慰她:"有高中上就好的嘞,还有的没高中上哩。"她点点头:"那确实。"县城只有两所公立高中,余下皆是私立高中,要上高中的人却很多,于是每年必有大批学生要去上私立高中。实际到最后,能有个私立高中上就已经不错了,不能上私立高中的,只能去更差的中专或职高。桥头苦楝树上楝子青青,正在这时,从村子方向走来五六个人,原来是村子里的人吃过晚饭,一起"逛趟子"逛到这里了。

见到自己村子里的人,难免要感到更熟一些,虽然这其中也有两三个我有好几年没有见过的。我们打过招呼,女人们循例夸小孩长得好,一个六十多岁的男邻居问:

"这小伢老家是哪块的?"

我心里诧异,想着他大概不记得他是第三次问这个问题了,或许记得,只是不在意。小孩两岁多时,有一次我带他回来,这位邻居来家里有事和爸妈说话,见到我们,便问:"这小伢老家是哪块的?"那时我便诧异他为何眼见着小孩跟着我回来,却能问出这样的话,心知他是什么意思,却还是回答说:"安徽的。"

果然他说:"他爸也是安徽的嗨?"

我说:"不是的,他爸是湖南的。我老家是安徽的,他老家不就是安徽的吗?"

他说:"那不是的哦,那他爸是湖南的,他老家不就是湖南的!"

我说:"凭什么他爸爸是湖南的他老家就得是湖南的呢?我是安徽的,他老家为什么不能是安徽的呢?"

他说:"那哪一样呢!"

我说:"那有什么不一样呢?他在安徽老家就是安徽,在湖南老家就是湖南。"

他摇摇头,表示我这套女方想争取孩子血统的行为无疑是没有根据的。

过了两年,他再看见小孩时,又问我了同样的问题。几乎完全相同的问答又发生了一次。我想他确实是没话可说,也并不真的对这孩子感兴趣,因此只是抓出脑海中最先跳出、最根深蒂固的那个问题问一下罢了。但何以第三次又问出同样的问题呢?我几乎是要不高兴起来,仍然说:"安徽的,我老家是安徽的他老家就是安徽的。"维持着说了两句,转身带小孩回去了。

第二天下午,妹妹从城市回来陪我,在家短暂住了两晚。黄昏时我们一起去村道上散步,水泥道上走来非常闷热,尚未完全落下去的余晖照在人身上,一会便使人冒汗。道路两边长满了狗尾草,许多野酸浆夹杂其中,这时候结了小小的、灯笼般的果子,小孩走过,总要去摘两个果子在手上玩。有时候村子里一个幼儿,他的妈妈出去打工了,把他留给外婆照顾,他跟在我们后面,也想要去摘两颗酸浆果子,或是去抠一抠路上的石子。他的外婆坚决地制止他:"不搞!脏!打手!""再搞不要你了!"一开始,因为恃着我的小孩的带领与防护,他还是跟在后面,但很快就被他外婆威胁要丢下他,而带走回去了。

夜里我开始发烧,让小孩和妹妹睡,他出乎意料地同意了。大概因为同她一起回来的还有大姐的女儿,而小孩子总是愿意跟在比自己大一点的孩子后面的。因着有人帮我照看小孩,第二天清晨,我得以独自去田畈追寻了会鸟儿。早晨的空气清凉得多,远处村道上,一大群丝光椋鸟停落在水泥路面上,不知在啄着什么。见我靠近,它们呼啦一下全飞起来,落到旁边电线上,很快随着我的继续向前而又全部飞起,飞到更远处大坝子旁的竹林上空,在那里成阵地盘旋起来。盘旋了一会,又重新飞回电线上。丝光椋鸟是群居的鸟,常常组成大群飞翔。我继续往前走,一只夜鹭缩着脖子,也停在路边电线上,再往前不远便是新坝子的野菱角塘和水泥桥了,这只夜鹭大概正是准备去那里捉鱼吃。白鹭在阳光中遥遥飞过田畈,空气里水雾发出蒙蒙的金色。山斑鸠也停在电线上,仍旧发出咕咕的吞鸣。没有人,只远处一个人在打农药。走到塘埂边,菱角塘里有一只黑水鸡,它在水面上自发的菱角丛中不断啄食,而后游到塘埂边一带菱白丛间停歇,似乎是在那里营了巢。这时,一只红褐相间的鸟儿从水塘上空平平飞过,停留在对岸一丛灌木上。我从相机里追过去看,小鸟的眼睛上一带黑纹,宛如蒙上了黑眼罩。

-247-

是一只棕背伯劳。这是我第一次在家乡"发现"伯劳——当然不是真的第一次,只是小的时候不记得,长大以后在此之前则从未注意过罢了。绕过水泥桥,很快又看见第二、第三只伯劳,它们就停留在水塘上方的电线上,静静站着,看起来十分娇巧美丽,实际却是一种会捕食其他小鸟和蜥蜴、鼠之类小动物的凶猛的鸟(有时候,伯劳会把捕获来的猎物挂在树枝或棘刺上,以此宣告领地和炫耀能力,或许也为了取食方便,因此在西方名"屠夫鸟")。桥边另一头的塘埂上,狗尾草迎着光,有人将打水的水管丢在那里,一只小狗站在那儿,道路上闪烁着未干的露水的光泽,草丛里不断传来秋虫的唧唧声。是秋天的感觉了,我站在那里看着听着,舍不得离开,小狗仿佛也很惘然的样子,对着远方,和我一起陷入沉思。小狗你是谁家的呢?

这一天黄昏我们照例一起去村道上散步,那时也是暴雨过后,阳光明亮,比前一天凉爽得多。有人在路边割草,双手拎着一只简易割草机,旋转的刀片把村道两旁早上还光彩熠熠的狗尾草和酸浆全都扫倒在地。这是村子里过去从未有过的场景,使我感觉十分震惊。首先大约是我从未想过,乡村——如这样纯粹的乡村——道旁的野草也需要像城市中的一样被清除;其次是过去耕牛时代,道旁的草早就会被水牛啃得一干二净,只余短短的一截。不过,清除一切野草,将之视为令人厌恶的、不应在此生存的杂草,而只允许计划栽种的园艺植物生存(无论它们的种类如何单一,假如这些植物不能适应当地环境,无法很好地生存,那么就轮番种上新的植物,或铺上新的草皮,即便半死不活,也要把旁边生机勃勃的本土野草拔光,只留下光秃秃的空地,不能允许它们存在),似乎是这几年来包括我所在的小区和附近的公园在内都竭力在做的事情。我只是没有想到它竟然会蔓延到我所在的自以为离外面的世界十万八千里、因此也少被波及的老家。我被割草机巨大的声响和它背后的事情所激扰,只想尽快走得远些,带着小孩却走不快,好在他割到了新坝埂的水泥桥那儿,就停了下来,大约完成了这一天的任务,问我们有没有看到小孤山那边有人割草。我们说,我们不是从那上面来的,于是他背着东西往回走了。我们也转头往回走(我们总是走到新坝埂的水泥桥就转回),等回到二坝埂的水泥桥上,那儿坐满了大坝子和本村乘凉的人。因为今天傍晚难得的舒爽,阳光照在他们身上,显得十分明亮而轻快。他们笑嘻嘻看着我们,问我们是不是在给他们拍照。事实上,出于一种羞涩和害怕冒犯的本能,除了父母外,我几乎从未当面给村子里的任何人拍过照,尽管他们可能是喜欢被拍下来的。妹妹给他们拍了两张照,问:"为什么我爸妈从来就不能在这歇子下哦?"他们笑着说:"那啊,你爸种田跟绣花样的,我们田里那秧抛下去什么样就什么样,你爸种田,那抛的秧还要一棵一棵地移、补!"

这一天还有其他使我难过的事。那天上午,爸爸提起稻田里有鸟糟蹋稻棵,在那里面做窝,他要在田里放个夹子。我猜那大概正是塘里的黑水鸡,于是说:"那田里有个鸟做个窝要么紧呢?你千万别放夹子!"

他说:"嗯,我不放夹子,那雀子把田里踩得一塌糊涂,踩一大块稻,在那做窝!"

"那么大一块田,有一小块踩塌要么紧呢?"

我理解他对于农田这种无微不至的爱护,以及那因为所挣与所付出极不对等的劳动的辛苦,由此产生的哪怕对于一丁点的损失都感到愤愤不平的感情。在他那里,事情不是我所感受的那样。正如知道乡下人钓得一只野生的老鳖,或用黄鳝笼子在于今益发贫瘠的田畈装得一些黄鳝,拿到镇上去卖钱,事情也不单是我所感受的那样一样。但这并不能减轻我的痛苦,我还是忍不住说:"爸,你真的不要这么做事,你这样做我真的很难过。"他不出声,转身走开了。

八

妹妹走后,黄昏时我又恢复骑电瓶车带小孩出去兜风的习惯。那一天我决定骑得远一点,重新骑过之前感觉害怕的那段路。车子驶过新坝埂的水泥桥,继续往前,两边青青的单晚稻田上方,一架无人机正飞着打农药,不见人的踪影。这是去年开始出现的新技术,地方上有人买了无人机,开始在乡下为人打农药,每亩收取费用若干。农药散发出刺鼻气味,有甲虫跌落在田边水泥路上。如今我对这一望无际的绿色有了跟从前不一样的认识,因为知道这农业方式较从前我所熟悉的更具破坏性,想到这些年在乡下眼见的昆虫越来越少得多,不由得又为这几乎无时不在打的农药感到焦虑起来,骑得更快了些。很快到了之前感到害怕的路,这一次却奇异地不再害怕了,是重新行走带来的熟悉感,使我感到可以掌控。路面上时有蝴蝶停歇,黑色翅膀收拢着,电瓶车开过时,只倏地在一瞬间振翅飞走。低空中蜻蜓盘旋,有一会我开得稍快了些,一只大蜻蜓猝不及防撞上我的额头,翅膀扑扑几下,吓得我惊呼道:"呀!一只蜻蜓撞到我头上了!也不知道还能不能飞!"小孩忙问:"它受伤了吗?"只见那蜻蜓已迅速飞走,我说:"它又飞走了——应该不要紧的。"再往前多骑一段,冲出这段两边林木荫蔽的路,下面是一大片开阔的田畈,我松了口气,把车子调头往回转。到得新坝埂附近,无人机已消失不见,农药味渐渐淡去了,仿佛刚刚发生的事不曾存在过一样。

　　两天后,丈夫来到家里,把小孩带回他的老家,去看爷爷奶奶。我可以短暂地单独待上几天,喘一口气——是他出生这六年来第三次离开他,前面两次,则分别是奶奶去世和那一年之后的春节,所有时间加起来不足半月。我仍旧发着低烧,打不起精神,白天只是待在房间里。那天在灶屋,听到妈妈给姑姑打电话,原来是爸爸又邀请姑姑一家来吃饭——事实上,是我回来这半个月里的第二次。想到有客人来,妈妈就又要张罗饭菜,我忍不住脱口而出:"他怎么又喊人来吃饭!"说完才意识到妈妈还在打电话。到了中午,姑姑、姑父和大表哥一家来了,此番他们刚刚在上海经历了几个月的封锁,一俟放开后,便立刻回来了,姑姑姑父同时带着二表哥的小孩,准备在乡下暂住一段时间。大表哥这些年在外面做生意,很赚了些钱,久不在家乡居住以后,前几年把家里原先的老屋子推倒,重新盖了一栋阔气的楼房,方便一家人回来。自高中以后,那里很多年我都不曾再去过,直到前年春天,才头一次跟着父母去过一次。山顶上气派的仿罗马式建筑外平出了一大片空地,原有的树都拔去了,空地外砌起围墙,水泥庭院四围和中间栽种的,是大表哥从园艺市场买回的几十棵红叶石楠、黄山松造型的盆景松和其他园艺树种,还有一个带喷泉的人工水池。姑姑给我看表哥表姐们的房间,一例拉了绿色的帷幔,里面大床上罩着白色的遮尘罩,只等他们偶尔回来时住。还有麻将房、桌球房种种。又说房子下面村子里的路灯,是村干部来劝表哥捐钱安装的。

不得不说,自家多年前盖的冬冷夏热的旧楼房与姑姑家结实气派的新楼房的对比,以及我们如今与他们生活条件的巨大差异,恐怕是刺激爸爸在我们身上寄托不切实际的希望的来源之一。表哥拔去门前过去本地的树种,种上外面高价买回的土俗园艺树种,却也显示出过去的生活加在我们身上限制的烙印同样是如此之深,就如同我虽然通过念书得以离开乡村去生活,却依然是一个贫穷的人一样。但在那一天我仍感到微渺的快乐,来自姑姑家附近的池塘。这池塘在我们小的时候就有,那时候姑姑家门前种了好几棵桃子树,年年端午前后,我们要到姑姑家吃一回桃子,记得曾在吃过桃子后,和表兄弟姐妹们到那边去洗手。如今看到则近乎完全陌生,过了一会,我才把它和那个记忆中从未注意过的水塘联系起来。小水塘一面开阔,对着屋子与远处田畈,另外三面围绕山坡。山坡上,本地的毛竹、杉木、槭树和其他杂树生长繁密,枝叶倒映进水面,在伸出的树枝上,挂满了大丛紫藤,那时节开满了紫藤花。林下阴暗处,几丛映山红盛开。有鸟在远近树林中鸣叫。我在那里站了好久,看那紫藤花倒映在水面,林中不断传来鸟鸣。如此幽静与美丽的景象,简直可以作为乡愁之一完美的代表。

中午妈妈烧了一桌菜,不过终究只是些乡下常见的菜。我像平常一样在房间待着,姑姑把二表哥的小孩放到我的房间里。大部分时候,他只是安静地坐在地上,独自画着画,画了一会,忽然又跑出去,找奶奶去了(和阿姨家那边不同,因为挣到了钱,姑姑这边表哥表姐的小孩可以在城市里上学)。中午十分炎热,大家把饭菜端到一个大一点的房间里,在那里吃饭。把空调调到十八摄氏度,人还是感到闷热,也许是空调已经缺氟,或是窗户晒了一上午太阳,吸收了太多热量,一时半会温度降不下来。这些年表哥已经长到很胖了,他坐在家里的小凳子上,脸上淌着汗,庞大的身躯与我们用来吃饭的小桌子、和小桌子相配的小椅子显得很不相称。他带了两瓶很贵的酒来,给舅舅当礼物。我想,对于表哥来说,到舅舅家来吃饭可能未必不是件苦差事,但是他小的时候,舅舅对他不错,所以他还是要来。这是表哥的成熟之处,他的到来也带给爸爸很大的喜悦和满足。至于表嫂,她只是安静地坐在表哥旁边,偶尔说两句话。

男人们在房间里抽着烟,大家一齐说着话,更使人感觉到屋子里的气闷、嘈杂。随便吃了几口,我又退回到自己房间。爸爸和姑父抽烟、喝酒,聊很久自说自话的天。许久过后,大家走出房间,说着要准备回家的话,我走过去,准备帮妈妈收碗。只见妈妈和姑姑正坐在房间里谈心。姑姑说,大姑姑年纪大了,人也有点糊涂,上回为着一件什么事情,说对妈妈不满,觉得妈妈没看得起她。妈妈听了,立刻委屈道:"大姐怎么这么想?我从古以来也没看不起大姐过哦!我怎么会看不起她!"停了一秒,又接着说:"我对大姐还真是不一样,我从嫁到这边来,就把大姐当半个妈看待——"大姑姑的年纪比爸爸大不少,也是我很喜欢的姑姑。她嫁在邻县,距离在过去来说很远,我小的时候,一年中通常只有正月里,才有机会跟随大人们翻山越岭去那里吃一顿饭。那是亲戚的小孩子们难得聚齐的机会,大姑姑那边的房子和风俗又都和我们这边的多有不同,显得更好玩,做的饭菜又特别丰富可口,大姑姑人又笑呵呵的,因此总使我在小的时候,只要是去大姑姑家,就觉得很欢迎。姑姑安慰了妈妈几句,说:"大姐现在年纪大了,跟姆妈也有些差不多了,你别往心里去——"

不多时姑姑他们回去了,只余妈妈在房间。她说:"你大姥姥怎么这么想,我从来也没看不起她过哦!"我说:"你不要管她怎么想嘞,别管别的人怎么看你,那都是不要紧的事,明朝二回也不是讲不清楚!"她犹自坐着,忽然抹了下眼泪,说:"我做人怎么这么失败!"我感到难过,更多是震惊,第一次从心里意识到,原来妈妈是真的在意这些事。虽然这十几年的大部分时间她都是在城市中度过的,以后也将继续在城市生活下去。这在意并不会因为我一句模糊的、逃避的,甚至是带着淡淡谴责意味的安慰的话便能有所改变。她对生活的感受和看法,已经和村子上少数自始至终都没有离开过的人不同,也比在乡村待得更久、更为固化的爸爸灵活,但也和早已在外面的世界完全长出新的生活的我们不同。这里的生活,是她生命的前三四十年间唯一的根据之地,到今天仍有重要的意义,她不能像通过读书或工作完全拥有了一种不同的生活的我们那样,轻易放下过去曾紧紧联结着的人事。尽管我希望她能跳出来,从中挣脱,然而那未尝不是一种自以为是,因为妈妈,无论如何,并没有我们年轻人那样全新地学习生长的机会。在她的世界里,别人的看法和需求是那样地广大而重要,以至于无论怎样压缩自己,也要尽量去满足。她又接着说:"完全是失败。"但在那时,我也感到退缩,不能面对自成年后就下意识回避的对父母的感情,无法深入谈论下去,以真正给她一点情感的依靠和疏解,只是继续用一种淡淡的谴责来回避。我说:"哪里是失败了!"说着便端着盘子走了出去。没过一会,妈妈便追了出来,照例把我拉开,坚持把碗留给自己来洗。

我对爸爸邀请自己亲戚来做客的不耐烦,其实只是因为妈妈在家不能拥有同等的权力而生的不满。有时爸爸也会提议叫阿姨舅舅们一起来吃饭,但那毕竟是一年中的少数,而爸爸无论何时，只要他想，就可以在他的弟弟或姐妹在家时叫他们来吃饭。在请姑姑家来的前几天，妈妈私下里已经张罗着想要去她的妹妹家和她们聚一天。她并不直接表达，而是有天早上做早饭时对我说："你五阿姨喊你过两天到她家去玩，过两天不忙了我们去玩一天？你阿姨家在那山里面，风景拍出来肯定好看。"我意识到那话语之后隐藏的她的希望，于是说："好啊，五阿姨家那边的山确实好看。"这并不算假话，我确实爱拍照片，尤其是自然的风景，这正是妈妈向我提议的原因之一。她很高兴，接着说："到时候我帮你看小伢子，你拍照片。"我说："好。"

后来她开始计划在爸爸面前说这件事，以隐隐表示"已经告知"。"老五打电话来喊燕子到她家玩，哪天我跟燕子带毛毛去玩下子，燕子想到阿姨家那边山里拍照片。"果不其然，爸爸说："那有什么好拍的！"我说："阿姨家那边不是蛮好看的吗？你觉得不好看我觉得好看哦。"不过事情尚未确定下来，后来便因我的生病取消了。那天早上，阿姨们打来电话，她们已经在五阿姨家聚齐，而我因为发烧，实在提不起精神，更重要的则是一种微妙的隐忧，"这时候发烧到人家去不好吧？"我这样和妈妈说。她不愿勉强我，同时也感到不便，我知道她也在和我担心着同样的问题，万一我是从外地回来，感染上了如今令全国人最避之不及的病毒呢？于是她让阿姨们先聚，我们过两天再说。

没想到阿姨们很快就约好再聚，这一次是四阿姨叫大家去玩。妈妈没再问我，而是直接替我答应了。那是我预定好离家前的倒数第二天，上午时妈妈忽然对我说："你阿姨喊你到她家吃中饭，几个阿姨都去，我们等下骑电瓶车过去。"事情太突然，我没有提前给自己的电瓶车充电，不够骑到县城那么远，好在很快二阿姨就在电话里说骑她的大电瓶车来接我,妈妈则骑她借来的那辆老人电瓶车。我们在镇上停留一会,到一个过去住上面村子的人开的一家超市买了两瓶不贵的酒,准备拎过去。这个超市里的人并未像她们想象的那样,对她们有额外的客气,实际上那个村里人不在,站在柜台里的他的亲属根本没认出她们。我们把酒放到电瓶车下面,骑上车出发。妈妈借来的那辆电瓶车开得非常慢,原来这老人车的设置最多就只能开成那样。为了等她,阿姨也慢慢骑着,但始终还是比她要快,我们一边等她,一边以此为笑话,说了好多调侃的话。

到四阿姨家时,菜已经全都做好了,客厅一张大圆桌上,两边交错着摆满了双份的菜。这是乡下如今待客常用的手段,怕不够吃,准备太多又怕来不及或太麻烦,所以菜都做成双份,摆到桌子上,保证分量尽够吃。妈妈到这时才知道阿姨还叫了她的亲家;她的大儿子,也就是我的大表弟,如今在县城做生意,他们还没从店里回来,大家就在屋子里一边说话一边等。除了在远方的三阿姨,其他几个阿姨,连同舅舅都来了,谈话内容照例是些关于外公外婆的话,只不过这时剔除了那原本便很少的一点对舅舅不满的部分,有时还夹杂着舅舅对他的姐妹们的几句评判,她们都让着他,并不反驳他。我在那时意识到,就是在这些无聊的、嘈杂的、反复诉说着的相同的话语和熟悉的面孔后面,有着她们想从中汲取的爱与欢乐之类的东西,以及对痛苦的屏蔽,正如爸爸喜欢与他的姐妹弟弟聚会一样。这确实就是她们习惯的、喜欢的相会,在这里面,有着我所不了解的、从过去贯穿而来使她们感觉珍贵的东西,也许只要是相会就已经足够。

这是一所典型的县城房子,三室一厅,客厅和房间都比较大,装修的材质和风格都符合大表弟如今作为一个在县城生活的青年人的标准,也就是说,看上去一切现代化的设施都有,而又都比城市中流行的材质、款式便宜或简陋一些。大桌另一边,靠墙放着沙发,沙发对面墙上,电视一个接一个地放着短视频,小表弟的孩子坐在沙发上,正在那里拿着遥控器看。我这时才知道原来电视里已经有这样的节目,即专门把各种短视频按内容汇成不同频道,供人选择。"是小米盒子。"他跟我解释,问我想看什么,我选了"美食",他就点开"美食"给我看。我们靠在沙发上,边看边说话。比如看到一个视频时我说:"我觉得这个蛮好看的,这个我很喜欢。"或是:"这个视频是骗人的,是把一些东西预先埋在里面再挖出来给人看的。"看下一个视频时,他就问:"这个视频是骗人的吗?"

或是他说:"这个视频好解压哦——"

我问:"你知道解压是什么意思吗?"

他羞涩地一笑,没有回答,我感到后悔,好在过了一会他又说:"这个视频好可爱哦,简直萌化了——"

我们一个接一个地看,直到吃饭。吃完饭又看了会,不久姑父要带他去游泳馆学游泳,于是这个长条的孩子背上一个装游泳装备的小包,准备出门去。妈妈也要回家,这时候五阿姨还在四阿姨的床上眯觉,四阿姨说:"你再蹲一会,吃过晚饭再家去哎?"妈妈拒绝了,大家便不再挽留,把我们送出门。快三点钟,外面阳光还十分强烈,我拍拍小孩的后背,说:"去游泳吧!"他点点头,跟在爷爷后面走了。

回去时阿姨不再送我,我就坐在妈妈的电瓶车后座上,由妈妈带着。带着我,车子就开得更慢了,妈妈在前面专心扶着龙头,车子在柏油马路上慢笃笃开着。来时横亘在天边浩大洁白的积雨云,此时消失不见了,天空中随处一点不太美丽的碎积云。一种缓慢的焦急从心中升起,但不到使人沮丧的程度,我静静坐着,感到裸露出来的皮肤被烈日晒到微微发痛。妈妈搭着一件花遮阳衫,虽然夏天在农田里那样暴晒,她对自己的美却还是在意的。

## 九

到了要走的前一天黄昏,我骑车到村中心去做上火车前必须要有的核酸检测。每隔五天,村里的卫生中心会组织一次核酸检测,整个镇上各个村子如此流转,有一个排了近期核酸信息的表格会在地方微信公号上流传,但我没有十分注意。这一两年不知何时出现在村中电线杆上的喇叭,每隔几天也会不时播放出让人们去做核酸检测的通知,不过不出门的人从不去做。我以为那天是核酸检测的日子,很快骑到村卫生中心门口,才发现那里没有一个人。我停下车来,走进去,对着里面空空的小办公室喊:"有人吗?"不多时一个男人走出来,我问他今天有没有核酸检测,他说:"没有,明天才有。"我退出来,想到车票已经买好,于是匆匆骑车去高铁站。回来从高铁站出来时,我曾听见广场上有一个喇叭喊:"马路对面有核酸检测,马路对面有核酸检测。"

骑去高铁站的路上,路边喇叭里播放着让小孩子们暑假不要下水游泳的声音。这宣传平日里也常常放,之前去镇上的路上我已听过许多次。它以歌谣的形式呈现,由一些中小学生录好了播放。那声音为了显得积极和牵动人心,念得急促高亢,在寂静无人的村庄路上，显出一种与这几乎不再有孩子的乡村格格不入的城市感。骑到高铁站，果然在对面广场边一排矮房子里，有一个核酸检测点，此时却没有人。我感到不安，在广场上转了一圈，不是高铁到的时间点，偌大的广场上几乎空无一人。后来我看到一个穿环卫服的人，于是走过去用方言问她做核酸的下班了吗，她用一种别处的方言模模糊糊地说："我不清楚，做核酸的人在那边。"说罢指向那排屋子中的一间。我走过去，透过玻璃，看到一个年轻男人正躺在一只大皮沙发里刷手机。我推开玻璃门，用普通话问："请问核酸做到几点，今天下班了吗？"他半抬身，冷冷看了我一眼，说："现在不做，火车到的时候才做。"说罢又躺回沙发继续看手机。原来如此。查列车时刻表，半小时后会有一趟列车到站，于是我在广场上又来回走了几趟，等了二十来分钟，忽然看到那人已套上白色防护服往核酸点走去，于是跟了过去。只见里面一男一女两个穿防护服的人，我问："请问现在可以做核酸了吗？"那人不出声，看了我一眼，停顿了几秒，而后拿起手机，漠然地说："把身份证拿出来。"

　　做完核酸到家，妈妈已等了我一会。之前我和她说好要一起上去，到外婆家道别。路边电线上，棕背伯劳又停留在那里，在它身后淡蓝的天空上，粉白的月亮升上来了。此外是黑卷尾、翠鸟。自从在村子里发现伯劳后，我才意识到乡下原来有这么多的伯劳，再去镇上买东西，无论何时都能在路边田野里碰到一两只，黑卷尾也是如此。小的时候我不知道伯劳这个名称，身边也不存在拥有这样知识的人，对于乡下人来说，平常认识的鸟只有燕子、麻雀、布谷，以及喜欢在田里的"牛屎卧子"——白鹭、牛背鹭等鹭鸟，和喜欢守在水塘边捕鱼、经常会被赶走的翠鸟,再多就不知道了。我对伯劳的感觉,更多是上大学后,在古典文学的诗词中获得的,那时我已经离乡下很远了。是"日暮伯劳飞,风吹乌臼树","东飞伯劳西飞燕,黄姑织女时相见",二十多岁时忧郁的爱恋,寄托于乐府的绮丽和哀愁之上。是要到现在,领悟到伯劳是如此常见的鸟,领悟其棕红与漆黑相映的羽色之显明,才能意识到过去诗人的起兴,是怎样一种出于自然的写实。开始学习看鸟之后,世界隐藏的一部分向我展开了一点,在那里面有一个深邃丰富的世界。我也还记得几年前自己在这条路上所感到的无力感,那是一个下着小雨的傍晚,也是去外婆家,回来时在这里的小鱼塘前,我看见一只白鹭被鱼塘里的网钩住了。这是附近村子唯一一个有时会在鱼塘上空张捕细网阻拦小鸟的人家,不过那时它并不是被鱼塘上空的丝网钩住,而是一只脚被堆在鱼塘里面一坨蓝色的尼龙网钩住了。它振振翅,想要飞走,却又始终飞不走,只得又站在那里停歇一会。那时我带着很小的小孩,害怕顾不到时他会掉进塘里,没法走过去察看,回去后,因为落雨,又没有办法走到鱼塘中较深的地方察看,同样重要的,恐怕还有没法跟父母说出"我要去救一只鸟"而让他们代为照看小孩的话,便歇下了。第二天,当我终于克服畏难心理,走到水塘边察看时,白鹭已不见踪影。不知是自己挣脱了飞走,还是被人看见捉住了。我为自己不能及时来察看,使事情这样发生而感到难过。在那时,我已经感觉到自身与家园的割裂,我所看到、所感觉到的,与仍旧生活在村子里的人是如此不同,而这些对于他们来说,又有何意义呢?似乎确定无疑的是,我是一个悬浮在外的人,终将会离开这里。

到了外家,外婆这次没有下床,这些天妈妈已经每天扶她出去走过了。我靠在床边,看他们看了会电视,外婆看上去只是在发呆。没过一会,外公又问起我家在哪,是不是在北京城里。我感到懊恼,仿佛是一瞬间,失去了回答的耐心,而是对在旁边忙活的妈妈说:"我家爹爹哦,老是问我家在哪,这要是别的人我都要生气了!"

妈妈说:"你这家爹爹也是的,外孙女儿跟你讲话你老不信!"

没过多久,我便拿起相机,说要去外面拍会照。从相机里看大坝子对岸蓊暗的竹林时,几个邻居从下面走上来了,其中一个就是那问我孩子老家是哪里的。他们停下来,问我相机拍照好不好看,我退却地说,还行,我只是拍着玩!害怕他又要问我孩子的事,只给他们看了眼相机里刚刚拍下的照片,就又接着拍起来。他们便继续往上走,去到他们要去的人家,只剩我一人走到塘埂更深处,到了没有人的地方。西边天上,太阳已落到遥远的黯蓝重山顶上了,很快就要沉没下去,此刻将天际线旁染得一片长长的粉红,已经可以用眼睛直视了。风不再炎热,一水之隔的坝子那边,竹林中传出鸟雀的呼鸣。我静静站着,绿色田野中,一杆杆粗大的电线杆向前不断延伸,变得越来越小,远处村落中,三三两两散布着人家的房屋和屋前屋后几棵树,最远处便是重山的屏障。是在悬置中啊,然而这田野的风景,终究使我感到安慰,那是我来自其中的牵引。怀着一种希望有朝一日生活于田野中的人们及其他生灵可以有一种更好的、更与自然和平等相符合的生活的渺茫愿望,太阳很快掉到山那边去了,天空中有最后一抹柔红。我往回走时,看见妈妈已经走下去,几乎已经走到二坝子,于是便也远远跟在后面,回家了。一面想,没有进去再打一次招呼,家爹家奶不知道会不会生气？果然到家后,妈妈说我最后没有进屋跟家爹家奶打招呼,他们生气了。在那时却也使我感到气闷,认为是妈妈用她在意的事情来影响我,使我感到愧疚。直到很晚之后,才终于不再为这件事而攻击自己。

是要到后来,我才意识到,能够在悬置中感受,从某种程度上来说,是可以离开和回来的我的幸运。只能停留在此处的人,背负的又是怎样一种无法挣脱的命运？詹姆斯·伍德在文章的结尾中说,很多年后,他才意识到,自己多年前是做了一个重大的决定,这决定在当时却无丝毫重要的象征,直到漫长的时间过后,它当时的重要才显露出来。这跨越漫长时间的领悟,实际上构成了人的一生。我在小的时候,也从未想到后来的我们会那样彻底地离开,虽然追求一种别样的生活,在很早之前便已经由父母的允许与祝祷,刻画进我们的脑海中。那时每逢夏秋,我们都要下田割稻、打稻,这是小孩子在乡下所做的最为辛苦繁重的生活,出于一种强烈地希望子女将来能够摆脱这种绝望的命运的动机,割稻打稻时,父母曾无数次咬牙教育我们:"要好好念书！不好好念书明朝二回就只能家来种田！"他们没有料到的是后来迅猛的改革开放,两代人的命运由此改变,绝大部分年轻人都将离开,无论是否好好学习。然而道路仍有千差万别,我们在那时已经感受到生活中绵延的贫穷和无尽的体力劳动所带给人的苦辛与绝望,于是决心要好好学习。那确实也是我们喜欢的事,只是如同迪迪埃和詹姆斯一样,我们在当时也全然不觉,这是一条真正通往告别的路。这离开甚至是从我们上学时起就逐渐开始的,从村里的小学,到镇上的初中,再到县城的高中,最后是离开省份的大学。而那时我们对此毫无察觉,不知离开便意味着永不能像当初一样回来。直至如今,一次次的返回与离开,感受那身处其中的疏离、安慰、孤独、残缺与伤痛,用自己所能有的方式做一些事情,也许也包括记下它们,便是完成我们生命的一部分。

2022 年 8 月—11 月,北京

## 《乡下的晨昏》补记

一年后的夏天,外公去世了。那些之前看起来只是偶尔发作的病症,最终以未曾预料的速度导致了他的死亡。"死亡"这个词太直接而赤裸了,以致现在打下它的我都有忍不住想要掩饰它的冲动,也许用更委婉一点的说法,"逝世""不在""从这个世界上离开",就不会让人感觉那样难以忍受。但不知为何我只能这样表述,外公的死带来的打击比我想象中——实际上从未想象过——要灰暗而沉重。在乡下的葬礼上,请来的道士套着打皱的道袍,做着潦草的法术,指挥着众人应该如何行动,外公在租来的过去乡下不曾有的冰棺中躺着,在第三日的清晨被送去县城的殡仪馆,又在火化后被埋在了离家不远的山坡上。他的一生这样无声无息地结束了,除了最熟悉的亲人们偶尔还会说起几句关于他的往事,对于其他人来说,就像不曾存在过一样。这一切也会很快散去,如同乡下无数的普通人一样。

关于外公的过去,我一无所知,这并非文学化的说法,而是实实在在的事实。过去奶奶家在屋后,我还曾从她口里听说过一鳞半爪关于她小时候的故事,而对外公则一点也没有。人们也并不谈论他的过往。这使我感到愧疚,在这短暂的记录中,我怀疑自己是否只写出了事情其中的一面,而没有涉及它的另一面。在父亲去世后,迪迪埃·埃里蓬在书里说:"我不可抑制地想要回溯时光,试图理解为什么对我来说与父亲之间的交流如此艰难,以至于我几乎不认识他。当我试着思考这个问题时,我发现我并不了解父亲。他想些什么呢?对,就是这个问题,他对这个他所立足的世界抱有怎样的想法?他如何看待自己?如何看待他人?他如何理解生活中大大小小的事件?如何看待自己的生活?"而他的理解是,"我终于意识到,我父亲身上那种我所排斥和厌恶的东西,是社会强加于他的。""我确信父亲所生活的环境对他来说是个巨大的负担,这种负担会让生活其中的人受到极大的精神损害。父亲的一生,包括他的性格,他主体化的方式,都受到他所生活的时间和地点的双重决定,这些不利环境持续得越久,它们的影响就越大,反之,它影响越大,就越难以被改变。决定他一生的因素就是:他生在何时、何地。也就是说,他所生活的时代以及社会区域,决定了他的社会地位,决定了他理解世界的方式,以及他和世界的关系。父亲的愚笨,以及由此造成的在人际关系上的无能,说到底与他个人的精神特质无关:它们是由他所处的具体的社会环境造成的。"

这也就如安妮·埃尔诺在她的书中(《一个男人的位置》《一个女人的故事》《羞耻》)所描述的,个人所处的社会阶层对于他们的行为、观念、思想的塑造的决定性。处于底层社会地位的现实带给他们鲜明的特质与无法避免的损伤。我并不十分赞同迪迪埃在这段话里所透露出的完全的社会决定论,如同我在阅读过程中隐隐感觉到的,作为一个同性恋和出生于底层阶级而获得上升(因而获得了超出于过去地位的外在观察自身的视角)的男性,迪迪埃在理解这两方面都有很强的敏感性和准确性,但在理解同样身为底层阶级但更为弱势的女性方面,则仍然显示出一种更偏向于他的性别的天然倾向,把这其中存在的问题视为几乎等于无。但我仍然担心这些描述是否会带来一些社会地位更高的阶层对于他们的人生高高在上的评论,以为那完全只是出于他们个人的落后、自私或愚蠢。也像迪迪埃所说的,"我在精神上依然属于我少年时成长的那个世界,因为我永远也无法在情感上认同统治阶级的价值观。每当听到有人用鄙夷或事不关己的态度评论底层人民的生活方式和言谈举止时,我就感到不适,甚至憎恨。我毕竟是在这样的阶级里长大的。"我拒绝自己的文字为那样优越性的想法提供证明。

2023年10月,外公去世后百日

*花城*2024年第1期

沈书枝　80后,安徽南陵人。有散文集《八九十枝花》《燕子最后飞去了哪里》《拔蒲歌》《月亮出来》。现居北京。

# 有情

鱼 禾

一

　　常青藤在矮楼动议整修之前就已经爬上了窗框外墙。有的藤条从窗框上沿垂下来,窥探一下虚实,然后准确绕开窗口,沿着侧边向下爬,一直爬到下面的窗台上。这些年伊城雨水渐盛,常青藤也就有了在南方老房子外墙上那种长势,不过一两年工夫,它们就让附近几座老房子的墙面覆满了层层叠叠的翠色。之前我一直不明白这种植物是怎么牢牢攀附在墙面上的。等它近在咫尺我才看清,这些四处蔓延的藤蔓上有很多关节,每个关节都长有带着锯齿、能够牢牢抓住墙壁的小爪子。这些小爪子是手脚也是根须,它们会从每一滴水、每一粒尘泥中汲取营养。

矮楼始建于二十世纪五十年代,因为位置特殊,附近少有高楼,颇得闹中取静之妙。门前伊河路两侧的梧桐也是当年栽植的,早已长得枝干壮硕、树冠阔大。梧桐的枝丫经过许多个春天的塑剪,在道路上方形成了绿色穹隆。到了夏天,位于道路北侧的矮楼得益于几可蔽日的树荫,也就格外清凉宜人。矮楼因为需要整修,几年前就搬空了。我不时回到这里取我的邮件。有些老朋友记不住我的新地址,依旧把邮件寄到这里来。我便嘱咐留在矮楼看门的师傅,把我的收件放到原来的办公室。这间朝向后院的办公室,我用了十五年。从来没有在其他任何一间屋子里待过这么久。楼上的人换了一茬又一茬,如今,还有谁知道在这间屋子窗外曾有过一棵巨大的泡桐树,泡桐花曾帘幕似的簇拥在北窗的玻璃外面?他们也想不到有人会把一棵树看得很重,为了窗外的一树繁花,就会泡在办公室舍不得离开。这些都是无所谓的闲事,不值得注意。每次来取快递,站在只剩下一排空书柜的房间里,我都难免想起泡桐树在窗外枝丫横斜、花枝招展的模样。可惜的是,泡桐树早就被毁掉了。那些人把毁掉一棵树称作"拿掉",好像它不是长在地上的活物,而是一块碍事的石头。

泡桐树长了许多年,体量很大。有七八年时间,每到四月,粉紫色小钟状的花朵便会在纵横错杂的枝条上一茬接一茬地开。泡桐花的甜香被阵风隔着窗纱送进来,在我的屋子里悄悄布散。泡桐树是我的发小。它们曾长满了故乡的沟沟坎坎,在每家每户的院子里招摇。在豫北乡村长大的人,谁没有儿时吸食泡桐花蜜的经历呢?在食物贫瘠的年代,泡桐花蜜、玉米和高粱秆、河边的茅根,都是馋嘴孩子的糖。把泡桐花钟从花萼里抽出来,轻轻一吸,一丝蜜甜便溜到了舌尖。那大约是一种最接近蜂蜜的花香了。似乎花蕊的香甜在花钟密封的过程中已经酝酿充分,一旦花瓣打开,成熟的香甜便倏然布散,不必等待蜜蜂的加工。但蜜蜂还是会来。它们常常钻到泡桐花的花钟里,去采集深藏在钟筒里的花粉,直到花朵凋谢,青白的花柱和鼓胀的子房赫然显现。

窗外泡桐花怒放的季节,往往也是合唱团开始排练的时候,因为接下来连续几个月的一号都是节日,他们该准备各种活动了。楼下大厅里不时传来合唱团高低音声部间错搭配的美妙和声。我坐在二楼看书码字,总难免被花香和乐声勾引得走神,想起乐声与泡桐的缘分,想起今属豫北的鄘地,曾有过"椅桐梓漆,爰伐琴瑟"的歌谣。在汉末乱世,生于豫东的大儒蔡邕,曾从吴人燃烧的柴灶里抢出一段有噼啪之声的木头,忖度其用,裁制为琴。从此,这段爨下桐便劫中重生,成为焦尾琴,成为一切在埋汰中被辨识的良木高士的隐喻。只可惜,这位伸出解救之手的蔡邕,却被乱世中的一个褊人以区区小事囚禁至死,自身反成了爨下灰。

刚来到这间办公室的时候正是隆冬,清减了树叶的泡桐树枝条交错,历历如画。我一眼就看见大树上有三个鸟巢。后来,不知从哪一年起,树上的鸟巢多起来,变成四个、五个、七个。不知道都是什么鸟筑的。楼下展厅的屋顶在窗外构成长长一溜平台。泡桐树的树枝从后院伸过来,在屋顶平台上张开一个向东南偏斜的伞形,伞翅的边缘一直扫到我的窗台上。泡桐树的枝条伸手可及,新生的青褐色嫩枝上布满微微凸起的土黄色皮孔。树枝下常有各色鸟儿,蹦蹦跳跳捡拾人们隔窗投喂的食物——麦粒、小米、面包屑和各种水果粒。来觅食的鸟多是麻雀、喜鹊、灰鹊、斑鸠,平台上一天到晚叽叽喳喳的。

偶尔会看到一些不认识的鸟。画水彩的花生告诉我,黄嘴黑羽、鸣声宛转的是乌鸫,头上有一撮白毛的是白头翁,喜欢拣高枝飞的是伯劳。有一天花生兴兴头头告诉我,她在后院菜地里看到戴胜了。她拖着我去到底楼的"凹"字形展厅,隔着展厅的落地玻璃指给我看。不知道从哪儿飞来的,花生说,在那儿,丝瓜架底下,在那儿找虫吃呢。花生看着那只鸟不住地感叹,戴胜啊,我天,这地儿居然还能看见戴胜啊。

春水般柔软而浩荡的乐声、开满枝条的泡桐花、树枝下捡食的鸟儿,以及藏在树枝间的花样百出的鸟鸣,曾让我觉得这座矮楼有着在这个城市其他地方难得遇见的美好。

## 二

那些人"拿掉"泡桐树的理由是,它长得太快,再任由它长下去,矮楼下搭建的"凹"字形展厅就有可能被它破坏。

我到树底下看过,他们说的倒是真的。展厅老旧破落,规模也小,一到雨季就渗水的内墙上霉迹斑斑,有的墙皮已经脱落,其实早已不堪作为展厅使用。而泡桐长势正好。这是中原一带最常见的紫花泡桐,成长极其迅速,成年后枝干硕壮,有巨大的伞形树冠。泡桐树四方伸展的枝条中有一些已经压到了"凹"字形展厅的顶棚。这么大的树,地下的根系可能已经在展厅地面下回环盘踞。不断生长的大树的确有掀翻展厅的可能。一切蓬勃生长的事物中几乎必然含有的危险,在泡桐树与破旧展厅的比照中显得十分触目。

为了"拿掉"泡桐树,那些人颇费了一番心思。都知道伊城市区的大树是受保护的,不能够随意砍伐。以他们想到的种种理由,都不足以让"拿掉"这棵大树成为被允许的事。保护展厅也不能作为理由,因为展厅本身是为了应急临时搭建的,用完以后就保留下来,本不属于规划内建筑。于是他们合计了一下——既然受保护的是活树,拿掉活树是违规的,要是树死了,就不在保护范围了。他们打算先想法子让大树"自然干枯",然后再叫人来"拿掉",那就不叫砍伐树木,而是清理枯木了。我心里不免起了反感。

合谋之后他们就动手了。我这个反应迟钝的人,并没有注意到泡桐树在萎靡。泡桐树的花朵纷纷凋谢,落花把展厅的棚顶变成了长长的花毯。有十来天时间,我看着在展厅顶部平台上越落越厚的粉紫色桐花,竟还被那样的"美景"撩动,以为是季节变换到了泡桐结籽的时候。我没意识到那貌似绚烂的景致不是落红化泥的轮回,而是它正在死去的样子。

跟泡桐树一起被"拿掉"的,还有沿墙的带状花坛里长得蓊蓊郁郁的藿香、薄荷、葫芦、丝瓜和向日葵。薄荷和藿香都是生命力格外旺盛的植物,铲除它们本来并不容易。它们被除得这么彻底,大约也遭受了与泡桐树一样的荼毒。

失去了泡桐树的遮挡,办公室的光线白花花得晃眼。窗外空荡荡的,破旧的展厅平台上露出一片片成分不详的污迹。再坐在那里,就像跌进了废墟。直觉中,总有一种莫名的腐朽气味在周围弥漫。窗外的泡桐树曾是一道帘幕、一层隔断,又像是某种荫庇和掩护,它层层叠叠的枝叶仿佛在我和那种气味之间横置了足够的过滤。而现在它没有了,被"拿掉"了,周围的景象一览无余地送过来,有对面阳台上晾晒的红红绿绿的衣服,有架在电线杆上或固定在矮楼外墙上的一捆一捆的黑色电线,有在展厅平台的垃圾和污水之间跳来跳去的野猫。我在那里再也坐不住了。

我不确定草木知不知道疼痛。至少它们是有感觉的吧？每一株植物都知道什么方向有光、什么方向有水,知道寒来暑往、秋收冬藏。许多绿叶植物,都会以释放毒素的办法抵御虫害。长在热带它们倾向于叶片阔大,长在寒带它们倾向于叶片细小。长在沙漠里的梭梭,为了节水甚至不长叶子,直接以茎秆完成光合作用。因为营养丰富而特别容易被啃食的植物,往往选择长到靠近雪线的寒冷高山上,长到人兽不能立足的悬崖峭壁上,或者寄生到高耸入云的乔木梢头。

我曾在浏览自然纪录片时,意外听到了植物的尖叫。那是番茄茎秆被切断时发出的声音。它们发出的尖叫惊惧而凄厉,像来自遭受剧痛的孩子。还有烟草植株的呻吟。被切断的烟草植株仿佛知道了被切断的处境,它的呻吟听上去充满绝望。番茄尖叫和烟草的呻吟因其声频超越了人耳的听觉范围,要借助仪器才能听到。这视频播放的情景不是传奇,而是一位植物学家所做的实验,是真实的现场记录。

传统生物学常把植物的创伤反应解释为无情绪感受的条件反射。但是,谁能断定呢？人们对于痛苦的感觉,不也可以解释为一系列条件反射吗？谁知道所谓的条件反射是不是植物的情绪症状？有研究表明,植物受到伤害时体内会出现急遽的电压跃变,钙元素含量也会急剧升高；如果用镇静剂处理伤口,这些反应会很快平静下来。这是拥有神经系统的动物在感到疼痛时才会有的反应。钙元素的升高是疼痛机制中的一环,而植物受到创伤时体内的电压跃变,是不是呈现了植物的痛觉?

可怜的泡桐树,在它的落花把展厅的棚顶变成长长的花毯,在我在无知中被那样的"美景"撩动的时刻,它是否也曾发出过人耳听不见的惨叫?它的树干和枝条内,是否也曾出现了肌肉收缩般的电压跃变?它是否也曾绝望地号召体内的支援,让浑身散布的钙元素迅速奔赴创痛之地,去抵抗正在经历的无声无息的戕害?

## 三

北开的玻璃窗几乎占据了一整面墙。我至今记得在某个早晨吃力地推开窗扇,被破窗而入的泡桐树新叶扫到手腕的时刻。我是个看着泡桐树长大的人,对这种在华北平原到处可见的树种毫不以为稀奇,但似乎还没有被泡桐树丝绒般的叶面扫过皮肤的经历,又或者儿时从泡桐树的幼苗之间穿过,也曾无数次被它们毛茸茸的叶面碰触过,只是那时候心性混沌,丝毫不曾在意。

覆有细密茸毛的泡桐叶在手腕上留下轻风般的触觉。它的清苦、凝重,有一种特别醒神儿的中药气息。那仿佛是我距离一棵泡桐树最近的时候,我能看见它褐色的枝条上微微鼓凸、将出未出的叶芽,能看见刚刚拱出花萼的小花蕾顶端瓣膜包覆的纹路。幼年时被压抑的对于图像的迷恋,在那一刻忽然惊醒。一枝暮春时节的泡桐树枝近到触手可及,它的老练和稚嫩一同写在点缀着土色斑点的枝条上,它有新抽出的灰绿叶柄和阳绿叶片,有小牛皮一样的花萼和丝绒般轻软的花钟。那种新鲜与蓬勃简直是对知觉的猛烈抽打,让我醒觉到一棵树的"活着"竟也复杂幽微、用情至深。

再漫不经心的相处,也会在感官和骨肉中留下印迹。等到老之将至,那印迹便像潜伏在神经簇中的病毒一样开始发作,让人开始怀旧、开始思乡,开始对一棵树、一种气味、一抹颜色的眷念,直到刻骨铭心、念念不忘。

记忆会把曾经出现过的事物恰当编辑。在蓦然想起的时刻,泡桐树巨大的伞形树冠总是与叽叽喳喳的鸟鸣同时到来。记忆把那些在楼顶和二楼展厅平台上蹦跳的喜鹊、灰鹊、斑鸠、麻雀、乌鸫、白头翁,还有极少出现的将军一样的戴胜,与伞形树冠,与泡桐枝条的清苦气味、泡桐花的璀璨辑录到一块儿。大树枝丫间藏了多少鸟儿啊。一把谷粒撒出去,一把面包屑撒出去,一把石榴籽苹果粒撒出去,它们都会在几秒钟之内打扫干净。

花生喜欢把早餐吃剩的蛋糕撕成碎屑喂鸟。鸟竟然也是喜欢香味浓厚的食物的,它们吃得意犹未尽,围在花生身边不肯飞走,眼巴巴等着下一把蛋糕碎屑。我对花生说不要用蛋糕喂它们,你会把它们喂得飞都飞不动。花生大大咧咧地说不会,鸟才不会把自己吃得飞不动,只有人才会把自己吃得动都动不了。

花生常常带着画板上楼顶画鸟。她的水彩笔触轻盈,设色简淡,画境深邃静谧,看一眼,便能让人松弛下来。

被花生的蛋糕屑吸引的喜鹊、灰鹊、斑鸠、麻雀落满了大半个楼顶平台。它们似乎已经认识花生了。花生在楼顶平台上走来走去,它们只管在食物碎屑间蹦蹦跳跳,并没有一只鸟惊慌逃离。有时候,花生的大花长裙几乎扫到了它们,它们也不飞逃,只管在那里欢喜雀跃地捡食。花生说,别小看这些小东西,它们可不傻,它们知道我在这儿野猫就不敢来,还知道我不会吃它们。

那一片鸟儿群集的楼顶平台因为少有人去,在疫情肆虐的三年里,成了我与花生闲聊的去处。我们曾经从傍晚到夜半,把一瓶七百五十毫升的蓝方喝到见底。在我的记忆里,那是唯一一次对高度酒的清饮,一瓶二杯,碰一下再碰一下,带点冰感的矮方杯在墙根下发出水晶玻璃特有的清透声响。那个傍晚与无数个仲春时节的傍晚一样天色温和,伊河路边长了几十年的梧桐树从地面长到矮楼的楼顶,把冒出细碎绿芽的枝丫一直伸到女儿墙边缘。

尽管这座矮楼只有四层,在楼顶也可以看到很远的地方去,可以看见城市的日落。后院对面的家属院也都是三四层的小楼。住在那里的老人们一年四季在院子里种花草蔬菜,种菠菜、白菜、芫荽、胡萝卜,种月季花、牡丹花、蔷薇花,种石榴树、柿子树、山楂树、核桃树,让那个院子一年四季都有人吃不完的菜,也有鸟儿吃不完的果子和虫子,让格外喜欢虫子的戴胜、乌鸫和白头翁从郊野找到了这里。夜幕将临,那边的楼顶上还有老人在打太极。我和花生靠坐在已经废弃的电机房的墙根,慢条斯理地喝酒。威士忌从喉头滑下去,夕阳从这个正在疫中的城市边缘的楼群剪影中滑下去。暮色渐渐浓厚,城市里灯火四起。

在那个无人打扰的黄昏,玻璃的清凉和蓝方特有的凛冽,让人有了所向披靡的错觉。那时候我已是爨下之桐,心里反而是安泰的。烧就烧吧,能煮开一锅粥也是一种景象啊。但我也知道我是一块湿柴,不那么容易点得着。似乎极少有什么时候比那个傍晚更令人投入"当时"。冰凉的烈酒从喉头滑下去,炭焙的香气应和着我想象中的燃烧,让人心生妄想,仿佛已经有桐木的噼啪之声从火焰里传出,仿佛我与花生可以抹掉各自经历的创痛,把这褐色的冷火焰般的酒一直喝到地老天荒。

在我和花生坐在楼顶饮酒的傍晚,疫情的暴发期已经过去了,但大范围的交际聚会还没有恢复。那天我去楼顶散步,遇到正蹲在那里给鸟儿撒蛋糕屑的花生,于是决定在楼顶喝点。我看着从女儿墙垭口处钻到楼顶的梧桐树枝,花生举起酒杯跟我碰了一下。花生几乎不会说安慰人的话。对于一件事情的走向,她总是预言那个最坏的可能。甚至在她不开口的时候,她脸上也会显现未卜先知般的神情,她的深褐色瞳仁儿有如深不见底的潭水,又清澈又神秘。而我习惯于不往坏的方向去想,更不会把一闪而过的糟糕预感说出来。有时候一件事情明明已经覆水难收,我依然会按捺一切灰暗念头,告诉自己凡事总有转机,似乎我不往坏的方向去想,事情便不会继续糟糕下去。每当看到花生的眼睛里闪现深潭般的神情,我总会及时转移话题,让她的预报没有机会表达。

那个在楼顶喝酒的晚上,我一本正经地提醒她不要老说丧气的话。因为我相信否极泰来。我记得当时的沿街商铺里有一家"花倾城"鲜花店,只有小半间铺面,却每日供应着极新鲜水灵的各色鲜花。店主是一位年轻姑娘,容貌像花朵一样清新脱俗。我不时从那里买几枝马蹄莲,养在办公桌上的玻璃花瓶里。那时候后院的泡桐树已经被"拿掉",楼下大厅里的和声也已消失,在那座日渐枯燥的矮楼上,唯一有点生机的东西便是养在玻璃花瓶里的马蹄莲。那旋涡形的具有蜜蜡质感的花朵,

-275-

在失去泡桐树的日子里,让我觉得坐在那里还能消受。

那个傍晚,为着转移话题,我本想跟她聊聊那棵被"拿掉"的泡桐树,聊聊那一树让我想念不已的泡桐花。但是,我们的话题很快从泡桐树转到了树下觅食的鸟儿,聊起了叫一声便让人乡愁顿起的斑鸠,聊起了其貌不扬却有着花式鸣叫的乌鸫,又信马由缰,从她的"乌鸦嘴",聊到了古灵精怪的乌鸦。

我并不相信鸟儿具有左右吉凶的神力。乌鸦被人们视为不祥之物,无非是它的习性引起了人们的反感罢了。我不讨厌乌鸦,而且对这种绝顶聪明的黑乎乎的小东西有着浓厚的好奇。关于乌鸦智力的种种记录让我惊讶不已。它是人类之外极少数会使用工具也会制造工具的动物之一,有相当于学龄儿童的逻辑推理能力。据说乌鸦已经在这个星球上生存了两百万年。经过了沧海桑田的地理剧变而依然兴盛的鸟类,必然具有超常的生存能力。

但我喜欢乌鸦并不是因为它匪夷所思的智力,而是它具有不亚于灵长类动物的情感能力。它终生只选择一个伴侣。如果伴侣死了,丧偶的乌鸦会表现出明显的沮丧、孤僻和攻击性,有的甚至会自残。它又特别记仇,而且会记住、辨认人的容貌。一旦惹了它,它会纠集整个族群来给你制造麻烦。在伊城,每到冬天,市区的梧桐树上便会出现成群的乌鸦。它们的叫声戗直而扁平,的确不悦耳。

花生说她喜欢所有的鸟,也包括乌鸦,只可惜它们不入画。但花生还是会把乌鸦画下来,画在松柏之类的树枝上。她笔下的乌鸦总是形单影只,神情落寞。

我一直疑惑像花生这么一个脾性憨直的人,手下怎么能出来这么冷寂的作品。也许花生的脾性竟不是我眼见的这样简单？有一天我看着花生画上的乌鸦问,为什么不让你的乌鸦落到泡桐树上呢？它们会不会落在泡桐树上？乌鸦乌蓝,泡桐花粉艳,这样的撞色会很好看呢。

花生说,没见过乌鸦落在泡桐树上。

我也没见过。大约是泡桐树开花的暮春时节,野外虫子遍地,乌鸦已经飞回到低山树林里去了。没见过也可以画呀,我说,把不能实现的景象落到纸上,画画才有意思。

后来,大约在疫情彻底过去的时候,花生还真的把乌鸦画到了泡桐树上。泡桐树上的乌鸦被盛开的桐花环绕,羽毛乌亮,眼目青涩,像一个被繁花环绕的美少女。花生看着那幅画喃喃道,没道理,毫无道理,可是,这真是美啊。

不知怎么,我那时又想起"花倾城",想起那个花朵般的女孩。后来我再去买花,"花倾城"已经不见了。女孩和她的小店搬去了哪里？她一定会好好的吧？这世上所有美好的事物,都应该好好的,不是吗？就像那段能在灶火中发出噼啪之声的泡桐木,即便被扔到爨下,也还是会有一只手把它从大火中抢出来,把被焚毁的命运截断,把它与生俱来的琴瑟之声,弹奏出来。

## 四

最怕动紫。用蓝重了妖里妖气,用红重了显得俗陋,加白多了打不起精神,加黑多了浊重不堪。而泡桐花千变万化的紫,着实给了我一番打击。这看似简单的花,却是暖了不对,冷了也不对,轻了不对,重了也不对。

承托着泡桐花的花托和花萼最早是连成一体的卵形小球，乍一看像是坚果的壳。我一直以为那卵形小球就是泡桐的果实，还纳闷儿泡桐的果实怎么一整个冬天都挂在枝头。直到搬进那间办公室的第二年秋天，从近在咫尺的泡桐树枝丫间看见了棉桃一样的绿色果实和毛茸茸的浅褐色卵形小球，有了颜色和体量的醒目比照，我才想到去追究这些卵形小球的底细。原来它们是泡桐树新萌生的花芽，是第二年的花朵胚胎。卵形小球的下半部是花托，顶端有五分裂纹的部分是花萼。很少见到别的花有这么厚实的花萼。这也是最长情的花萼，它从前一年秋天花芽萌生的时候起就和花托一起包裹着孕育中的花胚，一直到第二年暮春时节才会呈五星状开裂，露出新生的花蕾，然后等花钟抽出、长大，花瓣打开、盛放、枯萎、凋落，再到子房膨大，果实成熟、开裂，等到小蝴蝶般的种子四处飘散，它依然稳稳地守在花托上。

不摆弄颜料就总也看不见色彩的本来面目，甚至会对物体的本来面目视而不见。从五分开裂的花萼顶端露出的花蕾是什么颜色的？在我的记忆中，它似乎有着确凿无疑的娇滴滴的浓紫，但其实它的颜色是一种难以言喻的青白，需要以白色略略调灰，再略略调黄，最后加一点钴蓝，一点点，若有若无，然后才能模拟那刚刚冒出头来的蓓蕾的颜色。等到花蕾从厚厚的花萼中冒出头来，形成一个个小小的花钟，花钟顶端和钟身向阳的一面便在阳光的作用下泛出蓝紫。没有张开之前的花钟满覆茸毛，花钟顶端包裹成密闭状态的五片花瓣层层叠压，形成一个鼓凸的立体五角星。也是等到动笔描画的时候才看见，泡桐花钟顶端张开的花唇，并不是我印象中的舌形，而是带圆角的方形；它的五片花唇也不像寻常的五瓣花一样均匀排列，而是分成了向阳和背阴两组,向阳的一组两片,背阴的一组三片,两组花唇之间有着明显的分界,大小、形状和颜色都有差异。张开的花朵有着更玄妙的渐变色。钟状花朵的外部,向阳的一边是渐变的粉紫,背阴的一边是轻浅近白的灰绿。花朵内部,沙粒般的紫色斑点撒在青黄的花壁上,看似散漫无章,却构成了由内而外的放射状条纹,在微距镜头里,这景象简直是一片微缩版的银河。

这小小的粉紫色的花朵里面,居然藏了这样强烈的对比色、这样繁复的构图,而在动笔描画之前,我竟对此完全盲视。看着这又轻灵又凝重的花朵挂满树枝,我总是情不自禁,絮絮叨叨地感叹自然造化中包含的惊人耐心。只是,一朵花到了纸上或布面上,经过眼睛、大脑和手的层层转译,就变得似是而非、面目含混,沦为某种名称的笨拙图释。这是不是艺术表达要竭力挣脱具象的动机之一,我不确定。

遍覆茸毛的泡桐花在光照下泛出神神鬼鬼的光泽,考验的不唯是调色的恰当,还有手的轻重和速度。钟形花朵外侧轻微渐变的粉紫,似乎必须笔端着色一扫到底,才能准确呈现。精微的色彩和纹理是以极其轻薄的花壁为基础的,只要使用罩染,花钟就成了笨重的墙壁。似乎要来一点水墨画的手法?表现这些轻盈灵秀之物,相对于更重质感的油画,似乎水墨更胜一筹?被阳光照得透亮的绢帛一样的泡桐花唇,是泡桐花的高光带,它们在不同的光线下会呈现不同风格的光泽。我还摆弄不好油性颜料,所以避难就易,选择了干燥迅速、覆色容易的丙烯。但无论我怎么小心翼翼地用白,那种光亮就是出不来。

我感叹,是一色,果然空蒙难画。

花生说,不是难画,是你画法不对,亮不是这么表现的。不是这么表现的,那应该怎么表现呢?花生说,你真想玩这个,就学点技法,不能胡画。

我说不。我的反应迅速而坚决。不,我就是想胡画。

我大约并不止于喜欢画,而是喜欢"胡画"的无拘无束。我迷恋其中的造就与戒律,更渴慕其中的破坏与自由。我喜欢这种颜料的造型能力,更痴迷它的覆盖力,或者不如说,更痴迷它的容错力——它允许你试验、涂改,允许你推倒重来,再推倒重来,有如布面上的Control+Z,不像水墨,一笔落下,覆水难收。

我只用红黄蓝黑白五种颜料。我喜欢用它们调出更准确的间色和复色。我喜欢琢磨原色的脾性和生发力,慢慢跟它们熟识起来。我喜欢这些原本陌生的颜料慢慢成为我的知交,喜欢它们在失控中给予我的热辣与冷漠、勾引与疏离、惊异与嘲弄。似乎两种原色的调和是不能过度搅拌的,要不然它们会失去原色的泼辣,变得温暾沉闷。你要明亮,就须粗糙?似乎任何两种颜色的调和,深色都是主角。你要颠倒主次,就得大幅度调整比例。原来红与蓝霸道的影响力,稍微加黑就会服帖。而黑色……除了白,没有任何颜色可以制服黑。但是白色也有力竭的时候——似乎在任何彩色物象中,单纯的白总不如含点对比色的白更明亮炫目。

我于是在泛紫的泡桐花唇边缘扫了一点略略偏黄的白。哈,就是那种妖异的光感,现在,它一下子出来了。我跳起来。手里的画笔来不及躲闪,把丙烯戳到了脸上。我索性扔下笔,手蘸丙烯给自己画了个花脸。然后我把手伸向毫无防备的花生。花生绕着画架躲闪惊叫,救命啊,我的天,这个人疯了。

## 五

整个四月我都惦记着要看泡桐花。

市区的公园没有一个栽种泡桐树的,大约嫌弃泡桐树的观赏性不够吧。在伊城西北部最早的开发区,几乎全是以植物命名的街道。那些街道的行道树多与它们的名称相应,雪松路有雪松,冬青街有冬青,洋槐路有洋槐,樱花街有樱花,垂柳路有垂柳,桃花里有桃花。弧形的莲花街上虽然没有莲花,但是街边却建了莲花公园,公园的池塘里有大片的荷花和睡莲。可惜,即便在这样的街区,我在地图上仔细找,却找不到一条以泡桐命名的街道;我开车兜过来兜过去,也没看见一棵泡桐树。

泡桐树早被城市忘到了脑后。我只好跑到野外去。要开车往外走,再往外走,跑到黄河对岸去,或进入西郊的低山区,才会遇见泡桐。只要有泡桐树,哪怕是一棵也很打眼,它鹤立在万绿丛里,疏朗挺拔,亭亭如盖,颇有独木成景的气概。野外天色明亮,枝丫上的泡桐花高高地在半空中招摇。盛开的花朵被碰落的时候,有黏糊糊的蜜水从花钟里滴下来。那是一种格外"拿人"的花香,是很多年前在故乡,或数年前在矮楼上的办公室里,每到清明谷雨时节都会闻到的气味。

当时只道是寻常。随着这座城市不断扩大,曾经的城郊变成了市区。如今,近郊的泡桐也只是稀稀落落的,难得再见到成片的泡桐林了。

在吸食泡桐花蜜的若干年后,我因为贪恋,把一段泡桐花枝带回家养在了陶瓶里。泡桐并不是适合养在室内的植物,但陶瓶里的泡桐花一直在窗台上开了半月有余,仿佛过了半个月它才感觉到已经与树干离断,随后它就蔫了,在一天之内彻底枯萎。盛开的花朵、花唇密闭的花钟、刚从花萼里冒出头的花蕾,以及还没有来得及打开花萼的卵形花芽,噼里啪啦从枝上凋落,掉在我的桌上、地板上、茶台上、烟灰缸里、摊开的书上。我只得一一收拾起来,把它们埋到了种着橘树的大花盆里。我知道在春天泡桐树是需要剪枝的,并没有觉得折下一段花枝有什么不妥。只是,看着落了一片的花朵、花钟、花蕾和花芽,我难免觉得不自在,觉得折下这段花枝是对它的残害。

朋友说,去兰考吧,兰考到处都是泡桐树。想看到大片的泡桐树,想看一树一树的泡桐花开成花海,看来只能去兰考了。若干年前为了防治风沙,兰考人在古黄河泛滥留下的盐碱地上栽植了无数的泡桐树。若干年后,泡桐树的种属分类里有了"兰考泡桐"的条目。这个品种的泡桐,外形与习性和华北地块常见的紫花泡桐是类似的,只是树干不会过高,树冠也不会过大。这样的改良使兰考泡桐比寻常紫花泡桐更结实,不容易折断、倒伏。在我印象里,似乎它的花朵颜色也更偏冷一些,会泛出淡淡的蓝紫。如今,兰考地块上不仅有了大片大片的泡桐,还有了以泡桐木制作乐器为业的村庄。兰考人把泡桐木悉心裁制,做成琴,做成筝,做成琵琶。兰考是泡桐树的地块,兰考人与泡桐树缘分深结,泡桐树是兰考地块上不会撤离的主角。只是,这样深长的缘分是在生死考验中结下的。我去了,就是站在泡桐花海里,也未必能够体会那生死攸关的情意。

我自幼见惯的紫花泡桐,也就是华北平原上最常见的毛泡桐,枝干高大疏朗,有茸毛密覆的阔叶,大约是兰考泡桐的前身?这是一种生命力极其旺盛的树种。在我熟悉的树种里,它的成长速度罕有匹敌。在土壤肥沃的故乡，泡桐种子只要落地，一年便能蹿上房檐，四五年便可成材。它的繁殖能力也强悍得惊人。一棵成熟的泡桐树，每年春天都会有无数的花朵挤满它的枝枝丫丫，每一朵花下面都会结出一颗棉桃样的果实，等果实成熟，果壳便从中间开裂，分成两半的果壳中有四个果房，每个果房里都有数百个小小的籽粒。这些籽粒外面裹着薄如蝉翼的果衣，形似榆钱而更轻盈，像是缩小了的蝴蝶。这些小小的蝴蝶随风飘扬，落到有泥土的地方，便会入土萌芽、扎根生长，长成泡桐树苗。一棵成熟的泡桐树每年会有两千万颗种子。如果任其自由生长，一棵泡桐树的种子散开，便会蔓延成一片面积可观的树林。

这么皮实的树种，如今竟然难得看见了。连十分适合泡桐生长的故乡，也看不到泡桐树了。一般人嫌弃它木质疏松，不堪使用，卖了也不值钱，还嫌它长得太快太大，容易伤到房子，所以都不种了。老家院子里的泡桐树，因为树冠过大遭到母亲的嫌弃。她要在院子里栽花种菜，嫌弃泡桐树遮阴太甚，挡了花卉和菜苗的阳光。于是，院子里的泡桐也被清除了。母亲用的动词是"弄走"，话里透着嫌弃。这体量太大的树，看来是不适合局促环境的，不是它挑剔，而是它容易被挑剔。能够怪谁呢？不过是心意各别、难以同情罢了。人与人如此，人与物亦如此。息息相通，或隔膜疏离，都是常态。

我念念不忘的那一方窗外，难道不是时光里无可替代的气象，比如一去不返的璀璨心境，比如繁花入眼般的兴致勃勃？那是岁月里永远不可能修改的草稿，带着无数的错误与漫不经心，却也是无法重来的生之盛景，既蓬勃又荒芜，既热烈又敷衍。忆旧游，旧游之地多苍苔。哪里还会有一棵泡桐树，复在窗外撑起一片枝丫横斜的巨伞,以满树繁花,陪人度过永不再来的盛年?哪里还会有一棵泡桐树,能招来让人怀乡的斑鸠和花式鸣叫的乌鸫,让人从无梦的深睡中醒来,恍兮惚兮,仿佛跌到了时间之外?

《人民文学》2024 年 10 期

鱼禾　1989年毕业于复旦大学中文系。现为中国作家协会会员,河南省作家协会副主席,河南省散文学会副会长。创作以散文为主,作品主要刊发或转载于《人民文学》《十月》《天涯》《莽原》《散文选刊》《散文·海外版》等文学期刊,已出版散文集《寻找南河》、读书随笔《非常在》等七种。散文《界限》《驾驶的隐喻》分别获得人民文学奖、十月文学奖,散文《失踪谱》《寻找南河》两度获得莽原文学奖。评论认为,鱼禾的散文视野辽阔,生命哲学的思辨意味隐形且有效;她的写作,强调了散文结构的必要和意义,拓宽了散文文体的边界,赋予散文以自如宏大的表现能量。

# 《远游归来》等四篇

苏枕书

## 远游归来

嘉庐君：

见信好。

这次的回信从春天拖延到盛夏，又从大暑拖过了处暑，真不好意思。之前与你说过，春天要开一门讲汉服文化史的课，也早已顺利结课，计划明年继续展开这个话题。暑假已至尾声，令人惆怅。八月初计划外出旅行，对着地图想了很久，不愿走太远，不想去关东，最后选中和歌山最南端的小城串本。从前旅游业兴旺时，从京都站有特急列车"黑潮"直达串本。如今这趟线路班次大减，始发站也从京都改到了大阪。

当时正是奥运会很热闹的时候，不料出发当天新闻说各地新冠再度蔓延，大阪又发出紧急事态宣言。我懵然无知，清晨已在旅途。列车沿和歌山海岸一路南行，车上游人寥寥，饱看了窗外无尽的碧海蓝天。也穿过大片山区，到处是橘田与竹林，偶尔一大片盛开的雨久花骤然扑入视野，又转瞬离去。还想再遇见这一片美丽的蓝紫色，后面却没有了。

抵达串本已是正午，街上没有什么人，步行至酒店，据说客流量大不如往年。因为房间有空余，我原先预定的单人间被换成了阔大的家庭间，说是特别优待，进门就看到落地窗外浮在海上的纪伊大岛。这旅店像极了文豪住的地方，不写点什么仿佛对不起窗外的大海。

在串本待了两天，买了旅游小巴的通票，车上一直只有我一人，司机也是同一个，形同包车。那是一位本地老人，或许觉得年轻人工作日在外无事晃荡有些可疑，特地问了我接下来的行程。据说日本的酒店对独自旅行的人都有些紧张，生怕他们是出来玩一趟、吃顿好的，就去自杀。而串本的确有自杀圣地，即海边的景点三段壁。我照着观光地图搭车过去，途中遇到几群外地来的高中生，大概是参加什么活动。进景区后发现，买票能用微信支付，可知从前应该是很热门的国际旅游景点。稀里糊涂跟随工作人员进电梯，被送到十几米下的洞窟，听到浪涛击打山崖的巨响，原来这是海边山崖的底端，山洞外就是撼人心魄的大海。据说这里古代是海贼的据点，洞窟用来停船和休憩。高中生们一点都不怕，纷纷靠近洞口观察眼前的白浪。我畏缩不前，只混在他们当中瞥一眼洞外风景，遂快速退出，搭电梯回到地面。如果和从周一起来，可能不觉得这么恐怖？在地上远眺太平洋，看清了石壁的高度，从这里跳下去，的确很难生还。难怪沿途都立着求助电话的小牌,提醒决心投海的人在最后时刻三思回头。

回京都途中去了著名的旅游城市白浜,这里是日本熊猫最多的地方,目前白浜野生动物园共生活着七头熊猫——而这里的旧书店仅有一家,街上到处都能见到熊猫的宣传画。据说白浜的自然环境很适合饲养熊猫,早在1994年,就与中国共同展开熊猫的自然繁殖研究。和歌山有三只德高望重的熊猫被授予"和歌山县勋功爵"之称,其中最年长的是1992年出生的公熊猫永明。无论中日关系怎么紧张,熊猫在日本总是极受欢迎的,是真正的和平大使。不过我没有去看熊猫,而是在酒店躺平。这回仍住海边,对着景点白良浜(事先并不知自己选择了这样的好地方)。游客数大不如往年,我的单人间又被酒店好心地换成了巨大的对着海岸的客房。若是往年,这样的房间非常难订,总是临时才决定出游的我不可能住上。白良浜的落日很美,海边游客也不少。我很想下海,但一个人行动难免不便,最后选择了对着太平洋泡温泉。又独在附近的居酒屋吃了京都决不会有的新鲜海产,喝了热乎乎的本地酒,这享用的确有些冷清。更可惜的是在文豪钟爱的海滨旅店住了几天,却没有写出一个字。

回京都后,觉得假期太过宝贵,想着再计划一场旅行,又对着地图遐想。我去过的地方很少,行动总在近畿地区,北海道也没有去过,一直以为遗憾。不过接下来就是连日暴雨,加之新冠蔓延,已不能出门。虽然我早已打过疫苗,但家人很担心此地情况。人们对自身所处环境的安慰总有不同感受,至少目前看来,这里生活并无特殊的不便,物资供应亦暂无问题。下学期大概率仍是在线上课,我的身心早已习惯这种模式。

《书问京都》已经出来,不知你有没有收到书?真希望还会有下一册,盼你来信,祝一切都好。

松如
辛丑处暑后二日

## 寺院偶遇

嘉庐君:

接信深觉安慰。近事纷纷,起因极小,而走向竟如此难以预料,真可慨也。好在避居山中,物理上隔绝了纷扰,实际上很清净。要说心情完全轻松,当然也不是。就算不为自己遭遇的这件小事,也为汹汹世论而感到忧虑。人们虽生活在同一时空,境遇与感受却如此不同,也越发吝啬付出宽容与理解,不知往后的世界会如何。

或许是今年此地春天来得很早,秋天也提前到来。前些天校内已开了石蒜花,紫薇还没有凋尽,桂花尚无消息,节令总比你那边稍晚一些。早晚凉风锐利,远山的轮廓变得极明晰。季节轮转,我们期待中的重逢,不知在何时。

此前要与你分享的一则趣事,再不回信,险些要忘了。两周前的黄昏散步真如堂,遇到一位好看的欧洲姑娘,斜跨一只布包。走近了才看清里头藏了一只黑白花小猫,脸尖尖小小,眼睛非常大。我们自然很容易开启话头,姑娘说自己从瑞士来,住在真如堂附近,这只小猫叫邦德,是她在自家阳台从乌鸦嘴里救下。"那乌鸦使劲儿咬它。"小猫邦德挨着她,大眼睛很警惕地望向我。它背上有牵引的绳索,原来是敢于外出散步的小猫。姑娘让它从包里出来,它在地上走了几步,起先只往竹栅栏内躲避,后来昂然探索,不再介意我的反复赞美,好可爱呀,真英俊!

我向主人征得同意,替它拍照。遂与姑娘闲谈,何时到此,又在何处读书或工作。姑娘说两年前过来,如今在"おおえのうがくどう"工作。我听"のうがくどう"一词,想到的是"农学堂",以为她在从事农业研究。但"农学堂"这个名字乍一听实在古典,此地似乎并没有听说过,倒是清末有很多"农学堂"呢。虽然好奇,但也没有多问,想着回去查一查总能知道。

归途与从周感慨,你看,有瑞士姑娘不远千里来这里学农,真不错,我们也可以考虑学农——隐居种地的幻梦还是丢不掉。但到家后再一查,哪是什么"农学堂",分明是"大江能乐堂"。而"农学堂"一词只有我国使用,明治时期的常用词是"农学校",真是不小的误会。这位姑娘还是一位小有名气的舞蹈家,我真是太眼拙,她行动如鹤,我却以为她是归田园居。从周也说,当舞蹈家我们肯定不行,还是好好读书吧。

前一阵芥川赏公布,台湾籍年轻作家李琴峰获奖,作品叫《彼岸花开的岛屿》,我还没有读。昨日听研究台湾农业史的师兄说,李琴峰遭遇此地网民攻击,说她文章"不爱日本"。去亚马逊读书页面一看,果然也遭遇日式"一星运动",人类思维与行动出奇相似,这倒激发我兴趣,非要去看看李琴峰写了什么。只是眼下已开学,又要陷入忙碌,可叹快乐的暑假总是如此短暂。

不记得有没有跟你说过,这些年我很关注韩国文学作品,国内引进不少,这是很好的事。日本网上嫌韩风潮猛烈,但日本图书市场一直积极引进韩国文学作品,且销量很好。认识的一些本地人有时会毫无掩饰地表达对韩国的反感,但对韩国文学、韩剧却大加赞赏,东亚各国对待彼此的态度实在耐人寻味。我也喜欢近年的韩剧,种类丰富,篇幅适中,紧跟时代风潮,对当下社会问题有深切的关心。当然也有不少开篇甚好、后续落入俗套的作品,大约与韩剧边写边拍的制作模式不无关系,不似美剧有更大的团队协同合作。

我很喜欢《秘密森林》,尤其是第二季,推荐给你。第一季还有些落入俗套的有关天才的设定,第二季的走向则难以预测,节奏独特且不俗。《机智的医生生活》也还不错,是大众接受度很高的类型,风格略似从前的《请回答1988》,也有"观众一起猜女主最后嫁给谁"的讨巧设定。只是编剧性别观念颇落后,第二季也不如第一季精彩,编入许多陈旧尴尬、皆大欢喜的感情戏。多年前曾看过一部口碑很好的韩剧,叫《家门的荣光》,讲名门儒者旧家的生活,开篇就演绎了盛大的儒家丧礼。今年暑假刚开始时重新翻出来看,惊讶于女主人公竟如此符合儒家传统道德:新婚丈夫死去,守节不嫁,历经万难才选择重新结婚;剧中男子对女主人公多行跟踪、骚扰之事,在十多年前的电视剧里却被描摹成"执着的爱情"——居然是一个现代故事。而剧中追怀的长幼有序、兄友弟恭的传统家族图景,在眼下看来更是遥远。可见十多年间,社会观念已有很大变化,当时随便消遣的电视剧,如今也能当作观察世情的材料来研究了。剧中女主人公是一位典雅智慧的历史学研究者,曾说"我们国家如今少子化,我要生七个孩子"。剧中演到她生了一对双胞胎——这样的情节,在女性主义崛起的今日韩国文化界看来,是十足的"陈言腐语"。一旦用性别视角去审视这些文艺作品,都难免觉得漏洞百出。

意到即书,拉杂不成篇章,先写到这里,凉风正穿户,山里虫声清澈极了,唧铃铃,唧铃铃,比夏末黄昏的蜩鸣更寂寞。

松如

桂月初九


## 小蘋遗事

嘉庐君:

见信好。

听你说近日买书大有所得,真令人高兴。还好我买书不受别人刺激,大概因为总是穷忙。你说的含有古琴节目的节目单很有意思,不知古琴与其他乐器的比例如何?印象里古琴好像一直不是认知度很高的乐器。前一阵我沉迷听柳继雁先生的昆曲,她在苏州本地一档电视节目中也回忆过20世纪50年代的表演,非常有意思。像她这样未曾名满天下的老先生,谈吐保留了许多未加改造的本真细节,作为口述史料很有价值。

前一阵碗君给我看了一张画儿,题作《溪山清趣》,落款"大正元年星次壬子秋日 小蘋野口亲",钤"野口/亲印"(白)、"小蘋/女史"(朱)、"春秋/多佳日"(白)三方印。碗君赞美其画风"很中国",非常漂亮。起先我觉得名字有些眼熟,翻了一阵笔记,原来之前读郑孝胥《辛卯东行记》,的确已邂逅过她:

五月初八日(6月14日)

晨,同陶杏南坐马车至光照寺访贯龙,以二扇还之,笔谈良久。进荞麦切面,但白煮盛木盒中,别器贮酱油自絮之,余与陶皆不能进。出寺,过一卖画女士,名野口小蘋。入室辄脱屦,地皆布席,施跏趺坐,国人则跪坐也。小蘋年四十许,其夫亦在室,与客同坐谈。索画观之,皆仿中国画本。有一幅绢,画背立美人,着单縠之衣,腰以上悉隐见之,题曰《小青第三图》。又一立屏未毕,为牡丹山石,颇工秀。其室中有扁,曰"闲云野鹤草堂"也。

这是1891年郑孝胥随李经方出使日本时所遇之事,陶杏南即陶大均,光照寺隶属增上寺。贯龙即水野贯龙,净土寺僧,三重县人,著有《教林一枝》,郑孝胥评为"甚似龙舒净土文"。而这位野口小蘋,就是碗君赞赏的画家了。网上检索一番,发现小蘋的事迹虽不算完全湮没无闻,但名气远比不上村松园、竹内栖凤等画家,因而她的画虽然十分不俗,如今市价却抵不过一张稍微难得些的浮世绘。这一点很耐人寻味,故而想对她的生平稍加勾勒,以示存古之意。

弘化四年(1847),野口小蘋生于大阪,父亲是医师松邨春岱。她是这家长女,自幼喜爱书画,八岁时拜师四条派画师石垣东山,号"玉山"。十四岁时与父母同行,游历北陆地区,在福井拜师岛田雪谷。数月后前往名古屋。十六岁,父亲去世,为了奉养母亲,她开始卖画。十九岁时游历近江八幡,拜师日根对山,号"小蘋"。二十一岁时来到京都,正式卖画为生。二十四岁时母亲去世,其时已是明治三年(1870)。转年小蘋来到东京,居于麹町,明治六年(1873),她奉官命为皇后寝殿绘花卉图八幅。明治八年(1875),她来到山梨县甲府,在这里认识了酒商"十一屋"的长子野口正章。

正章年长她两岁,也在日根对山门下学画。其父正忠号柿村,爱好美术,会作汉诗,与富冈铁斋等文人、画家交游甚厚。两年后,二人成婚,次年女儿郁子出生。明治十二年(1879),全家移居"十一屋"店面所在的甲府。当时正章投资开发啤酒,虽然产品颇受好评,但生意做得并不成功,以致负债累累。明治十五年(1882),他退出"十一屋"的经营,家业由弟弟继承,一家三口来到东京谋生,起先住在银座附近,后搬到神保町。小蘋又开始了卖画生涯,在内国绘画共进会、东洋绘画共进会等活动中获奖,略有声名。明治二十二年(1889)九月,她被华族女学校(学习院女子大学前身)聘为教师,教授作为"女子教养"的传统画技。

当日郑孝胥造访小蘋之家,应该就在神保町,光照寺距神保町有三公里路程。小蘋当时四十五岁,郑孝胥所见《小青第三图》,今仍存世,在某私人藏家处。绘圆窗内女子瘦削背影,双肘凭窗,左手执羽扇,右侧几上炉烟细细,笔致清俊。其箱内墨书"此系先妣小蘋先生壮年时代摹写而爱藏久之 小蕙郁",为小蘋之女手笔。其女郁子号小蕙,继承了母亲的绘技,曾与日本南画家小室翠云有过一段短暂的婚姻。

从小蘋存世画作来看,她曾摹写过大量中国绘画,这幅《小青第三图》是其中的妙品。识语云:"曩余客济上李太史家,见有是帧,颇极妖纤之致,因为临此,南桥陈松述。"其下钤白文方印"陈南/桥印"。又录小青存世诗十首,识云:"右录小青焚余十绝句,或曰小青原无其人,合小青二字乃情字耳,南乔记。"画幅右下角钤"碧海/青天"(朱)、"小蘋/摹"(朱)。可知小蘋摹写的对象为陈松摹作,陈松似为天长人,活跃于乾隆年间,曾为北京夕照寺画过壁画。我对画史不熟,亦不知其详。题名《小青第三图》,应该是一组中的一幅。原画今不知何所,更说明小蘋摹作

-293-

的价值。

中年之后的小苹创作极丰,获奖无数,屡为皇室作画。明治三十七年(1904),被任命为帝室技艺员。这是战前日本宫内省表彰艺术家的制度,小苹是入选其中的第一位女性,也是唯二的女性——另一位是名气更大的上村松园,比小苹年轻二十八岁,晚四十年入选。

评上帝室技艺员之后,小苹工作强度骤增,作品频频登上《美术画报》等重要刊物,应酬之作也变得很多,所用画材亦变得非常高级,并多有绚烂的花鸟绘与辉煌的青绿山水图。大正六年(1917)二月十七日,积劳成疾的小苹病逝,享年七十一,法名"春光院芳誉小苹清婉大姊"。

目前对小苹收藏、关注较多的是山梨县立美术馆,因为小苹夫妇曾在甲府生活过,山梨县内保留了不少小苹遗墨,野口家的"十一屋"也将不少藏品委托山梨县立美术馆保存。翻检图录,小苹的许多画儿我都很喜欢,其中当然免不了我的"中国趣味",但更重要的还是因她画技精湛绝俗。她二十九岁时画过《美人名花十二友画册》,虽然都仿浮世绘和服美人的构图,但意境、笔调都是南画格调。一月美人赏白梅;二月是簪戴珊瑚的盛装美人与盆兰,应该是正月气象;三月美人负幼儿散步庭中,篱间点缀丛竹、藤蔓;四月美人在圆窗内书案前,案上笔墨纸砚,身后还有一句若隐若现的条屏"恰似杨妃睡起时",下署"乙亥五月中浣小苹亲书",窗外则是叠石牡丹;五月是美人观芍药;六月美人读书,案上有书函并瓶插石榴;七月仍是美人对书案,盆花似是茉莉,又或小叶栀子;八月美人凭栏赏荷,手执泥金书扇;九月是美人坐在桂树下的磁凳上拨月琴;十月美人剪菊枝准备插瓶,十一月美人室内赏盆花;十二月美人换深色冬装,伫立书房,书架上有卷轴、书函、砚箱、紫砂壶,十分雅洁。

如此精致的中国趣味,在日本画中不算主流。因为普通画家并没有那么多收藏,所谓的"没有见过好东西",明治以后的日本画家更没有机会过眼那么多中国绘画。碗君也惊叹小蘋曾见过如许之多的中国画,可能与小蘋游历四方、转益多师、见多识广有关,也得益于野口家丰富的收藏与广阔的交游。小蘋画中有日本画中难得的读书人气质——她画中的许多书函,甚至都不是和刻本或日式装帧,而是中国原装的唐本。她在关西生活时,曾在京都学者小林卓斋门下学习经学,大概这也是她"读书人画风"的来源之一。

虽然她曾为皇室服务,但她笔下并没有太多"颂圣"或为国家宣传的痕迹,这与画过颂圣图的上村松园他们完全不同。昭和初期尚好,到战争年代,御用画家们都免不了留下应景之作。生于传统南画地位失堕的新旧时代之交,以致身后名气不显,固然是小蘋的某种"不走运";但一生精研画艺,没有留下多少趋奉潮流的作品,又是她的幸运。

明治以后,是日本画、油画崛起的时代,风格与中国画很难区分的南画,被人遗忘也是必然。小蘋虽也画了不少和服美人、富士山等本土题材,但她的笔触、构图、款识、意境,则浸润中国趣味太深。日本画研究领域的学者,恐怕不容易对她做深刻的研究,非得是和她一样"见过好东西"、精通中国画史与近世东亚绘画交流的人才能胜任。希望小蘋的人生与作品能得到这样知己式的鉴识,而非仅将她视为"闺秀画家",捧得再高,也不算尊重。

日前在东京的海老名书店(えびな書店)买得一函两册《小蘋印谱》,是小蕙在母亲去世后印行,部数估计不多。版心印"闲

云野鹤草堂",正是郑孝胥当年所见匾额的堂名。卷首题"春花万谷",卷末有小蕙跋,因他处不常见,故抄录于下:

> 先妣小蕙先生下世未一岁,而其伪书赝画频频出于世,请鉴定及印影者,日夕麋至,烦不可言。京都芝田堂主人来谈,偶及此事,乃胥谋作印谱,以颁同好,兼资乎鉴识。而遗印二百余颗,今收其半,是皆生前所爱用也。大正丁巳(1917)秋日 不肖女郁谨跋。

钤"郁/印"(白)、"小/蕙"(朱)二印。芝田堂主人即芝田竹崖,其人事迹亦不显,应该也是南画界人士,似乎是画家田能村直入(1814—1907)的弟子,还编辑过赖山阳家藏印谱《赖家遗印》《池大雅先生荐事余光》等资料。

就在郑孝胥见到小蕙的前一年,驻日公使馆参赞陈明远任满归国,日人于芝公园内红叶馆设宴饯别,请小蕙作《红叶馆话别图》。陈明远刊刻《红叶馆话别图附留别诗》,卷首有石川鸿斋(英)、西岛梅所(醇)序,俞樾题字,之后翻刻小蕙画作,上有小蕙识语:"哲甫先生赞使我国六年,今任满将归。都下名流百余人饯饮芝山红叶馆,嘱此图以志鸿雪。庚寅(1890)仲冬日本女史野口小蕙。"

清末访日人士中,应该还有人接触过小蕙的笔墨,国内似乎也略见几件收藏。当时日本绘画界全然是男人的天下,而不论以何时的眼光来看,小蕙的画艺都不逊于任何活跃的南画家,但人们褒扬她的记录却如此之少。他日若有闲暇,应再做一番钩沉。尽管我知道,男人们对女人技艺才华的赞赏,向来少之又少,只愿特设"才女闺秀"的框架,说些无关紧要的谀辞。想到周作人的《女人的文章》,说"我们对于文章的要求,不问是女人或男人所写,同样的期待他有见识与性情,思想与风趣,至于艺术自然也是必要的条件","(陈尔士的文章)如收在普通文集中,当必无人注目,今乃特被重视,虽是尊重女子,实却近于不敬矣",真是持平之论。只是周作人的性别观而今仍然难得,倒显得可悲了。

近日秋虎卷土重来,白昼闷热不堪,早晚尚有凉风,夜间又需睡竹席矣。趁秋分节放假,拉杂数纸奉上,盼你来信,祝一切都好。

松如

辛丑秋分

## 医事琴书

嘉庐君:

见信好。

回信转眼又拖了一月,真对不住。今年这里桂花开得晚,十月里已开了两三回。这两天气温转暖,桂花又开了满枝。知恩寺的古本祭如期举行,是难得的连日晴天。阿弥陀殿前的梻梓树上结着橙黄的果实,风景如昔,可惜这几天都没空仔细逛书市。今天午后去转了一圈,因为看得匆忙,什么都没有买。近来倒是收到几种书店目录,将当中我觉得有意思的抄出给你看。

先是《众星堂古书目录》,当中有不少中野康章(1874—

1947)的旧藏。中野是秋田县人,出身神社世家,曾跟随浅田宗伯学习汉方医。宗伯去世后,中野曾于1898年跟随宗伯养子恭悦前往清国,为旧友疗病。回日本后,在大阪福岛村社中天神社担任主事,同时行医,在当地甚有名望。他爱好藏书,室名"大同药室",藏书章多见"康章/珍藏"(白)、"康章/宝藏"(朱)、"大同药室"(朱)、"大同药室/图书之记"(朱)。也有"栗园/珍赏"(朱),是浅田宗伯的藏印。目录中有浅田的几种手稿,其中《栗园录稿并掌记》尤为可珍,钤有"子孙/永保"(朱)、"至宝"(朱)。内容为读书笔记和诗文杂稿,封面标注"二",仅此一册,共87纸,不知全集在何处。目录公开了三纸半书影,有"多纪氏书画帖引",云"余尝修丹波氏之传,未尝不称其人才之多,施誉于外邦也。追近代多纪氏,以其远裔,医名藉藉,著述陆续,其人皆不堕先祖之业,可谓杏林之泰斗"。又有记足利地区旧事者,略窥鳞爪,真好奇全书内容。又有《读书漫录》一册,凡199纸。真柳诚早有《浅田宗伯の著作とその所在》(《浅田宗伯の著作及其所在》)一文,记录书目123种,其中东大有《栗园录稿并掌记》七册,《读书漫录》三册,不知有何异同。

前番去信,提及画人野口小蘋出席送别清国公使的饯别宴,并绘图纪念。而浅田恭悦也曾同席,并有和诗。中野既是名医宗伯的弟子,自然与当时在日本的清人有往来。在网上找到一份去年拍卖的中野致清国公使馆翻译馆罗庚龄的书信草稿,只能看到第一页"大日本国秋田县士族中野康章再拜奉书。大清国钦差大臣通译官罗君庚龄(朱笔将'君庚龄'改为'先生')阁下,康章闻士大夫相见,必有执贽之式,庶人有束脩之仪,以致其意,盖古之礼也。今康章虽士籍,世禄已绝,无以物以表其意,因缀芜词以陈微衷,伏愿阁下垂悯恕焉"云云,多为客套辞令，第一页最后一句是"弊邦四面环海，隔波涛……"，似乎要发表什么议论，未知后续如何。这件草稿在网上只拍出很低的价格，因为寄信和收信者都不有名。

1947年，中野去世，医术无人继承，藏书亦不为人知。战后混乱的年代，无人关心地方上一位神官兼汉方医师的旧藏，人们以为藏书早已散佚。直到1993年，中野家继承者将要搬至别处，拆掉了中野康章的书库，并开始寻觅合适的收藏之所，世人才知晓大同药室旧藏保存完好。随后，岐阜县各务原市的内藤纪念药物博物馆购入这批藏书，整理工作到2000年才完成。2001年发行《大同药室文库藏书目录》，其中不仅有大量医学类书籍，也有文学、宗教、书画类资料。当然其他图书馆也有不少大同药室文库旧藏，书市亦偶有邂逅。最近东京古典籍展观大入札会就有中野旧藏两种，其一为明刊《鼎刻京板太医院校正分类青囊药性赋》，又一为清抄本四种。

众星堂素来专精搜罗医学类典籍，此册中的大同药室旧藏相当醒目，像是比较完整地放出的一批书。这几年此地书市亦多见神田喜一郎旧藏，我也买了几种，其中松崎慊堂翻刻的足利学校藏八行本《尚书正义》就是在众星堂买得，这些年来头一回在古书店遇着此书，非常喜爱。

前面提到今年的古典籍展观大入札会，上周也收到了目录。有些想买其中的金闾书业堂本《花镜》，此书在日本传本甚多，研究积累也多。看书影似乎比较漫漶，这些稍微有些名气的书都是书商追逐的对象，价格必然不低，也不需要我动心。

佛教资料亦多，有一幅净琉璃寺捺印佛，是十二体一版的那种，共七十二体，不知会卖出什么价格。这些年见到的净琉璃寺佛纸越卖越贵，佛像数量从常见的整幅不断被切割，以至于小小的一尊也能卖得高价。

特别要与你说的是富冈铁斋旧藏《琴书幽兰谱》,源贞龙注解、手抄,想必你感兴趣。书函内有铁斋识语,"此书中所载之云间林有麟撰《青莲舫琴雅》,余未见之,以为憾也"云云。又有徂徕《琴调》写本一册,钤"兰□藏书",可惜图片太小,看不清究竟是谁人旧藏。前些日翻《衍石斋记事稿》,读到《医略序》一篇,讲到钱仪吉族父钱一桂著述、事迹:"精音律,尝辑《双桥渔父琴谱》一卷,仪吉见而好之,请指授焉。先生曰,吾少缘善病,偶涉艺事,以养心耳,是不足学也。"《嘉兴府志》也著录了该琴谱,不知今在何所。

上周日去新修的京都市立美术馆看展,回来经过鲱鱼先生的旧书店,他还是老样子,瘦极了,一直抽烟,架上书纸都浸润了烟草气息。我挑了两册朝鲜史的研究书,心里很觉愉快。归途与那天夜里和你从平安神宫走到金戒光明寺、真如堂的路线相同,在半山远眺了辉煌又温柔的旧都黄昏。

这里已结束了反复的紧急事态,近来街中尤其热闹,只是还没有外国游客。不知故乡风景如何?夜里读母亲十月写的日记,记满芋头、本扁豆、洋扁豆、河虾、海蜇、黄鱼、鹅翅、盐水鸭,此地多数不常见。真想念芋艿烧扁豆,读清人诗文集,常看到歌咏紫扁豆的句子,惹我遐想。之前翻清代女性胡缘的《琴韵楼诗》,有几首立夏诗,虽是旧题,我却喜欢,选几首抄给你。其一是《椿芽》:

不信灵椿树,香生径寸尖。摘来先紫笋,漉处下红盐。木食风犹古,蔬茹味更兼。春盘亲撷赠,玉枝爱娇纤。

过去在北京,初春常能吃到香椿。盛夏在京郊的农家乐,也能吃到用冷冻香椿摊的蛋饼,或者裹面糊油炸的香椿鱼儿。以前跟你说过,曾在吉田山四处寻觅香椿树而未见,后来倒是在理学部植物园顺利找到几株巨大的香椿,只是"园内严禁采集标本",我当然没有尝到。日人初春喜食蕨芽、蜂斗菜花苞、楤木芽之类,裹面油炸,或者做味噌汤,以为最得春之新味。而香椿在此地却不为人所知,是认为味道太刺激吗?毕竟他们连桂花也不太欣赏,认为那是卫生间芳香剂的气味,真是遗憾。不知近年的新移民能否将食香椿迎春的风气根植于此?这两三年日本非常流行"正宗中华料理"(ガチ中華),多是新移民带来,东京、大阪有不少。

又一首《茅针》:

归荑传沫土,情重美人贻。草草踏青日,蓬蓬春去时。乱抽芦笋短,嫩白柳绵披。为问红闺女,曾穿几缕丝。

诗虽普通,所咏之物却不落俗套。你吃过茅针吗?小时候在故乡,清明节上坟,曾跟堂兄在野地里拔过茅针,甜白湿润的一小段。年长后再没有吃过,现在已不太记得那可爱的滋味。还有一首《百草饼》:

陌上提筐去,非关斗草游。赭鞭尝不到,翠釜瀹来柔。汁腻初调粉,香清未着油。青精颜色好,比尔孰为优。

这是咏青团的诗,必是亲手煮过青汁、揉过米粉团的女性,才可能作出这样贴切写实的句子。胡缘年二十四而卒,只留下两卷诗,缀在前头的题词比原文分量还多。而就是薄薄的两卷诗,还是能让人窥见她的才华与兴趣。比如诗题"掇秋海棠入蜜""捣桂花糖霜成饼",又比如病后作家书,说"作书无别语,语语说平安"。因此偶然邂逅,格外珍惜。

昨天刚斥资网购了昂贵的莴笋——也是此地稀见的蔬菜,日人喜食生菜叶,而不知生菜的亲戚莴笋的茎也是佳蔬。这位菜园主人是日本女性,曾在上海工作九年,两年前大疫爆发,回到日本,发现很多中国常见的蔬菜这里都没有,比如莴笋。而在日华人群体不小,遂发现商机,开始专门栽培东瀛没有的中华蔬菜。她中文极好,建了微信群卖蔬菜,定期播报莴笋生长视频,以后将是多么生动的蔬菜交流史事。

夜已深,就先写到这里。祝你一切都好,盼你来信,想多听故乡的事。

松如
辛丑菊月廿七

《念念平安》,湖南文艺出版社 2024 年 1 月版

苏枕书　　江苏南通人,热爱书籍与自然,已出版《京都古书店风景》《春山好》《念念平安》等作品多部。

# Let it rain，让雨下吧

淡巴菰

## 1

我们开着车在那几条空无一人的窄马路上来回绕了半小时，四只眼睛外加无路不通的定位导航，愣是找不到地图上显示就在附近的艺术空间。

"苏珊自己也知道这里不好找，我前两次来，她都建议我打Uber。结果每次都把 Uber 司机折磨得够呛。"史蒂夫这探险家显然不甘心在这小阴沟里翻船，急着给自己找辄。他曾组织人马前往洪都拉斯的原始丛林，用先进的 Lidar 技术发现了被遮蔽了四千年的"猴神之城"，被美国国家地理杂志评为"一百年来最重要的一百个人类考古发现"之一，却在这洛杉矶凋落的旧厂区迷了路。

他说最后一次来这里是两年前,那时还没有新冠病毒,至于为什么这沙龙要在美国的 SUPER BOWL(超级碗,橄榄球决赛)当天举行,他说可见沙龙主人苏珊的浑不吝性格。

"她是地道的社交名媛,生在有钱人家,祖父是一种建筑保温材料的专利持有者。她在纽约、旧金山、洛杉矶都有房产,不定期搞些沙龙,请文化、艺术、时政精英人士聚聚。"史蒂夫说这次的沙龙是疫情爆发以来第一次,邀请了一位纽约的娱乐记者谈中国与好莱坞的文化竞争。

我特意上网看了一下苏珊的沙龙视频,初步印象并不好,标准的外表光鲜感觉良好的美国女人,一颦一笑都带着美元那硬通货的底气。

即使受好奇心的驱使,我也并不情愿放弃懒散的大好春日坐火车赶过去见一群陌生人。好在,我可以顺便看看老友彼埃尔。我和史蒂夫约好,他去格兰岱尔的火车站接上我,直接先去旁边的鹰岩看彼埃尔,逗留一小时左右再去洛杉矶 Downtown 参加沙龙。

八十二岁的彼埃尔是我们共同的老朋友,当了一辈子中学美术老师,省吃俭用,热衷于到世界各个角落探访即将消失的部落文明,已经到过一百二十个国家和地区。他家里像个小型博物馆,尽管不是锈迹斑斑,就是蒙尘结垢,在他眼里件件都是宝贝——各种看似不值钱却已经或正在消失的农耕文明下的手工艺品,包括中国贵州山区的刺绣和银饰、种稻的农具。中年离异的他独身一人生活了大半辈子,因为有自己执着的走遍地球的小目标,他活得很快乐充实。为了把所见所闻记录下来,他开始一本本写书,Pebble in the Sands(沙里的石头)是他的书系,从埃及、蒙古、柬埔寨、印度、中国,他一本本地写出来。他去找出版社,对方让他把非洲部落女人的裸体照片放封面以吸引读者,他气得摔门就走,成立了自己的出版社,在自己的网站上发行,有一本书居然卖到了七万册。

我们说好结伴一起去中国,重走他当年的贵州之路,重回"他的村子"枫香寨去看望他20世纪80年代就在那儿结识的乡亲。疫情来了,行程受阻,而且更糟糕的是,彼埃尔被查出白血病。

医院人满为患,他只得到断断续续的治疗就被打发回家。我们都为他捏把汗,没想到他竟然恢复了许多元气,张罗着让我们带他去公园烧烤。他自己的解释是,"唯一的奇迹来源于我的意志力。我不想死,我要看看这个世界究竟会变成什么样!"

可不久前,打了三针疫苗的他还是感染上了新冠,在电话里咳得喘不上气来。某天下午他竟然倒在书房旁边窄小的厕所里,六个小时不能动弹,虽然手机就在十几英尺外的书桌上。住得不远的史蒂夫打电话没人接,去敲门没人应,便果断拨打了911,两个全副武装的警察带着爆破装置破门而入,才把僵卧在地板上的彼埃尔架到床上。

史蒂夫打了急救电话给医院,医护人员到了,粗略检查了一下,却拒绝带他去医院,理由是他虽然染上了病毒,还没有性命之虞,医院住满了重症新冠病人,目前床位不够用。

于是他只好继续在家躺着,食物靠一家慈善机构 Meals on Wheals(车轮上的食物)送上门。"七块多钱就有五样饭菜,实在是太便宜了。这是给那些经济不能自足的人准备的福利。我不想占便宜,可实在是不能自己弄吃食,我女儿从外地给我联系了他们。"虽然一向以吝啬闻名，在旧货市场买个小熊还为省一块钱跟小贩磨破嘴皮子，彼埃尔仍是不想被朋友小瞧，满是歉意地见人就解释。

然后好景不长，几天后的凌晨，从洗手间到床也不过几步路，他跌倒了。这次幸亏手机离得不远，他挣扎着给史蒂夫打了电话，救护车来了，医生再检查他一遍，仍说他还不能被拉走。

彼埃尔的女儿从旧金山飞来为他亲自面试了两名菲佣，每天八小时陪护，负责食物、清洁、监测体温血压等。他挑了年轻好看点的那位。"你知道我不该抱怨，可是这护理真的很贵，每小时二十五块，一个月就是六千美元，我的退休金才两千五!"听我为他有了专人护理而高兴，他病恹恹地道，声音是那种老年人没有底气的细弱。

与彼埃尔认识三年了，我喜欢这位倔强的老人。我们在他种满了多肉的花园里闲聊，他喜欢讲那些旧事，"我不想某天把它们带进坟墓里。"那株自他年轻时搬进来就有的柚子树，一到秋天就挂满明黄色果实。他踮脚小心摸到最成熟的那几个，像个中国的瓜农摸索着摘下最滚圆香甜的西瓜。我们走进厨房，他把那黄灿灿的果实切开，瓤朝下放在凸起的玻璃榨汁器上，踮起脚尖用手使劲一摁，"这可是真正的有机果汁!"看我小口喝下，他镜片后的目光自豪得像个总打胜仗的将军。我们有时坐在后院快散架的木椅上，看那两只他插在小池塘上的竹竿，上面起起落落的红蜻蜓像一架架迷你飞机。或者，他眼巴巴地仰头，望着我在二楼阳台上伸手折断那些枯枝丢给他。树下，那台老式铸铁烧烤架火苗正欢，等着燎香盘子里的香肠和玉米。"Relax!"问到我的近况，他总爱打量着我，来上这么一句。

即便我从不诉苦,饱经世事的他也能看出我活得不放松。

他是那么节俭,这带学生扩建的老屋几乎与他同龄。没有暖气,冬天降温时冷得只能裹着两床毯子。没有空调,夏天西晒像火炉。他甚至没有洗衣机,每月花二十块钱把衣服送到街角一户巴西邻居家里去洗一次。舍不得买木柴,每次在院里烧烤,用的都是从院里树上寻来的枯枝。可是他,却舍得每年花一笔钱资助柬埔寨的小学校。

"如果你死了,我是不敢再上你家这条街上来的,甚至看到马路对面那叫鹰岩的巨石,我都会难过呢。"我们隔着四五十公里,不见面时,就打电话聊会儿天。他原先只有一台座机,生了病后才被迫买了一个手机。这是我自私地总结出来的一条消减遗憾的法宝——告诉还活着的老弱病友,一旦他死了我是多么难过。让对方知道我的心意,也许可以缓解一点他真死了之后我的遗憾和痛苦——至少,他死前知道了他是会被我想念的!

可是这一招显然对彼埃尔不灵,"那你就应该多来看我!而且,我不需要被谁想念,我从来就不相信有什么上帝和死后的世界。我想活着,十年?不行,怎么也得二十年!我不打算就这么放弃。"我好像看到电话那头他固执的薄嘴唇和那火苗一样冲天燃烧着的白发。"你知道,现在有两个彼埃尔,一个是身体的,一个是精神的。身体那个已经形同朽木了,精神那个还是个不服输的小伙子。"告诉他我要回中国了,他立即用警觉又沉思的眼神望着我,喃喃着像是自言自语,"我知道,这个家伙不会回来了!"

听说我周日要去参加沙龙,路上顺便去看他,他开心得像个孩子,"什么都不要给我带(虽然他盼望着朋友带些小礼物给他)。你知道我最怀念什么吗?我还没得这个 C(Cancer,癌症)

打头的病的时候,在阳光下坐着和你们东拉西扯。"听说我打算给他带盒巧克力,他的声音立即高了几调,顽皮地欢呼:"耶,巧克力!太棒了!"他一生嗜爱甜食,尤其是巧克力,曾跟我戏谑地说,"你不知道,晚上躺下后,从床头摸一块巧克力放嘴里,天哪,好幸福,比身边躺着个女人还幸福!"

我离开家门前半小时,接到了史蒂夫的短信:取消去彼埃尔家的计划,他刚被急救车拉到医院去了,菲佣发现他的血液含氧量不足80%了。

火车上,我接到史蒂夫的另一条信息:彼埃尔前几天在家自测的新冠结果转阴不准确,医院检测他仍是阳性。

我心一沉。我知道有老年基础病的人是美国新冠死亡的主要人群,何况彼埃尔患着血癌!

我乘坐的那节车厢空荡荡的,近百人的座位除了我再无一人。人们或去亲朋家或请亲友来,扎堆守着电视和酒肉看全美橄榄球决赛(Super Bowl,超级碗,有人戏称是美国"春晚")。午后四点的阳光特别适合拍照,是史蒂夫这专业摄影师所说的黄金光线。虽然沿途早是见惯了的电线杆、棕榈树、卡车、仓库、店铺,我仍拿着手机不停地拍着。这四十分钟似乎比以往漫长许多。我不时想到在救护室里挣扎的彼埃尔,也不时想象将看到的夜间派对动物们。

## 2

那个艺术街区有点像北京的798工厂,各种废弃的车间一般的建筑庞大、平庸,像长相让人永远记不住的中年妇女,间或被人多瞧一眼也是因为上面的涂鸦和壁画。把那些建筑串在一起的是同样单调乏味的路和两侧的木头电线杆,黑色的电线五线谱一样悬在空中,松松的,像撑得太久开始失了弹性的毛线。

我们像困兽一般绕了半天,终于,史蒂夫嗡声嗡声地说了句,就是这儿了!他辨认出了路边一块极不起眼的空地,铁栅栏上挂着一块牌子,五彩的英文写着:艺术聚居地——活着,干着,乐着。开进去二百来米,才看到一扇大铁栅栏门,厚重森严得让人以为里面是军事重地。把角有扇小侧门开着,旁边立着一位西装革履的保安模样的黑人男子。他仔细地在两页纸上核实我们的姓名后放行,那郑重程度让人疑心这是保密程度极高的地下聚会。

穿过权当停车场的空地,看到一排排简陋却结实的平房,都像被踩扁了的大纸盒子,纸盒上开着许多更不起眼稍不留神就错过的门。我们举着请柬对门牌号,找到那道蛋壳色的小门。门口站着一位着考究西服的老年男子,与大门口那位黑人大叔比,这位戴黑方框眼镜的先生更像老电影中有钱人家的管家,他气宇轩昂,一举一动颇有绅士风度,体面得让我不由得也挺直身子。他再次核实我们的身份,表情看似谦恭实则暗藏锋芒,只那么不动声色地打量你一眼,你就知道他在心底已经为你划分了等级。

走进那扇小门,立即被电子音乐的声浪包围,伴着变幻色彩的灯光,像掉进一个被无数泡泡包裹着的深潭。仓库一样高的房顶下,原本空阔的空间被填充得恰到好处,一边是实用又现代的厨房,有人正在那儿忙碌饭菜,满足口腹之欢。一边是错落有致的花卉、油画、雕塑和书籍,它们和空气一样在这里似乎是主人必不可少的陪伴。最吸引我的是门右侧那面主墙,是一整面顶天立地的书架,一只黑色金属梯子与顶层相连,下面有轮子来回移动方便取阅到任何一本书。书架下是两排巧克力色的旧皮沙发,印度风格的绣花靠垫东一块西一块的扔在上面,中间长长的古董木桌上也放着书和一大瓶丰盈的粉色芍药。

门的左侧靠墙则是两排超长实木餐桌,一端整齐摞着盘碟刀叉与在木桶里冰镇着的酒水。"苏珊,我带了些冰激凌。"史蒂夫冲一位身形瘦高着黑色露背紧身背心的女子打招呼。"放冰箱吧。谢谢。"那女子显得很忙,只略微侧脸淡然答了这句,继续在厨房与大厅间快步走动着。不断有刚到的人跟她打招呼,她都是匆匆应一声,不跟任何人多过话,很有沙龙主角的威仪。

"我建议你先去洗手间看看,你会喜欢的!"史蒂夫看我举着手机东拍西照,笑着提醒我道。

我沿客厅几排书架与厨房间一条窄长过道走到底,果然看到两间相邻的洗手间,除了各自有一个白色旧式马桶和洗手台,那里更像两间小小的画廊兼阅读室,墙上密密麻麻挂满了黑框照片,全是黑白人物旧照,全是二十世纪初的美国人。也许他们只是普通人,因隔了岁月之河,那些模糊了的旧日痕迹让现代人有了仔细打量的欲望。

照片,图书,杂志,鲜花,在暖色灯光下,都让人想到一个词:享受。

自由空间往往给人自由的灵魂。有了金钱,品味这芳邻似乎也就住得不远。而人类都是嗅觉灵敏的动物,像蜜蜂一样四处寻觅着那一点点诱惑。

这里,从空间上离彼埃尔并不远,可是,这天堂般物质丰沛的世界与他完全不像在同一个星球。

当晚的主讲人已经到场,帅气的年轻小伙,单手插在裤袋里,一手端着杯红酒,挺拔地立在那儿,目光睿智得像个政客。我想到他演讲的题目:好莱坞、中国和全球文化霸权之争,便不难想象这位华尔街娱乐记者的政治抱负。

听说我来自中国,他立即把旁边正与他聊天的一位瘦小精干的白人老妇介绍给我:"艾卡可是牛人,好莱坞头牌电影公司驻中国总裁,正是她,三十年前把一部部大片打进了中国市场呢。"艾卡啜一口杯中红酒,矜持却礼貌地向我点了下头。

室内的音乐太响,不适合展开任何对话,我和史蒂夫决定去后院透透气。

后院不大,一半又被搭了凉篷做成另一个小客厅,有趣的是这半开放的客厅靠墙处,摆着一张大床,铺着松软的床垫和枕头。"如果客人不想走,可以睡在这儿过夜。"史蒂夫笑着说。

一角湛蓝的天宇悬在头上,我紧绷的神经终于放松了,像回到水里的鱼吸到了久违的氧气。几张或木或铁的桌椅外,到处都是鲜活的植物们,叫得上叫不上名字来的花们兀自开着。多数都是盆栽的多肉,活得和主人一样恣意霸气,在洛杉矶绚烂的阳光下汁液饱满,姿态各异地挺立着,像跃跃欲试的参赛选手。我想起彼埃尔后院的多肉们,随着他的病情越发蔫萎了。他没有体力再去拉着那根塑料管子浇水。有体力的时候,他也往往舍不得,"水费太贵了。"实在等不来雨,植物们都快因饥渴毙命了,他才心疼地浇上一次。

我和史蒂夫、艾卡围坐在一张被日光暴晒得已经成铅灰色的圆木桌旁。脚下是侧倾着的陶罐,罐口泄下一蓬粉白碎花,像在田间地头的少女一般淳朴,给这灯红酒绿的都市氛围添了点家常。史蒂夫是典型的"社牛",在满足他探险家的好奇心向别人发问前总率先自述:工程师、摄影师、探险家,这是七十二岁的他的三重身份。"我最讨厌当工程师那几年,每天朝九晚五坐办公室不说,还得穿西装打领带,逼得我都想自杀。"当电视摄影师那几年好像是他的职场高峰,不仅凭一部纪录片获得了艾美奖最佳摄像,还有了自己的影视设备租赁公司,赚了不少银子。而成为探险家纯粹是歪打误撞,自小好奇心就特别强的他很偶然地结识了同名史蒂夫——一个专门从沉船上打捞宝贝的探险家,那家伙告诉他,在洪都拉斯的热带丛林里,有一个古城被掩盖了好几千年了。于是史蒂夫幸运地找到了一个同样有好奇心的叫比尔的家伙,并用他超强的游说能力组织了一帮美国考古学家前往丛林,花了十几年时间,芝麻开门了,他们找到了那古城挖出了不少四千年前的文物!

艾卡听着微笑赞叹,说一定要看一看那本《失落的猴神之城》,著名作家道格拉斯根据史蒂夫的探险经历写出的畅销书,说不定可以拍成电影。每个经过的人都跟这个瘦小的老妇亲热打招呼,似乎与这个好莱坞神婆熟识起来就找到了职场捷径。她周到地微笑着,讲话口气也轻柔无比。她剪着极短的男孩头,戴着简洁别致的银色耳饰,松弛的瘦脖颈上亲密地贴着两圈银项链,那优雅的艺术气息恰到好处地冲淡了她的强势。

更让我叹服的是,她说得一口极标准的普通话!流畅自如,远比许多广东人讲国语好得多。

"郑和下西洋是多么好的故事!他的经历远比加勒比海盗有看头!本来好莱坞打算拍的,可听说没能通过国内某个领导的审查,说这个选题不能被西方娱乐化。其实拍出来让世界观众看到,那不是对中国古老文明极好的认可吗?"她说得兴奋起来,细瘦的手臂挥舞着,像坐在大学课堂里的年轻梦想家。

正聊得兴起,一位亚裔女孩上前来跟她打招呼,"咱们的会马上开始了。"她戴着长长假睫毛的眼睛很美,我立即想起在嘉宾名单上看到过她的名字和照片,梅根,绿色环保项目执行人。聊起来才知道她是出生在美国的ABC(American Born Chinese),却也讲很纯熟的汉语,"我洛杉矶、上海两边跑,现在没有航班,回不去了……做我这一行有点枯燥,但很有意义……我喜欢苏珊的沙龙,不仅因为来的人都有趣好看,还因为这些细节,看,这近百人的派对没有一样一次性用品,连餐巾都是棉布的,一看就是洗过多少次的,上百块儿呢,都熨烫得那么柔软平整!"她的快人快语让我想到刚在冬季奥运会上大获人心的谷爱凌,有一股大大咧咧的劲头。

本来安静的小院变得越来越热闹,不断有人走进来,说笑声,音乐声,伴着烤肉诱人又有点刺鼻的气味。天色也暗下来,一串串沿墙而挂着的灯亮了起来。

"我叫布拉得,作曲家,以前是工程师。"一位年轻男子端着食物凑上来,边打招呼边坐在我旁边。英语的坏处和好处是不把任何"家"当回事。一个人哪怕是只尝试着做了一首从未被人听过的曲子,在compose(作曲)后面加一个r就成了干这事情的人(家)。我笑笑,说我是writer(作家),他立即认真地跟我讨论正在kindle上读的几本书。从未去过中国的他打算去看看中国的制造工厂,而不像有人直奔北上广这类都市。"不为什么,因为我以前从事的是制造业,我想知道为什么像义乌这样的地方能有那么大能量。为什么来这个沙龙? 找点乐子,说不定遇到点什么机遇。"他放进嘴里一大勺鹰嘴豆,闭上嘴嚼着,结实的腮帮子起落着,好像明天的一切也会和吃豆子当作曲家一样尽在掌握。

## 3

夜幕终于降临了。想起不远处冷清的街道、孤独的电线杆、废弃的房子,眼前的热闹像聊斋里的夜宴般不真实。

夜空中传来爆竹的爆炸声,"公羊队赢啦!"欢呼声中,有人站起来望向体育馆方向鼓掌,那里数亿人瞩目的全美橄榄球决赛刚见分晓,主场的洛杉矶公羊队险胜!

"人类是多么孤独,又多会给自己制造热闹啊!"我望着夜空轻声道。

"有些人相当疯狂,花三五千美金就为了抢张票到现场呐喊。我有钱也不会!"史蒂夫从餐区取回来两瓶饮料。

我忽然想到彼埃尔在柬埔寨资助建立的小学校,五个教师近百名学生,七千美金就能支撑存活一年。

"彼埃尔被确诊了肺炎,加上之前的白血病、新冠,他这回真是悬了。医生目前给他用上了大剂量的抗生素,尽量不给他上呼吸机。"史蒂夫刚接到彼埃尔菲佣的信息。望望身边三五交谈的人们,个个光鲜富足,似乎永远不会死地享受着追寻着。我们俩同时叹了口气。

人们忽然都起身拥到室内,原来歌手开始献声了。她叫丽丝,曾获过一次艾美奖,短发大眼,甜美瘦小,像个单纯的中学生,来自威斯康辛的莫瓦克。那是个毗邻密歇根湖的小城,我曾于头一年秋天去那儿采访年过九旬的女教授,她做了一辈子考证研究,相信中国人比哥伦布先到美洲。丽丝的微笑让我想到那个宁静的小城,红砖小楼,高大的乔木,蓝得透明的天空。她放松地握着话筒唱着,就坐在餐区和客厅中间的一张木凳上,身后是很专业的音乐播放设备。人们围成一圈立着听,有人坐在沙发上,也有人走来走去啜着杯中的酒。" Let it rain, let it rain. Open the floodgates of heaven……(让雨下吧,让雨下吧,打开天堂的闸门……)"

那条黑白斑点狗是苏珊的宠物吗?它不丑,却不讨喜,身长腿短,像个上了发条的单调玩具,耷拉着大耳朵兀自在房间各处不停地溜达,对周边的一切似乎见怪不怪兴趣寡然。不知是它在昏暗的灯光下视力减退,还是被自己转晕了,有一次它的脑袋竟直直撞上了摄像机的三角金属支架,一个趔趄后它站起来,愣了几秒,调整平衡,继续在人腿间游走。

听了两首歌后,史蒂夫站不住了,去旁边找了个沙发坐下。我也出圈儿找了个角落蹲下。这时沙发上一个年轻人无言地递给我一个坐垫,示意我可以放地上坐下。

"沙龙开始啦!"有人招呼。苏珊与娱记都端坐在金属折叠椅上,背后就是那巨大的联排书架。沙发坐满了,多数人立在外围。

问答开始。

中国拍了许多电影,很少美国人会看到,为什么?

理查·基尔发表了反华的言论,有什么严重后果?

买下美国 AMC 的万达谋求海外娱乐市场,效果如何?

中国的政治诉求对好莱坞电影业有什么影响?

……

同时穿插着听众的提问。

我看到梅根坐在一条板凳上端着盘子边听边吃，一副纯凑热闹的样子。

这时，一位白人小伙举手，面容忧戚地请主持人谈谈某个中国前卫艺术家"被政府迫害的问题"。未等那刚喝了口水的娱记开口，已经挪到沙发上坐着的梅根站起来，伸出一只胳膊直直地指着对方，像台上的话剧演员一字一顿地质问："请等一等，请告诉我们他被迫害的证据和来源是什么？我来自中国，我想听听这证据有多靠谱。"对方不悦地蹙眉望着她，一时没反应过来如何回答。众人沉默。梅根把头转向主持人，"如果只是道听途说，只是一面之词就不要轻易发问，这样会以讹传讹。"那人恼羞成怒地嘀咕，"我没证据又怎么样，我又不是记者……"苏珊微笑着打圆场道，"在这儿言论自由，所有问题都可以探讨，但是最好也别捕风捉影，大家尽量聊一些有事实依据的话题。否则可以私下探讨……"

我忽然想起在美国Costco认识的那个眼镜店华裔员工，六十岁的样子，每次见到我都拽住聊会儿闲天。他到美国三十年了，只回去过一次，似乎很乐意听我说说国内的现状。可某天当着美国同事的面，我请他给我调一下镜腿，他忽然正言厉色对我说，"Talk to me in English（跟我说英语）！"——我的同伴是位美国人，很尴尬地悄声告诉我，"他显然不希望别人知道他是中国人！"

这梅根！我不由得佩服这女子的勇气。

"苏珊还挺在意维护沙龙的和平氛围。你注意到今晚许多碗盘都是中国的青花瓷吗？那可不是仿的，都是她多年来四处淘的，真正的清代老货。她知道中国文化的影响力。"史蒂夫小声道。

提问的人七零八落，回答者也语焉不详。苏珊宣布沙龙到此结束，大家可以继续吃喝。

我找到正与人聊天的梅根，拍拍她的脸表示赞赏。她忽闪着假睫毛笑着跟我道别，眼线都洇在眼角显得脏了，可我感觉她更好看了。

半小时后我已经在火车上。不同于来时的空无一人，这返程车厢几乎客满。

"小姐，小姐！"我正戴着耳机听书，忽然听到不远处的呼唤声，抬头一看却见一黑人青年正冲我笑。

"她说我显老，你感觉我老吗？"他对面坐着的一位相当丰满的女孩，也笑望着我。

"你啊，也不过十七八岁吧。"我朝他结实修长的身体打量了一眼说。

"我二十岁了。真的不显老？你看我至少很结实，她有些发胖呢。"那女孩闻言也并不恼，仍开心地笑着。我留意到他们之间的小桌子上有一个细长的玻璃杯，里面插着一只红玫瑰和一只满天星。我想起来明天是情人节。

车进站，他们起身下车，临走，跟我道了声 Happy Valentine's Day（情人节快乐）！

第二天，我给躺在病床上的彼埃尔打电话，从苏珊、梅根聊到那二十岁就担心自己看起来显老的黑人小伙。"想到这全美狂欢的超级碗之夜，这么多人在寻欢作乐，你躺在病床上与死神搏斗。难过吗？"我想了想，仍是问了。

"每个人都有自己或长或短的一生，今天活蹦乱跳的人都会迎来最后的无助与挣扎。我也年轻过强壮过。我这些天忽然放下了许多。每天，都有人生下来，开始在起点冲刺。每天，都有人走到终点,把赛场让给别人。你知道那位著名的诗人朗费罗(Henry Longfellow)吧？他有句诗我很喜欢：For after all, the best thing one can do when it is raining, is to let it rain(说到底,人类最该做的事,就是当天下雨的时候,就让它下)!"

这是彼埃尔留给我的最后倾谈。三个月后,他死了。

那是个雨天。我坐在桌边码字,看到一只小鸟反复地用脚爪撞向玻璃门,似乎想飞进来。它一遍又一遍地试着,固执,徒劳。门里的我,望着听着,困惑,茫然。难道是你,彼埃尔？

一小时后,它放弃努力,倏地飞走了,再也没回来。

《山花》2024年第9期

淡巴菰　本名李冰。曾为媒体人、前驻美文化外交官,现供职于中国艺术研究院,国家一级作家。在《人民文学》《中国作家》《北京文学》《天涯》《上海文学》等发表小说、散文和撰写专栏。作品多次被国内有影响的散文、小说年选收录。出版散文集《下次你路过》、日记体随笔集《那时候,彼埃尔还活着》、非虚构"洛杉矶三部曲"、小说《写给玄奘的情书》、对话集《人间久别不成悲》《听说》等十三部。《听说》被译为英文出版。

# 找北京

行 超

我们这代的北方孩子,小时候大概多少都被灌输过"长大以后上北京"的人生理想。不是"去",不是"来",而是"上"——一个"上"字,既是地理位置的客观描述,又隐约暗含着对首都的憧憬和崇拜。我四岁左右第一次"上"北京,后来父亲在京求学,我也随之有了不少"上"北京的经验。回想起来,儿时关于北京的记忆,竟殊途同归地指向某种奇妙的空间感。比如四岁那年,我和奶奶在毛主席纪念堂门口与父亲走散,眼前的天安门广场简直就是庞然大物,我们不知绕了多少圈,日落时分的相遇仿佛一场艰难的久别重逢;又比如后来某个夜晚,在人大门口的公交车站,我们挤在摩肩接踵的人潮中,眼看着一辆辆出租车在眼前驶过,却不知为何始终不搭。后来我才明白,与一般城市不同,北京太大了,在这里打一次车,恐怕不是当时工薪阶层所能消费的。还有一次,因为在长安街附近等人,司机说此处禁止停车,于是只好围着天安门广场一圈圈地绕行。那时候多数城市的停车管理还比较宽松,唯有长安街、唯有北京,那样严厉而无可置疑……很多年后,我读到一篇李洁非评述王朔小说的文章,其中将北京文化概括为"大马路"和"小胡同"——小时候的我,记忆中的北京全是望不到头的、令人迷失的"大马路"。

"大马路"般的北京像一个身着坚硬铠甲的将军,神情庄重、不容亵渎。快二十年了,我在北京读书、安家,无数灰心的时刻,我总是气急败坏地怨恨它,为何永远那样正大、严肃,让人一刻不敢懈怠,更要将所有儿女私情抛诸脑后。我不知这里有多少人像我一样,在晚高峰的地铁上、在一动不动的东三环路上,有那么一瞬间恨不得逃离北京。但是,只要有一次,如果你恰巧看到了黄昏时分故宫角楼的落日,或是加入过隆冬季节什刹海溜冰的人群,你定会重新爱上北京。在这里,只要你足够耐心,意想不到的发现总是不期而至,那是将军铠甲之下柔软而温暖的肉身,是城市生活匆匆略过的动情时刻。

# 一

在城南的菜市口一带,我已经住了十年。小区最初建成时,旁边几乎都是低矮的平房,不知不觉间,这些平房逐渐消失,一栋栋现代建筑飞速地拔地而起。一次出门打车,司机师傅感慨地说到,自己原来就住在这附近的大杂院中。后来因为菜市口大街通车,一起生活了几十年的大杂院邻居陆续搬离,如今分散地住在四五环之间。我这才知道,家门口这条宽阔的南北向大街并不是一直都在。那位老北京司机告诉我,菜市口大街1999年才建成通车,东西向的南横街随之被隔断成为两条,即我们所在的"南横东街"和马路对面的"南横西街"。南横街曾经是北京南城最长的老街,元明清时期,这里一度是"宣南士乡"文化的中心,也是北京最主要的大杂院聚集区,一条条胡同、一座座老宅在此纵横交错,唇齿相依。

我家往西,穿过南横西街的一片胡同就到了牛街。冬天,我们常常步行经过这里,心无旁骛地奔着牛街那热腾腾的涮羊肉而去。途经的这片区域,以菜市口大街为界,路东是标准的现代商业住宅,住在这里的基本都是上班族,是朝辞暮归的"新北京人"。如同城市中心的多数地方一样,这里林立着各种写字楼、酒店、高层建筑,它们气派、巍峨,以"大马路"的气势代表着"新北京"的基本样貌。路西则是一片"小胡同",从东往西依次是南半截胡同、烂缦胡同、永庆胡同、七井胡同、西砖胡同、教子胡同……以及包藏在胡同深处的法源寺。老北京东西城的胡同,多见方正规矩的四合院,历代达官贵人出入其中;而南城的胡同则以大杂院为主,许多素不相识的人们挤在一个院子里,东拼西凑却也热闹温馨地过日子。如今,菜市口大街以东的大部分胡同都在城市建设过程中消失了,而路西的胡同基本得以留存,并且一直在整修重建之中。

一次偶然的机会,我读到肖复兴的散文集《蓝调城南》,里面写到不少南横街附近名人故居的故事,比如绍兴会馆的鲁迅故居、浏阳会馆的谭嗣同故居、新会会馆的梁启超故居等。书中有一节专门写康有为故居所在的南海会馆,位置是米市胡同

-321-

43号。米市,这名字听起来耳熟,地图上却完全找不到踪影。直到疫情期间,社区浮出水面,我忽然发现,我们小区所在地就叫作"米市社区"。一次社区工作人员上门登记,我顺口问起,这附近是不是有一条米市胡同?门外面,那位看起来上了些年纪的大姐扑哧一笑,说你现在脚下,就是原来的米市胡同。大姐告诉我,米市胡同与菜市口大街平行,北起骡马市大街,南至南横东街,明朝这里因为有米粮集市而得名。2005年,米市胡同开始拆迁,直到2013年拆除完毕,今天的米市东胡同就是以当年米市胡同的位置平行东移所建的。

如今,米市胡同荡然无存,更难以确证43号的南海会馆究竟位于何处。《蓝调城南》一书初版于2006年,想来,肖复兴老师见证了米市胡同与南海会馆最后的样子。若再晚点,康有为故居这一节的文字恐怕不会出现,更不会有之后的我机缘巧合,与自己脚下的土地相认。像是钻入了历史的密道,我四处翻找资料,查看网友曾拍摄的照片、视频,在想象中一点点建构着这座消失的建筑:南海会馆建于道光年间,曾是工部尚书董邦达的宅第,共有四进十三个院子,房屋一百九十余间。光绪三年(1877),广东南海籍京官共同捐资购置,成为南海会馆。从1882年进京赶考到1898年戊戌变法,南海人康有为几次居住在南海会馆的"七树堂"中。然而,正如《蓝调城南》中描述的,南海会馆曾经辉煌的过去,早已随着百年时光的流逝逐渐掩埋。这座曾经气势恢宏的大宅后来成了大杂院,一代代南城老百姓在此安家落户。再后来,由于城市路面不断抬高,这里常年未经修葺的院落显得低矮、塌陷,"像是一位壮汉蓦地跪倒在地一样,忽地矮了半截身子"。

依据曾经到访这里的网友标注,南海会馆应该在今天菜市口大街十字路口的东南侧,我印象中的这片区域一直处于施工状态,早先或许还能进去,但就是这两年,层层铁皮、围墙,已经将这里包裹得严严实实。我忽然意识到,康有为故居,连同这一片被遮蔽的风景,就是我身边真真切切的消失的"附近"。如同社会学家项飙提出的,现代社会中,人们普遍具有一种所谓"超越感",我们更愿意超越自己所处的现实,对远方的生活、对宏大的问题产生兴趣。但这种超越感也让我们对自己的"附近"越来越陌生,父母、亲人、合租伙伴,甚至身边的快递员、外卖员,看似时刻与之发生交往,但实际上,我们对于作为个体的他们一无所知。南海会馆,以及自己身边擦肩而过了十年的风景提醒我,在日常生活的附近,有太多未被觉察就消逝了的记忆,太多朝夕相处却依旧陌生的朋友。那一刻开始,北京于我不再只是身着铠甲的将军,它所携带的肃穆的历史、庄严的意义,正化作个体生命"附近"的所有细节纷至沓来。

## 二

十年来,我与路东的大多数人一样,对路西的人们,以及他们所代表的另一种的生活一无所知,似乎也并无多少好奇。我们生活在"大马路"的一边,他们则生活在"小胡同"的一边,我们会在北京的另一些地点相遇,但全然不能辨认彼此,如同永远在各自轨道上运行的星球。直到前两年,这片比邻而居了十年的胡同,忽然成了北京"city walk"的网红区域。现代科技魔术师般的社交媒体告诉我,自己家附近新开了很多咖啡馆、餐厅和手工艺品小店。身边的风景,顿时变得诱人而神秘起来。

我成为无数游客中的一员,重新走进了自己所置身的现实。

许多年前第一次经过烂缦胡同,我就被它的名字吸引了。仔细走过才知道,这个"烂缦"与想象中的浪漫主义毫无关系,它的原名,有说是"懒眠",也有说是"烂面",总之都是生存层面的基本需求,与今天被营造出的小资情怀相去甚远。这也符合胡同在当时的功能——居住此处的大多是南城贫民,"眠"或者"面",才是他们生命中最重要的问题。

今天的烂缦胡同是北京南城社区改造最早、最完善的胡同之一。我猜想,应该与这一代林立的会馆等历史遗迹有关。所谓"会馆",指的是由同乡或同业组成的团体所建的馆舍,有点类似于今天的驻京办,但没有官方背景。明清时期的北京,多数会馆主要是供来京赶考的学子们居住,因此也叫"试馆"。到了清光绪年间,随着科举制的废除,"试馆"逐渐成为集会、宴请等照顾乡民、联络乡谊的场所,接近于"同乡会"和"行业工会"的性质。南横街的地理位置在宣武门以南,属于紧靠皇城根的外城,是市民阶级集中居住的地方。这里商铺云集、人口稠密,久而久之,外地商贾等纷纷在此设立会馆。在今天总长三百来米的烂缦胡同中,仍可见有常熟会馆、东莞会馆、湖南会馆、宁羌会馆、江宁郡馆、黟县会馆、济南十六邑馆等七座。不少会馆内部都有院落、戏台,还有雕梁画栋、飞檐斗拱,"似庙非庙,似衙非衙,似宅非宅"。然而,时移世易,大多数会馆在新中国成立后成为老百姓居住的大杂院,许多人家世世代代住在这里,原本的一间房隔成两间,两间又搭出三间,曾经宽敞的前厅、院子挤满了歪歪斜斜的小屋,还有的房屋年久失修以至坍塌,于是直接推倒重建……久而久之,这些会馆内部变得拥挤而杂乱,除了门牌上留下的"××会馆旧址",实在难觅当日风采。

烂缦胡同中最著名，也是现在保存状态最完好的是湖南会馆。湖南会馆创建于光绪十三年（1887），1919年12月18日，毛泽东率领湖南代表团进京在此居住，并召开湖南旅京各界驱逐军阀张敬尧大会。在会馆南侧的戏台上，毛泽东曾面对上千名湘籍人士发表重要讲演，湖南会馆的历史地位由此奠定。今天，除了原本的戏楼、文昌阁拆除，湖南会馆内部主体建筑保存完整，被用作北京宣武回民幼儿园分园。日暮时分，孩子们喧闹着蜂拥而出，那一刻，所有历史的艰难、沉重、复杂，都化作他们脸上无忧无虑的笑容，仿佛这就是过往的一切意义。

周末的时候，尤其是春日，烂缦胡同的紫藤花开，这里便会聚集不少游客。咖啡馆常常满座，聪明的老板就在胡同两侧摆出折叠椅和可用作桌子的收纳筐，打造出一种城市中产热爱的户外露营的仪式感。但只要多走两步，转向旁边几条未经改造的老胡同，便又是迥然不同的另一种景象。胡同两侧狭窄的道路旁堆放着杂物，拥挤的院落令人只得侧身进入，里面隐约可见盘根错节的电线，挂满了衣服的晾衣竿，见缝插针的自行车、橱柜等，还有的甚至瓦片脱落、房体塌陷，一半以上的院子门口贴着"火灾隐患院"的告示……如果说老北京的胡同是"小胡同"，那么今天经过修缮和商业化改造的胡同则是"大胡同"。"小胡同"满足的是基本的居住与生存需要，而今天的"大胡同"更多是一种老北京的文化符号，是承载了历史意义而必要延续的城市景观。"小胡同"的时代日渐结束，"大胡同"以及生活在这里的人们，正日渐成为新生活的背景布。不必惊讶于胡同居民穿着睡衣、拖鞋出门，也不必感慨他们为何要将私人物品公之于众，因为对他们而言，胡同也是自己"家"的一部分。走在今天的东四、西四，以及南城的胡同聚集区，我们看到的往往不仅是住户,还有来自四面八方的游客。一张标准的胡同照片,一定不仅有狭窄的街巷和错落的矮房,还要有一位扇着蒲扇的老人、道路两侧聊天的原住民,或是夏日打着赤膊吃西瓜的老大爷——在游客眼中,住在胡同里的居民,以及他们不得不"展示"出的个体生活,已经成为今日城市风景的重要组成。

## 三

从烂缦胡同往东一转,不足百米的距离,平行延伸着的是南半截胡同。南半截胡同里最著名的,是鲁迅曾居住了七年的绍兴会馆。作为当时教育部的公职人员,鲁迅1912年随国民政府迁居北京,先是住在绍兴会馆的"藤花别馆",后来又迁入里面的"补树书屋",直到1919年才搬离——这个时间,恰恰与后来居住在一街之隔的湖南会馆的青年毛泽东擦肩而过。《呐喊》自序中,鲁迅反复提及的"S会馆"即绍兴会馆:"S会馆里有三间屋,相传是往昔曾在院子里的槐树上缢死过一个女人的,现在槐树已经高不可攀了,而这屋还没有人住;许多年,我便寓在这屋里钞古碑。"绍兴会馆的七年,鲁迅专心古籍整理、校勘金石碑文,在此辑录了《嵇康集》,出版了《金石萃编校文》。对照这一阶段的鲁迅日记,可以发现不少相关记载:1912年11月23日,"院中南向二小舍,旧为闽客所居者,已虚,拟移居之,因令工糊壁,一日而竣,予工资三元五角";11月28日,"下午移入院中南向小舍";1916年5月6日,"以避喧移入补树书屋"……在绍兴会馆,周树人成了鲁迅,他结识了《新青年》的同人,并在密切的交往和相互启发中,创作出《狂人日记》《孔乙己》《药》等作品，成为新文化运动的一面旗帜。

读大学的时候，我曾在阜成门的北京鲁迅博物馆做过一年志愿讲解员。一些解说词我至今记得：鲁迅在北京的第一个住所是北京宣武门外南半截胡同的绍兴会馆，这也是他在北京居住最久的地方，一共七年。后知后觉的我，也是很多年之后路过这里，才唤醒了记忆深处的这些句子。今日鲁博所在，是鲁迅在北京的最后一处居所，著名的书房"老虎尾巴"，就在这座宅子的深处。以博物馆为依托，阜成门内大街宫门口二条19号的这处旧居保存完好，之后持续投入建设，成为新文化运动重要的展览和研究机构。然而绍兴会馆，从我发现它的那一刻起，始终是大门紧闭的状态。如同这附近的大多数会馆一样，绍兴会馆一度也是大杂院，2018年前后，伴随着胡同改造工程，绍兴会馆开始腾退，老住户们陆续搬离。几次路过这里，我都想要进去看看，却始终只见那扇逐渐生锈的红色铁门，透过门缝，隐约看到里面七零八落的小屋，灰白的墙体已经大面积脱落，还有散落一地的砖头、瓦片，以及随着季节更替兀自荣枯的杂草。今天的绍兴会馆门庭冷落，难以想象，就在不到六年之前，这里面还居住着三十八户居民，仅鲁迅后来为寻清净而住的补树书屋一处，就挤进了四户人家。

与绍兴会馆所在的南半截胡同相对应，往北走，原本还有一条北半截胡同。今天地图上已经找不到北半截胡同了，但若输入"北半截胡同"几个字，仍有一条显示，那就是位于41号的谭嗣同故居。1998年修菜市口大街、2002年危房改造，两次重大工程，几乎将北半截胡同夷为平地，原本藏在胡同深处的谭嗣同故居因恰好与菜市口大街的线路擦身而过，最终幸免于难。如今，菜市口大街的西侧，与绍兴会馆几乎平齐的路边立着一块石碑,上书:"浏阳会馆"。原本小胡同深处的老房子如今赤裸裸地挺立在大马路上,有些突兀,更有些劫后余生的庆幸。抬头看上去,北面两间就是谭嗣同故居。与胡同深处的那些会馆不同,浏阳会馆因为靠近菜市口大街,总是人潮涌动。它的隔壁有一家麻辣烫店,据说是全北京排名前几位,拥挤破败的两进院如同一条深不见底的密道,食客们出出进进,好不热闹。夏夜经过这里,空气中总是弥漫着浓烈的辣椒油味道。有了它的映衬,旁边的谭嗣同故居就显得愈发落寞。

北京城南菜市口,对于谭嗣同来说,像是一道宿命的魔咒。他1865年出生在烂缦胡同,九岁时父亲与同乡一同购得不远处的浏阳会馆,在此居住了四年,直到父亲调任,举家离京。再回到浏阳会馆已是1898年,光绪帝颁布《定国是诏》,决定变法,并召谭嗣同等人进京。回京后的谭嗣同再次入住浏阳会馆,然而这一次,三十三岁的他在这里仅居住了三十六天。变法失败后,谭嗣同婉拒了康有为、梁启超的邀请,没有同他们一起逃离北京,而是将浏阳会馆的大门打开,静静等待自己的命运。浏阳会馆承载着谭嗣同的童年和少年,也是他与维新派人士共同施展抱负却最终壮志未酬的地方,更见证了他是如何悲壮地走向自己生命的终点——四天之后,就在家门口的菜市口大街,谭嗣同英勇就义。他生前坚信:"自古以来各个国家成功变法的背后,没有一个不伴随着流血和牺牲,我们这次变法还没听过有一个人为之流血,正因如此才没有成功。"在这个意义上,谭嗣同将自己的死视为变法成功的开始,行刑前高喊着:"有心杀贼,无力回天。死得其所,快哉快哉!"所谓"死得其所",除了为理想献身的壮烈和决绝,或许多少还有在此处生、在此处死的无奈与慨叹。

谭嗣同与他被埋葬的救国理想一起,最终回到了自己人生的原点。在他曾经的"附近",康有为、梁启超、戊戌六君子,以及此后的鲁迅、毛泽东,一代代仁人志士来了又去,城市空间串联着他们的命运,如同草蛇灰线,伏脉千里。"大马路"的北京恢宏壮阔,而铸就其形貌的人们,无不安静地深藏于"小胡同"的隐秘角落。在这里,在此刻、在脚下,我仿佛重新发现了北京,我不再畏惧它的庄严和坚硬,那不是铠甲,而是肉身。如同所有的生命一样,这座城市时刻经历着离别和老去,而时间会不断赐予它新的血肉。在这个意义上,找北京也是找自己,今天大杂院里的居民、新生活中的我们,又何尝不是这座城市古老身体的新生?

《十月》2024年第3期

---

行超　北京师范大学文学博士,中国作家协会《文艺报》副编审。出版有文学评论集《言有尽时》《和光同尘》,文学访谈录《爱与尊严的时刻》。曾获《南方文坛》优秀论文奖、《长江文艺》双年奖、《北京文学》优秀作品奖、北京文艺评论年度推优等,入选首届"中国当代文学研究会年榜(2023)·新锐榜"。

# 四物注

燕燕燕

## 长信宫灯

  灯的最后一位主人叫窦绾,名字妩媚温柔。我想象她应是生着晶莹的脸庞和浓黑的长发,如同古诗中"青云教绾头上髻,明月与作耳边珰"的女子。那年外出访古,特意去了河北满城的陵山,在凿山而成的古墓里,葬着窦绾和她的夫君西汉中山靖王刘胜。

  夫妇二人同茔异穴,从刘胜墓出来不远即是窦绾墓。两墓大如宫殿,布局相同。由墓道入甬道,两侧设耳室,分别做储物间和车马库;中室宽敞,象征着会客的厅堂;再向内的后室,是停棺安息之处。窦绾入葬时身穿可令尸身不朽的金缕玉衣,朱红漆棺上镶嵌着贵重的青玉与白玉璧。任是如此，美人终成尘土，宛若脱壳金蝉，消隐在浩茫的时光中。玉衣里的几颗残齿与一点碎骨，是她曾经存在过的微弱线索。

墓室未被盗掘，除了主人不在，陪葬的奇珍异宝历历可数。在后室的漆棺旁，我见到了闻名于世的长信宫灯，只不过真灯早已被收藏在河北博物院，摆在这儿的是一件复制品。之前曾多次浏览图片和影像，对灯的细节不陌生，面对替身时，观感上难免生硬。但正如孙悟空拔下一根毫毛，又化出一个悟空，纵然元气虚弱了些，形态与真身并无二致，也足以令人称奇。

长信宫灯是灯，也是人。一个小宫女，十四五岁的模样，青铜铸成，施以鎏金。她眉眼细长，脸颊圆润，不够俏丽，却是端正纯净。头戴巾帼，光脚跽坐，身穿曲裾深衣。灯与她是合一的，她的左手连接着灯盘的圆柄，右臂上扬，阔大的衣袖垂下，正好扣住灯盘，便自然形成一个灯罩。灯盘上装着两片弧形的挡板，推动开合间，能任意调节灯光亮度和方向。

灯盘中心有插烛的铜钎，汉代的膏烛以动物脂肪为燃料，点灯时黑烟弥漫，气味熏人。小宫女中空的身体是极好的烟尘容器，婉转的烟雾可经由袖管进入体内，冷却后化为灰烬。工匠铸造她时分成六部分组装，所以也很容易拆卸清洗。尽管这的确是非常巧妙的设计，我还是不忍听到现代人赞美她是两千年前的环保典范，又将她评为中华第一灯。她若知道自己被冠以这类俗气的名号，不知会有何等感想。当我凝视她时，打动我心的，并非高明的构造，而是超拔的气韵。她神态里有恭顺，更多的还是一种肃穆。她断定自己正在做一件隆重的事情，因而持灯的姿势才能那样庄严，这使得灯在她手里已不是照明工具，乃是向人间投射光明的圣洁法器。如果非要为她加上美誉,在我看来,她恰如一位为光而生的小灯神。

长信宫灯曾辗转流离,几易其主,亲历过政治的诡谲,也知晓宫闱间的秘密。在小宫女的右臂和衣角处,以及灯罩、灯盘、灯座上分别在不同的时间刻过九处铭文,共六十五个字,记录了灯的容量、重量和每一位主人。从"阳信家""今内者卧""长信尚浴"的字样中,可以推测出灯最初属于阳信夷侯刘揭,后因第二任阳信侯刘中意参与"七国之乱"获罪,家中物品充公,这盏灯被少府的内者没收,送到了窦太后居住的长信宫,在沐浴时使用。长信宫灯的名字也由此而来。

窦太后是汉文帝的皇后,汉景帝的母亲,汉武帝刘彻和中山靖王刘胜的祖母,窦绾又是她的侄孙女。不知在什么日子,因什么缘由,她将长信宫灯赐给了窦绾。灯奇巧华美,再加上祖母惠赠的情意和恩宠在里头,自然成为王妃的心爱之物。这一回,小宫女遇到了最相宜的主人。

史书上没有关于窦绾的记载,芳名之所以流传于世,是在她的墓里发现了一枚双面铜印,一面刻着名"窦绾",一面刻的是字"窦君须"。汉代女子的印,名字前通常会冠一个"妾"字,以示谦卑,如马王堆汉墓中辛追夫人的印刻的就是"妾辛追"。窦绾的印不同,丝毫不自谦,姓名表字,堂堂正正,清清朗朗,像一个有独立精神空间的女子所为。从墓里随葬的玉器、漆器、青铜器等物件中,大致能窥得这位王妃生前一些生活片段。其中有一件装胭脂的朱雀衔环杯,造型是一只展翅的朱雀立在两只高足杯之间的兽背上,嘴衔一枚可转动的细白玉环,杯的内外镶嵌三十颗绿松石,配以错金卷云纹装饰。似这般奢华美艳的器物,于她也不过是日常梳妆时的小点缀。

她大概酒量极好,饮酒时喜欢行酒令。陪葬物中不止成套的盛酒器和饮酒器,另有一套"宫中行乐钱"和一枚错金银的镶红玛瑙绿松石的铜骰。耳室里更是陈放着十七个装酒的大陶缸,这种酒缸她丈夫的墓里也只有十六个。她也爱乐曲,通文墨,并不是只知享乐,在她墓中还发现了古瑟、磨墨用的研石和几把用来修改错字的铁书刀。

她的丈夫刘胜,据记载是个不理政事、荒淫无度的人,他常说"王者当日听音乐,御声色"。说起来诸侯王身份微妙,若是雄才大略,易引起皇帝猜疑,假装沉迷声色,朝廷反倒放心。然而刘胜看起来不像是故意韬光养晦,大抵天性便是如此,史书也评价他"乐酒好内"。他妻妾成群,有一百二十多个子女,看到这个惊人的数字时,人们都会揣测窦绾是一位寂寞的王妃。

隔着两千年层层叠叠的光阴,我试图张望窦绾和她的长信宫灯。彼时正是文景之治后的盛世,国库内钱币堆积如山,粮食陈陈相因。位于河北中部的中山国,人口众多,富足安稳。中山王的王府中,每日少不了的是乐舞宴饮,觥筹交错,无穷无尽的狂欢。可是笙歌总有散尽的一刻,自喧闹的筵席中退出,回到冷寂的内室,有人摸索着点燃一汪烛火。屋子里的桌、榻、错金博山炉、朱雀衔环杯的形状,从褪去的黑影中徐徐浮现。金色的小宫女面容沉静,手中光影摇曳,犹如思绪的波纹。那位美丽的王妃,出身名门,嫁与诸侯王,命里带着一身荣华。家族远离宫廷权谋之争,不曾遭遇王室操戈,一生都活在太平富贵中,比起很多皇家女子,她已是无比幸运。至于寂寞,是身为王妃理所当然要付出的代价,她早该知道。因此,所有的不快和动荡,想必都只是浅浅淡淡,不会如剧烈的洪流侵袭。伤一点情,去不到心肝。

灯燃得久了,小宫女的身体温暖起来。窦绾轻轻转动灯盘,让光愈加明亮,她在灯下铺开竹简,用书刀将上面的错字小心地刮掉。时而,她会对着灯低声私语一番,再看着小宫女把秘密随同袅袅的烟雾一起收进体内。此时,外面是西汉的墨一般黑的黑夜,世界似乎变得很小,小到只看得到一位王妃,一盏灯。

日往月来,年华流转。中山国的丘陵绵延,平原纵横,河流不息。长信宫灯跟随窦绾从红尘转到黄泉,这儿连白昼也是夜晚,却没有人再把灯点燃。小宫女睁着眼睛,陪伴主人的芳魂,在墓穴中度过了七十多万个深沉阒黑的日子。她一直擎着灯,擎着一束前尘韶光中的故事。

## 九宫女图

壁画上有九位婀娜的女子。为首那位发髻梳得最高,面如满月,双目细长,上身穿襦,V字形领口,腰间束着朱红的曳地长裙,裙角处露出一只高高翘起的月白云头履。一条淡绿色披帛从肩上绕下来,软软地缠在臂弯。她神色怡然,唇角浅笑,双手交于胸前,引着众人缓缓前行。站在她身后的第二女,生着丰腴的脸蛋和身材,头上盘了一个形如螺壳的髻,左手拿玉盘,右手隐在披帛间,斜侧着身子,似乎在向后面的人低语。与她面对面的是第三女,看不到相貌,只见背影窈窕,头上亦是同样的螺髻,双手捧一只方盒。第四女梳了双螺髻,立于第二女的背后,她手持烛台,低垂眼帘,若有所思。第五女的一只手搭在第四女肩上,另一只手把一柄红色团扇举在脸前,挡住了少许面容,两只眼珠齐齐转向左前方,不知看到了什么。第六女的位置居于画面中心,容貌与神采最夺目。黛黑的宽眉,凤眼上挑,高鼻樱唇,鹅蛋脸上含羞带笑,手中端着一只装了葡萄酒的高足玻璃杯。她的腰肢柔细,姿态婉转,如一朵出水的娇莲,娉娉袅袅。

第七女侧脸清秀,双手执一把搔痒的如意,温良恭顺地排在第五女之后。手擎拂尘的第八女则将身体转向了观者,她很年轻,五官分明,脸上流露出一种稚嫩的正经。排在最后的第九女,装束特别,头上戴着襆头,身上穿的也是男子的窄袖圆领袍。女子扮成男装,是当时宫廷里的新风尚。她面色平和,怀中抱着一个包袱。

夜色沉沉,这些女子拿着各自掌管的物件,仿佛拿着法器的仙女。她们的队伍错落有致,行走间长裙在履上轻柔摆动。此番出行,是要去侍奉一位公主。

公主是唐高宗李治与武则天的孙女,唐中宗李显与韦皇后的女儿,名为李仙蕙。史书上说她的容颜"使桃李之花为之逊色",我觉得她应该像一枝水仙花,仙蕙这个名字里就带着水仙的香气。

与别的公主不同,李仙蕙并没有在宫中生长。公元683年,李治驾崩,太子李显登基不到三个月,便被武则天废为庐陵王,贬谪到湖北房州一带,李仙蕙在这个时期出生。直到她十四岁时,武则天在传侄还是传子的选择中,最终决定将江山还给李氏,才将李显一家召回长安。重新被立为太子的李显如履薄冰,为了筑牢自己在宫中的地位,他有意与武氏子弟联姻。两年后,李仙蕙受封为永泰郡主,嫁给了武则天的侄孙武延基。

此时的武则天年事已高,朝政大权几乎都落入男宠张易之兄弟手里。这二人气焰嚣张,平日对李武两族的人十分轻慢无礼。有一回,李仙蕙夫妇与哥哥李重润聚在一起时,议论了张氏兄弟的行径。谁料宫中耳目众多,张氏兄弟很快得知,便向武则天去告状。孙子孙女私下里说话犯了忌,若是寻常人家的祖母,顶多责骂一顿也就罢了。可这位祖母不是那种寻常的祖母,她是心冷如铁、杀伐果断的千古女帝。三个年轻人未曾料到自己闯下了弥天大祸,触怒龙颜,他们将为此付出惨烈的代价。

据《新唐书·则天顺圣武皇后纪》记载:"大足元年,九月壬申,(武则天)杀邵王重润及永泰郡主、主婿武延基。"其他一些文献中也提到了此事,略有不同的是有的说三人被杖毙,有的说被缢死。这一年,李仙蕙十七岁。

公元705年,李显发动"神龙政变",迫使武则天退位。再次当上皇帝后,他将李重润和李仙蕙夫妇的墓从洛阳迁到乾陵,并追封他们为懿德太子和永泰公主。两座墓被冠之为陵,墓葬和随葬品的规格与皇帝相当,这是丧葬制度中少见的"号墓为陵"。李显逾越常规地厚葬儿子女儿,是在为李家人翻案昭雪,更是在释放一个父亲积压已久的愧疚和哀伤。当初他没有力量救下孩子的性命,如今只能送给他们一座富丽的大墓,以此抚慰枉死的亡灵。

乾陵共有十八座墓,主墓是李治与武则天的合葬墓,另外十七座陪葬墓里有太子,有亲王,有公主,有大臣。翻看这些人的生平,会发现大多死于宫廷中的阴谋和杀戮,未能善终。他们彼此之间是亲人,也是仇人,生前不得不撕扯在一起,死后怕是再也不愿相见,虽然仍要毗邻而居,所幸隔着厚重的墓墙,魂灵可以各自安歇。

永泰公主墓区的面积有六千多平方米。墓前立着石狮石人、华表双阙,墓道与墓室的墙壁上绘满了神兽、仪仗、宫女和日月星辰等祥瑞图像,《九宫女图》就画在前室的东墙上。壁上丹青已过千年,少不得有斑驳漫漶,但线条更显苍劲,色彩依然明丽,画上的美人都还没有老。

壁画的作者没有留下名姓,观其风格技法,当为一流画师。九位女子不是他凭空虚构出来的,一定是宫中真有这样的侍女,极有可能就是曾经服侍过公主的。画师先去见过,起了底稿,再在墓室中调色布局,以工整细致的笔力把她们的影像挪移到了墓壁上。在死者的永生之宅,壁画上所绘的一切侍卫宫娥,与陪葬器物有同样的意义,都是供墓主人延续往昔生活使用的。九宫女以这种方式殉了葬,表情姿势倒皆是轻松自然,不见丝毫的畏怯和忧愁。她们的明丽将幽暗的墓室映衬得明媚起来。

唐朝的画论中有感神通灵之说,人物、动物、景物越是画得逼真传神,越具有与神鬼感通的能力。《九宫女图》正是气韵生动、宛然在目的妙作。因此墓门关闭后,她们必然会从壁上悄然走下,燃烛掸尘,摇扇驱虫,为公主端酒奉食,体贴呵护,让那含恨早逝的人儿,如在生前寝宫中一样温暖无虞。

大约在五代时期,曾有盗墓者登门造访。考古发掘时,在墓道天井处发现了一具人骨,他的身旁扔着铁斧,周围有散落的金器和玉器,头顶上方正是盗洞的位置。推测是当初从墓室里窃得宝物后,他的同伙生了异心,为独吞财物,在即将离开时害了他的性命。在别人的坟墓中死去,临终前的一刻,这位盗墓者是否会觉得人生如梦似幻。他又怎会料到,千年以后,自己将被写入与永泰公主墓相关的各类资料里。

虽遭盗扰,墓里仍有一千多件劫余的文物出土。其中有公主的一方墓志,墓志铭由当时的太常少卿徐彦伯撰写。文中写到她的死因时,出现了"珠胎毁月"的字样,意思是她因早产而死。又有研究发现,她死去的日子与哥哥和丈夫被杀只差一天,莫非是她正身怀有孕,突然遭受巨大的刺激,导致和腹中胎儿一同丧命。这与史书的记载有了差异,不过墓志铭向来惯用虚浮之词,尤其叙述特定情境下的敏感事件时,有可能会违背事实。以忤逆之罪被祖母所杀,既不荣耀,也太悲惨,不宜将其书写在带入冥界的生平叙事中,李显或许有意要替女儿回避。但无论真相如何,永泰公主都是权力争斗中的一件祭品。

她的封号永泰,原是希望能永远安泰。然而自出生起,命运便落入不安的政治旋涡。这一生太短,短到未能修得生命的繁花似锦,来人间一遭,只换取刹那芳华;这一生又太长,长到不得不活到轰天震地的那一天,不得不迎向心神俱裂的惊和血肉剥离的痛。

## 金累丝镶玉嵌宝双鸾鸟牡丹分心

文物可以还原历史,有时也能还原一份古代的爱情。明代梁庄王与魏妃合葬墓中出土的文物,便是二人情意的凭证。展览设在湖北省博物馆,进到展厅,满眼金玉宝石,一片奢华之色。唯独两方并排陈列的墓志夹在其间,显得阴沉暗淡。停下读那墓志铭,两篇文风相似,像是出自一人之手,结尾处也用了同样的句式。梁庄王的是:"梁庄王宜臻高寿,以享荣贵,甫壮而逝,岂非命耶?"魏妃那篇语气更重了些:"妃生于文臣之女,选配王室,正当享富贵于永久而遽以疾终,岂非命乎?岂非命乎?"连声发问,引得我也痛惜不已。想想这对夫妻,富足显赫,恩爱有加,无奈世事难有圆满,一场人间繁华,瞬息即逝,未免仓促。

梁庄王名朱瞻垍,祖父是明成祖朱棣,父亲是明仁宗朱高炽,明宣宗朱瞻基是异母哥哥。他在封地不用参与政治,也不必治理事务,每年坐享着丰厚的俸禄。第一任妻子早逝,继妃魏氏本是平民之女,选妃后家族升为王室,父亲魏亨也得了襄阳县南城兵马指挥的官职。墓室中出土了一件鎏金封册,是大婚那日为她册封所用。魏妃像穿上水晶鞋的辛德瑞拉一样幸运,遇到了年轻温柔的王子,且对她万般宠爱。

五千多件陪葬品里有三千多件珠饰宝石,多是魏妃的首饰。其中镂空金凤纹帔坠、缠了十二圈的金钏和金镶宝石镯三样金器,据说是梁庄王送她的聘礼。此外还有各式各样的玉佩、戒指、耳环等物,而最光彩耀眼的当数她的发饰。

明代女子的发饰统称为头面,一副精细齐整的头面,插戴搭配都有讲究。比如顶簪,戴在发髻的顶端,起固定全局的作用;挑心,是在发髻正前方当中,自下而上挑着插的一支最大的簪子;分心,是插在发髻前后口沿的两支簪子,前面的叫前分心,插在挑心下面,后分心则在髻的正后面;掩鬓,是插在发髻左右两侧的一对簪子,有团花形,有云朵形,能把脸形映衬得更俏媚,也可遮挡老年妇人鬓边的白发。

在墓的后室和魏妃棺中共陪葬了二十多支端庄明艳的金簪,内有一支金累丝镶玉嵌宝双鸾鸟牡丹分心,将黄澄澄的金、白生生的玉,以及各色宝石连缀一起,金光熠熠,五彩斑斓,既清雅又富丽。我在展柜前流连多时,其制作之工巧、之精微、之繁复,真是怎么形容也不过分。它会让所有前来参观的女子动心,想到此物古时曾上美人头,恨不能立刻取出,也拿到自己头上戴一戴。

年少时痴迷《红楼梦》,每读到"懦小姐不问累金凤"一回时,总是为着那支攒珠累丝金凤费疑猜。名字那么动听,贾府小姐每人一支,平日里好生收着,过节时才拿出来戴一戴,这般珍贵隆重的首饰,究竟是何等模样呢?金凤我明白,攒珠也可以想象得出,唯独累丝,百思不得其解。后来才知是一种工艺,先把金子拔成极细的金丝,再堆叠编织成各种造型。明代制作簪钗多用累丝法,魏妃的这支分心,底衬就是用金丝盘绕成的涡状卷草纹,从背面看过去,丝缕繁密,薄透玲珑。经由它,迎春的累丝金凤终于在我心里浮现了清楚的状貌。

金累丝镶玉嵌宝双鸾鸟牡丹分心有十几厘米长,横向弯弧形,如山峦起伏,又像小型的皇冠,后面焊接一柄扁平的簪脚。正面一圈边缘处分布了十八个宝石托,里面嵌的是猫眼大的红宝石、蓝宝石和绿松石,它们的产地在东南亚和非洲,皆是郑和下西洋的船队带回来的。在分心的中间做了一个镶玉的细框,四周也以累丝花叶装点,内里镶嵌一枚镂空白玉,玉上雕刻着牡丹鸾鸟图。一对鸾鸟环绕在一枝牡丹花两侧,一鸟俯身翘首,一鸟回首站立,两鸟顾盼相望,尾羽与花枝相连,交缠映衬,情意绵绵。

魏妃的首饰自然都是她的王子所赠,别的那些仅是华丽昂贵,这支分心的不同,在于它有图像语言。鸾鸟象征夫妇和谐,婚姻美满,金累丝镶玉嵌宝双鸾鸟牡丹分心说出的是爱的语言,更能展露两人的深情。

然而,与鸾鸟相关的还有一个低沉的故事。古代有个人得到一只鸾鸟,想尽办法也不能使它鸣叫,后来在它面前放了一面镜子,鸾鸟看到镜中的自己,以为是同类,竟慨然悲鸣,奋飞而死。"镜里孤鸾"这个成语,形容的就是相爱之人不得不离别的悲伤。

梁庄王在三十岁时去世,魏妃成了一只孤鸾。日夕相伴的八年,是她生命中最甜蜜欢喜的、最金灿灿的一段时光,今后永不再有。从此镜不敢照,金簪蒙尘,双鸾和鸣的分心更是不能看见,怕添伤情。

明代宫廷有个规矩,帝王与藩王死时,未曾生育的嫔妃都要殉葬。魏妃没有子女,她自己也是非常想与夫君共同赴死的。墓志铭中说她"欲随王逝",但皇帝不准,以梁庄王与宫人生的两个女儿还未成年为由,要她活下来抚养照顾。

这应当也是梁庄王的意愿,依着他的性格和经历,是必定不会让魏妃殉葬的。十四岁那年,父亲明仁宗去世,母亲郭贵妃生了三个孩子,本不必累及,却因张皇后的陷害逼迫,不得不跟着殉了葬。这对于当时的梁庄王来说,无异于生活的巨大坍塌,他还没有足够的勇气和智慧承担如此可怕的事情。于是他卡在了这里,不论长到多少岁,内心依然停留在恐慌的少年时代。史书记载他为人"好学乐善,孝友谦恭",而他的善与谦恭,或许正是出于潜意识中对外在世界无法消解的惧怕,这让他显得非常懦弱,虽为天潢贵胄,连府中的管家都敢对他不敬。

魏妃是世上唯一真心待他的人,是命运赠他的礼物。她的爱与陪伴疗愈了他的不安,弥补了缺失多年的温情。他那么爱她,愿把一切美丽的东西都捧给她。所以怎能让母亲的悲剧在她身上重演,怎会拿她鲜活的生命为自己的病躯陪葬。可能出于对殉葬的极度厌恶与敏感,他的墓原本是个单葬墓,只有一个棺床,既不与先前的妃子合葬,也没有为魏妃的将来留下位置。墓室中还有一块巨大的顶门石,一旦关上墓门,大石就会从里面死死顶住,很难再次开启。这样的设计是为了防备盗墓,同时也表明他没有再请人进来同住的想法。

偏偏魏妃是个痴心人,她渴望追随爱人同去,胜过在思念中独活。好不容易熬过十年,小女儿出嫁了。任务完成后,她便迫不及待地患了病,并很快如愿以偿地死去。临终前叮嘱家人,要与夫君葬在一起。为了完成她的遗愿,人们只能很不礼貌地撞破了梁庄王坚实的墓门,又在他的单人床旁边,冒昧地接砌了一张小而低的棺床。

她的举动像个任性的小女孩,一定要死,死后一定要去找他,和他挤在一起。试想,梁庄王正在悠长的梦中沉睡,忽听巨响,门被撞开,进来些人,七手八脚地在自己床侧动工。之后,她被送进来了,连同她的鎏金封册、金玉首饰一股脑都带来了,阴森孤冷了十年的墓室,霎时被金灿灿的光影填满,仿佛从前那金灿灿的日子又回来了。双鸾再相逢,已是黄泉中。该如何面对?以沉默?以眼泪?抑或,他会高兴地嗔怪道,你呀你呀,你怎么来了呀。

## 庵上坊

我在黄昏时分来到庵上坊,金色夕光从上空穿过云层,洒在这门洞一样的建筑上,为它更添了些惆怅的古意。抬头望去,牌坊正中龙凤牌上镌刻着的"圣旨"二字,于此时的我来说,平淡空洞,不具威严。然而两百年前,它降临在这个山东半岛中部的小村时,却是带着至高无上的辉煌。彼时,圣旨的到来,庵上坊的修建，一个家族获得莫大的荣耀，十里八乡惊动沸腾；今日，本地拥有一处名胜景观，我能够站在这里观赏穷尽奇妙的雕刻，如此种种，不过是因为，一位女子守住了自己的贞操。

在当地文献和民间叙述中，牌坊的来历有着清晰但不见得绝对真实的始末。清嘉庆八年，山东安丘县庵上村马家大公子马若愚，要与诸城北杏村翰林之女王小姐完婚了。成亲那日，天不作美，下起了连绵不绝的大雨。依照当地风俗，这是非常不吉利的预兆。公婆认为是王氏被恶鬼附了体，遂不许两位新人见面，择日再重新拜堂。马若愚受此刺激，第二天就一病不起，新娘因此显得更加晦气了。不久马若愚去世，王氏没有再嫁，尽心侍奉公婆，直到十多年后自己死去。王家觉得女儿恪守妇道，德行高洁，要求为她建一座牌坊，马家同意了。因建牌坊需要皇帝的恩准，王父便去京城求了一道圣旨。

清朝的牌坊分三个等级：一是"御赐"，由国库出钱建造；二是"恩荣"，由地方政府出钱建造；三是"圣旨"，由家族出钱建造。马家已换了马若愚的弟弟马若拙当家，丰厚的家产使他有信心为嫂子建一座天下闻名的牌坊。他四处张榜寻找好石匠，来自扬州的李克勤和李克俭兄弟二人揭了榜。

设计、采石、运送、雕刻、搭建，李氏兄弟与八个徒弟历时十三年，才将这座十米多高的牌坊建成。在一百七十多块石材上，施尽了平生手段。冰冷坚硬的石头，在他们手中变得如宣纸般轻软，他们拿锤子錾子扁子时，也像握画笔那样轻灵。花卉、走兽、仙人逐一被变幻出来，安放在勾勾连连的构件上，各得其所，无一不妙。

庵上坊的样式是四柱三楼式。正楼两面的匾上刻着"节动天褒"和"贞顺流芳"的字样，上下款均是"旌表儒童马若愚妻王氏节孝坊"。次楼两块匾上分别刻"大清道光""己丑岁建",即公元1829年。坊身由四根立柱隔出的正门和边门组成,中间的依柱石上有两只石狮,胸前挂着的小石铃铛甚是逼真可爱。我想起在民间传说中,李氏兄弟揭榜时展示了两件绝活:一件是小巧的石算盘,算盘珠子能打得噼啪作响;一件是纤细的石鸟笼,里面那只石雕的画眉鸟,会迎着风儿啾啾地歌唱。

石匠的手艺被渲染为带有魔力的法术,大概也是因为庵上坊的雕刻确乎高妙。一只背负火珠的麒麟,在牌坊顶端凛凛而立。一些吻兽、蹲兽、戗兽、龙头分布在正脊、垂脊和角梁上。楼匾四周镂雕出祥云环绕,众龙在其间腾跃。次楼下额枋上刻的四幅小画,均有其吉祥的谐音寓意:一只毛发蓬松的大狮子带着两只小狮子,这是"太师少保";一只憨厚的大象后面跟着一只小象,意为"父子拜相",因小象身上驮着宝瓶,又称"太平有象";一只鹿和一只鹤并排,是为"六合同春";山岭间一只顽皮的猴子正拿着长棍捅树上的马蜂窝,图浅意深,可解读为"马上封侯"。

次楼的上额枋刻着的牡丹、荷花、菊花、梅花,高高凸出于石面,枝枝叶叶像从石头深处生长出来的。边柱的两面有数朵大绣球,花瓣用了透雕的技法,片片饱满立体。另有一株芭蕉,叶子有舒有卷,其中一片低垂着,欲断还连。边柱外侧的长形石上,浅雕了一幅风竹和一幅雨竹,风竹遒劲,雨竹淋漓,颇具文人画韵味,几乎完全脱离了匠气。

正门柱子四面刻了两人一组的八仙,吕洞宾与张果老,何仙姑与蓝采和,钟汉离与韩湘子,铁拐李与曹国舅,手持法宝,或坐或立,或笑或谈,面容与服饰的呈现极为细腻。中柱底座上是四幅小品,图像毁损残缺,依稀可辨有憩息的耕田者,有赶路的学童,有两个渔夫将小船停在河畔,于月下对饮,还有一个樵夫,放下柴担,坐在溪边稍歇,顺便脱下鞋子拔掉扎在脚上的刺。

古往今来,不知多少人曾在庵上坊路过停驻,瞻仰探究。上面的每一幅画面都那么耐看,花是盛放的,人是生动的,动物是蓬勃的,但样样都与王氏的生活毫不相干。

哪怕是在这座抵偿她青春的建筑上,她的名字也不值一提,仍是马若愚身后面目模糊的王氏。无人知晓在她的少女时代,对生活有过怎样的热望,却能想象得出,出嫁之后,她的日日夜夜俱是在孤寂和哀叹中虚掷。若是能与丈夫结结实实地过上三五载,生下个孩子,对于小脚时代的女人,也算是一种生命的凭证和完成。往后的岁月,守着一点回忆,也可以安心活下去。而王氏与马若愚的缘分如镜花水月,一场徒占虚名的婚姻,将她的灵魂与肉身永远困在方寸之间,动弹不得。生活谈不上有多惨烈,无非是荒谬,无非是说不出的委屈,无非是空荡又窒息,不知该怨老天还是恨自己。这样一个萎缩的生命,与那些花香竹影,渔樵耕读,山河神仙,远远地隔离着。

庵上坊的故事在当地口口相传,其中有个版本里添了一段曲折的情节。说是王氏在世时牌坊就动工了,修建时有一根梁怎么也安不正。见多识广的石匠明白内中缘由,让马家人询问王氏是否有过非分之想。王氏虽未表明心中闪现过改嫁的念头,但她承认,丈夫死后,自己曾偷偷穿过出嫁时的红嫁衣。如此邪恶的事情一经坦白,那根无比倔强的梁也就放正了。

杜撰出这种情节的人,必定是"存天理,灭人欲"的拥戴者。他们认为一个节妇不光要行为端正,连起心动念也不可有,否则自有神明来惩罚,即便神明顾不上,一根石梁也能让你现出原形。牌坊是多么地清坚洁净啊,它只为值得的人加冕。

鼓励女人孀居和禁欲的牌坊们,通常立在重要道路的中心处。节妇的身体要被严密包裹,她的情操和她悲剧的纪念碑可以任由世人围观。牌坊以开放的形式赞美着人性的封闭,以磅礴的气势昭告天下:从一而终绝非一件普通的小事。

关于牌坊的故事,大都冷冷的,死气沉沉的。偶尔,也会出现个热闹活泼的异类。一个财主家的儿子身患绝症,娶了个穷人家的女子冲喜,婚后几天,女子成了寡妇。公婆为了留下媳妇,也为她修造牌坊。那牌坊多起一层,她这个人就仿佛被向地下多压了一层。一想到不久后,自己会被牢牢压在石下,她迅速憔悴着。但渐渐地,脸上的颜色又开始娇艳了,人们以为她臣服了命运。在牌坊即将落成时,她失踪了,同时失踪的还有一个年轻的石匠。

《作家》2024年第5期

燕燕燕　　姓燕名燕燕。中国作协会员,山东省作协签约作家,毕业于南京大学文学院,现从事文物工作。作品发表于《人民文学》《天涯》《山花》《作家》《散文选刊》等刊物,入选各类年度选本。出版散文集《梦里燃灯人》,曾获孙犁文学奖。

# 时间属于了不起的女孩

夋俏

时间是再奇妙不过的东西：它自顾自流淌，每一分每一秒你一不留神就会悄悄溜走。但它也自顾自凝结，不像你主观意愿强烈想要留下的人或物，总有一天会变成尘埃，时间不会改变，任一切灰飞烟灭，最后停留在原地的，也只是时间而已。

小孩子总想把美好的记忆封存起来，年轻时我也做过这样的蠢事。比如结束了短暂东京留学生涯的二十一岁的我，把宿舍里带不走又不想扔的杂物放进一个纸箱子，在上面用马克笔写上"这个箱子属于了不起的女孩"，在当时的宿管柏原女士的护送下，把它放进了储藏室里。

等到回国整一年的时候，有天家里忽然接到了从日本打来的越洋电话，我妈一听到日语，就把电话烫手似的扔给我说：

"一定是找你的,声音感觉是个老太太。"

啊,一定是柏原女士啊。我高兴地冲向了话筒。她的声音倒并没有透出久别重逢的喜悦和感慨,而是像过去我们天天住在一个屋檐下的时候一样,特别自然地问起:"殳桑啊,已经一年了,你的那个箱子,现在可以处理了吗?"

我恍然大悟,心中默默感叹柏原女士还真是守约,因为存箱子的时候她就说过,只替我保留一年。还有,她对我的情感预测也很准,因为接电话时我使劲地想了一下,那些遗留物品确实已经掉落了感情色彩,如她曾经说过的,在某一时刻舍不得放弃的某些东西,过一年,就不再有任何留恋了。

我们的通话短短地结束,她没有过多地嘘寒问暖,只是简短地说了句"回见呀",就挂了电话,好像几个小时后我就会坐车回到宿舍那样。

2000年,我第一次来到东京,在这里开始了交换留学生的生活。第一次独自生活的我,拥有了许多决定权,最先考虑的就是选宿舍居住。在早稻田就读,大多数外国留学生会顺理成章地住在学校所在的高田马场,但我却选了高円寺的宿舍。因为我希望在东京的生活多些不同感受,天天在校园附近厮混有点单调。而高円寺,这是个我从未听过的地名。小时候在日本的小说里反复读到新宿、银座、六本木,自认为对东京的地方也不陌生了,但高円寺是我的认识盲区,并且每天还可以坐电车或地铁通学,也是很新鲜的体验。我的生活指导说,那就意味着要比别的学生提早很久起床,而且从高円寺宿舍走到车站需要至少二十分钟,再从车站走到早稻田还需要至少二十分钟哦。但这对于当时年轻而好奇心旺盛的我来说,一点儿都不麻烦。于是,隔天我就拿着我的新秀丽大箱子和一堆新买的洗漱用品,搬进了高円寺学生寮。

那是我第一次见到柏原女士,生活指导介绍说这是宿舍管理员,而我当时脑海里浮现的便是"再没有比她更像东京学生宿舍管理员的老太太了"这句话。其实现在细想起来,柏原女士也不像我当时觉得的那样,是个"老太太",充其量应该是个接近六十的中年女性,但在未满二十的小屁孩看来,那时候谁都挺老的,和同学聊天也经常出现"那个三十四岁的大叔"之类的语句,这让现在四十多岁的我想起来,真的有点好笑。

柏原女士细瘦条身材,皮肤白皙而皱巴巴的,但发型和妆容都细心捯饬过,嘴唇尤其涂得鲜红。她有一副严厉的表情,目光冷淡,法令纹明显,就更让鲜红的嘴巴显得不太和谐。我愣愣地看着她,从那张嘴巴里吐出一连串的日语,直接就让我蒙了。虽然留学之前学了两个月的日语,但落地东京才知道"我是山田,我是日本会社员"之类的句子在这里完全有悖于现实生活。好在早稻田的同学和老师都多少能说点英文,我的生活指导老师更是说得一口非常流利的英文,带我去办登录卡,区役所(类似中国派出所)竟然还有专门会讲中文的职员,所以一直到独自住进宿舍的那一刻起,我还没意识到语言上的困难会有多大。但面对柏原女士,我的散装日语忽然都从脑子里掉到了地上,且被风立即吹散。只记得生活指导和她像是寒暄了几句,就把我交给了她,微笑着对我说了句"Take care"就离开了,接下来就是我和柏原女士长达一年多的密切相处。

柏原女士先跑去不知哪里给我拿了一床被子,嘴里叽里咕噜说着一大串话。她的声音高而尖,语速很快,尾音又长,透露出饱满的情绪,但我一个字都听不懂,只能盲目跟着她到东到西,最后上二楼,她打开对着楼梯的正数第二间,示意这就是我

-349-

的栖身之所了。走进房间,里面极其窄小,也就是一张单人床,一个写字桌,而靠近墙壁的床铺上方有个悬空的大柜子,几乎占了床上方的一半空间。我想象着,不管是把脚还是头放在这个柜子底下睡觉,都会有点奇怪,这时候柏原女士又喷洒来一堆日语单词,看我茫然无知的小表情,她有点可怕地抿嘴一笑,忽然手脚麻利地给我套被子,短短几十秒就搞定了,而我还呆若木鸡站在那里,直到她说"一,二,三"。哇,这三个词我算是听懂了。我赶快心领神会拿起两个被角,柏原女士又重复了一遍"一,二,三",我俩大力甩动被角,把被子妥帖放在床上,我和她的第一次沟通才算是大功告成了。

第一次独自生活的我,从住进宿舍的那一刻开始探索高円寺。这是个中央线上的小站,从新宿坐电车过来一共四站,要去早稻田则有两种走法:一是坐电车在新宿换山手线去高田马场,再走二十来分钟到学校;二是坐地铁东西线四站,就能直接到早稻田站,出站几步路就到学校。前一种走法麻烦点但更便宜,后一种走法比较直接干脆,但在东京地铁比电车贵。我买了从高円寺站进早稻田站出的地铁月票,第一次坐车,看到月台上的同宿舍同学,就很开心地和他们上了一辆车,结果发现坐错了。因为他们买的是更省钱的高田马场出的电车月票,而电车和地铁在高円寺这个车站,有时候就是跑在同一个月台上的,你必须看准时间,也要了解来的到底是哪辆车、哪条线。

慢慢地,我掌握了在东京坐公共交通工具的一些方法,了解到这里的地铁、电车线路之复杂,时至今日我在东京站和新宿站还会偶尔坐错车。好在大多数生活在这里的人,一辈子可能也就在一两条线路上跑,只要熟谙自己的出行路线就行。是以等我也能闭着眼睛坐上去早稻田的东西线的时候,我就发现,只要每天早晨在同一时刻同一月台上了同一车厢,那个车厢里的人,包括他们穿的衣服样式、站立或坐着打盹的姿势、手里拿的漫画或小说的系列,那都是不会改变的。东京是个人人按部就班的大都市,一开始让人觉得惊奇,接下来会思考他们这样会不会一生都很无聊,到现在我却有了新的感悟——虽然是按部就班,但好在大家都是在自己的轨道上按自己喜欢的节奏及 style 做着自己,可以说是一种夹缝中的自由。

但柏原女士很少坐地铁和电车,她有一辆自行车,平时她就骑车在高円寺周边匀速移动。作为宿舍的管理人,她很少离开宿舍超过两小时,基本都是绷着脸出门办事,然后快速回来。她好像没有任何朋友,也不像我一开始想象的那样,在宿舍只是上班,节假日会回家。柏原女士好像没有"家",她自己的住处就在宿舍二楼尽头的小房间里,那尺寸和学生们租住的一模一样大。那是个很神秘的所在,住在宿舍里的学生们有时候很想去一探究竟,但就算半夜去敲柏原女士的房门,她也会忽然伸出一张脸,下一秒就关上门衣着整齐地出现在人前,帮忙解决这个那个的,小房间的真容到现在也没人窥见过。

我是来到这里才发现,高円寺的这间学生寮主要容纳来自欧美的留学生们,中国和韩国的留学生更喜欢住在离学校比较近的高田马场的几个寮里。我的生活指导说:"老外不怕累。"然后迅速想起来我也选择了高円寺寮,就说:"你也是精力充沛,不怕每天多走那么多路。"我哈哈假笑,其实在一开始,心里也微微后悔,真的,每天要多走太多路了。但出门说日语,回到寮里和同学们说英语,对语言水平提高大有好处,且比起害羞的亚洲人,欧美同学们更热情活泼,课余也更擅长玩耍,天晓得我在二十岁的时候也是个"社牛"呢,这都是我在心里默默安慰自己"误"住高円寺的理由。从那时起我还发现,日本人和中国人一样,会特别管西方人叫"老外",日文是"外人"。除此之外,中国人就是中国人,韩国人就是韩国人,只有"外人"包含了复杂的意味,有点戏谑,又有点远观。柏原女士也经常在我面前使用这个词,一开始我只是抓取了这个出现频率有点高的发音,后来发现其实她是在对我抱怨这些个"外人"。可能是因为初来乍到的我听不懂日文,她就敞开了使劲说,也可能她觉得我是这个宿舍里为数不多的几个亚洲人之一,比较容易和她站在同一阵线上。

住高円寺三个月之后,我第一次对柏原女士的抱怨有了反应。可能是二十岁的脑子还拥有潜移默化学外语的功能,脑子里对日语一直是叽里咕噜乱飞印象的我,忽然有一天就什么都能听懂了,还能用相对简单的句子回应和评论。记得那天天气转凉,柏原女士来给我换厚被子,她说:"怎么这些老外都不懂做了饭要洗锅?"我自然而然地回答:"是啊,尤其是那个法国人,他还说自己是巴黎来的,巴黎人都不洗锅。"柏原女士忽然惊喜地抱住我,一反常态大幅度地情感流露道:"哎呀殳桑,你可是会说日语了!"

从此以后,我能感觉到柏原女士对我的态度亲昵了不少,对我的一些"违规"行为她也会盲目地包庇一点。有一次我炖着肉去接电话,忘记了时间,把宿舍的一只锅子烧坏了。回到厨房我发现柏原女士已经帮我灭了火,且奋力地去除着焦味弥漫的痕迹,我一下心生愧疚,提出要赔一个锅子。但柏原女士迅速地把锅子用一张牛皮纸包起来,说过会儿就骑自行车到外面去扔掉(日本不可随便扔奇形怪状的垃圾,会罚款),我就更愧疚。这明明是比不洗锅子更大的过错,但柏原女士说:"你一个女孩子在外国生活,烧坏一个锅子就要罚你,你家人该心疼了。"

但前一天她明明就对两个没洗锅子的法国男生大吼大叫,罚他们把公共厨房里所有的锅,包括电饭煲的内胆,都洗了一遍。这真是太双标了。但柏原女士说,就是瞧不上他们屡教不改还趾高气扬的样儿:"老外都缺乏反省的能力。不像我们,一旦犯错就恨不得先惩罚自己。"

这也是我第一次在柏原女士那里学到"反省"的日语。

她非常自然地说"我们",应该还是觉得东方人脾性会比较相近。其实宿舍里有个日本女孩子,叫直子,但直子的父母都是外交官,她在巴黎出生在巴黎长大,这会儿才回到东京读大学。直子说法语时就是完全的法国人,但日语也一点问题都没有。可柏原女士很少和她交流,见到了也是淡淡的,她跟我说:"直子早不是日本人了,她有一颗不洗锅的心。"

确实,直子和另外两个法国男生一样不爱收拾也不爱洗东西。

"不洗锅的心"让我觉得柏原女士的日语很有意思,批判之余带着一种萌感,就经常跟着她模仿一些语句和用法。其实到一个地方,跟着上了年纪的人学当地的语言是最好的方法,说话带着萌感的不光是柏原女士,高円寺的很多老人家都会说这种态度严肃、内核喜感的俏皮话。

每天放学,坐车到站,再从车站走回家,我有两个走法,一是先走 Pal 商店街再接着走ルック(日语音 Look)商店街,二则是走纯情商店街。"纯情商店街"的名字在我发现它的第一天,就觉得非常有趣,但问了很多人,大家都不知道为什么它纯情,好像从第一天开始就纯情了,所以也不需要理由。有一本获得

-353-

直木赏的小说就叫《高円寺纯情商店街》,写的就是这里。走纯情商店街回宿舍其实会绕点路,但这条街上的店铺更平民一点,带着日本人很爱的"下町风情",简而言之就是接地气。ルック则比较洋气,但不是那种精致的洋气,而是充满了浓浓的嬉皮风格和亚文化感。纯情商店街更多是老年店主,有时候我就故意绕路走,去那里的青果店、鳗鱼店、糕团铺子,去和开店的老头老太聊天。你甚至不用假装买东西,他们也很愿意和你一聊就是一下午,还会奉送免费的茶。这就是高円寺这样的小地方的好处——店铺看上去生意冷清,其实全靠住在此地固定的熟客,所以不会突发大财,也不至于倒闭关张。商店街上一家家都是互相帮衬着,支撑着,彼此保证着拥有代代相传的手艺和大把闲暇的时间。比如鳗鱼店放在外面的样品柜实在丑,用了多年的食物模型让鳗鱼看上去就像橡胶废料做的,但如果受了对酱汁香气和炭烤味的蛊惑,半信半疑点了一串,穿着洁白罩衫的老奶奶就会给你缓慢地烤好,撒上山椒粉,我说直接在门口吃,她就送上一双筷子,那一口下午四点半的烤鳗鱼真是松软甜美,与那些马马虎虎的"样品"相貌完全不符。坐在台阶上和奶奶聊天,问为什么不换换样品柜里的模型,她说:"烤了六十几年了,我们是正宗的关东做法,谁要来买,那味道都知道啊。"

"那不如不要样品柜了。"

"那也不行,唔,不如说,这个样品柜是用来吓退不诚心的新客人的吧。"

"那我就是新客人啊。"

"所以你没被吓退啊。好吃的东西靠的是气味来吸引人,看模型和照片来决定吃还是不吃,那大多会被骗到。"

"原来如此。"

吃了几回鳗鱼,后来我还想和奶奶聊天,在黑乎乎的样品柜前,琢磨着要换个什么品类才好,奶奶立马犀利地观测出我的心思说:"你要来这里坐坐,不一定要吃鳗鱼,隔壁可乐饼也很好吃的,你去试试看。"

我稍一犹豫,隔壁炸可乐饼的老头就探出头来了,说:"最便宜的五十円一个,你是鳗鱼店的老客人,送你一个。"

就是这样,我靠着买蔬菜、买水果、买可乐饼、买鳗鱼,和各种纯情商店街的老人家进行啰啰唆唆的对话练习,也摸清了住在高円寺一带,有哪些小店好吃。

结果有一天,柏原女士找我和她一起搬几个旧家具的时候,她跟我聊着聊着,忽然说:"殳桑,我觉得你现在说日语有点老人味。"

我一愣。

"你平时可能和商店街的老人家们说太多话了,感叹词都是'呼儿嗨哟'那种,年轻人听了要笑话的哦。"

我马上"反省"了一下,果然,我一并学到的有很多是老奶奶扶着腰站起来的那一声"嘿咻",或者老头喝了一口冰啤酒之后感叹哈气的那一声"阿斯呀"。我点头承认,柏原女士特别认真地说:"所以啊,你还是得多和我练习日语,毕竟,我还是年轻的,对吧。"

许多年以后,在北京多年来给我剪头发的藤田桑,很不经意地问起我之前在日本留学时住哪儿,我回答说高円寺。曾住过东京的他立刻羡慕地说,厉害啊,那里是东京亚文化的发源地之一啊,商店街的样貌非常精彩。我点头称是,随即回忆起每天走ルック回宿舍的时候,一路上都是古着服装店、二手书店、纹身处和道具屋,街上走的人也常是嬉皮士打扮,无论男女,都留着或脏辫或黑人蓬蓬头的那种夸张发型,满身满脸都装饰着亮晶晶的穿孔身体环和大片的纹身,这和2000年前后能在涩谷原宿等地随处可见的辣妹装扮或洛丽塔全然是不同的风格。有时候甚至有租住在高円寺的嬉皮夫妻在此地生了孩子,拖家带口出门时,连婴儿和狗都打扮得很嬉皮。入夜,商店街上的人不减反增,有人背着吉他,有人穿着话剧戏装,粉紫色头发的少女骑着单车带着大狗,灵巧越过一个个本地老人家,在小石子路面上飞快穿梭。ルック商店街亮起可爱的垂挂式路灯,灯柱还装着喇叭,放着ABBA乐队的歌曲。当时的我,则是人群中反向从车站往高円寺商店街深处走的一个小女孩,肩上背着很流行的木村同款outdoor双肩包,一手拿着刚买的红豆面包,另一手拿着垂挂着密密麻麻卡通吊饰的小巧翻盖手机,走过一家家招牌花哨的店铺,在坐落着"七つ森"咖啡店、佐藤药店及一家蔬菜铺子的路口右拐,一直往里走,经过"高原酒店"和一家老式米店,在有两个饮料自动售货机的地方再左拐,走几步就到早稻田学生寮。隔壁是一家小小的保育院,门口有个停车场,那一栋灰扑扑的二层楼建筑,就是我当时的"家"。

在高円寺住了三四个月之后,我已经非常适应一个人在宿舍的生活,一方面是柏原女士的指导,另一方面是通过我厚脸皮的见谁和谁唠嗑的本领,现在我知道买牛奶、肉、生鱼片和零食可以去比较便宜的三平超市,下午四点后有特价;买水果蔬菜则可以在传统的青果店捡漏;生活用品可以去靠近新高円寺地铁站另一边的百元店淘宝。当然,留学生活也绝不是完全以省钱为目的,基于高円寺的物价还是要远远低于市中心,所以我还是会不时去附近庚申通的小咖啡店コーラル(日语音

Coral)喝个老式现磨的冰咖啡,或者ルック上亮黄色的 Noble 小馆犒赏自己五百日元的咖啡加芝士蛋糕的套餐。但随着语言能力的飞速发展,我也开始不满足于自己买菜做饭和在附近小店买了熟食带回宿舍的现状,开始想要挑战一个人去餐馆。

某天我请教柏原女士要怎么打电话预订东京的餐厅,她上上下下看了我整整半分钟:"殳桑,你是不是觉得这几个月在宿舍都没吃好?"

我赶快说,不是这样的,我可不是那种会在食物上亏待自己的人。更何况我吃的东西又不是宿舍提供的,好不好的更不需要柏原女士负责。但她就是一副痛心疾首的样子,猜测我是不是在吃饭这事上省钱了:"这样吧,我带你去好好吃一顿。这个礼拜三的下午五点,新宿伊势丹门口见。"

我对柏原女士突生敬意,不愧是她,要么不请客,请客就要去一流的贵妇百货。礼拜三我放学之后直接坐电车到了新宿,她已经气宇轩昂地站在伊势丹百货门口顾盼我多时了。跟平时在宿舍稍有不同,今天柏原女士没穿围裙,她戴了顶紫色的帽子,穿了非常挺括的风衣,带了个尼龙袋子,一把拽着我的胳膊就进了商场,熟门熟路坐扶手电梯下了地下一层,到了我从没见识过的人山人海熙熙攘攘的下午五点的伊势丹食品部:香喷喷的炸猪排、炸白身鱼;黑醋猪肉、煎饺子小笼包;上等和牛做的浅烤牛肉和撒着芝麻的牛肉饭;刚出锅的车海老天妇罗和樱花虾饼;晶莹剔透打着高光的生鱼片盖饭、寿司及各种手卷;古色古香的日本甜食柜台和华丽雍容的西洋甜食柜台更是差点没把我看花眼。柏原女士说:"现在开始我们要作战了。"

"啊,什么是'作战'?"

"就是在这里战斗啊,努力把所有的东西试吃一遍,吃到饱。"

我露出迷惑不解的神情,她则忽然从尼龙袋子里掏出两罐尚存冰凉感的啤酒来,递给我一罐说:"要非常隐蔽地喝。"

我俩把啤酒半放在外套口袋里,在新宿伊势丹犹如马戏团一样精彩纷呈的食品层慢慢逛着,每个柜台的店员们都非常殷勤,且麻利地给我们推荐最"自满"的食物,我们尝到了意大利的烤鸡、洋蓟心沙拉、印度奶酪块咖喱、上海风的糯米烧卖和肉汤小笼包、静冈产的鱼饼和鱼肉卷、北海道的黄油夹心饼干,最后还试了三四种冰激凌和两种夹心的大福糯米团子。柏原女士轻车熟路地走到东走到西,特别注重吃了这个品类就不要重复差不多的味道,每尝完一种,她就表情冷淡自若地离场,然后拿出藏在外套口袋里的啤酒,用风衣袖子挡着喝一小口,露出沉醉的表情。我喝酒上脸,没吃多少种东西就开始脸红,是以站在柜台前接过店员递来的食物时多少有点心虚,但柏原女士非常坦然。直到我们走过一个商场保安模样的人面前,他非常敏锐地发现了我们的小把戏,但也只是说了一句:"那个,商场里不可以自带饮料哦。"

柏原女士理直气壮地说:"我们就是在这里买的。"

我知道这绝不可能是她在伊势丹买的,柏原女士不是那种接受溢价的贵妇,她是很会过日子的人,啤酒当然是在便利店买好带进来的。但她咧开鲜红嘴巴这么说了一句,同时眼睛微微一瞪,保安可能也立刻感受到了学生时代被舍监训斥的害怕感觉,竟然回答:"哦,抱歉。"

离开之前柏原女士买了一大块炸的樱花虾饼,说这个最划算,带回去下酒能吃好久。

"一点儿都不消费也不太礼貌。"

她认真地说,我点点头,但还是有点懊丧她根本没教我怎么打电话订餐厅。

在高円寺生活了六个月后,我交往了一个韩国的男朋友,也是早稻田的交换留学生。男朋友比我大七岁,是当完兵才继续读的本科,看上去高高大大阳光灿烂的。我有时候会在他的宿舍过夜,这事情不久就被柏原女士发现了,她用了各种方式表现出不满,这让我倍感压力,好像是莫名其妙在异国他乡多了个家长一样,且还天天和你住一起。有时候我回去晚了,卡着"门限"(宿舍关门时间),就发现柏原女士在厨房里装模作样地收拾着,那架势分明是等我回来,要说我一顿。那时二十岁的我觉得,自己分明是个成年人了,在国外独自生活最可贵的不就是自由吗,现在这事爹妈都不管,却换了柏原女士有意无意唠叨,无非是翻来覆去那几句话:你们都是交换留学生,到时候要各自回国的,在一起不是长久之计;这男孩子看着外形不错,但你对他不知根知底,何况他还在军队里经历了一番,他一定比你多八百个心眼子;以及仿佛是全东亚共通的那句"警告"——

"乂桑啊,现在你高兴就好,但如果有一天你后悔了,也要记得,我可是早就提醒过你了哦。"

韩国男友的主要活动区域在高田马场和新宿,除了上学,他还在歌舞伎町的一家韩国烤肉店打工。和他在一起,朋友圈子多了很多亚洲面孔,和我回到宿舍面对的老外们不太一样。这是一个有点不同的世界,因为高田马场本来只是我上学放学会经过的一段路,大多数时间都让我觉得无聊,但男友带我发现了那里的各种小馆子,无论是拉面还是咖喱,都是现在的人所说的"B级美食",重油重碳水,花很少钱就可以饱餐一顿,符合学生尤其是男学生的胃口。自从柏原女士带我在伊势丹偷喝了啤酒,我也开始有了无论吃什么都先来一杯生啤的习惯,跟着男友更是越喝越多,几口就脸红的事情渐渐不复存在。在高田马场车站附近有个饺子庄,是当时早稻田中日韩三国学生共同的最爱,座位就是沿着吧台的一条,以及二楼的几张桌子,有时候大晚上也会坐满人。这里的饺子是现点现包的,店里的老阿姨手脚麻利地不停做着样子小巧、里面包着一口芝士或一整颗大蒜的肉馅饺子,刚煎完端上来外皮焦脆内馅鲜美,再配上他家招牌的韭菜炒猪肝,就着冰啤酒实在爽到爆。老阿姨非常凶悍,饺子只能点一次,最多再加一次,不然她应付不过来。所以十个一份的饺子,我们人多一起去,常常先要七八份,直吃到临近关店,再追加一次,这时候阿姨看看剩下的肉馅,这才会不带黑脸地再给我们包一轮。啤酒一杯杯喝,饺子一盘盘吃,我觉得这才是淋漓酣畅的大学生活,但一看时间,我的宿舍门限将近,起身要走却被男友和他的朋友们拖住:"再喝几杯嘛。"

"那就最后一杯。"

年轻男生们心眼最坏,马上点了这个饺子庄的隐藏菜单:马脖子。这是一种日本烧酒混合威士忌的玩意儿,老阿姨都在收拾了,看他们拿到酒灌我,马上叉腰骂人:"呀,你们可以滚回去了,这样过分了。"

就这样,最后的一杯不是马脖子而是骆驼稻草,我立马醉得不成人形,被男孩子们嘻嘻哈哈扛到高田马场车站,听着铁臂阿童木的到站声,再把我塞进挤满人的末班车厢。但其实我意识还留有一丝清醒,至少还能从车站晃晃悠悠回到宿舍,用力推门时不小心摔了个马趴,发出很大声响,迅速爬起换拖鞋时看到柏原女士站在我面前,大半夜的,口红依然鲜艳,脸上的表情却凶神恶煞:"我说你呀,清醒一点吧。"

大多数时候,我都特别喜欢上了年纪的女性的通透清醒,但有时候也会痛恨她们洞察一切的能力。异国的恋情没过多久就草草结束,男友没打招呼就回了韩国,只给我打了通电话说他提前结束了交换留学计划回国了。天不怕地不怕的我竟然不甘心地跑去韩国找了他一次,最后发现交换留学对他来说算是一种"度假",而这样的恋爱对于他来说也是"度假计划"的一部分。他在光州车站对我抱歉说其实已经订婚了,但整个恋爱过程他还是真心的。我手里握着去汉城(那时候还不叫首尔)的车票和一张国际电话卡,觉得自己像是在演一出情节俗烂的言情剧,明明是别人写的情节,但自己怎么就给套在里面了。就记得男友最后说,毕竟他是一个多子女家庭的幺子,上面还有七个姐姐之类的,而且已经二十七岁了,耽误不得。再一转眼,自己已经在汉城车站人来人往的大厅里打电话了,二十岁的我断断不敢告诉父母经历了这些事情,下意识就把第一个电话打回了宿舍,一个菲律宾同学接了,只听到他在电话那头大叫:"殳桑很安全,你们赶快去叫柏原女士来听电话!"

过了一会儿,我听到了柏原女士的声音,非常着急地不断重复一句话:"你啊,赶快回来吧。现在就买票回来啊!"

就这样,我经历了人生中的第一次失恋,回到东京的头一个星期,都躲在宿舍里哭哭唧唧的,现在想来,这副样子一定很令人讨厌吧。但柏原女士"特许"我当时最要好的台湾闺蜜过来住着陪我,最爱开玩笑的英国同学也不打趣我了,最傲慢的法国同学会轻敲两下门给我送个小蛋糕,很多年之后,我还能记得这些友邻的善意,庆幸自己在一个看似乱哄哄实则充满暖意的大家庭度过了一段自己的青春岁月。因为那阵子大家送我的零食甜点很多,房间里一下子存不了,柏原女士有一天突然扛到房间一个红色的小冰箱说:"看,我找到什么!"

柏原女士经常骑自行车去给宿舍的学生丢大件垃圾,那个地方也聚集了很多别人闲置不用的电器和家具,她会细细查看,如果是质量没什么问题的,就会带回来再利用,这样也省得穷学生再花冤枉钱了。

"送你一个冰箱,吃的就都可以放在里面。我都已经给你擦干净了。就是睡觉的时候可能有一点点吵哦。"她非常高兴地说。

就这样,我拥有了人生第一个属于自己的冰箱。在房间里清理出一个角落,插上电,听到冰箱启动的声音,我忽然油然生出一种安心的感觉,以至于到现在,我都不大介意冰箱间歇性的制冷声音,哪怕睡觉也不会被这样的声音所打扰。

又过了一阵子,我的精神头儿恢复了大半,上学放学遇到柏原女士,她都会问我:"今天恢复了百分之七十五了吗?"

"嗯,恢复了百分之八十七了,就差那么一丁点了。"

"那就好,那就好。"

她噘着鲜红的嘴唇有点可怕地笑道。

一天晚上,柏原女士兴冲冲地来找我,问:"你有没有兴趣去试试日本传统的澡堂?"

宿舍里有很方便的淋浴间,平时我还真没想过要去公共澡堂。但听几个北欧的女生说,我们住的附近就有一个,非常老式也很舒服。她们邀了我好几次,时间都没对上,没想到柏原女士也来约我了。择日不如撞日,我点点头说好。两个人收拾了下洗漱用品,用小篮子装着,慢悠悠地就往澡堂去了。进到女宾部,拉上沉重的木门,看到几个老太太白花花的身子,我才意识到,哎呀,今天我和柏原女士要坦诚相见了,真有点不好意思呢。可再一抬头,柏原女士已经三下五除二把自己脱光了,但发型依然高耸,嘴唇依然鲜红。瞬间我想起了儿时被妈妈或者某个阿姨带进女浴室的情景,虽然对方是个日本人,但这种感觉几乎是一模一样的。

"快呀,衣服脱了呀。"然后她迅速上下扫了我一圈,说,"还是没吃好也没睡好,身体还是个孩子。"

我俩先洗干净身体,然后浸泡入大浴池,额头上各自顶着一块小毛巾,水温微烫,马上就把我们都沁出汗珠来,我深吸一口气又吐出来,呆呆望向对面用瓷砖拼贴出来的富士山图案,不知该说什么才好。柏原女士则颇为满足地叨咕了一句:"这个时候有冰啤酒就好啦。"

热气慢慢熏蒸上来,隔着模糊不清的白雾,我忽然鼓起勇气问柏原女士:"柏原桑,您结过婚吗?"

"结过啊,但是那个人已经死了。"她非常顺畅地回答。

"啊?"

"哦,没事的,已经去世很多年了。"

"那您后来就一直一个人吗?"

"对啊。"

"这样不会寂寞吗?"

"不会,因为结婚的时候也很寂寞。"

她咧嘴对我笑笑,这时有人拉开门又关上,一阵冷风吹散了面前的雾气,我看清了卸妆的柏原女士的脸,心想,其实不化妆她还没显得有这么老。

"一个人待着比较快乐吗?"

"哎呀,我没想这么多。"她回答,"总之,年轻的时候也没有很想结婚,就结了。虽然很厌倦婚姻,但想离婚的时候,他正好去世了。所以就是现在这样,我没有什么特别的故事,但一个人真的非常快乐啊。"

我点点头,看她微闭双眼,似乎在想象着泡完澡之后的冰啤酒,确实是挺快乐的样子。

出浴之后,我们穿好衣服,拿着小篮子往回走。天气微寒,暗蓝色的空中依然能看见云朵的形状,星星却也清晰可见。我俩身体都充满了热气,丝毫不觉得冷。走到拐角自动饮料贩售机处,柏原女士停下来,拿出硬币买了两罐冰啤酒。我俩喝了一口,同时发出老人家"阿斯呀"一样的声音,真是太爽了呀。

那一刻,我觉得自己是百分之百地恢复了。

结束了学业,快要离开高円寺的时候,正是初夏。我这才发现,我房间窗外的那棵大树是枇杷树,已经结满了果实。柏原女士在这个时候满头大汗地跑上跑下,指挥男同学从我房间的窗框处伸长胳膊去摘枇杷,一会儿就能摘一大筐。但枇杷洗干净了吃起来还是有点酸,我问柏原女士为什么不再等一阵子摘,她说:"如果要等枇杷全变甜了,鸟就先把它们给啄干净了。"

我也忙忙碌碌准备回国,邮局的小伙儿来了好几次,把我的行李打包先寄海运,但很多杂物还是带不走。我理出一个箱子有点不知如何是好,其中一部分的衣服准备卖给高円寺本地的古着店,柏原女士来看了一眼,挑出两件衣服,恰好都是前男友送我的外套,从心理上我不想带回国,但从衣服本身来说,还是挺新的。她往身上比了比,笑着说:"别浪费了,给我穿,行不行?"

柏原女士看了眼箱子里其他的东西，都是些没人愿意接手，带回去费劲扔了又可惜的小玩意，比如去冲绳旅行带回来的一颗大木头椰子、学生联欢会小组唱得到的三等奖塑料台灯、去野营买的大号手电筒之类。她想了想，拿来一支马克笔，让我在上面写上自己的名字："我替你存一年吧，有的东西现在舍不得扔，一年以后就下得了决心了。"

当时我没细琢磨这句话，点点头，拿起笔写了名字，还多了一行："这个箱子属于了不起的女孩。"

柏原女士拿着箱子，带我走到二楼尽头她的房间，打开门。这个动作惊到了我：今天是什么日子？神秘的房间竟然向我敞开了。

我好奇地观察着，但其实这个房间也没什么特别的，只是塞得比学生的屋子更满一点，且多了电视机和一些其他的家电罢了。柏原女士拿着箱子在墙角放下，招手示意我进来，然后迅速关上了门。一瞬间我觉得自己何其荣幸，竟然来到了这个大家都从没进来过的小房间，但这里真的太普通了，没有丝毫与众不同，柏原女士平时那么小心谨慎不让人进门，又是为什么呢？这时候柏原女士笑嘻嘻地打开了她的冰箱，哇，原来她存了这么多啤酒，把单开门的小冰箱塞得满满当当的。

"来来，陪我喝一杯。"一说到喝酒，柏原女士就眉开眼笑，"我有的是酒。"

这时候我才注意到，房间的角落里堆了很多纸箱子，上面写的不是啤酒就是清酒的字样，有的被扒开一角，露出里面的瓶子或易拉罐，直叠到了天花板。而另一个玻璃柜里则是烧酒和各种西洋烈酒。这可能是我第一次真正看到一个"酒鬼"的房间，可以想象大多数时间，柏原女士应该都悄无声息地躲在小房间里乐呵呵地自斟自饮,这样的景象,她当然不想让学生们撞见。

但现在想起来,真也不是什么大不了的事啊。

2006年的冬天,怀着老大的我再度来到东京旅行,虽然没事先准备,但某天在新宿附近吃完午饭之后,我坐着中央线来到了高円寺站。扑面而来的是熟悉的站前炸鸡店的味道,有年轻人背着吉他低头走路,浅色头发的少女以同一姿态骑着单车。一切仅凭着肌肉记忆就可以,我就这么沿着ルック商店街走着走着,就来到了过去的宿舍。一进门,还是那股熟悉的"学生气",拖鞋柜子和地毯都没变,但宿舍管理人已经换成了另一位戴眼镜的女士。我对她自我介绍,学生时代在这里住过,当时管宿舍的是名叫柏原的女士。她马上大声说:"啊,对对,她是前任的管理人,去年退休了。"

"回老家了吗?"我试探着问。

"不知道,一般都是回老家了吧。我跟她交接时间很短。"管理人女士快乐地问,"对了,您之前住哪间房间啊?"

"二楼楼梯口那间,就是正数第二间。"

"啊,那是窗口看出去最漂亮的房间,有一棵很大的枇杷树。"

我们聊着天,有几个学生从楼上下来,像从前一样,拿着杯子和吃完的饭盒,走进了厨房,不一会儿就传来开冰箱的声音和哗哗的水声。

我看着他们的身影说:"好羡慕啊,都这么年轻。"

现任管理人女士则看着我的大肚子,微笑着说:"但您这样,也是很幸福的啊,可惜柏原女士没在了,不然她一定会为您高兴的。"

2023年春天,经过了三年的疫情非常时期,我第一次出国,又来到了日本。在欧洲读高中的女儿已经有一年多没见到我,趁着她的春假,我们约在东京见面。她在这里有自己的同学和朋友,不时相约出门逛街玩耍,有一天傍晚回到家,她特别兴奋地对我说:"妈咪,我去了个很有趣的地方,叫高円寺。"

我"啊"了一声,凑过去听她怎么说。

"有数不清的古着屋、二手书店、复古的玩具店、纹身室,还有一个我特别喜欢的杯子店,收集世界各地的古董杯子。而且那些小街上走的人都很有个性,感觉他们不是搞乐队的就是演小剧场的啊。"

我回答说:"这你可问对人了,你知道吗,我二十岁的时候,就住在高円寺。"

说这句话的时候,我感觉自己是在微笑,但眼泪是真实地流出来了。

过了几天,我们母女俩一起去了一次高円寺。C小姐先带我去逛了她喜欢的杯子店和猫咪小铺,竟然路过了我曾经和舍友们最爱去的居酒屋"抱瓶"。在古着店,C小姐认真地挑着连衣裙,我跟她开玩笑说,也许你会买到我二十岁时穿过的衣服,因为当年回国之前,我真的在此地卖了一些。我们又一起去了之前我放学后常去的咖啡馆コーラル,店主老奶奶和她的手摇制冰机、老式电话座机以及手画的乱七八糟的菜单竟然还都在。因为完全是原来的菜单,所以也保持了原来的价格。我们点了冰咖啡和肉桂吐司,奶奶在吧台后面一边制作一边反复和我们确认了五六次,但端出来的食物味道还是不错的。我吃完松了口气,确认奶奶还很硬朗,和从前比,她只是更老了一点,也更糊涂了一点而已。而且奶奶的精神状态也是高高兴兴的,我猜是因为这里仍像二十多年前一样,虽破,但不乏住在附近的年轻好看的艺术型男孩来光顾,可能是奶奶的咖啡馆还能抽烟的缘故吧。

吃完拉面,又喝了咖啡,我准备带女儿去看看我当年的宿舍了。虽然一开始有一丝担心自己找不到那个准确的位置,但真的很奇怪,那么多年了,我对那个地方仍有强烈的肌肉记忆,从JR车站出来,走过Pal商店街,再到ルック街,看到七つ森咖啡店,在有一家蔬菜铺子和佐藤药店的路口右拐,走一小段,看到两台自动饮料贩售机的地方左拐,那就是我曾经独立生活的第一个"家"。但这一次,我发现隔壁的保育院还在,附近的"高原酒店"和米店也还在,但宿舍小楼被完完全全拆掉了。剩下来的空地成了一片公园,里面还没什么娱乐设施,就几条长椅,有一对老夫妇坐在其中一条上吃着便当。可以看出这里新建不久,草地还没茂盛起来,我绕到后面仔细看了一圈,枇杷树也不复存在了。而这片空地中间孤孤单单地竖立着一个巨大的钟,看上去颇为突兀。

没有什么东西是永恒不变的,虽然改变总是在预料之中,但要说失望那还是有一点的,但确实就是那一点点,情绪在心底里暗暗流着,却已经不能奔涌了。回家的路上,C小姐很体贴地问:"妈咪,你以前住过的地方拆了,你会觉得遗憾吗?"

女儿的问题让我想到了柏原女士曾经说过的:有的东西现在舍不得扔,一年以后就能下定决心了。很多的不舍在放手的那一刻最伤心,慢慢回想,你所留恋的东西其实一直会在原地,保持着最初的颜色和姿态,只是你的人生只能向前,不能后退。高円寺其实从未改变,我买过的二手店都在,喝过的居酒屋一如既往还热闹,老奶奶们仍然矍铄,走在街上的少男少女们自始至终顶着五颜六色的头发,像多年前一样青春永驻,我行我素。

但我也会打开给拆掉的宿舍拍的照片,看着那只伫立于空地,与周边甚是违和的巨大的钟,心中默默念着:

此地空余时间。

《上海文学》2024年6月号

殳俏　作家、编剧、美食工作者。已出版长篇小说《女字旁》《双食记》,散文集《元气糖》《贪食记》等。悦食中国文化项目创始人,同时担任《悦食 Epicure》杂志出版人、主编,纪录片《悦食中国》制片人。电影《秘密访客》、网剧《摩天大楼》等众多热门影视作品,《双食记》同名剧集即将上映。

# 圆桌讨论：
# 以"有情"的笔尖写下此时此刻

## ——《有情：2024年中国女性散文选》的编选对谈

### 女性散文写作的丰盛与幽微

**易彦妮**：各位小伙伴好。作为编选团队的一员，我们和《中国女性文学作品选》(2019—2024年)已携手走过六年，想到这里，每年与张莉老师一起参与追踪文学现场的编选工作真是有种与时代"同生共长"的感受。"中国女性散文选"这一年选系列是老师从去年决定开始启动的，今年是这个年选的两岁生日，我们也多次讨论过如何理解女性散文的特质。正像老师说的，我们希望搜集女作家们2024年发表的散文作品，从中选出具有女性气质和时代气息的作品，传达我们时代女性生活的多种面向，最终，经过反复讨论，编选团队一起投票确定了入选篇目。

在今年编选工作结束之后，老师建议我们一起做点不一样的尝试。所以，借助这个契机，我们以编选团队成员的身份来一起聊聊《有情：2024年中国女性散文选》的编选工作。首先要抛出的问题是,从各类文学期刊、出版物、网络平台进行大量阅读筛选工作的时候,大家对今年的女性散文写作的印象如何? 换个更具体的问法,在我们团队集中阅读和讨论2024年女性散文篇目美学变化的时候,你感受到比较惊喜的变化是什么?

**查苏娜**:从我参与年选工作的感受来看,我觉得今年的女性散文选更加多元了。这是我们编选团队共同努力的结果,我们为了不囿于同质化的审美趣味,尽自己所能阅读了大量的文本,进行了很多轮讨论,才有了现在这本有着丰富面向和多元趣味的年选。

**易彦妮**:与老师还有大家一起参与年选团队的工作是一件很有意义的事。每年,集中阅读和讨论女性散文创作的最新动向,这让我以一种独特的观察视野理解当下的生活状态。相较于前几年的整体状态,会意识到女性散文写作的姿态越来越放松、舒展,并乐于主动认领身为女性写作者的身份,一部分作家开始非常自然地写下作为母亲与孩子相处的日常状态,这些变化将为当下女性散文写作注入新鲜的气质。还有一点也很惊喜,越来越多的素人写作者开始拿起笔写作,不仅是在传统的文学期刊和报纸上,也通过微信公众号、豆瓣、小红书等网络平台发出自己的声音,进而汇聚为更加多元、芜杂的女性写作之声,这值得期待。

**谭镜汝**:非常高兴能加入"散文20家"和"女性散文年选"的团队中,与师友们持续两三个月的讨论,实在是一段让我受益匪浅的旅程。像是老师说的,不管是"20家"还是"女性散文年选",两边的主旨都在于挑选出恰合时代情感、反映人文态度、展现人之"本味"的优秀散文。经过团队投票和老师的最终决定,我们将这20篇独具匠心且丰富多元的女性散文呈现给大家。我想,不仅是我们在此过程中得到了成长,读者亦会在其中得到理解过去、当下与未来的新视点和新声音。

**万婧**:我在今年的女性散文篇目中读到了女性生命的斑斓和多样。作家们从自身经验出发,或描摹此在,或探寻记忆深处,或将笔触延伸向远方,女性的个体经验与对他者和世界的认识紧密联系,借助"她之眼",我看到了超越我自身经验的丰盛与幽微。我也特别赞同二位师姐提到的多元趣味和丰富面向,在莉老师主持的数次团队研讨中,我们围绕作品的艺术价值、情感共鸣以及选题标准进行了充分交流。我们都关注到一个现象,越来越多女性拿起笔在各个平台写作,这让我很受鼓舞,我也很想提笔书写自己的生活。

## 日常生活的丰富与多样

**易彦妮**:正如大家看到的,今年的中国女性散文选延续了去年的分类,以"此在""记忆深处""远游"为辑,收录了不同代际、不同视角的女作家笔下的20篇散文作品。不如先从第一辑"此在"聊起吧。"此在"(dasein)是海德格尔提出的哲学概念,强调作为具体的、活生生的现实主体的存在。关于散文写作,老师多次强调一种日常的切肤感。可以看到,这一辑收录的作品既包含与母亲、与女儿一起相处的温馨瞬间,也有着生命里沉重的时刻,同时,还涉及最近引发互联网热议的很多话题,比如去鹤岗买房的"躺平"的年轻人生活。大家可以畅所欲言,谈谈自己的理解。

**谭镜汝**:写动物(宠物)的散文我们读过很多,但这样细致到情绪深处并且能让读者的魂儿跟着它奔跑起来的,实在是很少。"此在"部分的第一篇文章,《蒙古细》,就是这样一篇散文。我对宠物犬的印象还停留在乡下故里祖辈养的土黄色田园犬,而对城市里的宠物,则很抱有同情。它们不能肆意奔跑,要受尽不成条律、约定俗成的管控,要吃压缩了十几种营养物质的狗粮,要用花洒来洗澡。《蒙古细》的结尾,作者带着白驹(宠物名)来到乡下院子里生活,它作为"动物"的性格因而可以释放。就如文中时常写到的"泡茶",当茶叶被烫得生疼,展开身体,交出了它们的所有,最后才变成一杯好茶——这与白驹(也与主人)此前的命运同样相似。天性的释放,却需要用"孤独"来换取,这恐怕不仅仅是一条稀有的蒙古细的哀伤吧。

**万婧**:黎戈《读书的女人》这篇散文,我读来感到很切肤。作家看到长年累月牺牲自己、为家奉献的母亲,在年老时通过读书和学习,与生命的孤独和解,拥有自己的空间,收获思考的自由。成为"空巢老人"后,母亲为了排解孤独和无措,开始读书。这折射出一个在当下很现实、很普遍的问题,也是一个不够受关注的问题:我们知道要多陪伴老人,却很容易忽视他们的内心世界,没有触及老年人的精神需求。因此,我认为这篇文章对母亲的"看见"很珍贵。文中有一段让我很受触动,作家写到母亲很喜欢三毛,这让"我"想起,被长期的规训和暴力磨损生命的母亲,也曾有自己的个性,曾有大胆的远行,读书唤醒了母亲昏睡的本我。也让我感动的是,母亲没有很高的文化,她是用自己的生命经验在阅读。她将个人空间解读为"自己的地方",她抄写手机开屏时推送的古诗,她努力学习拼音、查找字典……母亲读书的样子,真美。

**谭镜汝**:我再来说说杨本芬的《疼痛手记》吧,我觉得这篇散文也很有趣。读散文最让人欣喜的是能想到自己,通过自己这一媒介,又能辐射到自己周围的人去。杨本芬的《疼痛手记》就让我想起了我爸,他跟杨本芬散文里写的一样,都做了半月板摘除手术,只不过杨本芬是因为年迈损伤,我爸是因为运动损伤。我还记得,他刚做完膝盖手术的时候,我妈在群聊里一直录影他一步步从麻醉里醒过来,然后怎么样抚摸自己失去半月板的膝盖,又怎么样对着镜头微笑说:哎呀,没想到身体上先丢掉的是半月板。

杨本芬所写的那种疼痛,那种日夜煎熬和辗转反侧的痛苦,我都能理解。疼痛的感觉,通过文字,是很难传达的。即便身边有遭遇过同样伤病的人,其实也很难完整说出这种疼痛的感觉。文字的魅力不在于让读者也疼痛,而在于唤醒某段记忆——我读完以后就给我爸打了个电话,问他膝盖怎么样了。他说最近入冬以后有些疼,又开始扎针灸保守治疗了。我说适当吃点止痛药,他跟我说打球要注意点,别像他一样。这就是这篇散文的意义。

**易彦妮**:说到当下生活的见证,我想到的是陈朗《请君重作醉歌行:缅怀徐晓宏》。这篇情感浓厚的"悼文",在今年年初成为引发互联网平台热议的文化现象。今年1月20日,这篇文章在微信公众号"时间社THIS"首发,这篇文章也在微信朋友圈、豆瓣、小红书等社交平台引起了广泛热议。我至今还记得我们当时在微信群里与老师一起分享自己的阅读感受,那些真挚的、向彼此敞开的交流氛围令人难忘。在这篇缅怀去世的丈夫的文章里,经由性别视角,陈朗写下一位辞职以后进入家庭生活内面的女性知识分子对婚姻关系的剖白。如果一位女性的知识背景很好,丈夫也是通情达理的女性主义者,那么,家庭生活里那些细密琐碎的无奈感究竟源自哪里?在这个意义上,这不仅涉及一代人所理解的"浪漫"或者"爱情"话语的裂隙,也涉及"过一种女性主义的生活"如何真正从理论落实到日常生活的分工秩序中。

**查苏娜**:关于日常生活,我想谈谈安宁的《四季》。本文主要是围绕呼和浩特市农委大院的自然景物而写,通过它们在四季流转中的兴衰变化,引出作者对时间与生命的感悟与思考。"农委大院"在20世纪80年代末90年代初在当地人心中很是"炙手可热",但三十年后的今天却已经被人遗忘。因此,对于农委大院自然景物的书写就自然具有了怀旧的氛围,老旧的楼房、年迈的居民与生生不息的花草树木便形成了饶有趣味的互文与对比,"时间"与"生命"的主题也就呼之欲出。有趣的是,作者在摹写自然的同时加入了母女关系的维度,不仅使得文章具有了"我"和"阿尔珊娜"两代女性的双重视角,也让文章的气质更加纯粹明净。

**易彦妮**:聊到当下,李颖迪《倒计时》同样值得关注,它以非虚构的形式捕捉到发生在我们身边的鲜活时代经验。最初,我注意到这本书,是因为"持微火者·女性文学好书榜"2024年秋季书单的推荐,当时在会上便被老师和同学们的讨论所吸引。我花了一下午在图书馆沉浸式读完,被作者笔下写到的我们"同时代人"策划的生活实验所触动。入选的篇目讲述的是"我"亲身观察的逃离到鹤岗的众多年轻人里的一位——前大厂员工林雯在疫情期间辞职来到这座边陲城市,在美团开外卖店谋生,过着低欲望的"躺平"生活。文中提到的很多话题,比如工作带来的"异化"感,婚育焦虑的悬置,包括"躺平"的愿望等等,的确能够触及当下年轻人精神痛点。当然,在互联网上疗愈文化盛行的当下,这样的逃离能否收获内心的自由,这一回答仍然是悬置的,但是,因为这种捕捉时代经验的洞察力,让更多年轻人在所谓"佛系"状态背后的那些烦闷的复杂的情绪被更多人了解,这样的"看见"能够带来新的视野和新的理解力。

## 那些记忆深处的故事

**易彦妮**:现在,让我们把目光聚焦到第二辑"记忆深处"。很显然,相较于及时记下日常生活的所思所感,这一部分收录的散文篇目经历了岁月的淘洗。在老师与我们的日常讨论中达成的共识是,如何将那些记忆深处的故事讲述得诚挚动人,是编选这一辑散文的重要标准。也许是私人史的回溯,也许是"我"眼中一位工厂女工的生活世界慢慢打开,也许是一座城市与个人命运的彼此见证……作家们以亲历者或见证者的视角提供了理解自己、他人和世界的多种方式,相信大家在阅读时都会有自己的触动,一起聊聊吧。

首先聊聊塞壬《她的世界》吧,这篇散文讲的是"我"从小镇的征文比赛偶然结识了一位身穿厂里蓝色工装、前来投稿的中年妇女。此后,"我"到她家做客吃擂茶,跟随这位生命力强悍的女性进入索尼音响做日结工,从不同角度逐渐走进这位普通女性的日常生活。相比于去年的散文集《无尘车间》里记录自己在工厂的所见所闻,我个人觉得,塞壬不断调整自己讲述故事的姿态和方法,进而,在这篇散文中,她找到了理解陌生女工生活的更为日常的途径,从这一路径出发,尝试着去倾听和理解一位普通中年女性的半生哀乐。

**查苏娜**:我想谈谈陈染《来自未知的乐声》,这篇文章为"记忆"的书写找到了一个有趣的角度——音乐。在这篇散文里,作者陈染从自己作品的波兰文、法文两种译本联想到这两个国家的两个作曲家,进而由他们创作出的音乐曲目联想到母亲去世时的心境。在这篇散文中,音乐成了勾连记忆与文化的纽带:无论是肖邦还是拉威尔,这些曲调中流转的情绪与力量成了母亲病中的记忆,也成了作者克服母亲离世创伤的慰藉。

**谭镜汝**:我对刘琼的《北京往事》很感兴趣,在读完这篇散文以后,我是第一次如此了解北京。它可以说改变了我对北京的印象。虽然从前也听说过什么教育的海淀、消费的朝阳、文化的西城等这些刻板化的标签,也深知在这些刻板化标签之下,是对首都区域职能的一种神话式概括,因为潜藏之下的是被遮蔽掉的北京人自己的生活属性。它不是文化的,不是消费的和教育的,刘琼告诉我们,遮蔽的北京生活是王朔和梁左在建国饭店推杯换盏,是从华联商场到SKP再到合生汇的市民生活场域的变动。

我理解的标题中的所谓"往事",是一种乌托邦式的,但已经凋敝的空间,就像有脑科学研究说的,人在濒死以前会闪过童年的画面。北京往事其实不是怀旧,而是在现实中难能找到抓手时,所需要拥有的一种品质。就像我们今天听20世纪八九十年代的港台歌,不是因为它好听,而是因为现实中已经没有好的流行音乐可供选择了。

**查苏娜**:我来谈谈《史家胡同里的富贵花》。"富贵花"指的是女作家凌淑华,通过讲述凌淑华与史家胡同的渊源,作者试图呈现出一条"谈笑有鸿儒,往来无白丁"的史家胡同。可以说,"史家胡同"这个城市地理空间见证了"现代中国"的历史:在这条胡同里,先后建起了清代八旗子弟学堂,清华大学的前身,凌叔华"小姐的大书房",全国妇联的办公场所,许多文化名人的住宅,北京人艺的大院……对这些历史建筑的挖掘与介绍,也是重建北京文化记忆的策略。作者还借由凌叔华引申到了北京的文学书写,对比了林海音的《城南旧事》和凌叔华的《古韵》。可以看出,作者想要挖掘出史家胡同所承载的北京城历史展现出"精英荟萃"的那一面。

**万婧**:说到城市记忆,我也想到去年冬天爆火的哈尔滨。事实上,哈尔滨一直是一座美丽、有底蕴、有故事的城市。《耀景街16号》这篇散文中,程黧眉深情回忆20世纪八九十年代一家人在哈尔滨耀景街16号度过的美好时光。作家来自文学世家,她笔下哈尔滨文艺界人士之间的交游经历,闪耀着青春、朝气的光泽。青年时代,作家与友人们漫步城市、畅谈文艺,真让我神往不已。岁月荏苒,物和人都有了许多变化,曾经著名的"文联大院",如今已院门深锁,杂草丛生。我想起自己去哈尔滨旅游的经历,"老道外"那些老建筑、面包石,见证了多少沧桑。这篇散文,引领我感受20世纪八九十年代城市的尊严、文学的尊严,作为后辈,我的心中有许多向往,许多敬意。

**易彦妮**:刚刚大家聊到人与一座城市的关系,很多观点都很有启发性。同样是书写个人成长,对生命记忆的回望则需要经历多年的思考。比如叶浅韵的《溯源记》,这篇散文写下了"我"在不同年龄段与月经共处的记忆。从年少时的乡村生活说起,《溯源记》写到月经对于乡野生活里的女孩子们而言的神秘气质,那一度是被捂紧的、不能为外人诉说的秘密。文章从家族女人们之间的讨论、中学时期的性别教育课一直延展至后来"我"结婚生育后的观察,就像一条生命之河,作者站在对岸,重新遥望青春期里那些被认为是羞耻的、不洁的往事,很多事情慢慢看得更清晰。在这个意义上,《溯源记》呈现了一位女性对自我身体的漫长和解,也透过个人记忆与集体记忆的叠印,让曾经幽暗的身体经验重新汇聚起来。

**万婧**:苏南在《胎记》这篇散文中真诚直剖成长过程中所受的伤痛和印痕,读来很有痛感。在重男轻女的家庭氛围中,性别成为"原罪",女儿是不被期待的多余人。脸上有胎记的三妹,被父母两次送人,下落不明;对"我"来说,"赛男"这个名字和腿上的伤疤,也如胎记一般,铭刻着无法抹去的伤害。文章里,有许多对父母、对自己的诘问,不知所终的三妹刺痛着

"我",这甚至令我联想到鲁迅的《狂人日记》:"我未必无意之中,不吃了我妹子的几片肉,现在也轮到我自己,……有了四千年吃人履历的我,当初虽然不知道,现在明白,难见真的人!"

## 远游所带给我们的

**易彦妮**:"远游"是一个充满想象力的词,去往远方的游历,以出走的勇气为起点,地理空间的位移也意味着寻找一种自我经验范畴之外重新思考的状态,由此带来自我生活状态的更新。还记得在会上,老师与团队成员们一起热烈地讨论"远方"这一辑作品的多种可能性,作家也许是通过写作重建日常生活的"附近",可能是写下海外生活的日常,又或者是重溯历史时空。那么,这些散文里讲述的生命经验,如何与文学意义上的远方发生联系?想听听大家的理解。

**万婧**:《乡下的晨昏》是"远游"栏目的第一篇,沈书枝所写的却是回乡。如果说"远游"常常与新鲜、陌生的际遇相伴,回乡怎么会有此感呢?事实上,沈书枝书写的是一种与中国现代化进程相伴的个体"悬置感"——"不被排斥出努力想要融入的那个系统,就意味着要与自己原本的世界分离。"疫情之后,作家带孩子从北京回到安徽老家住了一旬。常年生活在异地,对家乡的观看方式自然发生了变化。作家成为观察者和体验者,精微地辨认乡下晨昏中的细部,有外部的自然风物,也有内部的事理人情,这是对家乡的一次重新发现。令我印象深刻的是,作家看到了家庭"潭水下的阴影",比如"我"印象中瘦小、寡言的外公,竟在外婆面前如此地施展权威,在这贫穷的乡间世界,也有权力等级划分,男性可以作为女性的统治者度过一生。在城市与乡村、自我与他者等方面的往复观照中,文中有许多这样的"觉醒时刻",我们应意识到,这些发现之后蕴含着作家的女性视角,面对低处的生活和人们,作家怀有理性的省思,也具有同情的理解。

**易彦妮**:我想聊聊鱼禾《有情》,这篇散文里,作者念兹在兹的是办公室矮楼窗外的那棵蓬勃生长的泡桐树。如果说春天盛开的泡桐花、鸟鸣和楼上的乐声曾经构成了"我"生活里的愉悦时刻,当某天泡桐树因为生长速度过快而被砍伐,文中写下"我"如何去慢慢地理解这个事实的心路历程。在这篇文章里,鱼禾以不同方式摹写记忆里那棵泡桐树,比如,想象草木被铲除时的疼痛,通过画画调制出泡桐花的紫色调,在城市的某地观赏泡桐花……对泡桐树的想象构成了一种遥远的缅怀。对这棵树的想念不仅仅是想念风景本身,更是怀念曾经与自己的生命发生深刻联系的情感见证,那种动人的生命经验是无法复制的。正是因为有情义的书写在今天人工智能崛起的时代显得尤为可贵,经过与老师的反复讨论与琢磨,最终,我们一起投票决定以"有情"作为今年女性散文选的标题。

说到这个话题,我也想聊聊苏枕书的《〈远游归来〉等四篇》,这里收录的是她在日本求学期间和友人的四则书信。在这些文字里,苏枕书分享了自己在假期独自去串本、白浜的游玩见闻,写下在寺院偶遇一位欧洲姑娘的经历,也穿插着对近年来日韩文学与影视剧的理解。这些生命经验是作者在远方生活的点滴,另一方面,她也记录了平日阅读抄录古书时,深入历史情境的爬梳与思考。比如,重新打捞东亚文化史上那些被遗忘的女画家、女诗人的作品里所蕴含的日常经验与情致,这种与远方建立情感连接的方式包含生命的温度。书信的确是见性情的文体,从苏枕书的文字里,可以看到她怎样兴味盎然地生活和做学问,比如看到一大片盛开的花,听山里的虫声,这些微小而明亮的快乐与探索学术的思考乐趣互相映衬。

**查苏娜**:更为具体的远方生活经验在淡巴菰笔下得到呈现,她的《Let it rain,让雨下吧》讲述了作者在美国期间经历的人与事。虽然文章主要写的是老友彼埃尔罹患白血病与新冠感染后的养病生活,但作者经常荡开一笔,在对彼埃尔的回忆中穿插记述自己在美国参与的各种诸如超级碗、文化沙龙、派对等热闹场面。这种穿插的写法冲淡了疾病与死亡带来的悲伤情绪,也进一步让读者感受到了彼埃尔对生活的热爱与对死亡的释然。这种尝试也体现在了本文题目中,*Let it rain* 既是女歌手在一次文化沙龙中演唱的歌曲,也是作者的探险家老朋友彼埃尔去世前引用的诗句。这一动一静的对比勾连起了人世的喧闹与弥留之际的宁静,也试图营造出一种既活泼又深沉的氛围。

**万婧**:作为"新北京人",行超在《找北京》一文中,重新寻找和发现自己在北京的居住地——城南菜市口一带,这是一次以现实空间为根据地,深入时间纵深的"精神远游"。以菜市口大街为界,路东是"大马路",居民多是"新北京人";路西则是"小胡同",深藏许多历史印记。烂缦胡同、南半截胡同、湖南会馆、绍兴会馆、谭嗣同故居……许多对中国历史产生了重要影响的人物,都在这一小片"附近"生活过、奋斗过。城市建设改造过程中,"大马路"的北京拔地而起,"小胡同"的北京却需要有心人耐心找寻。作家把"找北京"的过程,称作"与自己脚下的土地相认",作为在北京求学的异乡人,我觉得这是一个温暖、动人的表述,这是城市与人的"双向奔赴"。

**谭镜汝**:关于燕燕燕的《四物注》,我觉得它是"远游"部分里很特殊的一篇散文。灯、画、簪、坊四件文物,从汉唐到明清,从床头走向社会,作者不仅关注到了文物的来历与所持之人的故事,更写下了围绕文物所发生的那些旁逸斜出的历史。正如我们女性年选的书名一样,历史也是"有情"的;观览过往云烟,不止看见"旧时王谢"、不限于怀旧空吟,别管离今几远,一石一墨背后,都隐藏了人类最普通的情感。我认为这是《四物注》带给我们的思考。

**万婧**:殳俏在《时间属于了不起的女孩》这篇散文里回忆自己二十岁时在日本早稻田大学交换时的时光,关于回忆的温暖和怅惘很打动我。"我"住在高円寺学生寮,柏原女士是宿舍管理员。作家以幽默轻松的笔调,写出了柏原女士有趣的个性和生活态度,她给予"我"许多关怀和帮助,既是长辈,亦是朋友。当揭晓柏原女士神秘的小房间里,其实囤积着满满的酒,她应常乐呵呵地在房间里自斟自饮,真是可爱啊。文末,作家写两次故地重游,一次发现柏原女士已经退休离去,一次发现宿舍已被拆除。时光匆匆,作家离开日本时交给柏原女士保存的杂物箱,一年后就已不再有任何留恋,人生大步向前,此地空余时间,但是"了不起"的青春记忆,依然闪闪发亮。以这篇作为年选的收束篇目,很有力量感。

## "文学意义上的女性情感共同体正在生长"

**易彦妮**:谢谢编选团队成员的真诚分享。也许我们观察的视角并不一样,但当不同视线汇聚在一起时,因为"视差之见",这一年女性散文选篇呈现出丰富的气象。就像老师主编女性文学年选的初衷,希望通过"有情"的笔尖,让我们时代女性生存与女性境遇的生命经验不再飘扬在风中,而是以严肃的书写被铭刻。在这部女性散文选里,从随感、书信到历史文化散文,这些散文的质地既有轻盈、日常的一面,也承载写作者回溯私人史或集体文化记忆的绵密思考。期待读者朋友们都能在阅读这些文本的某一瞬间感受到真切的情感触动,认出那些母亲、妻子、女儿作为主体的面庞。这种自我情感世界的"回声时刻"值得珍藏。某种程度上,这昭示着一个文学意义上的众声喧哗的女性情感共同体正在逐渐生长。

**查苏娜**:说到"女性情感共同体",我联想到了当下许多有关性别的激烈讨论。面对这些讨论,我想大家都会有自己的困惑。当大家困惑的时候,或许可以读读这本女性散文选。在我看来,文学作品能在抽象的社会学概念与具身的个人经验之间建立起更细致的关联,而优秀的散文,总能让人更好地理解并感受生活本身。

**万婧**:两位师姐都谈到了"女性情感共同体",我想"情感"有别于"情绪","情感"是一种更为绵长、沉静的感受,作者和读者联结而成的共同体之间有着念念难忘的回响,我们分享着爱、秘密和远方,在我心中,这真如"围炉夜话"一般动人。作家用"有情"的笔尖联通个体经验与公共经验,对我来说,编选过程亦是"有情"的编选。感谢莉老师,在反复阅读、讨论的过程中,老师很重视我们多样的审美趣味,诚如彦妮师姐所言,不同的视线汇聚在一起,凝聚为这本"有情"之书。

主持人:
  易彦妮 北京师范大学中国当代文学方向 2022 级硕士研究生
与谈人:
  查苏娜 北京师范大学中国当代文学方向 2023 级硕士研究生
  谭镜汝 北京师范大学文学创作与批评方向 2023 级硕士研究生
  万 婧 北京师范大学文学创作与批评方向 2024 级硕士研究生